U0024299

大陸當代文學史　上編

（1950-1970 年代）

洪子誠　著

大陸學者叢書 CG0014

總　序

　　1992 年，兩岸開放探親後的第五年，我在埋首撰寫論文〈大陸的台灣文學研究概況〉過程中，驚覺對岸對於台灣文學研究的投入成果，並在種種因緣之下，開始關注對岸文學，一頭栽進大陸文學的研究與教學。

　　多年來，心中一直記掛著應該把台灣的大陸文學研究情況也整理出來。因為台灣和大陸是現代華文文學研究的兩大陣地，除了兩岸學界的本土文學研究之外，還須對照兩岸學界的彼岸文學研究，才能較完整地勾勒現代華文文學研究的樣貌。去年，我終於把這個想法，部分地呈現在〈台灣的「大陸當代文學研究」觀察〉一文中。但是，這個念頭的萌發到落實，竟已倏忽十年，而在這期間，仍有許多想做和該做的事，尚未完成，不禁令人感慨韶光的飛逝和個人力量的局限。

　　回顧過去半世紀以來的現代華文文學研究，兩岸都因政治環境和社會文化的變遷，日益開放多元；近年更因大量研究者的投入，產生豐盛的研究成果，帶起兩岸文學界更加密切的交流。兩岸的研究者，雖在不同的歷史背景下成長，但透過溝通理解、互動砥礪，時時激盪出許多令人讚嘆的火花。

　　「大陸學者叢書」的構想，便是在這樣的感慨和讚嘆中形成的。從文學研究的角度來看，成果的交流和智慧的傳遞，是兩岸文學界最有意義的雙贏；於是我想，應從立足台灣開始，將對岸學者的文學研究引介來台，這是現階段能夠做也應該做

的努力。但是理想與現實之間，常存在著難以克服的主客觀因素，台灣出版界的不景氣，更提高了出版學術著作的困難度。

感謝秀威資訊公司的總經理宋政坤先生，他以顛覆傳統的數位印製模式，導入數位出版作業系統，作為這套叢書背後的堅實後盾，支持我的想法和做法，使「大陸學者叢書」能以學術價值作為出版考量，不受庫存壓力的影響，讓台灣讀者有更多機會接觸到彼岸的優質學術論著。在兩岸的學術交流上，還有很多的事要做，也還有很長的路要走，我相信，這套叢書的出版，會是一個美好開端。

宋如珊

2004 年 9 月　於士林芝山岩

目　次

前　言

　　對於 20 世紀的中國文學,目前已有多種概括方法,在文學分期上也出現了多種處理方式,以「20 世紀中國文學」命名的文學史著作,已經有多種問世。不過,本書仍繼續沿用那種將 20 世紀的中國文學劃分為「現代文學」和「當代文學」的處理方法。按照這一劃分,「現代文學」在時間段落上,指的是「五四」新文化運動前後到 40 年代末期的文學,而「當代文學」則指 50 年代以後的文學。

　　在中國大陸,「當代文學」的提法,最早出現在 50 年代後期。雖然 1959 年「建國」十周年期間,文學界權威機構和批評家在描述 1949 年以來的大陸中國文學時,並沒有使用這一概念,1960 年的第三次全國文代會,「當代文學」也未見諸大會的報告和文件。但在上述的文章、報告[1]中,已使用了可與「當代文學」互相取代的用語,確立了為「當代文學」這一概念所內涵的分期方法[2]。最早使用「當代文學」這一概念的,是 50 年代後期文學研究機構和大學編寫的文學史著作[3]。從那時開

---

[1] 　如邵荃麟《文學十年歷程》(《文藝報》1959 年第 18 期)、茅盾《新中國社會主義文化藝術的輝煌成就》(《人民日報》1959 年 10 月 7 日)、中國科學院文學研究所編寫組《十年來的新中國文學》(作家出版社 1960 年版)、周揚《我國社會主義文學藝術的道路》(《文藝報》1960 年第 13、14 期合刊)等。

[2] 　「新中國文學」、「建國以來的文學」、「社會主義文學」等。

[3] 　華中師範學院中文系編著的《中國當代文學史稿》(該書寫於 1958 年,1962

始，「當代文學」作為與「現代文學」相銜接又相區別的文學分期概念得到認可。「文革」結束的 70 年代末以後，這個概念得到更廣泛的運用，並在教育部文學學科設定中，取得「制度性」的保證；雖然對這一概念（連同它的分期方法）的質疑、批評也從未中斷過。

　　50 年代「當代文學」概念提出的最主要動機，是為 1949 年以後的中國大陸文學命名。「五四」文學革命之後，對這一「革命」所誕生的文學的描述，很快便以「新文學」作為指稱，並被用在最初的「文學史」性質的論著中，如《中國新文學研究綱要》（朱自清）、《中國新文學的源流》（周作人）等[4]。「新文學」這一概念的最初使用具有這樣的含義：從「歷時」的角度而言，是在表明它與中國「古典」的、「傳統」的文學時期區分；從「共時」的角度，則顯示這種文學的「現代」性質：題材、主題、語言、文學觀念上發生的重要變革。到了三、四十年代之交，毛澤東的《新民主主義論》等著作，在對於現代中國政治、經濟、文化的性質的分析中，建立了一種將政治社會進程與文學進程直接聯繫，以文學社會政治性質作為依據

年由科學出版社出版）、山東大學中文系編寫組的《中國當代文學史》（山東人民出版社 1960 年版）、北京大學中文系 1955 級編寫的《中國現代文學史當代部分綱要》（內部鉛印本，未正式出版）等。

[4]　《中國新文學綱要》是朱自清 1929-1933 年在清華大學講授「中國新文學研究」課程的講稿，當時未出版。其整理稿遲至 1982 年才由上海文藝出版社出版。在 30 年代，使用「新文學」名稱的著作和資料集，較知名的還有《中國新文學運動史》（王哲甫，1933）、《新文學運動史資料》（張若英，1934）、《新文學概要》（吳文祺，1936）、《中國新文學大系》（趙家璧主編，1935-1936）等。

的文學分期框架[5]。這樣，「新文學」這一概念，在具有左翼傾向的批評家和文學史家那裏，賦予了新的內涵。在他們的論著中，「新文學」被解釋為表現「新民主主義革命」，並由這一革命賦予「性質」的文學。因而，當 1949 年以後中國社會的「整個性質」已轉變為「社會主義」的時候，文學相應地要發生「根本性質」上的轉變。雖然，在 50 年代初，文學界的權威者認為「目前中國文學，就整個說來，還不完全是社會主義的文學，而是在社會主義現實主義指導之下社會主義和民主主義的文學」，但現在「我們的文學已經開始走上了社會主義現實主義的道路」[6]。「建國以來」的文學與「五四」的新文學在性質上的區別，以及「建國以來」的文學是更高的文學階段的判斷，在 50 年代已成為不容質疑的觀點。

按照這種政治、經濟和文化（文學）形態相對應的觀點，中國大陸在進入「社會主義革命」階段之後，必將出現一種新的性質的文學形態。既然認為存在著兩種不同性質的文學，而它們的關係又呈現為上升的生成過程，那麼，籠統地用「新文學」加以涵括，可能會導致文學意識形態內涵的模糊，削弱文學發展的目的性表達。這樣，在 50 年代前期的幾部文學史仍然採用「新文學」的稱謂之後[7]，到 50 年代後期開始，「新文學」

---

[5]　毛澤東認為，「現階段」「中國新的國民文化」，「既不是資產階級的文化專制主義，又不是單純的無產階級的社會主義，而是以無產階級社會主義文化思想為領導的人民大眾反帝反封建的新民主主義」。《新民主主義論》，《毛澤東選集》第 699 頁，北京，人民出版社 1966 年版。

[6]　《周揚文集》第 2 卷第 186、191 頁，北京，人民文學出版社 1985 年版。

[7]　王瑤《中國新文學史稿》，上冊開明書店 1951 年版，下冊新文藝出版社 1953 年版。另外還有《中國新文學史講話》（蔡儀，1952）、《中國新文

的使用已大為減少，並開始出現了以「現代文學」指稱 1949 年
以前的「新文學」的趨向。概念的這種轉換，是為了給 1949 年
以後的文學的命名留出位置。因此，「當代文學」的概念的提
出，不僅是單純的時間劃分，同時有著有關現階段和未來文學
的性質的預設、指認的內涵。

80 年代以來，批評家和文學史家在這一概念的使用上，已
經出現了分裂。有研究者對這一概念的「科學性」提出懷疑，
也質疑「現代文學」、「當代文學」的兩分法，而強調在對 20
世紀中國文學的整體把握的基礎上，尋求另外的概念和分期方
法。繼續使用「當代文學」的研究者，則賦予它各不相同的含
義。以當初的意識形態性的文學分類方法，把「社會主義文學」
作為「當代文學」的質的規定仍是一種重要的理解。也有從「在
中國新文學史和新文學思潮史上」「具有相對獨立的階段性和
獨立研究的意義」的理由，而把「當代文學」的時間確定在「從
1949 年 7 月召開的全國第一次文代會到 1979 年召開的全國第四
次文代會這段期間」[8]。有的使用者把它作為一個雖有缺陷、但
已廣泛使用而一時難以擺脫的權宜性概念來接受。另有的研究
者，則將中國當代文學，作為中國的、發生在社會主義社會的
「語境」中的文學來理解；這種理解，迴避了當初這一概念的

學史初稿》（上、下冊，劉綬松，1954）、《新文學史綱（第一卷）》（張
畢來，1955）。唯丁易的《中國現代文學史略》（1955）使用了「現代文
學」的名稱。

[8] 朱寨主編《中國當代文學思潮史》第 1、3 頁，北京，人民文學出版社 1987
年版。這一理解，有助於「當代文學」性質的限定，並避免了在描述「文
革」後複雜多樣的文學現象時出現的矛盾、尷尬，維持了文學史撰述的內
部統一邏輯。

有關文學性質的含義，將文學的內質置換為文學生成的社會歷史環境。

本書繼續採用「當代文學」這一概念，則是考慮到目前文學史研究的實際情況。雖然也可以改變文學分期的方式，可以採用新的時期概念，譬如目前已被廣泛使用的「20 世紀中國文學」的範疇。但是，這並不是名稱和分期的簡單更換。這一更換的內在理路和文學史事實依據，對本書作者來說，還需要做細緻、深入的辨識。繼續採用這一概念的另外原因，是它連同相關的分期方法，仍有其部分存在的理由，即可以作為把握 20 世紀中國文學狀況的一種並非已失效的視角。這樣，在《中國當代文學史》這本書裏，「中國當代文學」首先指的是 1949 年以來的中國文學。其次，是指發生在特定的「社會主義」歷史語境中的文學，因而它限定在「中國大陸」的這一區域之中；台灣、香港等地區的文學與中國大陸文學，在文學史研究中如何「整合」，如何不是簡單地並置，需要提出另外的文學史模型來予以解決。第三，本書運用「當代文學」的另一層含義是，「當代文學」這一文學時間，是「五四」以後的新文學「一體化」趨向的全面實現，到這種「一體化」的解體的文學時期。中國的「左翼文學」（革命文學），經由 40 年代解放區文學的「改造」，它的文學形態和相應的文學規範（文學發展的方向、路線，文學創作、出版、閱讀的規則等），在 50 至 70 年代，憑藉其時代的影響力，也憑藉政治權力控制的力量，成為唯一可以合法存在的形態和規範。只是到了 80 年代，這一文學格局才發生了改變。

　　對於中國當代文學，本書在具體評述時將劃分為上、下兩編。上編主要敘述特定的文學規範如何取得絕對支配地位，以及這一文學形態的基本特徵。下編則揭示在變化了的歷史語境中，這種規範及其支配地位的逐漸削弱、渙散，文學格局出現的分化、重組的過程。

　　在編寫的原則和若干具體問題上，尚有下列幾點需要說明：

一、本書的評述對象，主要是重要的作家作品和重要的文學運動、文學現象。選擇哪些現象和哪些作家作品作為對象，進入「文學史」，是首先遇到的問題。儘管「文學性」（或「審美性」）是歷史範疇，其含義難以做「本質性」的確定，但是，「審美尺度」，即對作品的「獨特經驗」和表達上的「獨創性」的衡量，仍首先被考慮。不過，本書又不是一貫、絕對地堅持這種尺度。某些重要的文學現象，「生成」於當代的藝術形態、理論模式，由於曾經產生的廣泛影響，或在文學的沿革過程中留下重要痕跡，也會得到相應的關注。因此，本書並不打算過多壓縮「十七年文學」和「文革文學」的篇幅，但會對這些現象提出一些新的觀察點。

二、對於文學創作，本書以傳統的詩歌、小說、戲劇、散文作為主要對象。報告文學、傳記文學、兒童文學、影視文學、科幻文學等樣式，由於各種原因沒有作為重點。但是在討論不同歷史語境下文類特徵變化，文類邊界變遷、滲透等問題的時候，也可能會有所涉及。文學理論、文學史研究和文學批評，也沒有作為必要

的對象加以考慮，而僅從與本時期的文學思潮關係的重要程度，來考慮選擇必須評述的部分。

三、對於具體的文學現象的選擇與處理，體現了編寫者的文學史觀和無法迴避的價值評析尺度。但在處理這些文學現象，包括作家作品、文學運動、理論批評的時候，本書的著重點不是將作品和文學問題從特定的歷史情境中抽取出來，按照編寫者所信奉的價值尺度（政治的、倫理的、審美的）做出臧否，而是首先設法將問題「放回」到「歷史情境」中去審察。也就是說，一方面，會更注意對某一作品，某一體裁、樣式，某一概念的形態特徵的描述，包括這些特徵的歷史演化的情形；另一方面，則會關注推動這些文學形態產生、演化的情境和條件，並提供顯現這些情境和條件的材料，以增加「靠近」「歷史」的可能性。

四、作為附錄的文學年表，主要是反映本時期作家活動和作品發表（出版）的狀況，但也兼顧到重要的文學運動的狀況。

第一章

文學的「轉折」

一、40 年代的文學界

　　四、五十年代之交，中國社會發生急劇變革。二次大戰之後世界範圍兩大陣營對立的冷戰格局，中國 40 年代後期內戰導致的政權更迭，是這個期間發生的重大歷史事件。社會政治的變革，自然並不一定導致文學內在形態的重大變化。但是，在一個文學與社會政治的關係密不可分，而文學對於政治的工具性地位的主張又支配著文學界的情況下，四、五十年代之交的社會轉折，影響、推動了中國文學的構成因素及它們之間關係的劇烈錯動。文學的「轉折」在這裏，指的主要是 40 年代文學格局中各種傾向、流派、力量的關係的重組。以延安文學作為主要構成的左翼文學，進入 50 年代，成為唯一的文學事實；20 年代後期開始，左翼文學為選擇最理想的文學形態、推進文學「一體化」的目標所做的努力，進入一個新的階段；毛澤東的文藝思想，成為「綱領性」的指導思想；文學寫作的題材、主題、風格等，形成了應予遵循的體系性「規範」；而作家的存在方式，寫作方式，作品的出版、閱讀和批評等文學活動方式也都出現了重大變化。

　　1937 年抗日戰爭的爆發，將中國分隔為幾個社會情勢不同的區域：國民黨統治地區、日本侵略者佔領的淪陷區，和中國共產黨政權的解放區（抗戰期間稱「敵後抗日根據地」）。處於不同地域中的作家，雖說他們面對著時代、民族的共同問題，但是，互異的社會生活、文化精神情境，使他們獲得「進入」生活和藝術的多種方式。戰爭導致生存情勢的危迫，但也會生成一些「空隙」，有可能探索與生活、與藝術的多種連結方式，使藝術體驗深度的加強有了可能。人的「現代化」和創建現代民族國家的這一新文學中心主題，依然得到繼續。但是，它將不僅在嚴峻的背景上展開，而且會以更為「個人化」的體驗方式，並觸及有關人性的深層問題，表現在這個期間的創作中。這樣，40 年代的文學，呈現了與 30 年代不同的風貌。在根據地和解放區，一個規模宏大的創建理想社會的實驗正在進行。反映這一社會實驗的「解放區文學」[1]，表現了歷史樂觀主義的理想情懷。質樸單純的民間文學藝術，被挖掘和改造，作為這種「表現新世界」的文學（同時也是這個「新世界」的文學）的重要「資源」之一。在國統區和淪陷區，情況有所不同。社會性的問題和運用文學對現實時事的干預，仍被一些作家所堅持；這是重視社會責任的中國作家理所當然的反應。但是，戰爭的挫折所揭發出來的問題，使一些作家在更深的層面上來思考社會和人生的悖論情境，思考中國社會在「現代文明」的衝擊下的困境與難題。而知識份子在戰爭中，在民族的、時代的、

---

[1] 「解放區」文學與「國統區」文學的這一劃分方法，和它們成為文學史的概念，主要形成於 40 年代後期為「當代文學」確立規範的過程中。參見第一次全國文代會（1949 年 7 月）郭沫若、周揚、茅盾等的報告。

個體性格的種種重壓下的心理矛盾和掙扎，又使作家增強了自我審察與反省的意識。出離了情感泛濫的冷靜、幽默，和既包含智力優越、也包含對自身弱點、局限的清醒的反諷，這些在40年代，都不只具有風格學上的意義，也是作家所形成的哲學的、審美的態度。作家有可能並有自覺的意識，去以個體的體驗作為創作的出發點，來對傳統和外來的影響加以創造性的熔鑄，在這樣的基礎上建立自身的藝術個性。

　　抗戰後期和戰爭結束之後，作家普遍認為中國文學將進入一個新的發展階段。文學界的不同流派、力量，基於不同的文學、社會理想，紛紛在對戰爭期間的文學狀況進行總結的基礎上，來設計未來的走向[2]。各種不同傾向的文學刊物，或復刊，或創辦[3]。與一些作家的出現文學創造的從容、開闊空間的期望

2　從 1945 年到 1948 年，這種總結過去、規劃未來文學方向、版圖的重要文章，有胡風《置身在為民主的鬥爭裏面》（《希望》1945 年第 1 集第 1 期），鄭振鐸、李健吾《文藝復興・發刊詞》（《文藝復興》第 1 卷第 1 期，1946 年 1 月），雪峰《現實主義在今天的問題》（《中原・文藝雜誌・希望・文哨聯合特刊》第 1 卷第 3 期，1946 年 2 月），《大公報》（上海）社評《中國文藝往哪裏走？》（1946 年 5 月 5 日，蕭乾撰寫），周揚《論趙樹理的創作》（延安《解放日報》，1946 年 8 月 26 日），《文藝先鋒》編輯部《文學再革命綱領（草案）》（《文藝先鋒》第 12 卷第 1 期，1948 年 1 月），邵荃麟《對於當前文藝運動的意見》（《大眾文藝叢刊》第 1 輯，署名「本刊同人・荃麟執筆」），朱光潛《自由主義與文藝》（《周論》第 2 卷第 4 期，1948 年 8 月），胡風《論現實主義的路》（泥土社 1948 年 9 月版），朱光潛、沈從文、馮至、廢名等《今日文學的方向——「方向社」第一次座談會紀錄》（天津《大公報》1948 年 11 月 14 日）。

3　戰後復刊或創刊的較重要文學刊物有《文學雜誌》（朱光潛，上海）、《文哨》、《文聯》（茅盾、以群，上海）、《文藝復興》（鄭振鐸、李健吾，上海）、《文潮月刊》（張契渠，上海）、《文壇》（魏金枝）、《中國作家》（中華全國文藝協會《中國作家》編輯委員會，上海）、《文藝生活》（司馬文森、陳殘雲，廣州）等以及《中原、文藝雜誌、希望、文哨

不同，文學界各種力量對「方向」的選擇呈現急迫、對立的情
勢。這根源於戰後中國的政治現實。文學的發展進程，自動地，
或身不由己地納入「光明的中國之命運和黑暗的中國之命運」[4]
的政治較量之中。在這種情況下，各種政治力量都試圖以文學
服務於它們的主張的和行動，而文學（作家）也難以迴避在現
實政治上做出他們的選擇。

　　1945 年 10 月，由中共領導的中華全國文藝界抗敵協會改名
為中華全國文藝界協會[5]。第二年，以張道藩為首的、與國民黨
政府有密切關係的作家，組織了中華全國文藝作家協會。兩個
協會的存在，宣告了戰爭期間文藝界「團結」的結束。在這期
間，國民黨官方主辦的刊物《文藝先鋒》，在提出「促進三民
主義文藝建設」的口號下，加緊了對左翼文學的撻伐[6]。但與國
民黨政權直接結盟的文學力量，既沒有能建立他們的稍具體系
的理論，也不存在較具價值的文學創作，因而在整個文學界，
沒有發生什麼樣的影響力。「廣泛的中間階層作家」[7]在戰後，
由於對國民黨統治的失望，加上毛澤東的《講話》在國統區的

聯合特刊》（重慶）等。

[4]　《兩個中國之命運》，《毛澤東選集》第 1025-1026 頁，人民出版社 1966
　　年版。

[5]　會刊名字由《抗戰文藝》改為《中國作家》。1946 年 6 月會址從重慶遷至
　　上海。1949 年初遷至北平。1949 年 7 月中華全國文學藝術界聯合會成立後，
　　協會停止活動。

[6]　參見刊於《文藝先鋒》12 卷 1 期上的《文學再革命綱領（草案）》和張道
　　藩《生活中的藝術使命》（《文藝先鋒》10 卷 2 期）、《文藝作家對當前
　　時代應有的認識和努力》（《文藝先鋒》11 卷 2 期）等文。

[7]　這一概念的使用，見邵荃麟《對於當前文藝運動的意見》，《大眾文藝叢
　　刊》（香港，1948）第一輯。

傳播，和左翼文學力量的工作，表現了普遍地理解、靠攏左翼文學路線的趨向。這在老舍、葉聖陶、巴金、曹禺、鄭振鐸、臧克家、馮至等作家那裏，有明顯的反映。而聞一多、朱自清更是被作為政治和文學立場發生轉變的「進步主義者」的範例：「歷史的前進運動，完成於人民及其先覺和英雄們的猛進，但也同樣要完成於一切負著種種包袱而辛苦跋涉的人們向著目的地的最後的到達」[8]。在當時的情景下，這些作家和左翼文學主張之間存在著的差別和分歧，在嚴峻的政治情勢下，被相當程度地忽略和掩蓋了。有一些作家，表現了融入左翼文學的理論和實踐的自覺，而在另一部分「中間階層」作家看來，社會政治立場的選擇，並不一定與他們的創作實踐有完全對應的關係；即他們的思想和創作有所調整，卻並不想全部接納左翼的文學主張，而在政治承擔與藝術自律上持不同的態度。

在 40 年代後期，被稱為「自由主義作家」的一群，在文學一政治格局中，由於他們在學術研究和文學創作上取得的成績和影響，是包括左翼文學在內的各種文學力量都難以忽視的存在。被列入這一名項之下的作家，他們的主張並不完全相同。但是在主張文學的「自主性」上，在對文學與商業、與政治結緣持懷疑和批評的態度上，則持相近的立場。文學不應成為政治、宗教的奴隸，作家應忠於藝術，堅持「獨立的識見」，創

8　馮雪峰《悼朱自清先生》，《論文集》第 1 卷第 110、116 頁，人民文學出版社 1952 年版。毛澤東也把聞一多、朱自清在 40 年代後期的表現，評價為「曾經是自由主義者或民主個人主義者」政治思想立場在大時代的轉變的典範。見《別了，司徒雷登》，《毛澤東選集》第 1499 頁，北京，人民出版社 1966 年版。

作出「受得住歲月陶冶的優秀作品」，這是他們文學主張的基本點。不過，這些作家雖然竭力反對文學對政治的依附，主張文學與政治分離，但是在那個動盪的時代，他們也難以從現實政治的「漩渦」中脫身。一般有著「英美文化」背景的這些作家，雖說大多並沒有直接參與政治活動，與當時政壇上的「第三條道路」也不能簡單等同。不過，在政治傾向和主張上，大都傾向於「英美民主政治」的理想，而從「思想自由」的立場出發，對內戰的雙方，都持批評、譴責的姿態。1946年6月，創刊於1937年初的《文學雜誌》復刊。主編朱光潛在《復刊卷首語》中，重申他們的「目標」，是「採取充分自由的嚴肅的態度，集合全國作者和讀者的力量，來培養一個較合理底文學刊物，藉此在一般民眾中樹立一個健康底純正底文學風氣」。但是由於左翼文學力量已成為「強勢」的力量，提倡「健康」，主張「純正」，反對政治力量對文藝的干預，顯然是指向左翼文學力量追求、推動「文藝新方向」。朱光潛認為，「以為文藝走某一方向便合他們的主張或利益，於是硬要它朝那個方向走，盡箝制和姦汙之能事，結果文藝確是受了害，而他們自己也未見得就得了益。」[9]1946年沈從文回到北平，任北京大學教授，同時擔任天津《益世報・文學週刊》主編，還參與編輯《經世報》、《大公報》等的文藝副刊。同年，蕭乾從國外回到上海，除任《大公報》社評委員外，還負責該報「文藝」副刊。他撰寫的《中國文藝往哪裏走？》的社評，批評文藝上的「集團主義」，提出「應革除只准一種作品存在的觀念」。這和沈

---

[9]　《自由主義與文藝》，《周論》第2卷第4期（1948年8月6日出版）。

從文批評「政府的裁判」之外的「另一種『一尊獨佔』」，當然都是指向左翼文學。「自由主義作家」在戰後相當活躍，表現了對中國文學的建設負有重要使命的自我意識。他們力圖「匡正」當時文學強烈意識形態化走向，雄心勃勃地試圖開拓 40 年代文學的另一種可能性。

二、左翼文學界的「選擇」

40 年代後期的文學界，雖然存在不同思想藝術傾向的作家和作家群，存在不同的文學力量，但是，有著明確目標，並有力量決定文學界走向，對文學的狀況實施「規範」的，卻只有由中共領導、影響下的左翼文學[10]。在中國文學總體格局中，左翼文學成為具有影響力的派別，在 30 年代就已開始。到了 40 年代後期，更成了左右當時文學局勢的文學派別。這個期間，左翼文學界的領導者和重要作家清楚地認識到：文學方向的選擇應與社會政治的轉折同步。他們在抗戰之後的主要工作，是致力於傳播延安文藝整風確立的「文藝新方向」，並隨著政治、軍事鬥爭的展開，促成其在全國範圍的推廣，以達到理想的文學形態的「一體化」的實現。

1942 年延安的文藝整風之後，根據地「文藝界在思想上和行動上的步調漸漸趨於一致」，毛澤東「所指出的為工農兵大

---

[10] 這裏說的「左翼文學」，應區別於30年代與左聯相關的文學派別、文學形態的「左翼文學」。「左翼文學」在這裏，是在觀察20世紀中國文學時，按照政治傾向，和與政治傾向相關的文學觀念、寫作實踐的性質，來描述某一文學潮流、文學派別的概括方式。

眾服務的方向，成為眾所歸趨的道路」[11]。1943 年 3 月，在重
慶出版的《新華日報》報導了延安文藝座談會的情況，並隨後
摘要刊發了《講話》的主要內容[12]。重慶和「大後方」的一些作
家也讀到《講話》的全文。1944 年 5 月，中共中央派何其芳、
劉白羽到重慶介紹、貫徹文藝座談會和《講話》的精神。延安
的文藝思想和方針，逐步為國統區的左翼作家所瞭解，並為其
中的許多人所認同，在國統區成為他們分析文學界情勢，確立
工作步驟和方法的基準。

　　40 年代後期，左翼作家在國統區推動「文藝新方向」的工
作，有幾個相聯繫的方面。一是傳播《講話》的基本觀點，以
及介紹、評價實踐《講話》的解放區文藝創作。解放區文藝的
代表作品，如歌劇《白毛女》、趙樹理的小說《李有才板話》、
《李家莊的變遷》等，受到郭沫若、茅盾、邵荃麟等的熱烈讚
揚[13]。另一是對抗戰以來，尤其是 40 年代國統區的文藝狀況，
和對一些重要的文學問題的回顧、清理[14]。這是確定今後文藝發

---

[11] 艾思奇《從春節宣傳看文藝的新方向》，1943 年 4 月 25 日延安《解放日
　　報》。

[12] 《新華日報》（重慶）1943 年 3 月 24 日的《中共中央召開文藝工作者會
　　議》和 1944 年 1 月 1 日的《毛澤東同志對文藝問題的意見》。

[13] 見郭沫若《讀了〈李家莊的變遷〉》（《文萃》第 46 期，1946），茅盾《論
　　趙樹理的小說》（《文萃》第 2 年第 10 期，1947），邵荃麟《評〈李家莊
　　的變遷〉》（《文藝生活》光復版第 13 期，1947 年 4 月），以及郭沫若、
　　茅盾等對《白毛女》的評論。

[14] 這種清理，表現在有關文藝的座談會，以及一系列總結性的文章中。這一
　　主題的重要文章有：茅盾《八年來文藝工作的成果及傾向》（1946）、馮
　　雪峰《論民主革命的文藝運動》（1946）、胡風《論現實主義的路》、邵
　　荃麟執筆的《對於當前文藝運動的意見──檢討‧批判‧和今後的方向》。
　　另外，茅盾在第一次文代會上的報告《在反動派壓迫下鬥爭和發展的革命

展方向和路線的前提。在總結抗戰以來的文學狀況時，左翼文學的代表人物的觀點和評述方式並不完全一致。但是，以毛澤東的文藝思想作為理論依據、以延安文藝作為理想模式，是左翼文學界中代表延安文藝路線的主流派別所堅持的原則。

與上述活動相關的，是對 40 年代作家、文學派別進行「類型」劃分。類型劃分的目的，是判定各種文藝思想、創作傾向和作家作品的「等級」，分別確定團結、爭取、打擊的對象。左翼文學界劃分文學力量的尺度，既基於新文學發展的歷史狀況，也基於現階段的文學觀念和政治訴求。同時，蘇聯三、四十年代史達林—日丹諾夫的文藝方針、政策，也提供了進行這種劃分的重要參照。作家的「世界觀」（主要指他們的政治立場和階級意識），他們對中共領導的革命運動和文學運動的態度，他們的作品可能產生的政治效應——是最先考慮的條件。按照這一尺度，在一般的情況下，作家常被劃分為革命作家（左翼作家）、進步作家（或中間階層作家）和反動作家等三類。1947 年以後，隨著共產黨對國民黨的軍事鬥爭取得重大勝利，這種類型描述趨於細密，也更富於「鬥爭性」。內戰開始以後，由中共中央安排，在國統區的左翼文化人士和「進步作家」，先後來到香港，香港成為 40 年代後期的左翼文化中心。在 1948 年 3 月出版的，由邵荃麟、馮乃超等創辦的《大眾文藝叢刊》第一輯上，發表了署名「本刊同人・荃麟執筆」的《對於當前文藝運動的意見》和郭沫若的《斥「反動文藝」》。在前文中，提出左翼文學在「鞏固與擴大」文藝統一戰線時應該團結的，

文藝》（1949），也屬於這一性質。

是「廣泛的中間階層作家」（或稱「進步自由主義文藝」），
認為他們與左翼作家有著「五四」新文學的反帝反封建方向上
一致，也有著靠攏革命、走向人民的現實表現。但也指出不應
忽視他們與「革命大眾文藝」存在的距離。他們之中的一些人，
甚至包括一部分左翼作家，未能從西歐資產階級個人主義和感
傷主義中擺脫出來，而需要給予批評和說服。至於「在思想鬥
爭中要無情地加以打擊和揭露的」，最主要是「地主大資產階
級的幫兇和幫閒文藝」，在這一名項下被舉例的作家有，主張
「唯生主義文藝」和「文藝再革命」的徐中年，標榜「文藝的
復興」的顧一樵，宣揚「為藝術而藝術」的朱光潛、梁實秋、
沈從文，公然擺出四大家族奴隸總管的易君左、蕭乾、張道藩
等。另外，還有黃色的買辦文藝，色情的、趣味惡劣的鴛鴦蝴
蝶等。在郭沫若的文章中，把「反動文藝」區分為「買辦性」
和「封建性」兩類，並進一步以紅、黃、藍、白、黑的顏色命
名，把與國民黨官方有聯繫的作家，把朱光潛（他曾是國民黨
中央監察委員）、潘公展、沈從文，把色情、神怪、武俠、偵
探等文學，和他們的文藝理論、文藝作品，歸入「要毫不容情
地舉行大反攻」的對象。左翼文學主流力量所作的類型描述和
劃分，是實現四、五十年代文學「轉折」的基礎性工作。這種
描述成為政治權力話語，它不限於「反動作家」，而且在左翼
作家和「進步作家」中引起強烈反響，深刻地影響了四、五十
年代之交的文學進程。

　　需要指出的是，左翼文學界對文學力量的描述和劃分，還
在左翼文學內部進行。不過，左翼的主流派別不承認左翼內部
存在分歧，他們通常採用的方法，是將內部「非主流派別」指

認為「異端」加以清除。在戰後的開初階段，還呈現為不同主張的爭論和衝突，到了「主流派別」的力量足夠強大的 40 年代後期，胡風、馮雪峰等就逐步成為被劃分、剝離的對象。

三、毛澤東的文學思想

毛澤東的文學思想，以及據此制定的文藝路線、政策，從 50 年代開始，不僅在局部地區，而且在中國大陸整體範圍確立為應以遵循的路線、政策。毛澤東對於馬克思主義經典作家的文學理論遺產，和中國左翼文學運動的理論和實踐，加以選擇、改造，在 30 年代末到 40 年代初，形成了體系性的關於文藝問題的觀點。這體現在《中國共產黨在民族戰爭中的地位》、《新民主主義論》，特別是《在延安文藝座談會上的講話》等論著中。毛澤東的文學思想帶有強烈的「實踐性」的特徵。他在文學領域所提出的問題，以及對這些問題的回答，在很大程度上都是對現實緊迫問題的回應。《講話》中明確指出，「我們討論問題，應當從實際出發，不是從定義出發」，要從分析「客觀現實」中「找出方針、政策、辦法來」[15]。在他所列舉的「現在的事實」中，有當時正在進行的抗日戰爭、中共領導的革命等。19 世紀後期以來，中國建立現代民族國家所面臨的問題，毛澤東和他所領導的政黨所從事的動員民眾、奪取政權的革命所面臨的問題，是他考慮文學問題的出發點。

---

[15] 《毛澤東選集》第 854-855 頁，北京，人民出版社 1966 年版。下面引用《講話》不另加注釋。

　　中國左翼的文學理論家，通常把馬克思主義文學理論看成是統一的整體，並將毛澤東有關文藝問題的論述，看作是馬克思主義文藝理論的組成部分和對這一理論體系的「發展」。1944年 3 月，周揚在延安編輯出版的《馬克思主義與文藝》一書，選輯馬克思、恩格斯、普列漢諾夫、列寧、史達林、高爾基、魯迅、毛澤東等有關文藝問題的論述[16]。該書出版的直接動機，是為毛澤東的論述的正確性提供依據[17]，而這種編輯方法，又建立在所列入的經典作家對文學重要問題（如該書分設的文藝的特質、文藝與階級、無產階級文藝等專題）觀點一致的理解的基礎上。實際情形是，馬克思主義文學理論創始人的主張就存在差異，在後來的傳播、接受、實踐過程中，因民族、國家、政治文化等的不同，而有不同的闡釋，出現不同的派別、路線，有時並引發激烈的衝突。一個重要的例子是，1931-1933 年間，蘇聯共產主義學院的刊物《文學遺產》首次公開披露馬克思、恩格斯有關文學問題的一組信件[18]。這些信件的中文摘譯，也已

---

[16] 周揚在《序言》中，說明該書是根據毛澤東的《講話》的精神編輯的，並最早提出毛澤東的文學思想是馬克思主義文藝觀的繼承和發展的論點，指出《講話》「最正確、最深刻、最完全地從根本上解決了文藝為群眾與如何為群眾的問題」。《序言》曾單獨刊於 1944 年 4 月 8 日的延安《解放日報》。這種搜集馬克思主義「經典作家」的語錄式編輯方法，一直延續到現在；只不過在列入的「經典作家」人選和具體內容上，根據情勢變化而不斷有所變動。

[17] 毛澤東在讀過《序言》之後寫給周揚的信中說，「你把文藝理論上的幾個主要問題做了一個簡明的歷史敘述，藉以證實我們今天的方針是正確的，這一點很有益處。」《毛澤東書信選集》第 228 頁，北京，人民出版社 1966年版。

[18] 指馬克思、恩格斯 1859 年分別致斐・拉薩爾，恩格斯 1885 年致敏・考茨基，1888 年致瑪・哈克奈斯的信。

在 40 年代初延安的《解放日報》上刊載。然而並沒有引起足夠注意，尤其是恩格斯的某些觀點。《講話》所著重引述的，是列寧《黨的組織與黨的文學》[19]關於文學藝術事業應該成為整個「革命機器」中的「齒輪和螺絲釘」的論述，卻沒有涉及作品傾向性與藝術性、作家「世界觀」和「創作方法」的矛盾等問題；對列寧在同一篇文章中講到的——「文學事業中最少能忍受機械平均、水準化、少數服從多數」、文學事業「無條件地必須保證個人創造性、個人愛好的廣大原野，思想與幻想，形式與內容的原野」——也避免做出解釋。

毛澤東從馬克思的一定的「經濟基礎」決定「上層建築」的性質、狀況的觀點出發，指出「中華民族的舊政治和舊經濟，乃是中華民族的舊文化的根據；而中華民族的新政治和新經濟，乃是中華民族的新文化的根據」[20]。因而，隨著中國出現新的經濟基礎和新的政治制度，他認為，也必然要建立、出現新的文化，新的文學藝術。從 30 年代開始，他以「革命的民族文化」、「民族的形式，新民主主義的內容」、「新鮮活潑的，為中國老百姓所喜聞樂見的中國作風和中國氣派」、「為工農兵的文藝」等描述，來標示它的性質。為著這種新文化（文學）的建立，他發動、支持了一系列的運動，激烈地批判「舊文化（文學）」的理論、制度和代表人物，為新文學的建立清理基地。他領導了 1942 年延安的文藝整風，在五、六十年代，發起

---

[19] 這篇文章的中文譯文，在 80 年代初經中共中央編譯局重新翻譯、校訂，篇名改為《黨的組織與黨的出版物》。下面的引文，據 1941 年延安《解放日報》的譯文。

[20] 《新民主主義論》，《毛澤東選集》第 656-657 頁，人民出版社 1966 年版。

了批判電影《武訓傳》、胡適的政治、哲學、文學思想的運動，
發起對在文學思想上與《講話》存在分歧的「胡風集團」的攻
擊，發起對 1956-1957 年間文學界「異端」力量的攻擊。直至
在 60 年代，發動了長達十年的「文化大革命」運動。

　　文學的社會政治效用（功能），是毛澤東文學思想的核心
問題。毛澤東不承認具有獨立品格和地位的文學的存在，認為
「在現在世界上，一切文化和文學藝術都是屬於一定的階級，
屬於一定的政治路線的。為藝術的藝術，超階級的藝術，和政
治並行或互相對立的藝術，實際上是不存在的」。「黨的文藝
工作」，「是服從黨在一定革命時期內所規定的革命任務的」。
從這種觀點出發，他必然要抨擊像托洛斯基那樣的「藝術必須
按照自己的方式發展，走自己道路」的「二元論或多元論」。
在毛澤東的文學主張中，文學與政治的關係這一左翼文學的問
題，已被極大地簡化、直接化：現實政治是文學的目的，而文
學則是政治力量為實現其目標必須選擇的手段之一。這樣，從
40 年代的延安文學開始，文學寫作、文學運動，不僅在總的方
向上與現實政治任務相一致，而且在組織上，具體工作步調上，
也要與政治完全結合。不過，他雖然要求文學成為政治鬥爭的
「武器」，但也指出這種「武器」不應是粗劣的，「缺乏藝術
性的藝術品，無論政治上怎樣進步，也是沒有力量的」。因此，
在反對政治觀點錯誤的同時，「也反對只有正確的政治觀點而
沒有藝術力量的所謂『標語口號式』的傾向」。文學「從屬」
政治並「影響」政治的觀點，必然產生對於文學的「規範性」
要求。不僅為文學寫作規定了「寫什麼」（題材），而且規定
了「怎麼寫」（題材的處理、方法、藝術風格等）。如必須主

要寫工農兵生活，注重塑造先進人物和英雄典型；必須主要寫生活的「光明面」，「以歌頌為主」；必須揭示「歷史本質」，表現生活的「客觀規律」，樂觀主義地展示歷史發展的前景；語言、形式必須易懂、明朗，反對晦澀朦朧；文學批評必須堅持「政治標準第一，藝術標準第二」；……為寫作和批評的種種設限，在有的時候演化為繁瑣的公式。

對於文學創作，毛澤東十分重視「生活」的重要性，稱它為藝術創造的「唯一源泉」。為了警惕文藝創作神秘化，好讓文學更好服務於政治，並讓工農群眾對文藝有更直接參與，他傾向於將創作視為對於「生活」的加工。《講話》的 1943 年版本中，「社會生活」被稱為文學創作的「原料」、「半製品」，或「自然形態的文藝」，創作則是對它們的「加工」[21]。但是，矛盾之處是，重視文學的社會動員功能，肯定不會滿足於創作對於「生活」的「加工」式摹寫、「反映」。以先驗理想和政治烏托邦激情來改寫現實，使文學作品「比普通的實際生活更高，更強烈，更有集中性，更典型，更理想，因此就更帶普遍性」的「浪漫主義」，可以說是毛澤東文學觀中主導的方面；50 年代「革命現實主義和革命浪漫主義相結合」口號的提出，是合乎邏輯的展開和延伸。

創建「新文化（文學）」的實踐需要確立對待「文化遺產」的態度。毛澤東認為這種新文化的建設不能與人類歷史上的精神產品割斷聯繫。《新民主主義論》中指出，「應該大量吸收

---

[21] 見 1943 年 10 月 19 日延安《解放日報》。1953 年《毛澤東選集》第三卷的《講話》版本中，改去「原料」、「半製品」等說法，並用「創造」一詞取代「加工」。

外國的進步文化，作為自己文化食糧的原料」，對中國「燦爛
的古代文化」，要加以清理，這是「發展民族新文化提高民族
自信心的必要條件」。《講話》中也指出，「必須繼承一切優
秀的文學藝術遺產」，「作為我們從此時此地的人民生活中的
文學藝術原料創造作品時候的借鑒」，而「決不可拒絕繼承和
借鑒古人和外國人」。自然，毛澤東「發展民族新文化」的戰
略目標，在文化遺產的繼承與變革、斷裂的關係上，強調的是
後者；特別是在對待西方文化遺產上。40 年代到 70 年代中期他
發動的文學運動，所實行的文化政策說明了這一點。至於「新
文化（文學）」的建設依靠什麼人來實現，是另一悖論式的難
題。毛澤東對「現有」的作家顯然有很大的保留。他認為他們
接受的是封建主義、資產階級的教育，而又與工人農民的生活
脫節，他們中的許多人的立足點、「還是在小資產階級知識份
子方面」，「靈魂深處還是一個小資產階級知識份子的王國」。
因此，《講話》中說，儘管工人農民「手是黑的，腳上有牛屎，
還是比資產階級和小資產階級知識份子都乾淨」；他對於「小
資產階級出身」的知識份子「經過種種辦法，也經過文學藝術
的方法，頑強地表現他們自己」，「要求人們按照小資產階級
知識份子的面貌來改造黨，改造世界」，始終保持高度的警覺。
從這樣的判斷出發，毛澤東雖然把作家思想改造、轉移立足點、
長期深入工農兵生活，作為解決文藝新方向的關鍵問題提出，
但是他寄予更高期望的，是重建無產階級的「文學隊伍」，特
別是從工人、農民中發現、培養作家。他以「卑賤者最聰明，
高貴者最愚蠢」來鼓舞他們「解放思想，敢想敢幹」。不過，
在實踐中，這一戰略措施並未有收到預期的成效：工農作家的

創作的整體水準既存在著問題，他們中一些人也難以抗拒「資產階級文化」的誘惑和侵蝕。

四、「文學新方向」的確立

40年代後期到50年代初的政權更替中，一部分作家離開大陸，前往台灣、香港、美國等地，如胡適、梁實秋、蘇雪林、張愛玲、徐訏等。大多數的作家懷著對獨立、強大民族國家的理想，迎接「新時代」的到來。一些當時在國外的作家，如老舍、曹禺、卞之琳等，也回到中國。1949年初，由於北平已被確定為「新中國」的首都，大批作家進入這一城市，並開始醞釀召開全國性的文藝工作者的會議。3月，在中華全國文藝界協會（全國文協）在北平的理事、監事，和華北文協理事的聯席會議上，產生了郭沫若為主任委員，茅盾、周揚為副主任委員的籌備委員會。7月2日到19日，中華全國文學藝術工作者代表大會（以後通稱第一次全國文代會）在北平召開。共有正式代表和邀請代表824人，分別組成平津（一、二團）、華北、西北、華中、東北、部隊、南方（一、二團）等代表團參加，實現了過去被分割在不同地域的作家和藝術家的「會師」：「從老解放區來的與新解放區來的兩部分文藝軍隊的會師，也是新文藝部隊的代表與贊成改造的舊文藝的代表的會師，又是在農村中的、在城市中的、在部隊中的這三部分文藝軍隊的會師」[22]。

---

[22] 周恩來《在中華全國文學藝術工作者代表大會上的政治報告》，見《中華全國文學藝術工作者代表大會紀念文集》，北京，新華書店1949年版。

在會上，周恩來、郭沫若、茅盾、周揚等分別做了報告[23]。毛澤
東也到會表示祝賀。一些代表還做了專題發言。

　　第一次全國文代會在後來的文學史敘述中，常被當作是「當
代文學」的起點。它在對 40 年代解放區和國統區的文藝運動和
創作總結、檢討的基礎上，把延安文學所代表的方向，確定為
當代文學的方向，並對當代文學的創作、理論批評、文藝運動
的展開方式和方針政策，制訂規範性的綱要和具體的細則。周
揚指出，「《在延安文藝座談會上的講話》規定了新中國的文
藝的方向，解放區文藝工作者自覺地堅決地實踐了這個方向，
並以自己的全部經驗證明了這個方向的完全正確，深信除此之
外再沒有第二個方向了，如果有，那就是錯誤的方向」[24]。當然，
「會師」的「文藝大軍」中的不同成份，在「當代文學」中並
不具有同等的價值和位置。按照在 40 年代已明確的文學階級性
的類型學尺度（文學界的宗派利益也是尺度的構成因素之一），
他們事實上已被區分為不同等級。這種等級，不僅存在於「新
文學」和「舊文學」，存在於「左翼文學」和「自由主義文學」
之間，也存在於「解放區文學」和「國統區的革命文學」之間，
甚至存在於來自解放區的不同文學派別。在這次會議上，延安
文學的主題、人物、語言和藝術方法，以及解放區文學工作，
文學運動展開方式，經過條理化的歸納，作為最主要經驗被繼

---

[23] 這些報告是：周恩來的《政治報告》，郭沫若的大會總報告《為建設新中
國的人民文藝而奮鬥》，茅盾的《在反動派壓迫下鬥爭和發展的革命文藝》，
周揚的《新的人民的文藝》。均見《中華全國文學藝術工作者代表大會紀
念文集》。
[24] 周揚《新的人民的文藝》。

承。在此前後分別出版的兩套大型文學叢書——收入解放區文學創作的《中國人民文藝叢書》，和收入「五四」到 1942 年以前作家創作的《新文學選集》[25]——也被處理為不同的價值等級。第一次文代會以制度的力量，進一步推進當代文學的思想、藝術規範。

　　在這次會議上，周揚總結解放區文藝工作經驗時提出，「除了思想領導之外，還必須加強對文藝工作的組織領導」。郭沫若的大會結束報告，也將很快就要成立「專管文化藝術部門」的組織機構，稱為這次大會取得的成功之一。第一次文代會成立的全國性的文藝界組織是中華全國文學藝術界聯合會（1953年改名為中國文學藝術界聯合會），它是國家和執政黨對作家、藝術家進行控制和組織領導的機構。全國文聯下屬的各協會，也都相繼成立。這些協會中，最重要的是中華全國文學工作者協會（1953 年 9 月，改名中國作家協會）[26]。這些機構的性質、

[25] 《中國人民文藝叢書》，由周揚主持編輯，1949 年 5 月開始出版，編選解放區的文藝作品（包括作家創作和工農兵作者創作）二百餘篇（部），新華書店出版。收入作品有歌劇《白毛女》、《兄妹開荒》、《赤葉河》，小說《李有才板話》、《李家莊的變遷》、《桑乾河上》、《暴風驟雨》、《高幹大》、《呂梁英雄傳》、《原動力》，詩歌《王貴與李香香》、《趕車傳》、《圈套》、曲藝《劉巧團圓》，平劇《逼上梁山》、《三打祝家莊》，工農創作《東方紅》等。《新文藝選集》由茅盾主編，選輯 1942 年以前就有重要作品問世的作家專輯。共兩輯，24 冊。第一輯選已故去的作家，有魯迅、瞿秋白、聞一多、郁達夫、朱自清、許地山、洪靈菲、魯彥、殷夫、柔石、胡也頻、蔣光慈等，第二輯收當時健在作家，有郭沫若、茅盾、葉聖陶、丁玲、田漢、巴金、老舍、洪深、艾青、張天翼、曹禺、趙樹理。趙樹理是兩套叢書都入選的唯一作家。一方面固然由於他在當時的重要地位，但也反映了「新的人民文學」的建造者對「人民文藝叢書」顯示的成績還缺乏信心，而需要借助「新文學選集」來「經典化」。
[26] 除中國作家協會外，還有戲劇家、音樂家、美術家、電影家、舞蹈家、曲

形式、功能，既承接了 30 年代「左聯」的經驗，也直接從蘇聯作家協會取得借鑒。作為全國文聯和中國作協對文學界進行思想領導的重要機關刊物《文藝報》和《人民文學》，也在文代會後創刊。

藝家、攝影家、書法家、雜技藝術家、民間文藝家等協會（或研究會）。

第二章

文學環境與文學規範

一、「遺產」的審定和重評

在進入當代這一文學時期的時候，重新審定中外文學的作家作品，對它們的性質和價值做出新的判斷，是面臨的重要任務。這關係到文學規範所依循的基本尺度，也關係到當代文學「資源」選擇（借鑒、吸收、改造、排斥的對象的區分）的問題。在 50-70 年代，審定、重評由具有政治權威地位的文學機構，以及由這些機構「授權」的批評家、出版社、報刊、研究所、學校實施。

重評的範圍，涉及中國古典文學、外國文學，以及「五四」以來的新文學等方面。其中「五四」以來的新文學和外國文學（特別是西方文學）具有優先的緊迫性。這是因為「五四」新文學和外國（西方）文學與中國當代政治、文學的關聯緊密，外國文學對中國現代作家產生過廣泛、深刻影響，直接關係到當代文學的建構[1]。另外，在 50-70 年代，這種選擇與重評雖然

---

[1] 1948 年，邵荃麟在檢討 40 年代國統區革命文藝運動時，談到 1941 年以後 19 世紀歐洲的「資產階級的古典文藝」在中國產生「巨大影響」的情況：「大量的古典作品在這時候翻譯過來了。托爾斯太、弗羅貝爾，被人們瘋狂地、無批判地崇拜著。研究古典作品的風氣盛極一時。安娜‧卡列尼娜

有一貫的原則和尺度，但是在歷史過程中，不同階段也有所變化，甚至是激烈錯動的情況；「文革」期間實行的激進的「無經典」的方針，就是突出例子。不同國別、不同作家的評價標準也時有變化，政治情勢的變動是不斷做出調整的依據。

在50年代初，對「國際革命文藝」、尤其是蘇聯文學的譯介，放在首要的位置上。周揚當時指出，「擺在中國人民，特別是文藝工作者面前的任務，就是積極地使蘇聯文學、藝術、電影更廣泛地普及到中國人民中去，而文藝工作者則應當更努力地學習蘇聯作家的創作經驗和藝術技巧，特別是深刻地去研究作為他們創作基礎的社會主義現實主義」[2]。在50年代，主要的文學報刊（《文藝報》、《人民文學》、《譯文》）和文學書籍主要出版社（北京的人民文學出版社、中國青年出版社、上海的新文藝出版社等），出版了大量的舊譯和新譯的蘇聯文學作品和文學理論著作[3]。蘇聯的文藝政策文件，作家代表大會

型的性格，成為許多青年夢寐追求的對象。在接受文藝遺產的名義下，有些人漸漸走向對舊世紀意識的降伏。於是舊現實主義、自然主義以及其他過去的文藝思想，一齊湧入人們的頭腦裏，而把許多人征服了。這個情形，和戰前國際革命文藝思想對我們的影響相比較，實在是一種可驚的對照。」（《對於當前文藝運動的意見》）馮至說到，對於他們那一代作家，西方文學影響很大，「在20年代的小說、詩歌、戲劇裏，我們處處能夠看到契訶夫或莫泊桑、雪萊或海涅、易卜生或蕭伯納等人的痕迹。人們為了揭露社會黑暗，在批判的現實主義的小說裏找到榜樣；為了抒發革命激情，在積極的浪漫主義的詩篇裏得到了啟發；為了打破舊文學的桎梏，接受了許多西方的文學形式；……」（《關於批判和繼承歐洲批判的現實主義的問題》，《詩與遺產》第196頁，北京，作家出版社1963年版。）

[2]　《社會主義現實主義——中國文學前進的道路》。原載1952年第12期蘇聯文學雜誌《旗幟》，《人民日報》1953年1月11日轉載。

[3]　被看作是社會主義現實主義奠基者和「最高典範」的高爾基的作品得到全面譯介，其他受到重視的蘇聯作家還有馬雅可夫斯基、綏拉菲摩維支、法

的報告、決議，50 年代蘇聯重要報刊發表的有關文學的社論、專論，也得到及時的翻譯出版[4]。人民文學出版社編譯的《蘇聯文學藝術問題》[5]一書，被作為當時開展的中國文藝工作者學習社會主義現實主義的必讀文件。其中收入俄共（布）中央 1925 年和 1932 年的兩個有關文藝的決議，蘇聯作家協會章程，日丹諾夫在第一次蘇聯作家代表大會上的講話，聯共（布）中央在 40 年代有關文藝問題的四個決議等。這一時期，還翻譯出版了不少蘇聯的文藝理論著作。季摩菲耶夫的文學理論著作[6]，畢達可夫作為「蘇聯專家」50 年代初於北京大學對來自全國各院校的文學理論教師講授的「文藝學引論」，把蘇聯當時的文學理論體系和研究、批評方法輸入到中國，對此後一段時間中國文學理論批評和文學教育，產生了很大影響。對蘇聯文學的大量譯介和高度評價，一直延續到 50 年代後期。

在 50 年代，對西方古典文學（包括俄羅斯文學）的翻譯出版也有較大的規模，其品種和數量都超過三、四十年代。這是受西方 19 世紀現實主義文學影響的左翼作家，在建立當代文學

捷耶夫、蕭洛霍夫、阿·托爾斯泰、富爾曼諾夫、西蒙諾夫、波列伏依、愛倫堡、柯切托夫、革拉特柯夫、尼古拉耶娃、伊薩柯夫斯基、蘇爾科夫、特瓦爾朵夫斯基、安東諾夫等。

[4] 四、五十年代之交，中國左翼文學界十分重視對蘇聯文藝政策的翻譯介紹。40 年代末，國統區的左翼文學界和解放區的書店、出版社，就出版了多種有關蘇聯文藝政策、文藝運動的書籍，如《戰後蘇聯文學之路》、《蘇聯文學方向的新問題》、《聯共（布）黨的文藝政策》、《蘇聯文藝政策選》、《論文學、藝術與哲學諸問題》（日丹諾夫）、《蘇聯文藝問題》、《論文學、藝術與哲學諸問題》等。

[5] 人民文學出版社 1953 年版，曹葆華等譯。

[6] 《文學原理》、《文學的發展過程》等。

的「資源」的另一種考慮。1950 年成立的、屬於「社會主義陣營」的世界和平理事會，每年都要選定幾位「世界文化名人」開展紀念活動。在中國開展的紀念活動（召開紀念大會，出版著作中譯本，發表評論文章）延續到 1958 年[7]。這無疑推動了當時外國文學的譯介工作。1954 年 7 月，中國作家協會主席團第七次擴大會議通過的「文藝工作者學習政治理論和古典文學的參考書目」[8]。「關於本書目的幾點說明」中指出，「本書目的是為了幫助文藝工作者選擇讀物，以便有系統有計劃地進行自修而開列的」。「說明」在解釋為什麼開列的文學作品只限於「古典作品」時指出，「現代的中外文學作品，特別是蘇聯文學作品，當然也是文藝工作者必需閱讀的，但因為這些作品，同志們自己能夠選擇，所以沒有列入」[9]。其實並非如此。文學名著的「俄羅斯和蘇聯部分」，共有 17 位作家的著作 34 種，包括克雷洛夫寓言，普希金、萊蒙托夫的詩到托爾斯泰、契訶夫的小說。雖說是「古典文學名著」，高爾基和馬雅可夫斯基

---

[7]　列入「世界文化名人」的外國作家，1952 年為〔法〕雨果、〔俄〕果戈理；1953 年為〔法〕拉伯雷、〔古巴〕何塞·馬蒂；1954 年為〔俄〕契訶夫、〔英〕亨利·菲爾丁、〔英〕莎士比亞、〔希臘〕阿里斯托芬；1955 年為〔波蘭〕密茨凱維支、〔德〕席勒、〔挪威〕安徒生、〔法〕孟德斯鳩；1956 年為〔印度〕迦梨陀娑、〔俄〕陀斯陀耶夫斯基、〔英〕蕭伯納、〔德〕海涅、〔挪威〕易卜生、〔美〕佛蘭克林；1957 年為〔英〕布萊克、〔義大利〕哥爾多尼、〔美〕朗費羅；1958 年為〔伊朗〕隆迪、〔英〕彌爾頓、〔瑞典〕拉格洛夫。

[8]　刊於《文藝學習》1954 年第 5 期。「說明」中稱，「這是第一批書目，將來如有必要將陸續開列第二、第三批書目」。但此後沒有再開列過。

[9]　不開列「現代」作品的另外原因，可能是存在難以說明的難度。但是，列入的「古典作品」名單中，又包括了高爾基、馬雅可夫斯基等應屬「現代」的作家。

的作品卻也列入。而「其他各國」部分，則開列了自荷馬的史詩、希臘的悲劇，到 19 世紀的現實主義小說的中文譯本 67 種。

　　對中外文化「遺產」、尤其是外國（西方）文學的態度，在當代文學的這一時期，是敏感而重要的問題。大體上，以時間而言，對外國文學的有限度的肯定主要限在 19 世紀以前的文學；以「創作方法」而言，則「現實主義」是一個衡量的尺規；而這兩個尺度大致又是重合的。對於 20 世紀外國現代文學，當時的中國文學界只譯介被認為是「現實主義的」，或「進步的」，或具有「社會主義傾向」的作家作品，如英國的蕭伯納、高爾斯華綏，法國的羅曼・羅蘭、巴比塞、瓦揚─古久里、阿拉貢、艾呂雅，斯梯，德國的托馬斯・曼、盧森堡、台爾曼、沃爾夫、布萊希特、西格斯，美國的辛克萊、德萊塞、斯坦貝克、法斯特[10]、馬爾茲、休士，丹麥的尼克索，古巴的紀廉，智利的聶魯達，土耳其的希克梅特，日本的藏原惟人、夏目漱石、小林多喜二、宮本百合子、德永直、野間宏、高倉輝、志賀直哉、石川啄木，印度的泰戈爾、普列姆昌德等。20 世紀西方文學中的「現代主義」，和具有近似思想藝術傾向的作家作品（在 50 年代，中國理論家稱之為「20 世紀歐美資產階級沒落期的頹廢文學各派別」），以及蘇聯文學中背離「社會主義現實主義」路線的創作（葉賽寧、布爾加科夫、古米廖夫、帕斯捷爾納克、茨維塔耶娃、阿赫瑪托娃、索爾仁尼琴等），認為思想藝術傾向反動、腐朽而受到否定，作品也沒有得到翻譯和公開出版。

---

[10] 因 1956 年蘇共 20 大揭發史達林個人崇拜和 30 年代大清洗問題，法斯特宣佈脫離美國共產黨。在此之前，他的幾乎全部重要作品都被翻成中文，計有《斯巴達克思》、《公民潘恩》等 20 種。

「現代派」作家作品之所以受到否定，茅盾在《夜讀偶記》[11]中做了這樣的說明：「現代派」（該文運用了「新浪漫主義」的概念）的思想根源是主觀唯心主義，而創作方法是反現實主義，是反映了沒落中的資產階級的狂亂的精神狀態和不敢面對現實的主觀心理；在極端歪曲「事物外形」的方式下，來發泄作者個人的幻想、幻覺[12]。因而，不論對於社會主義時代的讀者，還是創造社會主義文學的作家，都只有害而無利。

在五、六十年代，那些「值得」譯介、閱讀、借鑒的作家作品，又並不處於同一等級。當代認為，「社會主義現實主義的思想基礎是辯證唯物主義和歷史唯物主義」，能夠深刻揭示社會本質，和「指出理想的前景」，代表了文學的最高發展階段，而優於人類已有的一切文學創作。19世紀的現實主義中，巴爾扎克高於左拉，因為後者具有「自然主義」傾向，這在揭示生活的「本質」上存在缺陷。對20世紀的「批判現實主義作家」的高爾斯華綏、托馬斯・曼的肯定，已包含更多的保留，原因是已出現了工人階級的社會主義運動，而社會主義現實主義文學也已成為最先進的文學事實。1954年文藝工作者參考書目，所開列的俄蘇作家的著作數，高爾基居第一位，達7種，以下依次為果戈理（4種）、普希金、屠格涅夫、托爾斯泰（各3種），而陀思妥耶夫斯基則未被列入（但他的主要作品的中文

---

[11] 連載於《文藝報》1958年第1、2、8、10期。單行本由百花文藝出版社（天津）1959年出版。

[12] 這一論述，與匈牙利美學家盧卡奇的觀點相近。盧卡奇認為，現代主義作品「把資本主義社會的解體中所產生的人的異化現象，當作人類的普遍情形，渲染現實的離散、破裂和間斷，並把它們等同於現實，而遮蔽了現實的本質。」

譯本在 50 年代仍印行，這與他是 1956 年度的「世界文化名人」
有一定關係）。對於英國「古典詩人」，具有「革命性」的雪
萊、拜倫受到更多的讚揚，而濟慈、華茲華斯相對受到冷落：
這種價值判斷來源於「積極浪漫主義」和「消極浪漫主義」的
區分[13]。「等級」的劃分不僅表現在作家上，而且也指向同一作
家的不同作品[14]。思想藝術上的「典型化」程度，對勞動者的表
現的程度，對封建主義、資本主義社會黑暗的揭發程度，是評
價「古典作品」經常使用的標準。

　　五、六十年代對中外作家作品的評價，與當代文學思潮、
文學運動的狀況直接相關。1953 年史達林去世後，蘇聯文學進
入了一個被稱為「解凍」的時期。這期間，蘇聯文學界思想藝
術派別之間的爭論、衝突加劇。但是，中國文學界對這些情況
的介紹並不全面，愛倫堡的《解凍》當時也沒有被翻譯。只是
到了 1956-1957 年實施「百花齊放，百家爭鳴」方針期間，才
有了有限度的介紹，並對這一時期的中國文學的變革，產生直
接的影響。當時，在中國文學界，也出現了懷疑正統的社會主
義現實主義理論和實踐的思潮。到了 1957 年下半年，中國文學

---

[13] 高爾基認為，「必須分別清楚兩個極端不同的傾向」：「消極浪漫主義」
「它或者粉飾現實，想使人和現實妥協；或者就使人逃避現實墮入到自己
內心世界的無益的深淵中去，墮到『人生的命運之謎』，愛與死等思想
中去」；而「積極浪漫主義」「則企圖加強人的生活的意志，喚起他心中
對於現實，對於現實的一切壓迫的反抗心」。《我怎樣學習寫作》第 11-12
頁，三聯書店 1951 年第 4 版。

[14] 五、六十年代，在托爾斯泰的小說中，《復活》獲得更高的評價。羅曼·
羅蘭的《欣悅的心靈》被看作是比《約翰·克里斯多夫》更重要、更有高
度的作品。法捷耶夫的《青年近衛軍》被認為高於他的《毀滅》。對聶魯
達只翻譯、高度評價他的革命主題的詩作。

中變革的力量受到挫敗，在對蘇聯文學的譯介和評價上，也完全回到對正統路線的推崇。但這一情況並沒有維持很久。50 年代後期中蘇關係破裂，中國開展對「現代修正主義」的批判，對蘇聯文學的介紹也開始冷卻[15]。在「大躍進」經濟實驗和文學實驗失敗之後，60 年代初，中國文學在政治和藝術上進行「調整」。這個期間，也相應重視文化遺產的介紹，出現了翻譯出版中國古代文學名著和西方文化、文學名著的熱潮。商務印書館在 50 年代開始出版的「漢譯世界學術名著」的計劃繼續得到實施，「出版馬克思主義誕生以前的古典學術著作，同時適當介紹當代具有定評的各派代表作品」，到「文革」前夕，出版的這類書籍已有二、三百種。人民文學出版社也開始了有相當規模的「外國古典文學名著叢書」的出版。一些西方哲學、文學著作，雖作為批判對象而「內部發行」，畢竟也有了翻譯出版的可能。存在主義和實驗主義的哲學著作，是翻譯的重點。也選擇出版了一些「現代派」的作品。

---

[15]　應該說，對蘇聯現代文學的公開出版活動「冷卻」，但以「內部發行」方式出版，供「參考」、「批判」的蘇聯文學書籍，仍佔有很大比例；這種情況繼續到「文革」期間。重要的有特瓦爾朵夫斯基的《山外青天天外天》，葉夫圖申科等的《〈娘子谷〉及其他》（葉夫圖申科、沃茲涅夫斯基、阿赫瑪杜琳娜三人的詩歌合集），蕭洛霍夫的《被開墾的處女地（第二部）》，田德里亞科夫的《白旗》，梅熱拉伊斯的《人》，愛倫堡的《人、歲月、生活》，西蒙諾夫的《生者與死者》、《軍人不是天生的》，愛倫堡的《解凍》，索爾仁尼津的《伊凡·傑尼索維奇的一天》、《索爾仁尼津短篇小說集》，阿克蕭諾夫的《帶星星的火車票》，《蘇聯青年作家小說集》等。

二、刊物和文學團體

　　出於政治、道德、宗教、社會秩序等各種原因，國家、社會組織、宗教團體往往通過各種方式，對文學寫作、出版、閱讀，加以調節、控制。這存在於不同社會性質的國家之中。在50至70年代的中國，作家的文學活動，包括作家自身，被高度組織化。而外部力量所實施的調節、控制，又逐漸轉化為那些想繼續寫作者的「自我調節」和「自我控制」。

　　在50年代到「文革」之前，中國對於作家的管理，主要通過中國文學藝術界聯合會和作家協會這樣的組織來實現。中國作家協會和各地的分會，是這一時期中國作家的唯一組織。在中國文聯所屬的各協會中，中國作家協會最為重要。文藝運動的開展、文藝政策的實施、文藝決議的頒佈，都以中國文聯和中國作協的名義。中國作協章程標明它是「中國作家自願結合的群眾團體」。它的性質、機構組成和功能，既繼承30年代左聯的經驗，也是以蘇聯作家協會為仿效對象。它對作家的創作活動、藝術交流、權益起到協調保障的作用，而更重要的作用則是對作家的文學活動進行政治、藝術領導、控制，保證文學規範的實施。它可以看作壟斷性行業公會[16]與政治權力機關的「混合體」。它在五、六十年代的「權威性」，固然來自它的領導層中擁有當時中國最著名的作家、文學理論家[17]，另一方面

---

[16]　在五、六十年代，中國作協制定了嚴格的入會的條件，並產生了「業餘作家」、「專業作家」等特殊身份概念，以保證「作家」（中國作協會員）的身份不至「擴散」。

[17]　從成立起到「文革」停止活動，它的歷任主席是茅盾；周揚、丁玲、馮雪峰、巴金、老舍、柯仲平、邵荃麟、劉白羽等，同時或先後擔任過副主席。

則是國家、執政黨權力階層所賦予。中國作協權力核心是其中的「黨組」。中國文聯和作協在中共中央、毛澤東的領導和直接介入下，發動、推進了一系列的文學運動和批判鬥爭，並在各個時期，對作家、批評家提出應予遵循的思想藝術路線。在五、六十年代，中國文聯、作協對作家作品和文學問題，常以「決議」的方式，做出政治裁決性質的結論。1954 年 11 月，中國文聯和作協主席團聯席會議做出的《關於〈文藝報〉的決議》，1955 年 5 月，上述機構的關於胡風「反革命集團」問題的決議，同年末文聯和作協黨組關於丁玲、陳企霞「反黨小集團」的決議（這一決議當時和後來都沒有公開發表），都是著名的例子。這種做法，直接承繼 40 年代蘇聯史達林─日丹諾夫控制文藝界方法的「遺產」[18]。

　　在現代中國，文學期刊和報紙的文學副刊，對「新文學」的發生，對現代文學流派的形成起到重要作用。50 年代以後，文學期刊的數量有了很大增加[19]。其中最重要的是中國文聯和作協主辦的那些「機關刊物」，尤其是《文藝報》和《人民文學》。後來陸續創辦的中國作協主辦刊物，還有《新觀察》、《譯文》、《文藝學習》、《詩刊》、《民族文學》、《文學評論》[20]等。

---

[18] 1946 年 8 月聯共（布）中央關於《星》與《列寧格勒》兩雜誌的決議，關於影片《燦爛的生活》的決議，1948 年 2 月關於歌劇《偉大的友誼》的決議等。見《蘇聯文學藝術問題》，人民文學出版社 1953 年版。

[19] 據《文藝報》的統計，到了 1959 年全國文藝刊物（不包括報紙副刊）達到 89 種。見《文藝報》1959 年第 18 期。

[20] 有些刊物的名稱和歸屬，後來有所改變。如《文藝學習》從 1958 年開始停辦。《譯文》1959 年改名《世界文學》，《文學研究》改名《文學評論》，均歸屬中國科學院文學研究所。

《人民文學》，尤其是《文藝報》[21]，是發佈文藝政策，推進文學運動，舉薦優秀作品的「陣地」。它們與「地方」（各省市、自治區）的文學刊物，構成分明的等級。《文藝報》等刊物的控制權，它們的主編和編委的構成，是當時文藝界鬥爭的組成部分；從編委會成員的更替，可以窺見激烈衝突的線索[22]。這期間較重要的文學刊物，還有《解放軍文藝》、《譯文》、《世界文學》、《文藝月報》（《上海文學》）、《收穫》（上海）、《北京文藝》、《長江文藝》（武漢）、《延河》（西安）、《新港》（天津）、《作品》（廣州）等。不過，在文學被規定有統一路線、規格的時期裏，刊物數量雖多，卻不可能擁有鮮明的特色。創辦具有個性色彩，或文學流派的「同人」性質的刊物，曾是一些作家在某一時期所爭取的，但他們卻為此付出重大的代價；這種爭取，成了他們「鬧獨立王國」、「反黨」的罪證[23]。

---

[21] 在第一次文代會籌備期間，曾出版過《文藝報》周刊。《文藝報》　開始歸中國文聯主持，後委託中國作協代管。

[22] 「建國」初年，胡風極願主編《文藝報》，未被獲准。50年代前期，丁玲、馮雪峰先後主持《文藝報》、《人民文學》的編務，後來都被調離。反右運動之後，秦兆陽、鍾惦棐、蕭乾、黃藥眠、唐因、唐達成、王瑤等均失去《文藝報》或《人民文學》主編、編委或編輯部重要成員的資格。

[23] 1957年丁玲、馮雪峰等不滿當時的中國作協，曾想籌辦「同人刊物」；同年，江蘇青年作家籌辦刊物《探求者》；1957年四川詩刊《星星》具有的探索色彩……這些事件的當事人後來均成為右派分子。

三、文學批評和批判運動

　　毛澤東在《講話》中說，「文藝界的主要鬥爭方法之一，是文藝批評」。在 50 到 70 年代的大部分時間，批評的那種個性化、或「科學化」的作品解讀和鑑賞活動，不是最主要的職能；它主要成為體現政黨意志的，對作家作品、文學主張和活動進行政治「裁決」的手段。它承擔了規範的確立、實施的保證。一方面，它用來支持、讚揚那些符合規範的作家作品，另一方面，則對不同程度地具有偏離、悖逆傾向的作家作品加以警示、打擊。文學批評的這種「功能」，毛澤東形象地將之概括為「澆花」和「鋤草」[24]。

　　在 50 至 60 年代的「文革」發生之前，文學界並非不存在不同觀點爭論的空間，特別是在政治、文學形勢的緊張度較低的時期[25]。不過在大多數情形下，被權威報刊批評的作家，很少有為自己的創作、主張辯護的權利，更不要說「反批評」了[26]。如果涉及政治和文學方向問題，更不容提出異議。這種

---

[24] 參見《關於正確處理人民內部矛盾的問題》，《毛澤東選集》第五卷第 388-394 頁，北京，人民出版社 1977 年版。

[25] 比如 1956 年到 1957 年上半年的關於「社會主義現實主義」的爭論，上海《文匯報》關於電影問題的討論，關於王蒙、劉賓雁的小說、特寫的討論，關於「小品文危機」的討論，1958 到 60 年代初關於小說《青春之歌》、《「鍛煉鍛煉」》、《達吉和她的父親》（從小說到電影）的討論，關於「新民歌」問題的討論，關於歷史劇的討論等。在對文學遺產的闡釋、評價問題上，當代這一時期也出現過不少論爭（如對於王維、陶淵明、《琵琶記》、《桃花扇》、李商隱、山水詩等）。自然，上述這些論爭的出發點和所要達到的效果，也都與當時政治、文學的形勢相關。

[26] 有的時候，報刊似乎也刊登「反批評」的文章。如 50 年代前期路翎表現朝鮮戰爭的小說（《窪地上的「戰役」》等）受到批評，《文藝報》1955 年第 1-3 期連載了他的長篇答辯文章《為什麼有這樣的批評？》。不過，刊

批評不僅對當事人發生重要的、有時甚且是「生死予奪」的作用，對整個文學界也產生巨大的影響。50年代對陳亦門（阿壠）、蕭也牧、蔡其矯、李何林、吳雁（王昌定）、劉真等的批評，都是一些實例。

當毛澤東和文學權力階層認為某一作家、作品，某種文學思潮、現象的「錯誤」性質嚴重，對文學路線發出挑戰，產生嚴重損害的時候，批評便可能演化為大規模的批判運動。這種時候，會自上而下地在全國範圍內，發動、組織大批批判文章，召開各種會議，對批判對象進行「討伐」，造成巨大的聲勢。著名的對電影《武訓傳》的批判，對俞平伯的「紅樓夢研究」和胡適的批判，對胡風「反革命集團」的聲討，文藝界的「反右派運動」，以及「文革」對周揚的「文藝黑線」的鬥爭，都是如此。這在一個將文藝看作是「階級鬥爭的晴雨表」[27]的時代，這種方式的採用是合乎邏輯的。

在文學批評、文學裁決的標準上，毛澤東在《講話》中雖然承認文藝批評「是一個複雜的問題，需要許多專門的研究」，但他還是提出了應予遵守的「基本的批評標準」，並把它劃分為「政治標準」和「藝術標準」兩項。二者之間的關係，則明確區分為「第一」和「第二」的先後次序和重要性高低的等級。在實踐上，政治、藝術標準的具體涵義會根據不同形勢而變化，但是，作品中所顯示的政治立場，作品對於現實政治的效用，是否堅持「社會主義現實主義」（或革命現實主義和革命浪漫

___

發路翎的文章，其實是為「胡風集團」的大規模清剿所作的準備。
[27] 周揚《文藝戰線上的一場大辯論》，《人民日報》1958年2月28日。

主義相結合）的創作方法，是經常起作用的主要因素[28]。在當代，有關文學作品優劣、高低，是「香花」還是「毒草」的鑒別的活動，經常引出是否「真實」、是否表現生活「本質」，是否揭示「歷史發展規律」的問題。不過，這種有關某一作品是否「真實」反映生活「本質」，往往無法確證，成為因人因時而異的爭吵。因而，對於是否寫出（或歪曲）「真實」和「本質」的「結論」，最終必然由政治、文學權力的擁有者來宣佈（或推翻）。這證實了在歷史中，「真實」問題的意識形態的構造性質，以及它與「權力」之間的關係。

　　在文學批評活動中，讀者的反應是其中重要組成部分。50 到 70 年代的文學讀者與文學評價、與作家寫作之間的關係比較複雜。讀者的反應對文學方向自然產生巨大影響；而文學方向的設計者和掌舵人也將文學規範普及到讀者，改造他們的標準、趣味，作為一項重要工作[29]。另外，當代文學批評所引入的「讀者」概念，一般不具備實體性存在的意義，而往往作為權力批評的一種延伸。「讀者」的加入，有時是為了加強批評的「權威性」。因而，在當代，「讀者」在大多數情況下，是被構造出來的，是不被具體分析的概念。它不承認文學讀者是劃

---

[28] 毛澤東在 1957 年，提出了關於區別「香花」與「毒草」的六條「對於任何科學藝術活動」「都是適用的」政治標準。他指出，至於「為了鑒別科學論點的正確或者錯誤，藝術作品的藝術水準如何，當然還需要一些各自的標準」。《關於正確處理人民內部矛盾的問題》，《毛澤東選集》第五卷第 393 頁，北京人民出版社 1977 年版。

[29] 這個時期的文學環境，也塑造了「讀者」的感受方式和反應方式，同時，培養了一些善於捕捉風向、呼應權威批評的「讀者」。他們在文學界每一次的重大事件、爭論中，總能適時地寫信、寫文章，來支持主流意見，而構成文學界規範力量的組成部分。

分不同群體、形成不同圈子的，不承認不同的社會群體有不同
的文化需求，因而也就不承認有屬於不同群體的文學。這是為
使文學取消多種思想藝術傾向、多種藝術品味，而走向「一體
化」的保證。權威批評往往用「群眾」、「讀者」（尤其是「工
農兵讀者」），來囊括事實上並不存在的，在思想觀念和藝術
趣味上完全一致的讀者群。批評構造「讀者」有多種情況。常
見的是搜集、加工所需要的那部分讀者的意見，剔除、修改其
他的不同看法，然後用「廣大讀者」之類含混的稱謂加以發佈。
另外的方法是則是捉刀代筆，然後冠以「讀者」來信來稿的名
目[30]。這種方法，在「文革」前夕和「文革」中，被廣泛運用。
包括文學批評在內的文學規範體制，其主要功能是對作家的寫
作，以及作品的流通等進行經常性的監督和評斷。這種評斷，
又逐漸轉化為作家和讀者的自我評斷、控制，而最終產生了敏
感的、善於自我檢查、自我審視，以切合文學規範的「主體」。
這種「主體」的產生，是當代文學權力結構的基礎。

　　這個時期的文學批評，除了圍繞文學論爭和批判運動的大
量文章、論著外，有關文學「本體」和藝術問題的討論，以及
作家作品的批評解讀，也尚有一些值得注意的成果。如茅盾、
魏金枝等對於短篇小說及創作所作的評論，何其芳、卞之琳關
於新詩問題和新詩創作的評論，王西彥、侯金鏡、黃秋耘的小

---

[30] 較早的例子是，《文藝報》第 4 卷第 5 期（1951 年 6 月出版）上刊登的，
對蕭也牧小說《我們夫婦之間》的嚴厲批評的「讀者李定中」的來信，是
當時任人民文學出版社社長的馮雪峰所撰寫。

說評論，錢谷融關於創作藝術和《雷雨》人物的分析，鍾惦棐
的電影藝術評論，嚴家炎關於《創業史》的批評等[31]。

四、作家的整體性更迭

　　四、五十年代之交中國大陸文學「轉折」的徵象之一，是
在文學整體格局中作家、作家群在位置上的大規模更替，這種
情形，在文學史上常發生於社會政治急劇變動、文學方向也出
現重大轉折的時期。40 年代的一些重要作家迅速「邊緣化」，
而另一批作家（尤其是繼續延安文學傳統）進入本時期文學的
「中心」位置。

　　作家、作家群的這種「位移」的現象，是左翼文學力量在
40 年代後期展開的作家、文學派別類型劃分的結果。在 40 年代
一些活躍作家的「邊緣化」，大致有這樣幾種情形。一是，一
部分作家的寫作「權利」在當代受到程度不同的限制。這種情
形主要發生在「自由主義作家」身上。沈從文受到批判，被排
斥於第一次文代會之外，他任教的大學不再聘用，後來轉而從
事文物研究。錢鍾書繼續小說創作的願望也難以實現，而致力
於中國古代文學研究[32]。朱光潛[33]、廢名[34]、蕭乾、李健吾、師

---

[31] 參見見茅盾《鼓吹集》、《鼓吹續集》、《讀書雜記》，何其芳《關於寫
詩和讀詩》、《詩歌欣賞》，魏金枝的《文藝隨筆》、《編餘叢談》，黃
秋耘的《苔花集》、《古今集》，《侯金鏡文藝評論選集》，孫犁《文藝
學習》、《文藝短論》，嚴家炎《知春集》等。

[32] 1957 年，錢鍾書《宋詩選注》脫稿後，寫七絕一首，表達雖有寫作之才能
和興致，卻不能施展的遺憾：「晨書暝寫細評論，詩律傷嚴敢市恩。碧海
掣鯨閑此手，祇教疏鑿別清渾。」見楊絳《將飲茶》第 137-138 頁，北京，
三聯書店 1987 年版。

陀等的寫作，也受到很大限制。活躍於 40 年代的穆旦、鄭敏、杜運燮、陳敬容、王辛笛等，受到有意的冷落而「自動消失」[35]。這些在文學創作上受到各種限制的作家，在當代往往進入學術研究機構，或擔任大學教職。這表明在當代，比較起來，文學部門（作家協會等）和文學寫作，是更重要、敏感的「意識形態」區域，也表明大學、研究機構與文學界的關係發生的調整。隨著「自由主義」的，「京派」作家在當代出現的頹勢，現代中國大學於「新文學」之間的重要關聯的情況受到很大削弱。

　　「中心作家」邊緣化另一種情形是，清醒意識到在文學觀念、生活經驗、藝術方法上與當代文學規範的距離，或放棄繼續寫作的努力，或呼應「時代」的感召，期望適應、追趕時勢而跨上新的台階。50 年代前期，作家（特別是來自國統區的）廣泛有過自我反省的行為。他們檢討過去的創作「對於當時革命形勢的觀察和分析是有錯誤的，對於革命前途的估計是悲觀的」，作者忽略了「正面人物的典型」的「存在及其必然的發展」[36]；檢討「1941 年寫的 27 首『十四行詩』受西方資產階級

---

[33] 在 50 年代初的學習運動中，朱光潛做過幾次自我檢查和自我批判，特別是發表了《我的文藝思想的反動性》的長文（《文藝報》1956 年第 12 期），得到該報《編者按》的「態度是誠懇的」的認可，這與他獲得繼續進行美學研究、發表文章資格應有關係。

[34] 廢名 50 年代到東北人民大學（後改名吉林大學）任教。1957 年「百花時代」期間曾抱怨：「解放後我有了進步要求，反而把我扔了。」見《文藝報》1957 年第 11 期《迎接大鳴大放的春天──訪長春的幾位作家》。

[35] 中國大陸 50 至 70 年代出版的文學史著作、新詩選、全面評述中國新詩歷史的論著，對這些詩人的名字、創作都沒有提及。

[36] 茅盾談《蝕》的寫作，《茅盾選集・自序》，開明書店 1951 年版。

文藝影響很深，內容與形式都矯揉造作」[37]；檢討「沒有歷史唯
物論的基礎，不明瞭祖國的革命動力，不分析社會的階級性質，
而貿然以所謂的『正義感』當作自己的思想的支柱」的「幼稚」
和「荒謬」[38]；檢討過去的創作「內容多半是個人的一些小感觸，
不痛不癢，可有可無。它們所反映的生活，乍看確是五花八門，
細一看卻無關宏旨」，以致「現在，我幾乎不敢再看自己在解
放前所發表過的作品」[39]；……沒能表現「正面典型」，未能寫
工農鬥爭生活，未能在歷史唯物論世界觀的基礎上揭示歷史發
展的「規律」，以及在文學觀念和藝術方法上受「西方資產階
級」的影響，……這些是被反省的關鍵問題。他們中一部分人
（郭沫若、巴金、老舍、曹禺、馮至、艾青、臧克家、夏衍、
田漢、張天翼、周立波、沙汀、艾蕪、卞之琳、駱賓基等）想
通過學習、通過熟悉「新生活」，來把握新的表現對象和新的
藝術方法，以創造「無愧於偉大時代」的作品，但大多數，與
「文藝新方向」所規定的創作觀念和創作方法之間的關係，始
終處於緊張的、難以協調的狀態。當然，他們作為一種文學「傳
統」的體現，以及他們中部分人在文藝界的領導角色，其影響
在五、六十年代繼續存在，但個人的創作卻難以超越曾經達到
的高度。

---

[37] 《馮至詩文選集·序》，北京，人民文學出版社1955年版。

[38] 曹禺《我對今後創作的初步認識》，《文藝報》第3卷第1期，1950
年10月。

[39] 老舍《生活·學習·工作》，《北京日報》1954年9月30日。「五四」
以來新文學作家的反省，可參見50年代初知識份子思想改造運動和文藝整
風中，他們發表於《文藝報》、《光明日報》、《人民日報》等報刊的文
章，以及選收他們「舊作」的文集、選集的序、跋。

「五四」新文學作家在當代的「流失」，還有別一種的情形，即在五、六十年代的政治、文學運動中的罹難者。這些作家不僅有來自國統區的，也有解放區的。主要有胡風、路翎、魯藜、牛漢、綠原、呂熒、馮雪峰、艾青、丁玲、蕭乾、蕭軍、吳祖光、李長之、穆旦、徐懋庸、施蟄存、傅雷等。

五、「中心作家」的文化性格

在 50 年代中後期，當代已經出現能體現這個時期「文學主潮」的作家群，他們成為當代文學形態的主要體現者，成為這一時期文學的中心力量。根據這一期間權威文學批評，中國文聯、中國作協各種會議對創作的評述，和中國作協主持的階段性文學狀況總結，可以確認這個時期「中心作家」的大體範圍[40]。在五、六十年代（「文革」發生之前，即通稱的「十七年文學」），被看作是體現這一時期文學創作實績的主要作家作品是：

小說：

柳青（《創業史》），趙樹理（《三里灣》），杜鵬程（《保衛延安》），梁斌（《紅旗譜》），吳強（《紅日》），楊沫（《青春之歌》），周立波（《山鄉巨變》），曲波（《林海

---

[40] 這裏對於五、六十年代「中心作家」及其代表性作品的列舉，主要依據第二、三次文代會的報告對各時期創作的評述，《文藝報》等刊物的創作評論，中國作協主持的各體裁年度選本（中國作協主持的年度選本從 1953 年開始，到 1958 年止。1959 年以後的選本，只出版 1959-1961 年的散文特寫選）的序言和入選作家作品篇目，1959 年文學界對「建國十周年」成績的總結文章，以及 1959 年人民文學出版社開列的「建國以來優秀文學創作」的出版書目等材料。

雪原》），羅廣斌、楊益言（《紅岩》），歐陽山（《苦鬥》），
馮德英（《苦菜花》），周而復（《上海的早晨》），陳登科
（《風雷》），浩然（《豔陽天》），王汶石（《風雪之夜》），
馬烽（《我的第一個上級》），峻青（《黎明的河邊》），李
准（《李雙雙小傳》），王願堅（《黨費》），茹志鵑（《百
合花》），胡萬春（《誰是奇蹟的創造者》），姚雪垠（《李
自成》第一部）。

詩歌：

郭小川（《致青年公民》），賀敬之（《雷鋒之歌》），
李季（《玉門詩抄》），聞捷（《天山牧歌》），田間（《趕
車傳》），李瑛、嚴陣、梁上泉、張永枚、顧工等青年詩人。

散文：

魏巍（《誰是最可愛的人》），楊朔（《東風第一枝》），
劉白羽（《紅瑪瑙集》），秦牧（《花城》）。

話劇：

老舍（《茶館》），曹禺（《明朗的天》），郭沫若（《蔡
文姬》），田漢（《關漢卿》），胡可（《戰鬥裏成長》），
陳其通（《萬水千山》），沈西蒙（《霓虹燈下的哨兵》），
叢深（《千萬不要忘記》）。

在「十七年文學」中，理論批評與文藝政策闡釋，與對文
學作品的批評難以分開。因此，重要批評家與文學界的領導者
在身份上也常重合。周揚、茅盾、邵荃麟、林默涵、何其芳、
張光年、陳荒煤、馮牧、李希凡、姚文元等，是這一時期活躍
的批評家，他們其中的許多人，也同時是文學界的主要負責人。

　　總體上看，來自解放區的作家（包括進入解放區和在解放區成長的兩部分）和四、五十年代之交開始寫作的青年作家，是這一時期作家的主要構成。當然也不是這兩個部分的所有成員都是這一時期的重要作家。除自身的思想藝術素質等條件外，他們也經歷以「新文藝方向」為尺規的「篩選」。艾青、丁玲、陳企霞、蕭軍、徐懋庸、蔡其矯、秦兆陽、羅烽、鍾惦棐等「解放區作家」，王蒙、劉賓雁、公劉、邵燕祥、劉紹棠、高曉聲、陸文夫等青年作家，就在 50 年代有關文學方向與文學規範的「大辯論」中從文壇中被清洗出去。

　　上述的五、六十年代的「中心作家」，他們的「文化性格」具有新的特徵。首先，從出身的地域，以及生活經驗、作品取材等的區域而言，出現了從東南沿海到西北、中原的轉移。與「五四」及以後的作家多「出身」於江浙、福建（魯迅、周作人、冰心、葉聖陶、朱自清、郁達夫、茅盾、徐志摩、夏衍、艾青、戴望舒、錢鍾書、穆旦、路翎等）和四川、湖南（郭沫若、巴金、丁玲、周立波、何其芳、沙汀、艾蕪等）不同，五、六十年代「中心作家」的出身，以及寫作前後的主要活動區域，大都集中於山西、陝西、河北、山東一帶，即在 40 年代的「革命地理學」中被稱為晉察冀、陝甘寧、晉冀魯豫的地區。「地理」上的這一轉移，與文學方向的選擇有密切關係。它表現了當代文學觀念從比較重視學識、才情、文人傳統，到重視政治意識、社會政治生活經驗的傾斜，從較多注重市民、知識份子到重視農民生活表現的變化。這提供了關注現代文學中被忽略領域的契機，也有了創造新的審美情調、語言風格的可能性，提供不僅從城市、鄉鎮，而且從黃河流域的鄉村，從農民的生

活、心理、欲望來觀察中國「現代化」進程中的矛盾的視域。
不過，對這種「轉移」的絕對性強調所導致的對另外的生活經
驗和美學風格的壓抑，也給當代文學帶來不可低估的負面效果。

　　這一時期「中心作家」的多數人，認定文學寫作與參加左
翼革命活動，是同一事情的不同方面。文學被看作是服務於革
命事業的一種獨特的方式。他們對於文學自主、獨立的觀念，
會保持高度的警覺；不認為可以把政治活動、社會參與跟文學
寫作加以區分。他們普遍認為，憑藉著「先進的世界觀」，作
家能夠正確地認識、把握客觀生活和人的生命過程的「本質」
和「規律」；他們所實踐的革命和文學，正是體現並闡釋著這
一發展規律的。因而，不存在令他們困惑的悖謬情境，也不可
能會有神秘、不可知的領域。明確的目標感和樂觀精神，必然
是他們作品的基調。

　　這一時期作家的「文化素養」，也與「五四」及以後的現
代作家有著不同的側重。後者中的許多人，經過系統的學校教
育（傳統私塾或新式學堂），許多人曾留學歐美日本，對傳統
文化和西方文學，有較多的瞭解。不管他們對傳統文化和西方
文化持何種態度，這種素養有助於開拓體驗的範圍和深度，和
在藝術上進行創造性綜合的可能。五、六十年代的「中心作家」，
則大多學歷不高，在文學寫作上的準備普遍不足，思想和藝術
借鑒的範圍狹窄。農村、戰爭和革命運動對中國現代作家來說
是新的、重要的經驗，但這些經驗的開掘、表現，因文學觀念
和藝術素養的限制而受到嚴重制約。寫作上傳統性的那些「難
題」（諸如生活經驗到文學創造的轉化，虛構能力和藝術構型
能力等），在許多作家那裏，或者沒有自覺意識，或者難以尋

得克服的途徑。既然拒絕寫作「資源」的多方面獲取，生活素材與情感體驗很快消耗之後，寫作的持續便成為另一難題。於是，「高潮」便是「終結」的「一本書作家」，在當代成為普遍現象。杜鵬程、楊沫、梁斌、曲波、魏巍等，便是如此。

　　在 50 到 70 年代，文學被看作是崇高的，與金錢、商業利益無關的「事業」。作家被譽為「人類靈魂的工程師」，作品則是「生活的教科書」[41]。毛澤東的文學主張，與中國的左翼文學，都有維護「精神產品」的純潔性的強烈欲望。這種理解，又與 40 年代「解放區文學」在文學寫作、傳播、閱讀上的特殊方式有關。不過，在現代社會和現代經濟體制下，文學書籍的寫作、出版、傳播，即使在「社會主義制度」的情境下，也不可能擺脫市場的制約。因而，作家的經濟收入，也是他們的「存在方式」的重要部分。因為所有的作家都隸屬於某一組織機構（國家「幹部」），都有固定的薪俸，實質意義上的「自由撰稿人」已不存在。即使長期不發表作品，也不致有生活之虞。除工資外，稿酬（50 年代逐步廢除版稅制）仍是當代作家最主要經濟來源。稿酬（包括著作和翻譯）以一千字作為計費的基本單位。作品的水準差別，印刷數量與出版次數多少，「暢銷書」與非暢銷書等，在經濟收益上的差距已不明顯。另外，在十七年間，又曾幾次降低稿酬標準。儘管如此，在這期間文學

---

[41] 這在五、六十年代中國大陸是流傳廣泛的觀念。「生活教科書」一說來自俄國的車爾尼雪夫斯基。日丹諾夫在 1934 年 8 月 17 日在第一次蘇聯作家代表大會上的講演中稱，「史達林同志稱呼我們的作家為人類靈魂的工程師」。《蘇聯文學藝術問題》第 26 頁，北京，人民文學出版社 1953 年 9 月第 2 版。

寫作比起另外的行業，在經濟上仍是富誘惑性的職業。這與在
三、四十年代，一部分作家僅靠發表文稿難以維持一定水平的
生活不同。因此，「文革」間基於平均主義社會思潮（當時的
理論表述是「批判資產階級法權」），對所謂「三名三高」[42]的
指控，作家是其中的主要對象之一。

　　在十七年，文學在社會政治生活中位置的顯要，作家的社
會政治地位比起「舊中國」來其實有很大提升。許多知名作家，
常被委以各種國家、執政黨的政治職務或頭銜，如政府機構、
各種社會團體、各級權力機關（人民代表大會）、政治協商組
織（政協）的代表、委員、部長、委員長等。這種授予，雖說
大多是榮譽性質，卻是一種聲名顯赫的褒獎。而文學機構（作
家協會等）本身，也建構了政治權力模式的等級，提供各種職
務以供分配。除了來自文學寫作的聲譽和實際利益外，從政治
權力職務獲得的利益越來越占重要位置。不是所有作家都能獲
得這種政治殊榮，但這標示了一種可供依附、攀緣的目標。當
然，作家的這種政治地位和經濟地位並不穩固。如果對於文學
方向和路線表現出離異、悖逆，甚至提出挑戰，其社會地位和
物質待遇也可以一落千丈。通常的懲治措施是：開除出作家協
會（在這一時期意味著失去發表、出版作品的資格）；給予各
種級別處分；降職降薪；「下放」至工廠、農村勞動；開除公
職（失去固定職業）；以致勞改、監禁等。

---

[42] 指「名作家，名演員，名教授」的「高工資，高稿費，高獎金」所導致的
　　「資產階級腐朽的生活方式」──這是「文革」前夕和「文革」間批判的
　　現象之一。

第三章

矛盾和衝突

一、頻繁的批判運動

　　新文學的各種文學主張和文學派別之間，存在著複雜的關係，矛盾和衝突是新文學歷史現象的重要內容。20 年代末以後到 40 年代，由於衝突的政治意識形態和政治集團的背景，規模和激烈程度加劇。進入 50 年代以後，政治權力對於文學界矛盾、衝突的絕對控制、支配，和文學「一體化」的目標，促使鬥爭有增無減；而衝突、論爭的性質和方法，常演化為當代特有的大規模的批判運動。持續不斷的批判運動，對「新的文學（文化）」的建構者來說，這是出於他們清理「地基」、確立思想藝術資源、組織「隊伍」的需要，但也表現了他們面對所要超越的深厚的文化傳統時的驚懼。50 到 70 年代發生在中國大陸文學（文藝）界的全國性規模的批判[1]運動有：

　　1. 對電影《武訓傳》的批判（1950-1951）。《武訓傳》[2]　　寫清末山東堂邑縣貧苦農民武訓「行乞興學」的事蹟。

---

[1] 「批判」和「批評」這兩個詞，在現代漢語中原來的區別並不十分顯著。但在當代中國的流行用法中，其含義已有很大不同。「批判」指對錯誤性質十分嚴重的言論和行為的嚴厲批評。

[2] 由孫瑜編劇、導演。1948 年在上海的中國製片廠開拍，未完成因故中斷。

公演後一段時間，雖也有個別文章對影片中的局部提出
質疑，而大多數則是熱烈讚揚。毛澤東認為這種情形，
反映了思想文化界嚴重的思想「混亂」，而參與修改、
撰寫了《應當重視電影〈武訓傳〉的討論》的《人民日
報》社論[3]，發動了這一批判運動。這是對作家、知識份
子發出的「信號」，要求他們進行思想改造，以與國家
確立的政治方向、思想立場保持一致。影片所持的「改
良主義」立場，顯然損害「汙衊」了中共的以階級鬥爭
推動歷史的思想和實踐，因而問題具有「根本的性質」。
毛澤東的批評，與馬克思、恩格斯批評拉薩爾劇本《弗
蘭茨・濟金根》有相似的理論依據。它們都涉及兩個方
面的問題：一是「歷史」的不同闡釋的合法性，二是是
否承認文學創作的「修辭」性質和作家的「虛構的權力」。
在批判的後期，周揚撰寫了總結性質的長篇文章：《反
人民、反歷史的思想和反現實主義的藝術》[4]。在這期間，
還組織了武訓歷史調查團，到山東省武訓出生和活動的
地區進行調查，成果以《武訓歷史調查記》的名目發表[5]。

1949 年初上海昆侖公司收購已拍成的膠片和繼續攝製權。次年，在對劇本
作了全面修改後重新開拍，1950 年底在全國公演。

[3]　刊於 1951 年 5 月 20 日《人民日報》。毛澤東修改、撰寫的部分，曾於 1967
年 5 月 26 日作為毛澤東關於文藝問題的文稿在《人民日報》上刊出，後收
入《毛澤東選集》第 5 卷，北京，人民出版社 1977 年版。批判運動中，《武
訓傳》停演，孫瑜、趙丹（武訓扮演者）、當時主持上海文化工作的夏衍、
曾撰文讚揚《武訓傳》的郭沫若、李士釗、陳荒煤等均發表了檢討文章。

[4]　刊於 1950 年 8 月 8 日《人民日報》。

[5]　刊於 1950 年 8 月 23-28 日《人民日報》。調查組有江青、鍾惦棐等參加。

2. 對蕭也牧等的創作的批評（1951）。主要是批評蕭也牧的《我們夫婦之間》等小說。在此前後受批評的還有長篇小說《戰鬥到明天》（白刃）、《我們的力量是無敵的》（碧野），電影《關連長》等。批評者認為，《我們夫婦之間》的問題是「歪曲了嘲弄了工農兵」，「迎合了一群小市民的低級趣味」，它正被一些人當作旗幟，用來反對毛澤東的工農兵方向[6]。

3. 對俞平伯《紅樓夢研究》，和對胡適的批判（1954-1955）。1952 年，俞平伯將他出版於 1923 年的著作《紅樓夢辨》加以增刪、修改，改名《紅樓夢研究》出版。在這期間，他還寫了一些評介、研究《紅樓夢》的文章。對於俞平伯的觀點和研究方法，青年批評家李希凡、藍翎在《關於〈紅樓夢簡論〉及其他》等文章中提出批評。他們的文章最初發表時，發生了一些波折，後來在作者母校山東大學的《文史哲》上得以刊出（1954 年第 9 期）。《文藝報》在被指定轉載這一文章時，主編馮雪峰撰寫的按語態度曖昧[7]。這一切，是毛澤東發動這一批判運動的憑藉。當然他的主要矛頭是胡適。在寫於 1954 年 10 月 16 日給中央政治局成員等的信中，他稱李、藍的文章是「三十多年以來向所謂紅樓夢研究權威作家的錯誤觀點的第一次認真的開火」，提出要開展反對「胡適派資

---

6 見丁玲《作為一種傾向來看——給蕭也牧同志的一封信》，《文藝報》第 4 卷第 8 期（1951 年 7 月）。

7 按語稱，「作者的意見顯然還有不夠周密和不夠全面的地方，但他們這樣去認識《紅樓夢》，在基本上是正確的」。

產階級唯心論的鬥爭」[8]。對於胡適的批判不限於文學，而且包括政治學、哲學、史學、教育學等領域。郭沫若1954年11月8日對《光明日報》記者的談話，周揚的《我們必須戰鬥》的講話[9]，是文化界、學術界投身「馬克思列寧主義思想與資產階級唯心論」的嚴重鬥爭的動員令。在這期間，報刊發表了知名作家、學者的大量批判文章[10]。全國文聯和中國作協主席團於1954年10月31日至2月8日，召開了8次聯席擴大會，就《紅樓夢》研究中的「資產階級唯心主義」和《文藝報》的錯誤展開批評討論。中國科學院和中國作協也召開聯席會議，並組織專題批判小組，撰寫批判文章。

---

[8] 毛澤東《關於〈紅樓夢〉研究問題的信》。這一信件當時沒有公開發表，但主要觀點、字句，在經毛澤東審閱修改的《質問〈文藝報〉編者》（袁水拍，1954年10月28日《人民日報》）一文中得到傳達。1967年5月27日，這封信首次公開刊發於《人民日報》和《解放軍報》，後收入1977年版的《毛澤東選集》第五卷。

[9] 在1954年12月8日全國文聯和作協主席團聯席擴大會議的報告，刊於1954年12月10日《人民日報》。另見《周揚文集》第2卷。

[10] 1955年3月到1956年4月，三聯書店（北京）共出版了收入這次運動中發表的批判文章的《胡適思想批判》文集共8輯，近二百萬字。另外一些出版社也出版有類似的「批判文集」。這些文章的作者主要有：孫定國、李達、侯外廬、榮孟源、潘梓年、彭柏山、黎澍、馮友蘭、任繼愈、王若水、艾思奇、賀麟、金岳霖、陳仁炳、李長之、游國恩、陸侃如、馮沅君、羅根澤、王元化、陳中凡、馮至、王瑤、黃藥眠、何其芳、以群、華崗、鍾敬文、劉大傑、夏鼐、范文瀾、嵇文甫、高亨、童書業、羅爾綱、翦伯贊、周一良、陳煒謨、陳鶴琴、陳友松、鄭天挺、羅常培、錢端升、俞平伯、高一涵等。其陣容之大實屬罕見。這些批判文章，有的表現了認真的「學術」態度，有的是無限上綱、用詞粗暴而恔刻，有的則有些避重就輕、言不由衷。

4. 對胡風「反革命集團」的批判（1955）。胡風等與左翼文學內部的主流派別的矛盾由來已久。1955 年的批判，是這一衝突的繼續和發展。開始是在文藝思想的範圍內，後來成了「政治問題」，胡風及其追隨者成了「反革命集團」[11]。

5. 文藝界的反右派運動，和對丁玲、馮雪峰「反黨集團」的批判（1957）。這一運動，連同對胡風等的鬥爭，是 50 年代文學界最重要的事件。在此之後的 50 年代後期到 60 年代初，還開展了對資產階級人性論、人道主義的批判。主要對象有：錢谷融的《論「文學是人學」》、巴人的《論人情》、王淑明的《論人情和人性》、《關於人性問題的筆記》、李何林《十年來文學理論批評上的一個小問題》等[12]。

6. 1962 年 9 月，毛澤東在中共八屆十中全會上提出「千萬不要忘記階級鬥爭」。從 1963 年開始，在哲學、史學、經濟學、文學藝術等領域開展全面的批判運動。批判的主要對象，當時的批判者歸納為：楊獻珍的「合二而一論」，翦伯贊的「讓步政策論」，周谷城的「時代精神

---

[11] 1955 年初，原來與胡風關係密切的舒蕪，將胡風寫給他的 34 封信件交出。這些信件經過剪輯、編排的處理之後，成為胡風等的罪證，在 5 月 13 日的《人民日報》，連同胡風的《我的自我批判》一文同時發表，胡風等被稱為「反黨集團」。5 月 24 日和 6 月 10 日，同一家報紙又刊出胡風和他的追隨者被迫交出的來往信件 135 封，胡風及其追隨者遂被稱為「反革命集團」。

[12] 這些這些文章分別刊登在上海《文藝月報》1956 年第 9 期、天津《新港》1957 年第 1 期、《新港》1957 年第 7 期、北京《文學評論》1960 年第 3 期、《河北日報》1960 年 1 月 8 日。

匯合論」，邵荃麟的「寫『中間人物』論」[13]，以及孫冶
方在經濟學、羅爾綱在歷史學的觀點。受到批判的還有
五、六十年代發表的一大批文藝作品（包括小說、戲劇、
電影）。這一批判運動是「文化大革命」的先聲。而「文
革」十年，就是一場持續開展的文化批判運動。

可以看到，鬥爭和批判貫串著這近三十年的時間。文學觀
念、藝術傾向、創作方法上的差別和分歧，在對立的階級、政
治力量衝突的層面處理。在方式上，論辯和批判越來越不顧「學
理」的規則，而對立面也失去為自己主張辯護的權利，且多出
現對「異端」施予「鍛煉人罪，戲弄威權」的手段。這些鬥爭
和運動，大多數為毛澤東直接發起，或為他所關切和支持。這
表現了他對意識形態問題的高度重視。文學上的行動、措施，
既有關文學自身的方向，也涉及總體的「文化戰略」設計。當
然，文學界的矛盾衝突和批判運動，也包含著其他方面的複雜
因素。它們也是新文學（尤其是左翼文學內部）長期存在的，
因歧見和派別利益而發生的衝突在「當代」的延續。

持續不斷的運動之間，也會有短暫的間歇。如 1952-1953
年，1956-1957 年，1961-1962 年等。在這些間歇期中，文學觀
念、政策，會有所調整，會給在運動中受到批判的主張、創作
傾向、藝術方法以有限的生存空間，而試圖建立一種對「非主
流」的文學現象有所包容的秩序。但是，它很快又會被更大規
模的運動所拆毀，並在觀念和方法上表現出更為激烈的狀態。

---

[13] 「合二而一論」、「讓步政策論」、「時代精神匯合論」、「寫『中間人
物』論」等，都是當時的批判者對被批判對象的觀點所做的歸納。

在這些運動中，儘管不是所有的作家都是打擊的對象，但是，其波及的範圍卻是全面的，對作家思想藝術和行為的選擇，起到有力的制約、控制作用。從文學寫作的方面而言，當代開展的這些運動，是企圖摧毀將寫作看作個體情感、心態的「自由表現」的「資產階級文學觀」，將「個體」寫作者的認知、體驗，和對這種認知、體驗的表達，納入確定的軌道中去。

二、左翼文學內部矛盾的延續

這個時期文學界的衝突，既為現實政治、文學問題所引發，又是文學界歷史矛盾、積怨的延續。

20世紀的二、三十年代，文學界就存在著複雜矛盾。文學主張的不同，和各文學團體、派別的利益，是通常發生作用的因素。而政治意識形態和現代政治派別、政黨因素的加入，導致矛盾性質和衝突表現形態的重要變化。從政治─文學這一基本層面看，矛盾大致有以下幾條線索：在政治上傾向於國民黨政權的作家和投身於中共領導的革命運動的作家的矛盾（這些作家有截然不同的政治立場，卻都信奉文學服務政治的文學觀）；在複雜環境中企圖保持「中立」或尋求「第三條道路」，維護藝術的「獨立性」的作家與上述兩類作家的矛盾；左翼文學內部因見解和宗派利益而發生的矛盾等等。不同的矛盾線索並非對等的關係，正如郭沫若所說，「中國文藝界」的主要矛盾和論爭，「存在於這樣兩條路線之間：一條是代表軟弱的自由資產階級的所謂為藝術而藝術的路線，一條是代表無產階級和其他革命人民的為人民而藝術的路線」。郭沫若還指出，到

了 40 年代末，主要矛盾的力量對比發生了重大變化：前一條路線的文學理論「已經完全破產」，其創作也「已經喪失了群眾」，而「代表無產階級和其他革命人民的為人民而藝術的路線」已取得了對中國文藝的絕對的主導地位。[14]

　　既然認為「自由資產階級」的文藝路線已經可以忽略不計，那麼，左翼文藝界內部的矛盾便上升到主要的地位。在 50 年代初，雖然對電影《武訓傳》的批判，對胡適的批判，仍是為了清除「自由資產階級」知識份子的影響，不過，這些鬥爭，又可以說是針對左翼文化界內部「向資產階級投降」的狀況。從 20 年代末到 40 年代後期，中國左翼文藝界內部的爭論、衝突，較重要的有：創造社、太陽社的郭沫若、成仿吾、錢杏邨、李初梨等與魯迅、茅盾關於「革命文學」問題的爭論；30 年代初，在對待「第三種人」問題上，瞿秋白、周起應（周揚）與馮雪峰等的不同態度；1936 年左聯內部有關「國防文學」（周揚、夏衍、郭沫若提出）和「民族革命戰爭的大眾文學」（魯迅、馮雪峰、胡風提出）的兩個口號的論爭；1936 年，周揚和胡風關於現實主義問題的爭論；1938 年毛澤東在文化問題上提出「新鮮活潑的，為中國老百姓所喜聞樂見的中國作風和中國氣派」之後，在文化界開展的關於「民族形式」的討論，在討論中，胡風等表現了與毛澤東等有異的觀點；1942 年延安文藝整風中，對周揚等的魯藝辦學方針的批評，和對王實味、丁玲、艾

---

[14] 郭沫若在第一次文代會上的總報告，《中華全國文學藝術工作者代表大會紀念文集》第 38-39 頁，新華書店 1950 年版。其實，「自由主義文藝」並未「破產」，「文革」後的 80 年代，不論在文學史敘述，還是在寫作實踐上，它又全面「復活」，甚至佔據一個時間的主流地位。

青、羅烽的雜文、小說的批評；40 年代中後期，在重慶、香港，圍繞「主觀」等問題對胡風及其追隨者的批評。

　　周揚、馮雪峰、丁玲、胡風等，是中國左翼文學的「資深」人物。在左聯時期，馮、丁、周都先後擔任過左聯黨團書記，胡風也擔任過宣傳部長、行政書記。丁玲的創作 30 年代已獲得聲譽。馮雪峰是「五四」作家，後來參加過工農紅軍的長征，1936 年受在陝北的中共中央委派，到上海領導革命文化工作。胡風 30 年代在左翼文藝界的地位尚不能與上述諸人相比，但後來通過辦刊物、出叢書、寫批評文章等，扶植、聯絡了一批青年作家，確立了其在文學界不容忽視的地位。1949 年新的政權建立前後，胡風及其追隨者已處於受冷落、排擠的地位。不過，他們對自己堅持的主張、路線能夠取得勝利，仍充滿信心，而完全沒有對 1955 年成了被圍剿對象而「全軍覆沒」有過預感。馮雪峰、丁玲等，由於他們的資歷和聲望，在 50 年代初文學界的領導層中尚佔有重要的位置[15]。但是，在 1954 年以後開展的各項運動中，他們直接、間接受到衝擊。首先是在批判《紅樓夢》研究的事件中，馮雪峰被指責犯了壓制「小人物」、保護「資產階級權威」的錯誤，失去《文藝報》主編的職務。接著，在 1955 年的一次不為外界所知的鬥爭中，丁玲、陳企霞被指控組織「反黨小集團」，搞「獨立王國」而受到審查和批判。最後，在 1957 年的反右派運動中，馮雪峰、丁玲、艾青、陳企霞、李又然、羅烽、白朗等成了右派分子。他們被說成是一個早已

---

[15] 丁玲、馮雪鋒都是當時的中國作協的副主席，並先後主持《文藝報》、《人民文學》這些重要刊物的工作。丁玲還擔任中共宣傳部文藝處長、中央文學研究所（後更名為「中央文學講習所」）所長職務。

存在的「反黨集團」的成員。批判中不僅「揭露」了現實問題，
而且將歷史舊案一併翻出。這包括：丁玲 30 年代初被南京國民
黨政府逮捕時的「自首變節」成為「叛徒」[16]；胡風、馮雪峰在
左聯時期互相「勾結」以分裂左翼文學運動；魯迅受到馮、胡
蒙蔽欺騙而錯怪了周揚；40 年代初丁玲等在延安發表反黨文章
等。1958 年初，《文藝報》開闢「再批判」專欄，把王實味、
丁玲、艾青、羅烽等 1942 年在延安發表、當時已受過批判的雜
文、小說加以「再批判」。毛澤東為這一專欄寫了「編者按」，
稱被批判者「以革命者的姿態寫反革命的文章」，是「屢教不
改的反黨分子」。[17]

　　文藝界反右派運動告一段落時，發表了周揚署名、經毛
澤東三次審閱修改的長篇總結文章：《文藝戰線上的一場大
辯論》[18]。在這篇文章的一次座談會議上，邵荃麟、張光年、

---

[16] 關於丁玲 1933 年被捕後的表現，1984 年中共中央組織部的《關於為丁玲
　　恢復名譽的通知》中指出，在 50 年代對丁玲是「叛徒的指控，屬不實之詞，
　　應予平反」。

[17] 這一「再批判」專欄刊發的批判文章有：林默涵《王實味的〈野百合花〉》，
　　王子野《種瓜得瓜，種豆得豆──重讀〈三八節有感〉》，張光年《莎菲
　　女士在延安──讀丁玲的小說〈在醫院中〉》，馬鐵丁《斥〈論同志之「愛」
　　與「耐」〉》，嚴文井《羅烽的「短劍」指向哪裏？──重讀〈還是雜文
　　的時代〉》，馮至《駁艾青的〈瞭解作家，尊重作家〉》。這些批判文章
　　後面，都附有被批判文本原文。在此前後，報刊刊發的批判丁玲等的舊作
　　的文章，重要的還有：張天翼《關於莎菲女士》（《人民日報》1957 年 10
　　月 15 日），王燎熒《丁玲的小說〈在醫院中時〉的反動性質》（《文藝報》
　　1957 年第 25 期），華夫《丁玲第「復仇的女神」──評〈我在霞村的時候〉》
　　（《文藝報》1957 年第 38 期）。這些材料後來以《再批判》為名出版單
　　行本（北京，作家出版社 1958 年）。

[18] 參加這篇文章的撰寫的有林默涵、劉白羽、張光年等。發表於 1958 年 2 月
　　28 日《人民日報》和 1958 年第 4 期《文藝報》。

林默涵、袁水拍等指出，「大辯論」不僅分析、總結了反右派鬥爭，而且分析了這場鬥爭的歷史的、階級的根源，「對長期以來我國左翼文藝運動中的分歧和爭論，也提供了一個澄清和總結的基礎」[19]。由此得出的結論是：丁玲、馮雪峰、胡風等，都是「混進」革命文藝隊伍中的「資產階級分子」；而過去的「兩個口號」、「民族形式」論爭，並非學術觀點的分歧，而是兩個階級、兩條路線鬥爭。這樣，便構造了一條從20年代後期到50年代的，以左翼面目出現的資產階級文藝路線，它們包括「託派分子」王獨清，「第三種人」，胡風、馮雪峰，延安時期的王實味、丁玲、蕭軍，以及50年代的秦兆陽、鍾惦棐等；它們作為「異己」、「敵對」派別，被從左翼文藝陣線中清除出去。

三、對規範的質疑

在五、六十年代，圍繞文學規範的確立，存在著廣泛、複雜的矛盾。這是當代文學界仍存在多種文化成分的表現。質疑「規範」的事實時有出現，有的時候，爭論、質疑且會呈現為大規模的「挑戰」的情況。在50年代，圍繞當代文學的方針、路線，圍繞具體的文學寫作、批評問題，曾有兩次較大規模的爭論：一是胡風等人在1954年前後的活動和胡風《意見書》的發表，另一是1956-1957年文學「百花時代」對文學革新的推動。

---

[19] 《為文學藝術大躍進掃清道路》，《文藝報》1958年第6期。

　　胡風等在四、五十年代之交，已被置於受批判的位置上 [20]。邵荃麟認為胡風等強調文藝的生命力和作家的人格精神，是把個人主觀精神力量看作是先驗的，超越歷史、階級的東西；說「從這樣的基礎出發，便自然而然地流向於強調自我，拒絕集體，否定思維的意義，宣佈思想體系的滅亡，抹煞文藝的黨派性與階級性，反對藝術的直接政治效果」。第一次文代會茅盾關於 40 年代國統區革命文藝運動的報告，也在文藝大眾化、文藝的政治性和藝術性、文藝的「主觀」等問題上，沒有指名地集中批評胡風等的觀點，並指出他對毛澤東文藝思想的背離的性質 [21]。50 年代最初的幾年裏，胡風、阿壠、舒蕪的理論，胡風、魯藜、路翎等的詩、小說，也在報刊上受到許多指責 [22]。1952 年 6 月 8 日，《人民日報》在轉發舒蕪檢討自己錯誤的文章 [23] 所加的「編者按」（胡喬木撰寫）中，為「以胡風為首」的「文藝上的小集團」，做出這樣的裁定：「他們在文藝創作

---

[20] 1948 年在香港出版的《大眾文藝叢刊》上，對胡風等的文學思想和創作的批評，是這份刊物的主題之一。邵荃麟的《對當前文藝運動的意見》，胡繩的《魯迅思想發展的道路》、《評路翎的短篇小說》，喬冠華的《文藝創作與主觀》等文，都與此有關。

[21] 茅盾在報告中說，「關於文藝上的『主觀』問題的討論，繼續展開下去，就不得不歸結到毛澤東的《文藝講話》中所提出的關於作家的立場、觀點、態度等問題」。這是在暗示胡風等的理論與毛澤東《講話》的基本點的對立。何其芳《關於現實主義》（上海，海燕書店 1950 年版）一書的序言中，認為在毛澤東的《講話》傳到國統區之後，胡風對主觀戰鬥精神的堅持，「實際上成為一種對於毛澤東的文藝方針的抗拒」。

[22] 如對阿壠《論傾向性》、《論正面人物與方面人物》的批評。對胡風的長詩《時間開始了》、路翎的短篇小說集《平原》、《朱桂花的故事》和劇本《祖國在前進》的批評。

[23] 《從頭學習〈在延安文藝座談會上的講話〉》，原載《長江日報》（武漢）1952 年 5 月 25 日。

上，片面地誇大主觀精神的作用，追求所謂生命力的擴張，而實際上否認了革命實踐和思想改造的意義。這是一種實際上屬於資產階級、小資產階級的個人主義的文藝思想」。這一年的9月到年底，中共中央宣傳部召開了四次有胡風本人參加的胡風文藝思想座談會。在中宣部寫給中共中央和周恩來的報告中，對胡風的文藝思想的「主要錯誤」做了如下的歸納：

> （一）抹煞世界觀和階級立場的作用，把舊現實主義來代替社會主義現實主義，實際上就是把資產階級、小資產階級的文藝來代替無產階級的文藝。（二）強調抽象的「主觀戰鬥精神」，否認小資產階級作家必須改造思想，改變立場，片面地強調知識份子的作家是人民中的先進，而對於勞動人民，特別是農民，則是十分輕視的。（三）崇拜西歐資產階級文藝，輕視民族文藝遺產。這完全是反馬克思主義的文藝思想。……為了清除胡風和胡風類似的這些思想的影響，決定由林默涵和何其芳兩同志寫文章進行公開的批評。……[24]

林默涵和何其芳對胡風的異質思想進行系統清理的文章——《胡風的反馬克思主義的文藝思想》、《現實主義的路，還是反現實主義的路？》，便於1953年年初分別刊登在第2期和第3期的《文藝報》上。

胡風等雖然意識到這些批評具有嚴重性質，但他們並不放棄。重要原因是他們相信能獲得毛澤東的高層的支持。1954年

---

[24] 轉引自林默涵《胡風事件的前前後後》，《新文學史料》（北京）1989年第3期。

3 月至 7 月，在他的追隨者的協助下，胡風寫成近三十萬字的《關於解放以來的文藝實踐情況的報告》（即「意見書」或「三十萬言書」），以中國傳統文人的「上書」方式，「轉呈」給中共中央 [25]。報告共四個部分：一、幾年來的經過簡況；二、關於幾個理論性問題的說明材料；三、事實舉例和關於黨性；四、作為參考的建議。報告全面反駁林默涵、何其芳文章的批評，申明他在若干重要的文藝理論問題上的觀點，批評「解放以來」文藝工作上的方針、政策和具體措施，並提出他的建議。1954年年底，中國文聯和作協主席團召開聯席擴大會，討論《紅樓夢》研究的問題，並檢查《文藝報》的工作。胡風誤以為毛澤東和中共中央對《文藝報》和文藝界領導的批評，是他的「意見書」起了作用，以為全面質疑當時文學界掌權者的時機已到，便在會議上做了兩次措辭激烈的長篇發言 [26]。於是，本來是對「胡適派資產階級唯心論」鬥爭、檢查《文藝報》「錯誤」的會議，在快結束時風向轉移，胡風問題成了焦點。周揚在《我們必須戰鬥》這一經毛澤東審閱的發言的第三部分，把胡風的問題單獨提出，並做出「為著保衛和發展馬克思主義，為著保衛社會主義現實主義，為著發展科學事業和文學藝術事業」，「我們必須戰鬥」的號召。

---

[25] 由胡風於 1954 年 7 月 22 日面交當時任國務院文教委員會主任的習仲勳「轉呈」中共中央。

[26] 關於這兩次長篇發言，胡風後來有這樣的說明：「……《紅樓夢》和《文藝報》問題發生後，把周揚、沙汀、喬冠華諸位黨員勸催我發言誤會是黨的決定，作了『打擊』文藝『領導』的『爆炸性』的發言，引起了軒然大波……」《胡風自傳‧代自序》，第 6 頁，南京，江蘇文藝出版社 1996 年版。

　　不久，胡風的《意見書》便由中共中央交中國作家協會主席團處理。「主席團」未經胡風同意，將其中的二、四兩部分，印成專冊，隨《文藝報》1953 年第 1、2 期合刊附發，「在文藝界和《文藝報》讀者群眾中公開討論」[27]。毛澤東也在此時的一份批示中，要文藝界「應對胡風的資產階級唯心論，反黨反人民的文藝思想進行徹底的批判」。一場全國性的胡風文藝思想批判運動全面展開。全國報刊發表了大量的批判文章。郭沫若發表了《反社會主義的胡風綱領》。這一批判運動，在舒蕪交出胡風給他的信件，後來又「搜出」或要當事人交出他們與胡風的往來信件後，「性質」上發生重大改變。這些信件在摘錄、剪輯、編排，並加上注釋和按語之後，成了「反革命」的證據。它們被編成共三批的「胡風反革命集團的材料」公開發表先在《人民日報》上刊載，後彙集成冊 [28]。書中的「序言」，大多數的編者按語，出自毛澤東之手。胡風於 5 月 18 日被拘捕。先後被捕入獄的達幾十人。被牽連審查的達兩千多人。最後被確定為「胡風分子」的 78 人中，有路翎、阿壠、魯藜、牛漢、綠原、彭柏山、呂熒、賈植芳、謝韜、王元化、梅林、劉雪葦、滿濤、何滿子、蘆甸、彭燕郊、曾卓、冀汸、耿庸、張中曉、羅洛、胡征、方然、朱谷懷、王戎、化鐵等。

---

[27]　《意見書》的一、三部分，則在「內部」一定範圍分發。80 年代胡風一案平反之後，《意見書》一、二、四部分刊於《新文學史料》1988 年第 4 期。1999 年湖北人民出版社出版的《胡風全集》第 6 卷，首次在公開出版物收入《意見書》全文，但「全集」編者仍對「個別段落，個別詞語」做了「極少量刪節」。

[28]　以《關於胡風反革命集團的材料》為書名，由人民出版社於 1955 年 6 月出版。

　　第二次試圖調整、改變已確立的文學路線的努力，發生在
1956 年到 1957 年春天。毛澤東從建立中國模式的現代國家的思
路出發，在 1956 年提出了發展科學、文學藝術的「雙百方針」
（百花齊放，百家爭鳴）。1953 年史達林去世後，蘇聯、東歐
的社會主義國家出現了政治、思想的「解凍」，要求在政治、
經濟、文化體制和思想意識上進行變革。在這樣的國際、國內
背景下，關切中國文學前景、不滿 50 年代以來的文學現狀的作
家開始尋求變革。對於「文壇充斥著不少平庸的灰色的、公式
化、概念化的作品」的根本原因，他們認為是由於嚴重的教條
主義和宗派主義的束縛所致。而教條主義則集中表現，是以蘇
聯的社會主義現實主義的「定義」，創作和批評的指導原則，
同時，對《講話》也做了片面的，和庸俗化的理解[29]。他們和
胡風等一樣，以現實主義的「真實性」作為創作和理論批評的
最高標準，來抵禦政治觀念和政策規定的干擾。他們提出「寫
真實」和「干預生活」的創作口號，提出大膽揭露生活中的矛
盾、衝突。他們還對以行政的、粗暴干預的方式「領導文藝工
作」提出批評，而希望作家能擁有必須的自主性和藝術創造的
自由環境。這一時期，提出重要問題、影響較大的理論文章有：
秦兆陽《現實主義──廣闊的道路》[30]，陳涌《為文學藝術的現

---

[29]　「公式化概念化的根源，就在於教條主義者機械地、守舊地、片面地、誇
　　大地執行和闡發了毛主席指導當時的文藝運動的策略性理論。」劉紹棠《我
　　對當前文藝問題的一些意見》》。

[30]　分別刊於《人民文學》）1956 年第 9 期，《人民文學》1956 年第 10 期，
　　《長江文藝》1956 年第 12 期，《文藝學習》1957 年第 5 期，《文藝月報》
　　1957 年第 5 期，《新港》1957 年第 1 期，《文藝報》1956 年第 23 期，《文
　　藝學習》1957 年第 6 期，《文藝報》1957 年第 4 期，《文藝報》1957 年

實主義而鬥爭的魯迅》，周勃《論社會主義時代的現實主義》，劉紹棠《我對當前文藝問題的一些意見》，錢谷融《論「文學是人學」》，巴人《論人情》，鍾惦棐《電影的鑼鼓》，黃秋耘《刺在哪裏？》，于晴（唐因）《文藝批評的歧路》，蔡田《現實主義，還是公式主義？》，唐摯（唐達成）《繁瑣公式可以指導創作嗎？——與周揚同志商榷幾個關於創造英雄人物的論點》，杜黎均《關於周揚同志文藝理論中的幾個問題》，吳祖光《談戲劇工作的領導問題》等。

　　這一次的努力，也以失敗告終。在反右派運動中，許多作家、理論批評家、文學翻譯家成為「右派分子」，他們中有：馮雪峰、丁玲、艾青、陳企霞、羅烽、白朗、秦兆陽、蕭乾、吳祖光、徐懋庸、姚雪垠、李長之、黃藥眠、穆木天、傅雷、陳夢家、孫大雨、施蟄存、徐中玉、許傑、陳學昭、楊憲益、馮亦代、陳涌、公木、鍾惦棐、王若望、蘇金傘、汪曾祺、呂劍、唐湜、唐祈、杜高、杜黎均、劉賓雁、王蒙、鄧友梅、劉紹棠、叢維熙、藍翎、唐因、唐達成、公劉、白樺、邵燕祥、流沙河、高曉聲、陸文夫、張賢亮、昌耀等。

四、分歧的性質

　　中國左翼文學界內部的矛盾、衝突，如果僅就文學主張和有關文學運動的方針、政策上看，牽涉到對中國現代文學的基

第 8、9 期，《文藝報》1957 年第 10 期，《文匯報》1957 年 6 月 7 日，《戲劇報》1957 年第 11 期。吳祖光的文章早就寫成，但在他被定為右派分子時，才由《戲劇報》刊出以供批判。

本形態和發展道路的不同理解。縱觀 20 年代末到 70 年代的文學過程，可以看到左翼文學內部存在著不同的「派別」[31]。一是胡風、馮雪峰為代表，包括 50 年代的秦兆陽等；一是以周揚為代表的，包括當代文學界主要領導者邵荃麟、林默涵、何其芳等；另一則是在「文革」前夕形成的，以江青、姚文元為首的派別。從 30 年代到 50 年代前期，在左翼內部，胡風、馮雪峰（也包括丁玲）與周揚等的矛盾佔有凸出地位。馮雪峰、胡風等被「清洗」之後，周揚他們與更具激進立場和姿態的派別的矛盾便佔據主要地位。

雖然周揚等與胡風、馮雪峰有尖銳矛盾，但他們也有重要的共同點。他們都把自己看作馬克思主義者，堅持的是「真正的」（正統的）馬克思主義文藝觀，把創建、發展人民文藝（或無產階級文藝），作為自己的職責。他們都表示了對於毛澤東的《講話》的擁戴[32]。他們也都不贊同文學與政治無關（或平行）論，認為從廣義上說，文學應該是人民革命鬥爭、是思想啟蒙的「武器」，中國的文學運動應是革命運動的組成部分（或「一翼」）。不論是周揚、茅盾、邵荃麟，還是胡風、馮雪峰，

---

[31] 這裏的「派別」，並不都是「實質性」的。有的只是就他們相近的文藝主張，和在實際文學運動中的傾向、立場而言。另外，同一「派別」中的作家、理論家之間，主張也會有差異，而不同派別之間的界限也不是所有時間都清晰、分明。在變化了的語境中，原先對立雙方的觀點也可能互相接近。例子之一是 60 年代初周揚某些重要觀點開始靠攏他的論敵的胡風。但是，在中國特定的文藝運動和文藝鬥爭中，上述的這種「派別」劃分，還是有它存在的根據。

[32] 雖然胡風、馮雪峰、甚至周揚在某個時候，某一問題上可能有不同看法，但極少公開批評。胡風的態度可能比較曖昧，不過，70 年代末他出獄後，仍再三表示他對毛澤東及其理論的忠誠。

都曾尖銳地攻擊那種「文藝自主」、「純藝術」的主張。1954
年中國文聯、作協主席團聯席會議上，胡風對周揚等的批評其
中重要一項，便是後者對朱光潛等的「資產階級思想」的投降。
他們也都信奉、提倡「現實主義」。現實主義在他們那裏，有
時被看作自古以來就存在（在中國，據說從《詩經》就已開始）
的「創作方法」，有時被看作文學史上特定的思潮，有時又被
解釋為所有作家應予遵循的創作原則。從這樣的立場出發，對
於中國具有現代主義傾向的文學思潮和文學創作，他們都持激
烈批評的態度。另一具有重要意義的共同點則是，他們都堅持
文學「一體化」的理想、堅持建立文學的「統一規範」的必要。
一般來說，當處在受壓制地位的時候，會提出允許不同主張存
在，讓這些歧見「在實踐過程中去解決」的要求 [33]。但這並非
表示他們對個體的「自主」、多樣選擇的尊重，對「多元」狀
態的「容忍」。在認為自己表達的是「終極」性質的真理上，
在要求文學的統一性目標上，胡風等的立場，絲毫不比周揚等
含糊。

　　但是，他們之間也存在重要的分歧。[34]

　　第一，關於文學與政治、實踐（生活的和藝術的）與觀念
的關係。這是左翼文學界長期爭論不休的問題。相對而言，周
揚等更強調理論、思想觀念的重要性，認為對作家而言，「正

----

[33] 胡風《關於解放以來的文藝實踐情況的報告》，《新文學史料》1988 年第
　　 4 期。
[34] 周揚、胡風、馮雪峰的理論批評著作和文章，80 年代以來，先後由人民文
　　 學出版社（北京）加以彙集出版。計有《胡風評論集》（上、中、下），
　　 《雪峰文集》（1-4 卷）、《周揚文集》（1-4 卷）。下面對他們的觀點、
　　 論述的徵引，不一一注明出處。

確的世界觀」應置於第一等的重要位置上。胡風、馮雪峰也承
認思想世界觀的重要性，但認為生活實踐和藝術實踐具有決定
意義；思想問題、世界觀問題，是表現在作家對現實的關係上，
只有在「實踐」中才能表現出來，也「必須」在「實踐」上去
解決。離開作家的「實踐」去談思想、政治問題，都是抽象、
空洞的。胡風還認為，「真實的現實主義的創作方法」，也就
是現實主義的「藝術實踐」，「能夠補足作家生活經驗的不足
和世界觀的缺陷」。

　　第二，關於現實主義。周揚、胡風、馮雪峰等，對於他們
所提倡的「現實主義」，都申明與西歐、俄國 19 世紀的「舊」
現實主義不同，而經常冠以「新」、「革命」或「社會主義」
的限定語。不過，在具體的解釋上，又有重要的差異。周揚等
更多接受 30 年代蘇聯作家協會章程對「社會主義現實主義」所
做的規定，即文學要「從革命歷史發展上」來反映現實，表現
革命的「遠景」，發揮它的教育作用。而胡風的「現實主義」
則更多承接 19 世紀法、俄文學的「批判生活」的性質，以及魯
迅所代表的「五四」作家的「思想啟蒙」責任。對胡風等來說，
他們感受最深切的是古老中國在「現代化」過程中的沈重負擔，
認為民族「傳統」，民眾的生存狀況和精神狀態，一方面是韌
性的戰鬥力、原始的生命力，另一方面則是奴性的卑賤與苟安。
胡風提出了著名的「精神奴役的創傷」的命題，要求作家「對
於一切的麻木，一切的汙穢，一切的混亂，隨時隨地感到難堪
或悲憤，用了最大的警惕心去告發，去抨擊」。

　　第三，創作上主客觀的關係。周揚等在許多時候，不斷申
明毛澤東的「深入生活」的重要，並把「生活」主要理解為「工

農兵」的鬥爭生活。胡風等當然沒有否定「生活」對創作的重要性，但他認為文學創作是主客觀的融合，如果這種「融合」是出色的，那就一定表現了主體對客體的主動態度，因而作家的熱情、創造力絕對不是無關緊要。對於「融合」的過程，他用了「肉搏」、「搏鬥」、「突進」、「相生相剋」、「擁抱」等富緊張性、也富心理神秘色彩的詞語來說明。胡風認為，文藝雖是社會鬥爭的產物，又是用來進行社會鬥爭、思想鬥爭的武器，但「也不能不是作者的內心的矛盾鬥爭的產物」，「不能不是肉身的東西，不能離開個人的靈魂與血肉的」。對於作家的這種「主觀戰鬥精神」，他強調的是受磨難的痛苦：如果在生活經驗和藝術創造中抽掉了這種「受難（passion）精神」，那將是「藝術的悲劇」——這是胡風他們推崇揭示心靈搏鬥的受難式作品，而拒絕膚淺的頌歌的原因。從這一基點出發，胡風反對冷靜、「觀照」的文學。當以這一創作理想來對抗左翼文學主流派別忽視作家藝術創造的主體性時，相信有它充足的合理性；而當他們企圖用這一主張去規範一切作家、作品，進而攻擊沙汀等的「客觀」的寫實方法，攻擊朱光潛、沈從文等的審美距離和「冷靜美學」時，也表現了他們的偏頗。

第四，關於「當代文學」的傳統。在四、五十年代之交，左翼作家需要面對 20 世紀文學的三個「歷史事件」：「五四」文學革命，產生於蘇聯的社會主義現實主義，毛澤東的《講話》和解放區文學。這三個方面，既是文學理想、文學觀念，又是文學事實、文學經驗。它們並非各自獨立，而是相互滲透、糾結。《講話》自然繼承了「五四」文學革命的成果，關於社會主義現實主義的規定，也是《講話》的理論來源之一，而《講

話》和毛澤東的其他著作，也參與了對「五四」的闡釋和重構。
左翼作家對社會主義現實主義的看法雖然也存在分歧，但在大
多數情況下，它不被當作特別關注的獨立問題。50年代中期的
情況有些不同，當時，對社會主義現實主義的質疑，成為爭論
的重要問題之一；但是這種質疑，針對的主要還是在當代文學
中奉為不可違逆的綱領的《講話》。文學界在有關20世紀文學
「傳統」問題上的論辯，主要圍繞對「五四」新文學、對《講
話》的理解和評價展開。《講話》的基本理論方法，是一組對
立的矛盾關係的展開。政治與藝術，世界觀和創作方法，現實
和理想，主觀和客觀，知識份子和工農大眾，光明和黑暗，歌
頌和暴露，普及和提高……。這種理論敘述，在對立項的關係
上，在側重點的確立上，留下許多「空隙」。這些「空隙」的
存在，既保證了理論的「發明者」闡釋上的靈活性和變通，也
為不同歷史語境下，具有不同思想和知識背景的作家提供修
改、甚至背離的可能。

在「五四」與《講話》的關係上，胡風、馮雪峰、秦兆陽
等雖然也承認《講話》的指導意義，但並不把它的出現看作轉
折性事件。他們更重視「五四」的新文學傳統，以「保衛五四
文學革命傳統」作為文學理想和文學實踐的中心問題。而這一
「傳統」，在他們看來，已為魯迅為代表的作家的實踐所確立。
他們對於過分宣揚、推行解放區文藝運動的經驗的後果表示憂
慮[35]。對於「五四」新文學，也更強調它與西歐和俄國19世紀

---

[35] 胡風《關於解放以來的文藝實踐情況的報告》中講到，他1948年進入解放
區時，感到「解放區以前和以外的文藝實際上是完全給否定了」，「五四
傳統和魯迅實際上是被否定了」。這是他所擔憂的事。

現實主義文學的繼承關係。胡風《論民族形式》中的「以市民
為盟主的中國人民大眾底五四文學革命運動正是市民社會突起
了以後的、累積了幾百年的世界進步文藝傳統的一個新拓的支
流」的說法，馮雪峰《論民主革命的文藝運動》中的「五四」
文學革命「所根據和直接受影響的」，是 19 世紀批判現實主義
和反抗的浪漫主義，「『五四』是這近代資本主義的文學的一
個最後的遙遠的支流」的論斷，都表明了這一點。這些觀點，
被認為是歪曲、篡改了「五四」文學革命的性質和領導思想，
而在 50 年代受到反覆批判 [36]。

　　在 50 年代，周揚等已確立了他們的毛澤東文藝思想正確闡
釋者和堅決貫徹者的形象。他凸出的是《講話》「的發表及其
所引起的在文學事業上的變革」，「是『五四』文學革命在新
的歷史條件下的繼續和發展」，「是繼『五四』之後的第二次
更偉大、更深刻的文學革命」[37]。對於周揚等來說，他們既強調
《講話》與「五四」文學革命的聯繫（繼續），甚至認為是「五
四傳統」的最有資格的繼承者，同時更強調它們的區別（發展）。
就前者而言，他們通過指認「五四」文學革命的性質和領導權
來達到（即認為「五四」文學革命是無產階級領導的，「一開

---

[36] 胡風、馮雪峰在 50 年代雖然都修改了他們的這一說法。但這並非個別提法
　　的問題，而涉及其文學思想體系。參見胡風《關於解放以來的文藝實踐情
　　況的報告》（「意見書」）和馮雪峰《中國文學從古典現實主義到無產階
　　級現實主義發展的一個輪廓》（《文藝報》1952 年第 14、15、17、19 期
　　連載）

[37] 周揚《堅決貫徹毛澤東文藝路線》，1951 年 5 月 17 日《光明日報》（北
　　京），收入《周揚文集》第 2 卷，北京，人民文學出版社 1985 年版。這是
　　周揚 1951 年 5 月 12 日在中央文學研究所的演講。

始就是向著社會主義現實主義發展」的）；至於後者，則著重凸出「五四」文學革命和新文學的缺點（沒有能解決文學「與工農群眾結合」這一「根本關鍵」問題），來確定「五四」文學革命與《講話》之間的等級關係（「更偉大、更深刻的文學革命」）。這種闡釋，是為著使《講話》及其在文學上引起的變革和出現的成果，能成為「當代文學」的更直接、更具「真理性」的「資源」的目標。

　　從馬克思主義文學理論的範疇上來觀察，胡風、馮雪峰與周揚等的分歧，不能說是無謂的爭吵。胡風等在各個時期對左翼文學弊端的揭發和批評，也有積極意義。但是，胡風、馮雪峰（周揚其實也一樣）等，都是現代文學史上的「悲劇人物」。這指的是他們受到不同時期的「主流派」的排擠、打擊，也指這樣的歷史處境：他們至死都認為自己是忠誠的馬克思主義者，然而，「資產階級」作家、理論家視他們「左」得出奇是情理中事，而左翼「主流派」則把他們當作「異端」、「右派」、「混進」革命隊伍的「資產階級分子」。這種尷尬，延續到現在。20 世紀 80 年代以後，在文學「一體化」格局解體的時期，對胡風（連同魯迅等）的闡釋出現的竭力將他們從「左翼」陣線中剝離，以證實其「遺產」價值的這一傾向，其實也是這一情景的另一種表現。

第四章

隱失的詩人和詩派

一、詩歌道路的選擇

　　在 40 年代後期，「新詩現代化」是詩人的普遍意識[1]。要求詩和動盪的現實生活建立更直接的關聯，在情感和語言上打破「個人」的狹窄範圍，探索表達現代人經驗的有效的詩歌藝術方式，是詩界的主要潮流。朱自清認為，「今天的詩是以朗誦為主調的」──這不僅指詩的一種體式，而更指詩人在處理語言和現實上的立場：「『我們』替代了『我』，『我們』的語言也替代了『我』的語言」[2]。馮至在這前後，也提出「今天的詩人拋棄高貴感，自覺到是普通人，並為普通的人說話，才成為真正的詩歌」[3]。這期間，解放區詩歌的影響日見擴大（主要指以借鑒民歌藝術，表現農村社會變革的敘事詩）。不過，在 40 年代後期，詩歌創作仍存在多種路向。胡風等的「七月派」詩人，李季、田間的「寫實性」的解放區詩歌，馬凡陀（袁水

---

[1]　朱自清《詩與朗誦》、袁可嘉《新詩現代化》、唐湜《新的新生代》等文章，都談到了新詩「現代化」的問題。

[2]　朱自清《今天的詩──介紹何達的詩集〈我們開會〉》，《文訊》第 8 卷第 5 期。

[3]　馮至《五四紀念在北大》，《觀察》1947 年第 12 期。

拍）追求「平民化」的詩，穆旦等的帶有「現代主義」傾向的
創作，表明了在詩歌「現代化」的具體方案上，存在不同的理
解和「設計」。一些詩人也希望能形成開放、包容的環境 [4]。

　　但是，在這一「轉折」期，並不存在多種路向互相包容的
可能性。藝術取向與政治道路選擇既難以分離，思想藝術上的
差異又很容易在政治力量紛爭的意義上得到指認。詩歌路向的
選擇，是整個文學選擇的組成部分。在 40 年代末到 50 年代前
期，「選擇」表現在兩個互有關聯的方面：一是為當代新詩確
立思想藝術規範；另一是對新詩歷史重新進行整理、評價。對
新詩歷史的清理，主要通過權威性批評文章，文學史（詩歌史）
撰寫，大學文學教育、重要詩歌選本來實現 [5]。在 50 年代初，

---

[4] 朱自清在《新詩雜話》的多篇文章中表達這一態度，主張在提高新詩對現
　　實生活的回應能力上，「歐化」、「大眾化」、「平民化」等都可以相容、
　　結合。《詩創造》1947 年 7 月創刊號《編餘小記》提出，為廣大勞動人民
　　寫「山歌」、「方言詩」，與寫「商籟體」、「玄學派的詩」及「高級形
　　式的藝術成果」，都值得珍惜。甚至認為，「在詩的創造上，只要大的目
　　標一致，不論它所表現的是知識份子的感情或勞動群眾的感情」，「不論
　　它是抒寫社會生活，大眾疾苦，戰爭殘象，暴露黑暗，歌頌光明；或是僅
　　僅抒寫一己的愛戀、悒鬱、夢幻、憧憬……只要能寫出作者的真實感情，
　　都不失為好作品」。「相容」的主張其實很難實現，《詩創造》刊物本身
　　很快也就出現分裂。方敬、杭約赫、辛笛等另辦《中國新詩》，臧克家主
　　持的《詩創造》則檢查「相容」的原來的辦刊方針是對「新的好的風格的
　　形成的損害」，申明今後「將以一個戰鬥意志，一個作戰目標來統一」。
[5] 在 1951 年中央教育部文法學院各系課程改革小組的中國語文小組的《〈中
　　國新文學史〉教學大綱》（初稿）中，新月派被看作是「代表中國買辦資
　　產階級的思想和利益的反動文學團體」，新月派和現代派是「革命詩歌中
　　的兩股逆流」。這個時期，重要的詩歌史性質的文章有臧克家《五四以來
　　新詩發展的一個輪廓》（《文藝學習》1955 年第 2 期）、邵荃麟《門外談
　　詩》（《詩刊》1958 年第 4 期）等。臧克家主編的《中國新詩選》（中國
　　青年出版社 1956 年初版）是 50 年代前期有代表性的新詩選本。

就已確立了解放區詩歌和新詩中的「革命詩歌」在新詩史的主流地位。30 年來的新詩詩人和詩歌流派，被區分為互相對立的兩個「陣線」。郭沫若、蔣光慈、殷夫、臧克家、蒲風、艾青、田間、袁水拍、李季、柯仲平、阮章競等是新詩的「革命傳統」的代表，而從胡適的《嘗試集》開始，包括新月派的徐志摩，象徵派的李金髮，現代派的戴望舒（他後來的「轉變」則被肯定）等，是「和當時革命文學對立」的、資產階級的派別。對於新詩史的「人民大眾的進步的詩風」與「資產階級的反動的詩風」的這種區分，在 1958 年的詩歌道路討論中進一步「窄化」。被列入「反現實、反人民的詩風」的「逆流」的，增加了「以胡風、阿壠（S.M.）為代表的『七月派』」。同時，指出即使是國統區「革命詩歌」，也存在未能真正與群眾結合、「基本上還是用革命知識份子的思想感情和語言來歌唱」的缺陷——這個問題，只是到了 1942 年的「解放區的詩歌」才發生了方向性的變化[6]。區分「主流」與「逆流」的這種權威描述，為進入「當代」的詩人、詩歌流派的地位和寫作方向，做了明確規定。

　　在這一時期，詩歌理論和實踐上被反覆闡述和強調的，是詩的社會「功能」、以及寫作者「立場」和思想情感的性質。詩服務於政治，詩與現實生活、與「人民群眾」相結合，是當代詩歌觀念的核心。馬雅可夫斯基的「無論是詩，還是歌，都是炸彈和旗幟」，被當作格言經常引用。合乎規格的創作主體（當時使用最為普遍的概念是「抒情主人公」），應該以階級、人民集體代表的面目出現。「人民詩歌」性質、功能的規定，

---

[6]　參見邵荃麟《門外談詩》，《詩刊》1958 年第 4 期。

在五、六十年代，衍生出「詩體」的兩種基本模式。一是強調
從對寫作主體經驗、情感的表達，轉移到對「客觀生活」、尤
其是「工農兵生活」的「反映」，而出現「寫實性」的詩。詩
中「傳來了城市、農村、工廠、礦山、邊疆、海濱各個建設和
戰鬥崗位上發出來的聲音」，被看作詩歌創作的成績加以提
出[7]。直接呼應現實政治運動的要求，則產生了當代的「政治抒
情詩」。支持這種詩體模式的，是強調感情抒發的浪漫主義詩
觀。何其芳、艾青 50 年代初對詩所下的「定義」，在很大的範
圍裏被認同。「詩是一種最集中地反映社會生活的文學樣式，
它飽和著豐富的想像和感情，常常以直接抒情的方式來表
現……」[8]——這一「定義」，既隱含著對於「五四」以來「多
數的詩人都偏向於「小資產階級知識份子」的「主觀抒情」」
的矯正，也與「象徵派」、「現代派」等的「神秘主義，頹廢
主義，形式主義」劃清界限。

　　不過，在輝煌的古典詩歌面前，新詩一直面臨「合法性」
的壓力，因而 50 年代初，新詩寫作的藝術「資源」與新詩形式
問題，是選擇詩歌路向的重要組成部分[9]：這包括格律、自由體
和歌謠體、詩的建行等問題。這些「形式」、「技巧」問題，
其實關聯著對「五四」以來新詩「傳統」的評價。雖然毛澤東

---

[7]　袁水拍《詩選 1953.9-1955.12·序言》，北京，人民文學出版社 1956 年版。

[8]　何其芳《關於寫詩和讀詩》（1953），《何其芳文集》第 4 卷第 450 頁。
人民文學出版社 1983 年版。

[9]　1950 年前後，《文藝報》等刊物發表了卞之琳、田間、艾青、何其芳等多
篇討論新詩問題的文章，《文藝報》第 1 卷第 12 期（1950 年 3 月）並開
闢了「新詩歌的一些問題」的筆談專欄。參加的有蕭三、田間、馮至、馬
凡陀、鄒荻帆、賈芝、林庚、彭燕郊、力揚等。

的在古典詩歌和民歌的基礎上發展新詩的主張，要到 1958 年才提出，但是，在四、五十年代之交，忽視、否定新詩自身「傳統」的思潮已十分明顯。這引起部分詩人的關切、憂慮。林庚認為，雖說古典詩歌和民間詩歌的五七言形式已經成為重要「傳統」，但是，「絕沒有一種形式可以無限使用的。也絕沒有一種傳統可以原封不動的接受下來」[10]。何其芳也批評了「因某些新詩的形式方面的缺點而就全部抹煞『五四』以來的新詩，或者企圖簡單地規定一種形式來統一全部新詩的形式」的傾向，認為「他們忘卻『五四』以來的新詩本身也已經是一個傳統」。當然，何其芳的這種「多元」要求，明確地限制在「形式」的範圍內：「形式的基礎是可以多元的，而作品的內容與目的卻只能是一元的」[11]。在有關新詩發展方向和「傳統」的選擇上，卞之琳的審慎的發問雖說也只指向「技巧」，但所包含的方面顯然要較為複雜：「受過西洋資產階級詩影響而在本國有寫詩訓練的是否要完全拋棄過去各階段發展下來的技巧才去為工農兵服務，純從民間文學中成長的是否完全不要學會一點過去知識份子詩不斷發展下來的技術？」[12] 何其芳他們提出的問題，在 1958 年新詩道路討論中被重新提出，並引發了激烈的爭辯。

---

[10] 林庚《新詩的「建行」問題》，《文藝報》第 1 卷第 12 期。

[11] 何其芳《話說新詩》，《文藝報》第 2 卷第 4 期，1950 年 4 月。

[12] 卞之琳《閒講英國詩想到的一些經驗》，《文藝報》第 1 卷第 4 期，1949 年 11 月。

二、普遍的藝術困境

　　「五四」以來的詩人在進入 50 年代之後，相當一部分「老詩人」[13] 從詩界消失。這種整體性的現象，主要不屬自然的更替。造成這一情況的文學、政治環境的原因是，對新詩「傳統」的選擇的詩歌「主流」「窄化」，將一批詩人排除在詩界之外；另外，某些詩人的創作個性、藝術經驗，與此時確立的寫作規範發生衝突，導致他們陷入創作的困境。

　　「困境」並非所有的當事人當年的意識。相反，一些詩人覺得他們的創作進入新的、有更好情景的狀態。例子之一是郭沫若。由於胡適在新詩史地位在當代的滑落，郭沫若獲得新詩開創者的地位。詩對於擔任種種國家要職的郭沫若 [14] 來說，是他社會、政治活動的組成部分。他認為，「當代詩歌」「要以人民為本位，用人民的語言，寫人民的意識，人民的情感，人民的要求，人民的行動。更具體的說，便要適應當前的形勢，土地革命，反美帝，挖蔣根，而促其實現」[15]。基於這一詩觀，

---

[13]　「老詩人」的稱謂，在 50 年代主要具有「文學年齡」的涵義，通常指 40 年代初以前已有重要作品發表者。因而，50 年代初只有 30 多歲、40 歲的艾青、林庚、卞之琳、陳夢家、何其芳、田間等，都屬「老詩人」之列。

[14]　郭沫若（1892-1978）有詩集《女神》、《瓶》、《前茅》、《恢復》、《戰聲》等。當代出版的詩集有《新華頌》、《毛澤東的旗幟迎風飄揚》、《百花集》、《百花齊放》、《潮汐集》、《長春集》、《駱駝集》、《蜀道奇》、《東風集》、《邕灕行》等。在五、六十年代，曾先後（或同時）擁有過政務院副總理、全國文聯主席、中國科學院院長、全國人大副委員長、全國政協副主席、中共中央委員、中國人民保衛和平委員會委員長、中國科技大學校長等種種官職。

[15]　《開拓新詩歌的路》（1948），見《郭沫若談創作》，黑龍江人民出版社 1982 年版。

他便有理由在此後的大量詩作中，直接表現各種政治運動和中心工作，用詩來承擔傳媒的「社論」、「時評」的任務。1958年，為了闡釋「百花齊放」的方針，宣揚「大躍進運動」的成績，他用了 10 天的時間，在翻閱有關花卉的書籍、圖冊、請教園藝工人之後，寫了共 101 首的組詩《百花齊放》：從花的形態、肌理特徵的描述，「上升」為對社會現象和政治命題的說教。詩對政治的及時配合，創作過程的「群眾路線」，10 天百首的「大躍進」速度，都十分吻合那時的「時代精神」。

　　臧克家 [16] 在 40 年代就表現了急迫地向現實政治迫近的姿態。他 50 年代的詩歌，如徐遲所說，離開了「激情的快板」、「深沉的慢樂章」和「諧謔調」，而進入「歡樂頌」：寫作一種熱情，但平直、淺白的頌歌。他認為詩應該反映現實鬥爭、抒寫「革命戰士宏聲」，形式上則應該通俗易懂。臧克家對當代詩歌的發展抱有很大熱情，試圖扮演詩界「主持人」和「指導者」的角色（《詩刊》主編的地位加強了他的這種自我意識）。不過，由於時勢，也出於本意，他拒絕對多種詩藝的包容，而參與了對一種狹窄的藝術格局的捍衛；這在「文革」後的朦朧詩論爭過程中，有更凸出的表現。

---

[16] 臧克家（1905-2004），山東諸城人。1932 年開始發表新詩。三、四十年代的詩集主要有《烙印》、《罪惡的黑手》、《自己的寫照》、《運河》、《從軍行》、《淮上吟》、《泥土的歌》、《古樹的花朵》、《感情的野馬》、《寶貝兒》、《生命的零度》、《冬天》。50-60 年代的詩集有《一顆新星》、《春風集》、《歡呼集》、《凱旋集》、《李大釗》。「文革」後出版的《憶向陽》、《今昔吟》、《臧克家長詩選》、《放歌新歲月》等。另有詩歌評論、隨筆集《在文藝學習的道路上》、《學詩斷想》。山東文藝出版社出有《臧克家文集》（1-6 卷）。

　　馮至 [17]1941 年在昆明的西南聯大執教時寫的《十四行集》，是中國新詩最重要的作品之一。40 年代後期，馮至的思想藝術取向發生了變化。50 年代初，和另一些詩人一樣，他通過對自己在「舊中國」的創作的反省 [18]，來預示詩歌生命新的開端。他從對個人體驗的沉思，轉到對新的社會生活，對西北的工業建設者的表現、歌頌。他謹慎地試圖保留 40 年代形成的藝術方法：情感的內斂和規範，樸素、具體、簡潔的語言形式與深層的哲理凝思的結合。不過，在多數作品中，並沒能獲得成功。《西郊集》（1958）和《十年詩抄》（1959）這兩個詩集，記錄了他那種對事物默察沉思、並化為意象結晶的藝術品格流失的過程 [19]。

　　「愛那飄忽的雲」的那個「遠方人」，在抗戰開始後走上革命的人生和藝術道路——不過，何其芳 [20] 始終是個「矛盾

---

[17] 馮至（1905-1993），河北涿州人。1923 年開始發表新詩作品。20 年代出版的詩集有《昨日之歌》、《北遊及其他》。1942 年出版《十四行集》。50 年代的詩集有《西郊集》和《十年詩抄》。著有詩和文學論集《詩與遺產》。出版有《馮至全集》（1-12 卷）。

[18] 參見《馮至詩文選集·序》（人民文學出版社 1955 年版）、《西郊集·後記》（作家出版社 1958 年版）等文。在《馮至詩文選集》裏，他修改了 20 年代《昨日之歌》、《北遊及其他》的舊作，刪削其中「不健康」、「悲觀頹廢」的成份。他因「27 首『十四行詩』，受西方資產階級文藝影響很深，內容與形式都矯揉造作」，而將它們完全排除在這一選集之外。

[19] 對於馮至 50 年代的詩，當年何其芳曾有這樣的評論：「1941 年他寫了一本《十四行詩集》，文字上的修飾好像多了一些，技巧上的熟練好像也增進了一些，然而如作者後來所很不滿的，這些詩『內容和形式都矯揉造作』。解放後所寫的詩，矯揉造作的毛病沒有了，但多數都寫得過於平淡，缺乏激情。」《詩歌欣賞》第 92 頁，北京，作家出版社 1962 年。

[20] 何其芳（1912-1977），四川萬縣人。30 年代與李廣田、卞之琳合著詩集《漢園集》，另出版散文集《畫夢錄》。40 年代出版詩集《預言》、《夜歌》。

體」。「預言」的時代和寫作已被否定了 [21]，延安時寫的表現知識份子「新舊矛盾的情感」的「夜歌」，他也覺得不應該再繼續。個人與社會、現實與理想、情感與理智、藝術與政治的衝突產生的內心矛盾，感傷和憂鬱，在他看來已經失去社會意義和審美價值 [22]。但是，他又難以割捨那樣的感情個性和表達方式。他抵抗著平庸，暗戀著藝術的完美。「如果我的杯子裏不是滿滿地／盛著純粹的酒，我怎麼能夠／用它的名字來獻給你呵」──這樣，那「火一樣灼熱」的「一個字」，便「讓它在我的唇邊變為沉默」[23]。不過，在五、六十年代，他的一些詩歌理論和批評論著，如《關於寫詩和讀詩》、《詩歌欣賞》[24]等，在愛詩的青年中擁有大量讀者。

　　在三、四十年代，艾青和田間常被批評家作對比性的評論，而在 50 年代初產生田間與艾青在新詩史上可以相提並論

50 年代以後的詩歌作品，收入《何其芳詩稿》。另有詩論和文論集《關於寫詩和讀詩》、《詩歌欣賞》、《文學藝術的春天》等多種。《何其芳文集》收入詩、散文、評論等作品。

[21] 但是《預言》後來何其芳還是讓它再版。這是何其芳的第一本個人詩集，收 1931-1937 間寫的詩 34 首，1945 文化生活出版社出版。1957 年經作者刪去一首，增加一首之後，由上海新文藝出版社再版。

[22] 何其芳對他在延安為什麼要「反覆地說著那些感傷、脆弱、空想的話」，「有什麼了不得的事情值得那樣纏綿悱惻，一唱三歎」，表示難以理解，說這些作品（它們 50 年代初仍在青年詩歌愛好者中廣泛流傳）「現在自己讀來不但不大同情，而且有些感到厭煩與可笑了」《〈夜歌和白天的歌〉初版後記》，《何其芳文集》第 2 卷第 254 頁。人民文學出版社 1982 年版。

[23] 何其芳《回答》，刊於 1954 年第 10 期《人民文學》。1955 年第 4 期的《人民文學》和第 6 期的《文藝報》刊登三篇文章，批評《回答》「晦澀」、「情緒上不夠健康」、「和時代精神不夠協調」。

[24] 作家出版社分別出版於 1956 年和 1962 年。《詩歌欣賞》出版單行本之前，在《文學知識》上連載。

的印象²⁵。田間五、六十年代出版了大量的新作²⁶，他對自己
的藝術道路也充滿信心。但評論界對他的大部分新創缺乏熱
情。1956年，對於田間「近來經歷著一種創作上的『危機』」，
茅盾以為原因在於「沒有找到（或者正在苦心地求索）得心應
手的表現方式，因而常若格格不能暢吐」²⁷。其實，問題也許主
要不在「表現方式」上。田間試圖以六言作為基本句式，在此
基礎上尋求變化，並廣泛運用象徵等方法，擴大詩的想像空間
──這種探索很難說就是失誤。他的創作「危機」，更重要的
在於以現成的政治概念和流行的社會觀點，來取代詩人對社
會生活和心靈世界的獨特感知和發現。出版於1959和1961
年兩卷共7部的敘事長詩《趕車傳》，是對1946年他的同名
詩作的「改寫」。這種「改寫」，提供了從對歷史具體性某
種程度的感性表達，演化為對政治烏托邦（田間詩中的「樂
園」）的理念化闡釋的例證。這個問題，40年代後期胡風就
指出了這一點²⁸。

---

25 1946年聞一多的《艾青和田間》一文，在對比中隱含了等級上的劃分，認
為田間是走向與工農結合的詩人，而艾青則還是知識份子式的詩人（《聞
一多全集》第3冊，上海，開明書店1948年版）。

26 田間（1916-1985）。在當代出版有《馬頭琴歌集》、《芒市見聞》等十餘
部短詩集，和《長詩三首》、《英雄讚歌》、《趕車傳》等多部長篇敘事
詩集。

27 茅盾《關於田間的詩》，《光明日報》1956年7月1日。收入《鼓吹集》，
北京，作家出版社1959年版。

28 胡風指出，田間40年代的《趕車傳》等作品，「寫在僵化文字上的這一片
誠意，和現實生活裏面的人民的躍動的感情是並非同一性質的」，「由於
不能完全由他自己負責的原因，終於被形式主義打悶了」。參見《胡風評
論集·後記》，北京，人民文學出版社1985年版。

　　1956 年，在田間受到批評時，艾青也受到責難，但性質要嚴重得多。批評來自文學界的高層，涉及的且是立場和思想感情，提出的是艾青「能不能為社會主義歌唱」的嚴重問題。批評者認為，艾青的「危機」來自他對社會主義生活缺乏熱情，「深入生活不夠」。艾青也承認他「前進的道路上存在著危機」[29]。從 1950 年到 1957 年，艾青出版了 5 部詩集，如作者後來所說，「大都是膚淺的頌歌」[30]。比較而言，《海岬上》[31]是這一時期最值得重視的集子，特別是其中的《雙尖山》、《下雪的日子》、《在智利的海岬上》等作品。它們顯示了在藝術個性的修復、重建上所作的努力，顯示了對詩性的敏感和處理上的細緻。不過，這種探索起步不久就很快受挫。在反右派運動中，他和那些在延安曾強調知識份子的獨立精神個性，強調文學創造的特殊規律的「文抗」的一群 [32]——丁玲、蕭軍、羅烽、白朗等，都成為反黨集團成員和右派分子。

三、穆旦等詩人的命運

　　在 40 年代，穆旦、鄭敏、杜運燮、袁可嘉、辛笛、陳敬容、杭約赫、方敬、唐祈、唐湜、莫洛等，無疑是當時詩歌「新生

---

[29] 周揚對艾青的批評，和艾青的檢討，見中國作協第二次理事擴大會議上的報告、發言，刊於《文藝報》1956 年第 5、6 期合刊。當時對艾青的批評之所以採用這樣的方式（在一次正式大會上公開點名），與他 1955 年被牽扯進「丁陳反黨集團」，和這個時期因私生活受到「留黨察看」等事件有關。

[30] 艾青《域外集・序》，石家莊，花山文藝出版社 1983 年版。

[31] 《海岬上》，北京，作家出版社 1957 年版。

[32] 「文抗」，指中華全國文藝界抗敵協會延安分會。丁玲當時擔任這一組織的主要負責人。

代」[33] 富活力的一群。這些各有自己創作特色的青年詩人，圍繞著《詩創造》、《中國新詩》等刊物而「集結」。他們面對的是新的社會現實和詩歌前景。他們既主張詩對於這一「嚴肅的時辰」的迫近，也強調詩的藝術的尊嚴。他們從中國古典詩歌傳統吸取營養，更從 20 世紀西方「現代主義」中找到借鑒的藝術觀念和表現方法，「T.S.艾略特與奧登、史班德們該是他們的私淑者」。在他們看來，中國新詩已不可能在新月派那種浪漫詩風上繼續作出有效的開拓，需要有新的題材和技巧。他們探索著「現代主義」與中國現實的結合，並在詩的語言、技巧上進行了廣泛的、令人耳目一新也令人訝異的試驗。捨棄感傷、膚淺的陳詞濫調，運用清晰、結實的「現代白話」，在詞語的創造性組織中，來表達現代體驗和現代意識，揭示現象下面的複雜和深刻，特別是以「內斂又凝重」的風格，表現「自我與世界的平衡的尋求與破毀」[34]。

　　不過在 50 年代，詩界並不認可他們「渴望能擁抱歷史的生活，在偉大的歷史光輝裏奉獻我們渺小的工作」的熱情，也沒有留給他們「從自覺的沉思裏發出懇切的祈禱，呼喚並回應時代的聲音」的空間 [35]。在詩是政治和階級鬥爭工具的觀念已佔據重要地位的 40 年代後期，他們卻否定二者之間有任何從屬的關係，認為現代人生與現代政治密切相關，作為人的深沉經驗

---

[33] 1948 年，唐湜以詩的「新生代」來描述當時詩歌的「兩個浪峰」，一是穆旦、杜運燮們的一群「自覺的現代主義者」，另一是綠原他們的向著生活深處的「果敢的進擊」者。見《詩的新生代》，《詩創造》第 1 卷第 8 輯。

[34] 唐湜《詩的新生代》。

[35] 《中國新詩》（上海）第 1 集代序《我們呼喚》，1948 年。

呈示的詩，自然也不可能擺脫政治生活的影響，但是詩有其獨立的品格，詩的取材的單一政治化和寫作主體狹隘的「階級分析」視角，都是不可取的。這自然會被看作是在批評和抗衡革命文學路線。而他們創作的「現代主義」的傾向，更不可能為當代的文學規範所允許。因而，在 50 年代之後，他們中個別詩人雖然也有不多的作品發表，但作為一個有相近追求的群體，已不復存在。在當時出版的多種新文學史著作，和有關「五四」以來的新詩評述文章和新詩作品選本中，這些詩人沒有留下一絲痕迹；他們被有意忘卻而在詩歌史上被「埋沒」[36]。

四、「七月派」詩人的遭遇

　　1981 年出版的詩集《白色花》[37]，收入被稱為「七月派」詩人的作品。這些詩人有：阿壠、魯藜、孫鈿、彭燕郊、方然、冀汸、鍾瑄、鄭思、曾卓、杜谷、綠原、胡征、蘆甸、徐放、牛漢、魯煤、化鐵、朱健、朱谷懷、羅洛。序中說，「即使這個流派得到公認，它也不能由這 20 位作者來代表；事實上，還有一些成就更大的詩人，雖然出於非藝術的原因，不便也不必邀請到這本詩集裏來，他們當年的作品卻更能代表這個流派早期的風貌」。這些沒有指明的詩人，當指艾青、胡風等。由於胡風等一派的文藝思想和創作在 40 年代後期已受到有組織的批

---

[36] 穆旦因抗戰期間參加中國遠征軍在滇緬邊境作戰一事，1958 年成為「歷史反革命」，失去寫作權利（但翻譯仍被允許）；唐祈、唐湜 1957 年則成為右派。陳敬容、杜運燮有不多作品發表，創作個性已趨模糊。鄭敏、辛笛等基本上停止了詩歌創作。

[37] 《白色花》，綠原、牛漢編，北京，人民文學出版社 1981 年版，綠原作序。

判，相應地也形成了對這些詩人的壓力。進入 50 年代之後，他們的創作已明顯減少 [38]。有的作品發表後就受到批評。最主要的例子是胡風 1949 年 11 月到 1950 年 1 月寫成、有三千多行的「英雄史詩五部曲」。這部總題為《時間開始了》的長詩，分為《歡樂頌》、《光榮讚》、《青春頌》、《安魂曲》、《勝利頌》[39]。長詩雖然熱烈讚頌解放區、毛澤東和新中國的誕生，但對中國近現代歷史的認識和想像，對歷史所做的敘述，顯然與已經確立的敘述方式存在很大差距。它出版不久，即在聯繫胡風「主觀唯心主義」文藝思想的角度上，受到批評。胡風一派的詩論，作為其文學理論的組成部分，在 50 年代初也屢受責難。阿壠（陳亦門）[40] 的《人與詩》（1948）、《詩與現實》（1951）和《詩是什麼》（1954）等論著，在詩的見解上，在中國現代詩人具體品評，及所依據的尺度上，有不少地方可以商討辯駁。但是，50 年代初卻將這些論著，納入對胡風文藝思想批判的組成部分而完全否定。在此期間，阿壠的《論傾向性》、

---

[38] 此時，魯藜、綠原、牛漢等寫了不少作品，但原有的風格已有損失，且發表的機會也日見減少。

[39] 長詩 1950 年由上海的海燕書店、天下圖書公司出版。在此之前，曾在《人民日報》等報紙上刊載。

[40] 阿壠（1907-1967）原名陳守梅，又名陳亦門，筆名有 S.M.、亦門、張懷瑞等。杭州人。曾就讀上海工業專科學校。1933 年入黃埔軍校十期。抗戰初期，參加淞滬戰役負傷。1939 年進延安「抗大」學習。此時寫有《南京》（80 年代人民文學出版社出版改名《南京血祭》）。出版有詩集《無弦琴》、報告文學集《第一擊》、詩論《人和詩》、《詩與現實》（三卷本）、《詩是什麼》、《作家底性格與人物的創造》等。1955 年因胡風集團案件被捕，1967 年病死於獄中。80 年代以後由他人編輯的詩、文集有《無題》、《人·詩·現實》、《垂柳巷文輯》等。

《略論正面人物和反面人物》[41]等文章，也受到嚴厲批評。在胡風一派的詩觀中，最受到持續抨擊的，是胡風1948年發表的一番言論。胡風也強調，詩應是對於人民受難的控訴的聲音，是對於人民前進的歌頌的聲音，詩應在前進的人民裏前進。不過，他認為，「在前進的人民裏面前進，並不一定是走在前進的人民中間了以後才有詩」，「因為，歷史是統一的，任誰的生活環境都是歷史底一面，這一面連著另一面，那就任誰都有可能走進歷史底深處。……哪裏有人民，哪裏就有歷史。哪裏有生活，哪裏就有鬥爭，有生活有鬥爭的地方，就應該也能夠有詩」。胡風接著又說，「人民在哪裏？在你底周圍。詩人底前進和人民底前進是彼此相成的。起點在哪裏？在你底腳下。哪裏有生活，哪裏就有鬥爭，鬥爭總要從此時此地前進。」[42]在這裏，胡風對抗了「題材決定論」，強調了詩人的「主觀精神」的質量在創作中的重要性。從當時的歷史情境而論，這些言論，也是針對與工農「鬥爭生活」有更多關聯的「解放區詩歌」在當時已形成的壟斷地位的。正如在胡風一派成為「反革命集團」之後，有的批判者指出的：「在這個時期（指抗戰期

---

[41] 《論傾向性》，《文藝學習》（天津）1950年第1期；《略論正面人物與反面人物》（署名張懷瑞），《起點》（上海）1950年第2期。批評者認為前者宣揚唯心論的「藝術即政治」，是「抵抗馬列主義的關於文藝的黨性的思想」（陳涌《論文藝與政治的關係——評阿壠的〈論傾向性〉》，1950年3月12日《人民日報》），對後者的指責則是歪曲馬克思來推銷自己的錯誤觀點（史篤（蔣天佐）《反對歪曲和偽造馬列主義》，1950年3月19日《人民日報》）。

[42] 胡風為北平各大學《詩聯叢刊》創刊所寫的《給為人民而歌的歌手們》。見《為了明天》，作家書屋1950年版。另見《胡風評論集》（下），人民文學出版社1985年版。

間──引者）前後，和這種詩風（指實踐工農兵文藝路線的解放區詩風──引者）相對立的，又出現了以胡風、阿壠（S.M.）為代表的『七月派』。胡風編輯了《七月詩叢》，很想在當時詩歌界獨樹一幟。他們對於解放區的詩歌，公開採取了攻擊的態度。『七月派』所主張的，就是他們所謂詩歌應該是詩人『主觀精神的燃燒』，而實際上只是他們個人主義的醜惡靈魂的燃燒，是對於革命仇恨的火焰的燃燒而已。」[43]

---

[43]　荃麟《門外談詩》，《詩刊》1958 年第 4 期。

第五章

詩歌體式和詩歌事件

一、「寫實」傾向和敘事詩潮流

　　「寫實」的、敘事傾向的詩，在「五四」新詩誕生時就受到重視，在 30 年代的左聯詩歌中得到進一步的強調。後來，敘事傾向成為「解放區詩歌」最重要的潮流。其實，「解放區詩歌」存在著多種寫作傾向，也存在不同的詩體樣式。大致說來，活動於晉察冀的詩人，如某一階段的田間，如陳輝、邵子南、魏巍、曼晴、方冰、遠千里、蔡其矯等，主要接受新詩自由體詩的影響，重視從詩人情感、心理的反應，來表現時代和革命。另一個分支，則是生活在陝北、太行山區的一些詩人，他們更多從民間文化中取得借鑒（以北方民歌為基礎，吸收民間說唱藝術的成分），在取材上更重視以戰爭為背景的軍隊和農民生活的表現，敘事詩成為他們熱衷的形式。當時的解放區詩歌界，特別是在「當代」，前一分支顯然受到輕忽，這些詩人在進入 50 年代之後多數沉寂。有大量作品問世的田間，創作路向早已轉移，而自由體抒情詩的寫作者蔡其矯，在很多情況下被目為「異端」。以民間詩歌形式寫作敘事詩的詩人及其創作，則確立為「方向」和榜樣。經常作為「經典」作品列舉的有《王貴與李香香》（李季），《趕車傳》（田間），《圈套》（阮章

競）、《漳河水》（阮章競），《王九訴苦》（張志民）、《死不著》（張志民）等。這是要求詩人將表現對象轉移到「新的世界、新的人物」，也要求詩具有「民族風格」（並將「民族風格」理解為民間形式）的結果。

在 20 世紀中國，要求詩突破狹小的題材和境界，加強它的「寫實性」，擴大與現代人生存狀況的聯繫和關切，擴大詩人的「想像的同情」，與唯我主義、感傷主義和「自然流露」的觀念和方法保持距離──無疑具有它的合理性。不過，左翼詩歌的這種「寫實性」和「敘事性」的理解，側重的是對詩的「社會功能」的考慮，同時強調在對社會現象、生活事實的處理上，對寫作主體情感、意志、思考的抑制。這使詩逐漸演化為缺乏深摯情感、心理內容的現象摹寫。五、六十年代詩歌「寫實性」要求，則是詩、小說等在文類特徵上存在的問題。把「作者深入生活和注意了現實的真實反映和人物形象的描繪」，把創造「典型人物」看作是詩的進步的重要徵象，詩歌藝術上的特殊性顯然受到不小的削弱、損害[1]。

「寫實」傾向在五、六十年代的詩歌中，一方面表現為 40 年代「解放區」已經出現的敘事詩熱潮，表現了異乎尋常的「興盛」，另一方面則是大多數的抒情短詩，都有著人物、場景、事件的框架。據粗略統計，這個時期的長篇敘事詩有近百部。

---

[1] 袁水拍在《詩選 1953.9-1955.12》（中國作協編選，人民文學出版社 1956 年版）的序言中指出，「典型形象，這是藝術反映現實生活和教育人民的特殊手段，詩歌也不例外。儘管詩歌的典型化方法有它的特殊性」，「在詩歌領域中不重視典型形象的創造問題，可能是由於對抒情詩的不正確的理解，以為『抒情』那就是抒情，這裏和人物形象不相干。這是一種誤會。

較知名的有，李季的《菊花石》、《生活之歌》、《楊高傳》
（共 3 部）、《向昆侖》，阮章競的《金色的海螺》、《白雲
鄂博交響詩》，田間的《長詩三首》、《英雄戰歌》、《趕車
傳》（共 7 部），李冰的《趙巧兒》、《劉胡蘭》，臧克家的
《李大釗》，郭小川的《白雪的讚歌》、《深深的山谷》、《一
個和八個》、《嚴厲的愛》、《將軍三部曲》，艾青的《黑鰻》、
《藏槍記》，聞捷的《復仇的火焰》、《東風催動黃河浪》，
喬林的《馬蘭花》，王致遠的《胡桃坡》等。近百部的長篇敘
事詩的成績不可一概而論。其中，在整理少數民族民間詩歌基
礎上創作的敘事詩，應具有較高的藝術水準。這包括徐嘉瑞、
公劉、徐遲、魯凝分別創作的同名長詩《望夫雲》，白樺的《孔
雀》，韋其麟的《百鳥衣》。高平寫於 50 年代中期的敘事詩《紫
丁香》、《大雪紛飛》，有著藏族的民間傳說和民間詩歌作為
題材、藝術上的依據，也有較出色的表現。在 50 年代前期，對
少數民族民間抒情詩和敘事詩的搜集、整理，成為一個小的熱
潮。出版的這些詩歌作品，應該看作是當代詩歌的組成部分。
當時發表的有影響的少數民族民間詩歌，有藏族、維族、蒙族、
傣族等的抒情短詩，以及《嘎達梅林》（蒙古族）、《阿詩瑪》
（彝族）、《阿細的先基》（彝族）、《召樹屯》（傣族）、
《逃婚調》（傈僳族）等史詩和敘事詩。1957 年，《人民文學》
選刊了藏族倉央嘉措（第六世達賴喇嘛）的漢譯情詩[2]，其價值
顯然不僅是為當代提供一種詩歌的歷史文獻。

---

[2]　當時刊登於 1957 年的《人民文學》，譯者為于道泉。六世達賴倉央嘉措
　　（1683-1708），14 歲時入布達拉宮為黃教領袖，十年後為西藏政教鬥爭殃
　　及，被清廷廢黜，解送北上，經青海納木措湖時遁去，不知所終。其所作

　　李季、聞捷、張志民等，是當代「寫實」詩體的主要代表者。李季[3]是以延安詩歌路線的成效卓著的實踐者身份，進入當代詩壇的。在50年代，他被稱作「詩與勞動人民相結合的榜樣」[4]。最初的兩、三年間，在繼續以戰爭為題材，寫了若干長短不一的敘事詩（《報信姑娘》、《菊花石》等）之後，1952年冬，李季舉家到甘肅玉門油礦「落戶」，走上長達30年的，以石油工業、油礦勞動者為表現對象的創作道路。他因此在當時被讚賞地稱為「石油詩人」。有關這一題材，他出版了《玉門詩抄》、《致以石油工人的敬禮》等5部短詩集，和《生活之歌》、《楊高傳》、《向昆侖》等8部長敘事詩。在題材處理上，李季建立了將戰爭和建設加以聯結和轉換的視角，作為觀察、體驗的基點。在形式、語言探索上，他明白信天遊等民歌形式與新的題材的矛盾，曾一度轉到50年代流行的半格律體（或四行體）。後來，在《楊高傳》中，又嘗試借鑒北方的鼓詞等說唱形式。不過，由於視角的單一、狹窄，想像力的缺欠，他在當代的大量創作的成績有限，甚至未能達到《王貴與李香香》的水平。

　　　詩歌60餘首，大都為情詩，流傳很廣。漢譯重要本子有1930年出版的《第六代達賴─倉央嘉措情歌》（趙元任記音，于道泉注釋並譯）、《六世達賴倉央嘉措情歌及秘史》（西藏人民出版社2003）等。

[3]　李季（1922-1980），河南唐河人。1938年去延安，敘事詩《王貴與李香香》寫於1945年。出版的主要詩集有《短詩十七首》、《菊花石》、《生活之歌》、《玉門詩抄》、《致以石油工人的敬禮》、《西苑詩草》、《心愛的柴達木》、《楊高傳》、《難忘的春天》、《向昆侖》、《石油大哥》等。

[4]　參見馮牧《一個違背事實的論斷》（《詩刊》1960年第2期）、安旗《沿著和勞動人民結合的道路探索前進》（《文藝報》1960年第5期）等文。

　　阮章競[5]、張志民和李季一樣，在解放區的敘事詩創作，都
以北方民歌作為藝術創造的基礎。這和他們所處理的、與傳統
鄉村習俗變革相關的生活題材之間，能取得協調。然而，當 50
年代的詩歌潮流要求他們轉到對經濟建設的表現時，他們發現
原先的藝術手段與新的題材的脫節。阮章競也曾一段時間離開
了民歌和口語，而以書面語的自由體詩（或「半自由體」）作
為基本格式。但他們既是作為「新詩與勞動人民結合」的探索
者被肯定的，這種「轉向」，會被認為是「倒退」，而且這也
不是他和李季原先選擇的詩歌目標。當李季重又回到對民間詩
歌和說唱藝術的吸取時，阮章競在他寫內蒙鋼鐵基地建設和生
活變遷的組詩裏（《新塞外行》、《烏蘭察布》），也企圖從
民歌和唐代邊塞詩中尋找境界和語言格式。但沒有得到如《漳
河水》那樣的好評。張志民[6]則仍堅持以民歌體式表現北方農村
生活。《社裏的人物》、《村風》等詩集，以農村口語，組織
帶有「戲劇」特徵的生活細節，來構造農村田園圖景。1963 年
出版的詩集《西行剪影》，則有對古代詩詞的明顯模仿。李季、
阮章競、張志民在當代的創作所提供的情況是，寫作者在「主

---

[5]　阮章競（1914-）廣東中山人。1937 年去太行山區根據地，先後在地方游擊
　　隊和八路軍中任職。主要作品有歌劇《赤葉河》，長詩《圈套》、《漳河
　　水》。50 年代以後出版的詩集有《虹霓集》、《迎風橘頌》、《勘探者之
　　歌》、《白雲鄂博交響詩》、《漫漫幽林路》等。

[6]　張志民（1926-），河北宛平人（今屬北京市）。40 年代末創作敘事詩《王
　　九訴苦》、《死不著》。五、六十年代的主要詩集有《將軍和他的戰馬》、
　　《金玉記》、《家鄉的春天》、《社裏的人物》、《英雄頌歌》、《村風》、
　　《公社一家人》、《西行剪影》、《紅旗頌》。文革後出版的詩集主要有
　　《邊區的山》、《祖國　我對你說》、《今情‧往情》、《「死不著」的
　　後代們》、《夢的自白》等。另出版有散文、小說集多種。

體」創造性受到極大限制，而民間詩歌的民俗和藝術形式的積累，又不能成為重要憑藉的情況下所面臨的重重矛盾。

　　但聞捷[7]在題材和藝術憑藉上，採取的是另一路徑。在 40 年代後期的內戰中，作為一名隨軍記者來到新疆，並在 50 年代最初的幾年裏，任駐疆的新華社記者。這個期間的生活和藝術經驗的積累，基本確立了他此後詩歌的風貌。在一個可供選擇的「資源」相當有限的詩歌環境中，他找到的雖說並不很豐厚，但也尚可供挖掘的礦藏，而避免了李季、阮章競在一段時間裏的進退失據。這指的是他對生活在新疆的哈薩克、維吾爾、蒙古等民族的生活風情、民間傳說和詩歌的瞭解。與此同時，那些寫作「生活牧歌」的蘇聯詩人，在對生活材料進行詩意的提煉和組織上，也給他以仿照的啟示[8]。1955 年，《人民文學》連續刊登聞捷的五個組詩，其中，《吐魯番情歌》、《博斯騰湖畔》、《果子溝山謠》都與新疆少數民族生活有關。這些作品

---

[7]　聞捷（1923-1971），江蘇丹徒人。參加過抗日救亡運動。1940 年去延安，進陝北公學學習。後在陝北文工團、《群眾日報》等部門工作。1949 年以隨軍記者身份到新疆，曾任新華社新疆分社社長。詩集有《天山牧歌》、《東風催動黃河浪》、《第一聲春雷》（與李季合著）、《我們插遍紅旗》（與李季合著）、《祖國，光輝的十月》、《河西走廊行》、《生活的讚歌》，以及敘事詩《復仇的火焰》等。「文革」期間，因受到迫害自殺身亡。

[8]　如 50 年代前期在中國有許多翻譯的伊薩柯夫斯基、蘇爾科夫、特瓦爾朵夫斯基等的作品。何其芳在《詩歌欣賞》中談到聞捷的《吐魯番情歌》時指出了這一點，它「寫的當然是我們的兄弟民族的生活，但在寫法上卻和伊薩科夫斯基寫蘇聯青年男女們的愛情的短詩有些相似」（《詩歌欣賞》第 103 頁，北京，作家出版社 1962 年版）。收入《何其芳文集》時，這段話改為「但在寫法上和外國有的詩人寫青年男女們的愛情的短詩有些相似」。《何其芳文集》第 5 卷第 464 頁，人民文學出版社 1983 年版。

連同其他的一些詩作，在 1956 年結集為《天山牧歌》出版。它們用牧歌的筆調來處理「頌歌」主題，並發揮了聞捷長於抒情格調來「敘事」的藝術才能。在《蘋果樹下》、《志願》、《獵人》等短詩中，作者努力建立一個完整的、首尾呼應的結構，並在對「事件」、「細節」的單純化的提煉中，來增加情感表達的空間。這些詩，「一發表就受到了大家的注意和喜愛。給人以新鮮感覺的景物和生活，柔和而又清新的抒情風格，很久在我們的詩歌裏就不大出現的對青年男女們的愛情的描寫，這些都是它們的特色」[9]。50 年代末聞捷發表的，已醞釀七、八年的敘事長詩《復仇的火焰》，也是以新疆少數民族生活為題材[10]。它講述的是 1950-1951 年發生於新疆東部巴里坤草原的叛亂和叛亂平息的過程。有著龐大的藝術結構，追求雄偉恢弘的氣勢；在展開事件發生的社會背景的描繪上，在安排若干複雜交錯的人物線索上，在重視人物性格的刻畫上，有理由將它稱為「詩體小說」[11]。而且，雖說「有些部分還顯得粗糙一些」，但「這樣廣闊的背景，這樣複雜的鬥爭，這樣有色彩的人民生活的描繪，好像是新詩的歷史上還不曾出現過的作品」[12]。不過，對這樣的佈局、處理和運用的藝術方法，當時也存在著懷疑：「文學藝術在有了小說、戲劇、電影……等等獨立樣式的現代」，

---

[9] 何其芳《詩歌欣賞》第 102 頁。

[10] 長詩的第一、二部（《動蕩的年代》和《叛亂的草原》）分別出版於 1959 和 1962 年。第三部《覺醒的人們》只在報刊上發表部分章節，由於「文革」的發生而沒有能夠完成。

[11] 徐遲《談〈動蕩的年代〉》，《人民日報》1959 年 7 月 21 日。

[12] 何其芳《詩歌欣賞》，《詩歌欣賞》第 108 頁。

是否應以詩的樣式去承擔小說等敘事作品處理的材料？「不要忘記詩歌藝術有它的特長和局限性」[13]。

二、青年詩人的藝術道路

　　四、五十年代之交的社會「轉折」，既有碎裂的血迹，也展現著詩意的彩色。正是有關後者的想像，吸引了一批知識青年踏入詩的疆域：青年詩人的湧現是當時的奇觀。邵燕祥、李瑛、韓笑的第一部詩集《歌唱北京城》、《野戰詩集》和《血淚的控訴》，均出版於 1951 年。公劉的《邊地短歌》、張永枚的《新春》，出版於 1954 年，而白樺的《金沙江的懷念》，胡昭的《光榮的星雲》，梁上泉的《喧鬧的高原》，傅仇的《森林之歌》，雁翼的《大巴山的早晨》，顧工的《喜馬拉雅山下》，嚴陣的《淮河邊的姑娘》，孫靜軒的《唱給渾河》，流沙河的《農村夜曲》……出版於 1955-1956 年間。這些作者當時大多在軍隊服役。在他們看來，走向詩和走向革命，是同一事情的不同方面[14]——這是那個年代被看作天經地義的泛政治化的藝術觀。青年作者一開始也面臨著藝術「傳統」、藝術經驗的問題。在這方面，他們所獲取的借鑒，主要來自「五四」以來的、以自由體詩為核心的新詩，以及在 50 年代仍有很大影響的外國浪漫主義詩歌。這種「藝術準備」，比起 40 年代的一些青年詩

---

[13] 安旗《讀聞捷〈動蕩的年代〉》，《論敘事詩》，北京，作家出版社 1962 年版。

[14] 「因為我是士兵，我才寫詩；因為我寫詩，我才被稱為士兵」（公劉）；「在我的信念裏，戰鬥和創作是我最早的思想方式和行動方式」，「一個詩人的任務就是一個戰士的任務」（李瑛）。

人（穆旦、杜運燮、綠原）來，存在著殘缺的不足。這不僅關乎表現技巧，而且制約著體驗的領域和方式。相對而言，隨著西進的軍隊到了川西、雲貴和康藏一帶的作者，他們的創作有超乎當時一般水準的表現。除了個人的條件外，與他們生活的自然、人文環境不無關係：雨水和陽光都十分充沛的熱帶雨林，青蒼的岩石上常年瑩白的積雪，夜晚淡紅色的月亮和燃燒的星星，馬幫的風塵和山民的炊煙……以及那裏的舞蹈、傳說和歌唱[15]。他們幾乎都參加過對這裏的古歌、民間史詩和民間抒情詩的搜集和整理，有的還據此進行「再創作」。這些在激發他們的想像力，豐富他們的表現手法上，起到明顯的作用。雖說他們詩的「題旨」並無很大不同，但自然景物和民族風情成為感情的背景或投影，加上民間詩歌豐富的比喻和表現方法，是避免現象膚淺描述和政治概念直白演繹的有效途徑。這些詩人，80年代有的研究者曾稱之為「西南邊疆詩群」。他們是公劉、白樺、顧工、高平、傅仇、周良沛等。

公劉[16]在50年代的青年詩人中，是最早獲得詩界較高評價的。他1949年10月參加軍隊並到了雲南。1955年，《人民文

---

[15] 參見周良沛《雲彩深處的歌聲（昆明通訊）》，《詩刊》（北京）1957年第2期。
[16] 公劉（1927-2003），江西南昌人。曾就讀於中正大學，參加革命學生運動和進步文化工作。1949年參加中國人民解放軍，以隨軍記者身份到雲南。1955年到北京任總政治部創作員。1957年被定為右派分子。50年代的詩集有《邊地短歌》、《神聖的崗位》、《黎明的城》、《在北方》，另整理出版了少數民族敘事長詩《阿詩瑪》（與黃鐵等合作）、《望夫雲》（與林予合作）。「文革」後出版的詩集有《尹靈芝》、《白花·紅花》、《離離原上草》、《仙人掌》、《母親——長江》、《駱駝》、《大上海》、《南船北馬》、《刻骨銘心》、《相思海》、《公劉詩選》等。另有詩論

學》發表了他寫邊疆軍人生活的三個組詩：《佧佤山組詩》、
《西雙版納組詩》、《西盟的早晨》。這些作品，寫紅色的圭
山，寫到處都感覺到音樂，感覺到輝煌的太陽和生命吶喊的猛
罕平原，寫藍玻璃一樣的瀾滄江……它們很快「受到讀者的讚
美」[17]，也獲得權威詩人的讚賞：「公劉的詩——是長期生活在
戰士中間的，感染了我們部隊的高貴素質的，通身都是健康的
一種新的歌唱。」[18]到 1957 年，他出版了《邊地短歌》、《神
聖的崗位》、《黎明的城》和《在北方》四部詩集。細緻的感
覺，奇麗的想像，清新的語言風格，是這些詩集的特色[19]。在同
一時期的青年詩人中，他表現了更為凸出的建立在情感想像基
礎上的藝術概括能力，和重視詩的整體構思、重視抒情角度轉
換的藝術趨向。1956 年公劉離開邊地到了北方。在《在北方》
等集子中，他嘗試將南方的「夢幻和情思」，與北方的廣袤、
雄渾和「哲思」結合起來。這種寫作，呈現為現象描述到「哲
思昇華」的結構。在一個十分重視觀念表達的時代，這種創造，
很快演化為一種「詩體」模式，而被廣泛運用。公劉在 1957 年
被定為右派分子[20]。

集、雜文隨筆集多種。

[17] 臧克家《1956 年詩選‧序言》，人民文學出版社 1957 年版。

[18] 艾青《公劉的詩》，《文藝報》1955 年第 13 期。

[19] 公劉在《西盟的早晨》中寫道，「我推開窗子，／一朵雲飛進來——／帶
著深谷底層的寒氣，／帶著難以捉摸的旭日的光彩。」這些詩行，持續地
成為評論家對公劉早期詩歌風格地說明。如艾青在《公劉的詩》中說，「『帶
著難以捉摸地旭日的光彩』，正好用來形容公劉的詩。」黃子平在 80 年代，
也以「從雲到火」作為標題，來概括公劉詩歌風格的演變。見《沉思的老
樹的精靈》，杭州，浙江文藝出版社 1987 年版。

[20] 他成為「右派」的原因，主要有在軍隊總政治部召開的座談會上對軍隊文

　　邵燕祥[21]40 年代後期在北平讀中學時，開始發表詩、散文、小說。1948 年考入中法大學法文系。北平解放時，經華北大學短期學習，到新華廣播電台（後來的中央人民廣播電台）工作。第一本詩集《歌唱北京城》的那種寫實、說唱的藝術形式，並沒有延續下去。「工廠、礦山和建設工地」、「社會主義建設者的形象」成為他強烈關注的對象。在《到遠方去》和《給同志們》這兩個詩集中，邵燕祥以自由詩的抒情方式，來寫沸騰的建設場景，寫青春的獻身熱情。「遠方」在他的詩中不僅是確定的地域，而且是象徵性「中心意象」；表達著那個時代的理想激情和純真夢幻：「在我將去的鐵路線上，／還沒有鐵路的影子。／在我將去的礦山，／還只是一片荒涼」，「但是沒有的都將會有，／美好的希望不會落空。」50 年代中期，邵燕祥的寫作發生變化。他意識到只是表達這種浪漫詩情的不足，在當時「寫真實」的文學思潮中，認為詩也應該有助於掃除「阻

　　　化領導工作提出批評；對 1955 年肅反運動中受到審查不滿；發表了被認為是「對現狀不滿」、「影射肅反和攻擊黨」（《懷古二首》、寓言詩《烏鴉和豬》、《刺蝟的哲學》、《公正的狐狸》），和「宣揚資產階級愛情至上」（《遲開的薔薇》）的詩作。

[21]　邵燕祥（1933-），原籍浙江蕭山，生於北平。1947 年加入中共領導的地下外圍組織青年民主同盟。48 年就讀於北平中法大學法文系。50 年代初曾在中央人民廣播電台工作。50 年代出版的詩集有《歌唱北京城》、《到遠方去》、《給同志們》。「復出」後出版的詩集有《獻給歷史的情歌》、《含笑向七十年代告別》、《歲月與酒》、《在遠方》、《為青春作證》、《如花怒放》、《遲開的花》、《邵燕祥抒情長詩集》、《也有快樂也有憂傷》，和多部選集、自選集（《邵燕祥詩選》、《邵燕祥自選集》等）。80 年代中期以後，主要致力於雜文、隨筆的寫作，出版的雜文隨筆集有《蜜和刺》、《憂樂百篇》、《綠燈小集》、《小蜂房隨筆》、《無聊才讀書》、《捕捉那蝴蝶》、《改寫聖經》、《自己的酒杯》、《大題小做》、《雜文作坊》、《真假荒誕》、《熱話冷說集》、《邵燕祥隨筆》等。

礙我們前進的舊社會的殘餘」，而寫作了《賈桂香》[22]這樣的小
敘事詩和一些諷刺性作品。他個人也為此付出沉重代價，在反
右派運動中罹難。

　　李瑛[23]也是 40 年代在北平讀中學時開始寫詩，曾與朋友一
起出版有習作性質的詩合集《石城的青苗》（1944）。1945 年
就讀於北京大學中文系，並在《文學雜誌》、《中國新詩》、
《大公報‧文藝》等報刊上發表詩作。早期的作品，表現關於
「歷史轉折」的時期意識[24]，運用了更多的現代詩的技巧。1949
年初，李瑛離開大學，作為新華通訊社軍隊總分社記者，隨軍
南下。此後，他一直在軍隊中擔任文化宣傳方面的職務。他是
當代寫作時間最長，而且出版的詩集最多的一位[25]。詩的題材，

---

[22] 《賈桂香》以真實事件為素材，寫東北一農場青年女工，在私生活上受到
流言誣陷、打擊而自殺身亡。詩中表現了作者對陳腐觀念和官僚主義作風
的批判。發表於 1956 年 11 月 17 日的《人民日報》。

[23] 李瑛（1926-），河北豐潤縣人。讀中學時開始寫詩，曾與朋友出版詩合集
《石城的青苗》（1944）。1945-1949 年就讀於北京大學中文系。50-70 年
代出版的詩集有《野戰詩集》，《戰場上的節日》、《天安門上的紅燈》、
《友誼的花束》、《早晨》、《時代記事》、《寄自海防前線的詩》、《頌
歌》、《花的原野》、《紅柳集》、《靜靜的哨所》、《獻給火的年代》、
《紅花滿山》、《棗林村集》、《北疆紅似火》、《進軍集》、《站起來
的人民》等詩集。「文革」後出版的詩集有《難忘的 1976》、《早春》、
《在燃燒的戰場上》、《我驕傲，我是一棵樹》、《南海》、《春的笑容》、
《美國之旅》、《春的祝福》、《望星》、《江和大地》、《睡著的山和
醒著的河》，以及《李瑛詩選》、《李瑛抒情詩選》等。曾長期擔任軍隊
中的文藝刊物（《解放軍文藝》）、出版社（解放軍文藝出版社）的編輯
和負責人。文革後擔任過解放軍總政治部文化部部長等職。

[24] 李瑛《春的告誡》：「凡是陳舊的姿態都該改變，凡是不堪積壓的都急速
突破……」

[25] 自 1951 年的第一部詩集《野戰詩集》起到 90 年代末，李瑛出版的詩集約
有近 40 部，並出版有《李瑛詩選》、《李瑛抒情詩選》等多部詩歌選本。

多與軍人的生活、情感有關。「士兵」不是作為一種職業進入他的創作，而是有關責任、獻身精神、崇高品格表達的載體。他在 50-70 年代的寫作，並不能超越當代文學規範的限定，不過，細緻的感受力，較豐厚的藝術儲備（這得力於 40 年代的大學學習和廣泛閱讀），增強了他的詩作的感性色彩和情感層次。他的短詩，建立了一種單純、和諧，而又意旨確定、封閉的格局；這是他的美學追求，也是他的社會、人生觀念。他運用浪漫化的，有新鮮感的意象，和起承轉合的結構方式，來「詩化」那種僵硬的政治命題，和粗礪的政治生活，而在 60 年代、特別是「文革」期間，發生較大影響[26]。

　　在五、六十年代，青年詩人也在各項政治、文學運動中經過篩選，其構成也不斷發生變化。一些有創造力的詩人被逐出詩界，而 50 年代初青年詩歌的探索活力也逐漸衰減。

三、50 年代的詩歌事件

　　在 50 年代，值得關注的詩歌「事件」，一是 1956-1957 的「百花時代」詩歌的變革和及其受挫，二是發生於 1958-1959 年的「新民歌運動」和新詩道路討論。

　　50 年代中期的文學變革要求，最主要體現在文學理論、小說、戲劇等領域；詩歌的表現並不是很凸出。但是，改變詩歌

　　除了「文革」初期一段時間外，他的詩歌寫作、發表在當代持續時間最長。在一個詩歌思想藝術紛雜多變的時代，這一現象既體現了他勤奮探索的成績，也顯示了總與各種不同詩潮作「適度呼應」的缺陷。

[26]　主要指出版於 1972 年的《紅花滿山》、《棗林村集》。

觀念和寫作上單一、狹窄的總趨勢，卻是一些詩人爭取的目
標[27]。1957 年初創刊的詩歌刊物《詩刊》、《星星》，一開
始表現了一定程度的開放的姿態[28]。在這期間，報刊發表一些
多年停筆的詩人、詩評家的作品。他們如饒孟侃、汪靜之、
徐玉諾、陳夢家、吳興華、孫大雨、穆旦、杜運燮等。1957
年，還出版了此前有爭議的戴望舒、徐志摩的詩選。在思想
藝術上表現出某種探索精神的作品，如《在智利的海岬上》（艾
青）、《礁石》（艾青）、《白雪的讚歌》（郭小川）、《深
深的山谷》（郭小川）、《葬歌》（穆旦）、《草木篇》（流
沙河）、《遲開的薔薇》（公劉）、《山水》（蔡其矯）、《賈
桂香》（邵燕祥）也陸續出現。但是 1957 年夏天的反右派運動，
阻斷了這一變革的潮流。這是繼胡風事件之後，當代詩歌界的
另一次重大挫折[29]。

---

[27] 詩人李白鳳在 1957 年的《人民文學》發表《給詩人的公開信》，批評「近
　　年來」「詩歌創作被限制在如此狹窄的領域裏」。因為這篇文章等事由，
　　在河南大學任教授的李白鳳成為右派分子，被開除公職，在開封街頭拉板
　　車為生。

[28] 在成都出版的，由石天河、流沙河、白航任編輯的《星星》創刊號，發表
　　了開始引起爭議，後來受到嚴厲批判的詩《草木篇》（流沙河）、《吻》
　　（曰白）。創刊號「稿約」表達了對「多樣化」的期望：「天上的星星，
　　絕沒有兩顆完全相同的。人們喜愛啟明星、北斗星、牛郎織女星，可是，
　　也喜愛銀河的小星，天邊的孤星。我們希望發射著各種不同光彩的星星，
　　都聚集到這裏來，交映著燦爛的光彩。」由於形勢變化，這則「稿約」在
　　第 2 期上從刊物上消失。在反右派運動中，《星星》幾位編輯均成為右派
　　分子，編輯部受到改組。

[29] 被定為「右派分子」的詩人有：艾青、陳夢家、孫大雨、公木、呂劍、蘇
　　金傘、吳興華、李白鳳、青勃、唐湜、唐祈、公劉、邵燕祥、白樺、流沙
　　河、石天河、昌耀、孫靜軒、胡昭、高平、周良沛、梁南、張明權、岑琦、
　　林希等。

　　「批判資產階級右派」之後，1958 年出現了經濟、文化的
大躍進運動。毛澤東創建人民的大眾文化的大規模群眾性實
踐，是這一運動的核心內容之一。實踐主要經由詩歌領域展開，
在當時稱為「新民歌運動」（或「大躍進民歌運動」）。毛澤
東指出，「中國詩」的出路，「第一條是民歌。第二條是古典」，
在這基礎上發展新詩[30]。這一民歌加古典的新詩發展基礎論，顯
然是以忽視、否定「五四」以來新詩已確立的自身「傳統」為
前提。《人民日報》於 4 月 14 日發表《大規模地收集民歌》的
社論，指出這一「極有價值的工作」，「對於我國文學藝術的
發展（首先是詩歌和歌曲的發展）有重大的意義」。郭沫若為
此發表了《關於大規模收集民歌答〈民間文學〉編輯部問》[31]。
4 月 26 日，周揚主持中國文聯、中國作協、民間文藝研究會的
民歌座談會，發出「採風大軍總動員」。在 5 月召開的中共八
大二次會議上，周揚作了《新民歌開拓了詩歌的新道路》的發

---

[30] 毛澤東 1958 年 3 月 22 日在成都的中央工作會議上的講話。稱「我看中國
詩的出路恐怕是兩條；第一條是民歌。第二條是古典，這兩方面都要提倡
學習，結果要產生一個新詩。現在的新詩不成型，不引人注意，誰去讀那
個新詩。將來我看是古典同民歌這兩個東西結婚，產生第三個東西。」毛
澤東還說，「現在的新詩不成形，沒有人讀，我反正不讀新詩。除非給一
百塊大洋。搜集民歌的工作，北京大學做了很多。我們來搞可能找到幾百
萬成千萬首的民歌，這不費很多的勞力，比看杜甫、李白的詩舒服一些。」
（《建國以來毛澤東文稿》第 7 冊第 124 頁，北京，中央文獻出版社 1993
年版）。毛澤東的這一「指示」，最早由四川省委關於搜集民歌通知中，
在不提毛的名字的情況下公開（1958 年 4 月 20 日《四川日報》）。此後，
他關於重視和搜集民歌的講話還有多次。1958 年 4 月初中共中央召開的武
漢會議、5 月 20 日中共八大二次會議，提出要「各省搞民歌」，民歌「各
地要收集一批，新民歌要，老民歌要，革命的要，一般社會上流行的也要」。
[31] 《人民日報》1958 年 4 月 21 日。

言。在此前後，中共各省、市、自治區委員會，也發出相應的
「收集民歌」的通知。接著，在全國範圍，掀起「大規模搜集」
民歌，和寫作「新民歌」的熱潮[32]。「新民歌」在當時被確定為
「當前」和「今後」詩歌的「主流」[33]；對「民歌（新民歌）」
的崇拜和開展的詩歌運動，在新詩史上具有激烈的「革命」含
義。它意味著「工農大眾」（而不是「文人」、知識份子）將
成為寫作主體；在詩歌藝術上，民間歌詩謠諺將成為主要借鑑
「資源」；寫作方式和傳播方式，也有可能從書面發表、個人
閱讀、沙龍式交流，轉向公眾集體參與的方式[34]。不過，具有錯

---

[32] 搜集民歌和寫作新民歌在 1958-1959 年間，成為一項由執政黨、各級政府
發動、組織實施的政治運動，這在詩歌（文學）史上實屬罕見。當時各地
出版的民歌集數量驚人，寫出的「新民歌」「不計其數」（周揚《新民歌
開拓了詩歌的新道路》）。據說，1958 年僅安徽一省幾個月裏，就創作了
三億一千萬首民歌，四川這一年出版的新民歌集有三千七百多種（據天鷹
《1958 年中國新民歌運動》）。郭沫若、周揚編選了《紅旗歌謠》，仿照
「詩三百」的體例精選新民歌三百首，由《紅旗》雜誌社出版。評論者說，
《紅旗歌謠》的作者是「集體的詩人」，「是超越了屈原、李白和杜甫的，
在當前世界詩壇上，也可以稱得上是個出類拔萃的大詩人」（袁水拍《成
長發展中的社會主義的民族新詩歌》，《文學十年》第 136-137 頁，北京，
作家出版社 1960 年版）；新民歌的出現，開啟了「前無古人的詩的黃金時
代」，「這個詩的時代，將會使『風』『騷』失色，『建安』低頭。使『盛
唐』諸公不能望其項背，『五四』光輝不能比美「（賀敬之《關於民歌和
「開一代詩風」》，《處女地》1958 年第 7 期）。《紅旗歌謠》1979 年人
民文學出版社再版時，更換了其中的 29 首。
[33] 這是當年普遍的看法。參見郭沫若《就當前詩歌中的主要問題答〈詩刊〉
社問》（《詩刊》1959 年第 1 期）、邵荃麟《民歌‧浪漫主義‧共產主義
風格》等文（《文藝報》1958 年第 18 期）。
[34] 在 1958 年的「新民歌運動」中，寫作、傳播方式除了報刊等出版物之外，
各地舉辦的賽詩會、民歌演唱會、詩歌展覽會、詩擂台，以及在街頭、田
間設立的詩窗、詩棚詩亭等，都採用了集體參與的，以口頭演唱、朗誦為
主要手段的方式。

位、悖論意味的是，「新民歌」雖然以相對於「文人」、專業
詩人的寫作獲得自我確認，但運動整個過程卻為政治、文學「精
英」所引導、操控；他們為大眾設定了可供、而且必須依循的
思想藝術範式（事實上，不少有名的「新民歌」經過文人的修
改，甚至就出自他們之手）。雖然口頭流傳、朗誦成為一時風
尚，但最終仍被納入依靠書面撰寫、報刊投稿、編輯成書的，
經由「文人」篩選的「經典化」之路。

　　「全民動員」式的「新民歌運動」，引發關於詩歌道路的
大討論[35]。其中，焦點問題是如何確定詩歌的發展道路。涉及的
問題有對「新民歌」的估計，對新詩歷史的評價，新詩發展的
藝術基礎等。對於「新民歌」崇拜，和過分否定「五四」以來
的新詩傳統，何其芳、卞之琳、力揚、雁翼、吳雁（王昌定），
和青年學生紅百靈提出質疑，表達了他們程度不同的憂慮、反
對，這成為討論中最為激烈的部分[36]。

---

[35] 設置討論專欄的報刊有《詩刊》、《文藝報》、《星星》（成都）、《萌
芽》（上海）、《處女地》（哈爾濱）、《蜜蜂》（河北保定）、《紅岩》
（成都）、《長江文藝》（武漢）、《雨花》（南京）、《火花》（太原）
等。《人民日報》、《文學評論》、《光明日報》、《文匯報》也都發表
相關文章。討論持續了將近兩年，參加者除詩人、批評家、文化界有關人
士外，還有工農大眾。《詩刊》編輯部陸續將其中部分文章彙集成冊，出
版了共四集的《新詩歌的發展問題》。

[36] 參見何其芳《關於新詩的「百花齊放」的問題》、《關於詩歌形式問題的
爭論》，卞之琳《對於新詩發展的幾點看法》，紅百靈《讓多種風格的詩
去受檢驗》等文。吳雁在《創作，需要才能》（天津《新港》1959 年第 8
期）中，針對「新民歌運動」中人人寫詩，人人成為詩人的現象說，「敢
想敢幹實際上是吹牛」，「說是一天寫出三百首七個字一句的東西就叫做
『詩』，我寧可站在夏日炎炎的窗前，聽一聽樹上知了的叫聲，而不願被
人請去作這類『詩篇』的評論家。我唯一欽佩的只是『三百』這個數目字。」
這些嘲諷的、「貴族老爺」式的話，在當時引起一片譁然，天津作協分會

四、當代的政治抒情詩

　　廣義地說，50 到 70 年代的大多數詩歌，都可以稱為「政治詩」：即題材、視角的政治化。不過，仍存在有更確定的詩體模式、被稱為「政治抒情詩」的類型。這一概念大約出現在五、六十年代之交，但其典型樣態在 50 年代初（甚至更早時間）就已存在。石方禹的《和平的最強音》（1950）[37]，邵燕祥的《我愛我們的土地》（1954），郭小川以《致青年公民》為總題的組詩（1955），賀敬之的《放聲歌唱》（1956），是較早的一批有影響的作品。從藝術淵源上說，政治抒情詩接受的影響來自兩個方面。一是中國新詩中有著浪漫風格的詩風；準確地說，應是其中崇尚力、宏偉的一脈[38]。當然，更直接的承繼是 30 年代的「左聯」詩歌，和抗戰期間大量出現的鼓動性作品[39]。另一是接受西方 19 世紀浪漫派詩人[40]、當代蘇聯，特別是馬雅可夫斯基的詩歌遺產。被稱為「當代政治詩的創始人」[41]的馬雅可夫斯基，從「直接參加到事變鬥爭中去」並「處於事變的中心」，

召開批判會，多種報刊刊發批判吳雁的文章。

[37] 刊於《人民文學》1950 年的 3 卷 1 期，是當時有影響的，描繪當時冷戰格局的世界圖景的長詩。

[38] 這是卞之琳對新詩中浪漫詩風所做的區分，參見《開講英國詩想到的一些經驗》，《文藝報》第 1 卷第 4 期。

[39] 如蔣光慈、殷夫的詩，艾青、田間和「七月」詩人的一部分作品。

[40] 在中國新詩醞釀和誕生期就介紹到中國的「立意在反抗，旨歸在動作」的「摩羅詩人」（魯迅《摩羅詩力說》，《魯迅全集》第 1 卷第 197 頁，人民文學出版社 1959 年），如拜倫、雪萊、裴多菲、密茨凱維支等，他們對中國新詩「政治性」創作的影響是持續的。

[41] 阿拉貢在 50 年代的觀點。見《從彼特拉克到馬雅可夫斯基》，《法國作家論文學》第 364 頁，北京，三聯書店 1984 年。阿拉貢還說，馬雅可夫斯基的道路，「從今以後便成了全世界詩人的道路」。

貼緊現實政治的主題，「和自己的階級在一切戰線上一齊行動」，「像炸彈、像火焰、像洪水、像鋼鐵般的力量和聲音」，到「樓梯體」的詩行、節奏處理方式，都為當代中國政治詩的作者提供直接的經驗[42]。

　　「政治抒情詩」是當代政治與文學特殊關係的產物。它表現了作者關注政治事件、社會運動的熱情，和以詩作為「武器」介入現實政治的追求。詩作者以「階級」（或「人民」）的、社會集團的代言人身份出現。因而，在這一詩體中，如何處理個體情感、經驗，是引起爭議的敏感問題[43]。在藝術形式上，往往表現為觀念演繹、展開的結構方式。有關現實政治和社會問題的觀點，成為統馭詩的各種因素的綱目[44]。「政治抒情詩」大

---

[42]　見全國文協（中國作協）創作委員會和《文藝報》於 1953 年 6 月聯合召開的座談會上，袁水拍、鄒荻帆、呂劍等的發言，及田間的《新時代的主人》（《文藝報》1953 年第 13 期）、《海燕頌》（《文藝報》1956 年第 16 期）等文章。在座談會發言和文章中，他還被奉為「熱愛的同志和導師」，他的詩是「插在路上的箭頭和旗幟」。除了各種單行本外，從 1957 年到 1961 年，人民文學出版社出版了五卷本的《馬雅可夫斯基選集》。

[43]　郭小川在《致青年公民》中，使用了「我」、「我號召」的敘述人稱，受到了「凸出自己」的批評。郭就此辯護說，「我所用的『我』，只不過是一個代名詞類如小說中的第一人稱，實在不是真的我──請求讀者予以諒解。」《〈致青年公民〉幾點說明》，《致青年公民》，北京，作家出版社 1957 年。郭小川後來的《致大海》、《望星空》等作品受到批評，也與此有關。

[44]　徐遲在評論《致青年公民》時說，這些詩「實際上是抽象的思想，抽象的概念，但用了形象化的語言來表達」。《郭小川的幾首詩》，《詩與生活》，北京出版社 1959 年版。「形象」在這種詩體中，一般也失去特定的具象的性質，而轉化為「抽象」的、象徵化（也逐步公式化）的「符號」。這種詩體的象徵性形象，一方面來源於「自然物象」，如紅日、燈火、海濤、青松、烏雲，另方面取自與中國現代革命運動有關的事物，如寶塔山、八角樓、天安門、（長征的）雪山、草地等。

都是長詩，通常採用大量的排比句式進行渲染、鋪陳。也講求節奏分明、聲韻鏗鏘，以增強政治動員的感染力量。馬雅可夫斯基的「樓梯體」在後來的創作中，不斷融入中國古典詩歌的對偶、排比技巧，以增強形式感。當代的「政治抒情詩」在某種意義上說是一種「廣場詩歌」。它的寫作目標和相應的藝術形式，主要不是為著個人閱讀，而是訴諸公眾場合的朗誦這種集體性的參與[45]。因而，「政治抒情詩」大量出現的時候，也伴隨著詩歌朗誦的熱潮。在「文革」發生前的兩三年中，以及「文革」期間，詩歌的朗誦、演唱，是政治生活的重要組成部分[46]。

　　當代許多詩人都寫過「政治抒情詩」，如李瑛、聞捷、嚴陣、阮章競、張志民、韓笑等，而賀敬之和郭小川的寫作，則

---

[45] 朱自清在40年代後期區分了兩種不同的「朗誦詩活動」，說抗戰前的「詩歌朗誦」，「目的在於試驗新詩或白話詩的音節」，而且主要是「誦讀」，即「獨自一人默讀或朗誦，或者向一些朋友朗誦」，「出發點主要是個人」。而抗戰時期的詩歌朗誦，則是面對大眾，而且產生具有獨立地位的「朗誦詩」的形式。這種「朗誦詩」是「聽的詩」，是「群眾的詩，集體的詩」，「不是在平靜的回憶之中，而是在緊張的集中的現場」，「它不止於表示態度，卻進一步要求行動或者工作」。見朱自清《論朗誦詩》，《論雅俗共賞》第43-47頁，北京，三聯書店1983年版。朱自清在另一地方談到抗戰以後詩的前景時認為，「這時代需要詩，更其需要朗誦詩」，「今天的詩是以朗誦為主調的」。見《今天的詩——介紹何達的詩集〈我們開會〉》，《朱自清序跋書評集》第288頁，三聯書店1983年版。

[46] 1963年以後的兩三年間，北京等大城市出現朗誦詩的熱潮。1963年一年，北京在劇場的朗誦「演出」（不包括工廠、學校等自己舉辦的詩歌朗誦會）達40場，並出現了有固定場所、時間的「星期朗誦會」（地點設在東華門的北京兒童劇院）。當時的朗誦者一般是知名的電影、話劇演員，也有大學的學生參加。這個時期，作家出版社出版了專供學校、工廠、農村組織朗誦會使用的《朗誦詩選》。到了「文革」期間，詩歌朗誦直接成為各種「文藝宣傳隊」進行政治宣傳的手段。

常被和這一「詩體」聯繫在一起。賀敬之[47]在延安，是歌劇《白毛女》文學腳本的主要執筆人。40年代在「解放區」寫的詩，後來結集為《並沒有冬天》、《笑》和《朝陽花開》。五、六十年代，他和郭小川是產生過廣泛影響的詩人，在80年代他們也常被詩評家並舉。賀敬之當代作品可大致分為兩類，一是相對而言格局較小，並更多從民歌和古典詩歌取得借鑒的《回延安》、《桂林山水歌》、《西去列車的窗口》。它們化用陝北信天遊形式，在現實與戰爭歷史的交錯中，發掘支持當代發展的精神力量。另一類則是「鴻篇巨制」，它們是《放聲歌唱》、《十年頌歌》、《雷鋒之歌》等。後者在當代「政治抒情詩」「體制」的建立上，起到重要作用。《雷鋒之歌》參與了60年代構造雷鋒這一階級、時代精神「共名」的社會運動，特別是在這一「共名」的象徵性意象「提純」上，發揮了詩歌的特殊功能。政治性主題、政治視角並不是賀敬之當代詩歌缺陷的必然根源。問題在於「政治」在他的詩中，和詩人對「政治」的觀察，表達的經驗，只是局限於經當代政治權力規範的觀念、政策、口號，無法獲得深化與拓展。因而，他有的詩因表達一個時間的「政治」而得意，又因另一時間的「政治」而尷尬；這促使他出於「政治」的考慮，不斷刪改自己的作品[48]。

---

[47] 賀敬之（1924-），山東嶧縣（今棗莊市）人。曾就讀於山東省立第四鄉村師範和湖北國立中學。1940年去延安，入魯藝文學系學習。後到文工團工作，當過華北聯合大學教員。50年代以後，在戲劇、文學部門擔任領導工作。著有詩集《並沒有冬天》、《笑》、《朝陽花開》、《鄉村之夜》、《放歌集》、《雷鋒之歌》、《賀敬之詩選》等。並創作歌劇《白毛女》（集體創作，與丁毅等共同執筆）、《栽樹》、《周子山》、《秦洛正》。

[48] 賀敬之的《東風萬里》、《十年頌歌》、《雷鋒之歌》等，因詩中涉及的具體政治問題，在不同版本中均有刪改；賀敬之對此也做了說明（參見《賀

郭小川[49]在抗戰爆發初期到延安參加革命。在「根據地」寫
的詩，接近當時晉察冀詩歌（陳輝、魏巍等）的自由體敘述風
格。四、五十年代之交，在中共的新聞和宣傳部門任職，與陳
笑雨、張鐵夫等以「馬鐵丁」的筆名，寫作許多的以思想雜談
為內容的隨筆、評論[50]。從青年知識份子到一名「戰士」所經歷
的生活、精神變遷，既是郭小川的生活道路，也是他持續的詩
歌主題。這一過程所包含的思想、情感矛盾、衝突，影響了他
的詩中的那種自我解剖的抒情方式。一個時間的理論宣傳工
作，又使他的抒情，具有思考、評論生活的特徵。

　　郭小川在當代的詩歌「成名作」，是總題《致青年公民》
的一組政治抒情詩。雖然受到詩界和讀者的好評，但作者很快
不滿它們的「浮光掠影」、「粗製濫造」，而追求創作離開「現
成的流行的政治語言」，表達「獨特」、「創見」的作品[51]。他

敬之詩選‧自序》）。具體修改情況，可以《放歌集》1961 年初版本，1972
年再版本，及 1981 年的《賀敬之詩選》進行對照。

[49] 郭小川（1919-1976），河北豐人。在北平讀中學時開始寫詩。1937 年到
延安，先在八路軍 359 旅的奮鬥劇社工作，後任該旅的宣傳幹事、政治教
員和司令部秘書。1941 到 1945 年在延安馬列學院學習。抗戰勝利前夕，
作為派赴新解放區的幹部，到冀察熱遼地區的熱河省，任豐寧縣縣長和熱
西專署民政科長等職。1948 年後到 1954 年，在新聞和宣傳部門工作。1954
年 7 月，調任中國作家協會書記處書記兼秘書長，並開始專業文學創作。
著有詩集《平原老人》、《投入火熱的鬥爭》、《致青年公民》、《雪與
山谷》、《鵬程萬里》、《月下集》、《將軍三部曲》、《雨都頌》、《甘
蔗林—青紗帳》、《昆侖行》等。1985 年人民文學出版社出版《郭小川詩
選》及其續篇，收入大部分詩作。另有《郭小川全集》（1-12 卷）。

[50] 這些隨筆和評論文章，結集為《思想雜談》（1-10 輯），由武漢通俗出版
社出版。50 年代中期郭小川主要轉向詩歌寫作之後，《文藝報》等報刊署
名「馬鐵丁」的雜文和文學評論文章，大多出自陳笑雨之手。

[51] 參見郭小川《月下集‧權當序言》，《月下集》，北京，人民文學出版社
1959 年版。

的這一努力，在《致大海》、《望星空》等抒情詩，特別在 50
年代中期創作的幾部長篇敘事詩（《白雪的讚歌》、《深深的
山谷》、《嚴厲的愛》、《一個和八個》）得到體現。《雪》
和《山谷》[52]都採用當代相當流行的「半格律體」[53]的形式，都
寫參加革命的青年知識份子的感情經歷，而且也都是以女性第
一人稱作為敘述者。《雪》中的夫妻在一次戰事中失散，講述
的是在音訊渺茫的漫長等待中，堅定的信念對於孤獨、絕望的
克服。這個故事留著作者個人經歷的印痕，也有點像是「改寫」
了敘述人身份的那首著名蘇聯詩歌[54]的擴展版本。《山谷》是對
於一個堅持「個人主義」的革命「叛徒」的譴責，它表達了這
樣的個人生活的政治倫理原則：個體生命要完全地融入「無限」
的歷史之中，從而獲得與歷史相通的燦爛人生。

　　在郭小川這個時期的創作中，《一個和八個》與《望星空》
在當時引起強烈非議[55]。《望星空》仍保持郭小川其他作品的思

---

[52] 郭小川曾將這兩部長詩合在一起出版單行本，書名為《雪與山谷》（北京，
中國青年出版社 1958 年版）；這顯示了兩者具有內在的關聯。

[53] 每節有相同的行數（常見的是四行，也有六行的），每行的長短、節奏大
體相近，押不很嚴格的韻腳。這種詩體形式被稱為「半格律體」（或「半
自由體」）。

[54] 蘇聯作家西蒙諾夫寫於蘇聯衛國戰爭期間的詩《等待著我吧》，在 50 年代
中國相當流行。這是一個在前線作戰的士兵對後方的「愛人」發出的有關
堅貞、等待的籲求。《雪》的敘述者雖然變化為女性，但它們的共同點是，
女性被同樣處理為情感有可能發生動搖的考驗對象。

[55] 《一個和八個》當時沒有正式發表，就在中國作協黨組會議等多種內部場
合受到批判（正式公開發表，要到 1979 年）。《望星空》於 1959 年第 11
期《人民文學》刊出後，被認為是表現極端陳腐、極端虛無主義的感情，
是「令人不能容忍」的「政治性的錯誤」（華夫《評郭小川的〈望星空〉》，
《文藝報》1959 年第 23 期；蕭三《讀〈望星空〉》，《人民文學》1960
年第 1 期）。對《白雪的讚歌》等作品，1960 年第 1 期《詩刊》也發表嚴

想框架，即在社會集體的參照下，解剖個體生活道路、精神世界的缺陷。但是引起批評家惱怒的是，它引入了另一「非歷史性」的參照物（神秘、浩大、永恒的星空），而發現「缺陷」的普遍存在。敘事詩《一個和八個》受到責難，雖然也與寫革命內部冤案這一當代題材的「禁區」有關，但作品的著重點顯然不在「陰暗面」的揭露。在 50 年代有關建立怎樣的「新世界」的想像中，郭小川在這些作品中提出的，是一種人道主義的，肯定個體精神、情感價值的「設計」。在處理個人─群體、個體─歷史、感性個體─歷史本質之間的關係上，在處理個體實現「本質化」的過程中，郭小川承認裂痕、衝突的存在，也承認裂痕、衝突的思想、審美價值。因而，他雖然也強調精神「危機」的「克服」、轉化的必要性，但是，由於對個體價值的依戀，對人的生活和情感的複雜性的尊重，他並不試圖迴避、且理解地表現了矛盾的具體情景。郭小川在 50 年代末受到批評之後，他的探索受阻，被迫（或自願）地回到當時對文學（也是對社會生活）的規範軌道上來。60 年代得到高度評價的詩（《林區三唱》、《甘蔗林─青紗帳》、《廈門風姿》、《昆侖行》等），事實上已失去思想精神探索的銳氣。

　　郭小川五、六十年代在詩體形式方面做過許多試驗。除「樓梯體」、「半格律體」之外，還試圖在詩中融入古典詩詞、小令的語詞、句式、節奏。在 60 年代，曾以「半逗律」的方式處理排比、對偶，出現了被成為「新賦體」的形式。

屬批評的文章。

第六章

小說的題材和形態

一、「現代」小說家的當代境況

　　「現代」的小說作家在進入 50 年代之後，寫作情況發生了許多變化。一部分在 40 年代表現活躍、發表過有影響作品的小說家，因各種原因或停止創作，或移居境外。茅盾 50 年代雖有過撰寫長篇的計劃，卻終於沒有試圖去實現。沈從文的文學生涯遇到重大挫折。雖說也不是就失去小說寫作的「權利」，不過考慮到自己的文學理想難以實現，也不想做出折衷性的處理，而改為專注於文物和古代服飾的研究[1]。張愛玲 1952 年離開中國大陸到香港，後移居美國。徐訏也在 1949 年後去了香港。他們繼續有作品問世，但他們的小說寫作，已不能納入當代中國大陸的文學構成之中。錢鍾書雖然更願意在小說創作上施展才智，但「時代」留給他的選擇，似乎只有文學研究的領域。廢名（馮文炳）作為小說作家，也幾被「忘卻」。在 50 年代中期的文學「解凍」潮流中，受到「百花齊放」的浪漫情緒的感

---

[1]　參見《從文家書——從文兆和書信選》，上海遠東出版社 1996 年版。

染，曾有過宏大的創作規劃，不過也沒有實現[2]。在五、六十年代，師陀等也不見有值得注意的作品問世。

另外一些小說家，開始了他們在取材、藝術方法、作品風格上的改造，以適應新的文學時代的需要。朝鮮戰爭期間，巴金到前線生活了七個月，出版了以此為題材的兩個短篇小說集《英雄的故事》（1959）和《李大海》（1961）。「我多麼想繪出他們的崇高的精神面貌，寫盡我的尊敬和熱愛的感情。然而我的願望和努力到了我的禿筆下都變成這些無力的文字了」[3]——這是對這種尷尬情景的符合事實的描述。張天翼在 50 年代前期，發表了《羅文應的故事》、《寶葫蘆的秘密》等作品，當時頗受少年兒童的歡迎。不過，作為一個以精練、喜劇式的文字刻畫社會各階層人物的張天翼，卻已不再存在。「大躍進」期間，也有過撰寫知識份子生活道路的長篇的計劃，但同樣也只是存在於擬想之中。。

艾蕪為「可以在作品中稱心如意地為勞動人民講話」而感到「空前未有的幸福」[4]。1952 年，他來到東北的鞍山鋼鐵廠「體

---

[2]　在「百花時代」，廢名稱打算寫兩部長篇小說，一部寫中國幾代知識份子經歷的道路，另一部以個人的經歷，「反映江西、湖北從大革命開始，經過抗日戰爭、解放戰爭、到解放後土改、農業合作化為止社會面貌的變化」。「百花齊放」既然很快夭折，他的計劃也就落空。不過，即使寫作得以進行，也不一定能找到解決他已感覺到的難題的方法：「寫作熱情我是有的，但寫起來也有困難。表現個人的思想感情變化還容易，也能表現得真實，但是是不是工農兵也喜歡看呢？怎樣達到普及的目的，是個問題。另外，我所掌握的語言，在漢語中是很美麗、很有效果的，但是，是不是適合表現生活，也是個問題。」《迎接大放大鳴的春天——訪長春的幾位作家》，《文藝報》1957 年第 11 期。
[3]　巴金《李大海·後記》，北京，作家出版社 1961 年版。
[4]　艾蕪《夜歸·後記》，北京，作家出版社 1958 年版。

驗生活」，長篇小說《百煉成鋼》和短篇集《夜歸》，是這一
努力所取得的成果。《夜歸》集中的一些短篇（如《雨》、《夜
歸》），於細微之處來表現新生活中的情緒，顯示了作者細緻
敏感的匠心。但從整體而論，連同長篇《百煉成鋼》，都顯現
了在題材、藝術方法「轉向」後的挫折。對於艾蕪，讀者記憶
最深的恐怕不是《山野》和《故鄉》，而是 30 年代的《南行記》。
1961 年，他重返雲南故地，看到和 30 年前不同的生活景象，而
寫了《南行記續篇》。依然是抒情性的文筆，也還有邊疆風情
的渲染，而敘述者的「身份」已完全改變（從一個生活無著的
漂流者，變化為已獲得穩定位置的懷舊者），作品的「主旨」，
也被納入「新舊生活對比」這個單一觀念的框架之中，在很大
程度上失去了《南行記》社會游離者對生活、對生命的發現。
沙汀並沒有像艾蕪那樣尋找新的「生活基地」，改變寫作的題
材。他數量並不多的短篇仍取材於四川農村生活（大部分收入
《過渡》、《過渡集》這兩個短篇集中）。沙汀說，《過渡》
等集中的作品「缺點和不足之處雖然不少，但是，同我過去的
作品比較起來，卻也顯示出若干新的東西」[5]。「新的東西」之
一，是對農村的「基層幹部」、農村合作化運動積極分子的熱
情，他們成為主要表現對象。雖然有這些變化，原來的風格和
方法卻並未完全放棄，尚保持樸素的寫實風格，和從日常生活
入手，以簡練、冷靜的敘述來自然展開故事的方法。但這樣的
謹慎「過渡」，也受到跨出的步伐不夠大的批評。待到 1960 年
發表《你追我趕》，轉而追求明朗熱烈的基調，著力去塑造「具

---

[5]　沙汀《過渡·後記》，北京，作家出版社 1959 年版。

有共產主義風格」的新人形象時，這一浮泛和空疏的取向，卻為當時的批評界所讚賞[6]。

　　丁玲、蕭軍、路翎等在 50 年代政治、文學運動中受挫，他們的創作不能得到繼續。當然，「現代」小說家中的另一些人，在當代也表現了某種創作的活力，寫出若干有影響的作品。他們有周立波、歐陽山、周而復、趙樹理、柳青、吳強等。他們也遇到許多難題，不過，在性質上和程度上，與上面提到的作家的難題不盡相同。

二、題材的分類和等級

　　在「當代」，題材的選取，對小說創作（文學的其他類別，如詩、戲劇、散文也一樣）具有特殊的重要性。當代關於「題材」的概念，通常有兩種不同的理解：（一）作家「選取他充分熟悉、透徹理解、他認為有價值、有意義的東西，作為自己加工提煉的對象，這就是題材」；因而，「題材」對於具體作品，都是「特定」的。（二）「指的可以作為材料的社會生活、社會現象的某些方面」。在「當代」論及題材，一般指後一種的理解[7]。「題材」問題，被認為是關係到文學反映社會生活本質的「真實」程度，關係到「文學方向」的確立的重要因素。作家主要根據他的生活積累和體驗，他的才能的性質，來決定

---

[6]　被批評家認為是對原來的有「局限」的風格的突破，而在創作道路上「跨進了一步」。見閻綱《跨進了一步》，《文藝報》1960 年第 21 期。

[7]　引文見 1961 年第 3 期《文藝報》專論《題材問題》，為當時《文藝報》主編張光年撰寫。專論的著重點是為了糾正過分強調「題材」重要性的偏向，是 60 年代初文藝方針、政策調整的組成部分。

寫作題材選擇的這種認識，在「當代」受到了質疑。在左翼作家看來，選取何種生活現象作為創作的題材，關係到這種文學的「性質」。延安文藝整風時，毛澤東在《講話》中就有革命文學在題材上必須轉移到對「新的世界，新的人物」的論述。

1949 年的第一次文代會上，周揚的報告把題材的轉移（「新的主題、新的人物」的大量湧現），作為解放區文藝「是真正新的人民的文藝」的重要根據：「民族的、階級的鬥爭與勞動生產成為了作品中壓倒一切的主題，工農兵群眾在作品中如在社會中一樣取得了真正主人公的地位。知識份子一般地是作為整個人民解放事業中各方面的工作幹部、作為與體力勞動者相結合的腦力勞動者被描寫著。知識份子離開人民的鬥爭，沉溺於自己小圈子內的生活及個人情感的世界，這樣的主題就顯得渺小與沒有意義了。」[8] 這裏明確規定了工農兵與知識份子在創作中的不同的形象地位，同時，也區分了「人民的鬥爭」、「生產勞動」與「小圈子內的生活及個人情感的世界」之間的不可混淆的區別。1949 年的 8 月到 11 月，上海《文匯報》開展了「可不可以寫小資產階級」的爭論，也涉及了小說（以及戲劇等）的題材重點的問題。討論中「帶有結論性」[9] 的何其芳的文章，指出「在這個新的時代，在為人民服務並首先為工農兵服務的文藝新方向之下，中國的一般文藝作品必然要逐漸改變為以寫工農兵及其幹部為主，而且那種企圖著重反映這個偉大時代的

---

[8]　周揚《新的人民的文藝》，《中華全國文學藝術工作者代表大會紀念文集》，北京，新華書店 1950 年版。
[9]　這是朱寨主編的《中國當代文學思潮史》對當年何其芳文章的定位。見該書的第 43 頁。北京，人民文學出版社 1987 年版。

主要鬥爭的史詩式的作品也必然要出現代表工農兵及其幹部的
人物，並以他們為主角或至少以他們為其中的一個重要方面的
主角，而不可能只以小資產階級的人物或其他非工農階級的人
物為主角。但是，這也並不等於在全部的文藝創作中就不可以
有一些以小資產階級的人物或其他非工農兵階級的人物為主角
的作品」[10]。這是一種帶有「典型」意味的「當代論述」：為多
種限定、修正所纏繞的句式，泄露了在論及這一問題時審慎、
緊張的心理。此後，圍繞題材所展開的爭論，在「當代」持續
不斷。各個時期的文學規範的制定者和質疑者，總是把它作為
關注的焦點之一。受到批判的胡風理論的主要錯誤之一，就是
批判者所概括的「反對寫重要題材，反對創造正面人物」。50
年代末討論茹志鵑的小說創作，題材問題也是爭論的重要方
面。60 年代初的文學「調整」，題材的「多樣化」問題最先被
提出。而「文革」中，周揚等被指認為推行文藝黑線，罪狀之
一就有「反『題材決定』論」。

　　在五、六十年代，作家批評家在「題材」問題上儘管有不
同的看法，但是，他們對「題材」本身的理解，以及處理這一
問題的角度、方法，卻並無很大差異。第一，題材是被嚴格分
類的。作為分類的尺度，有社會生活「空間」上的工業、農業、
軍隊、學校，有時間上的歷史題材、現實生活題材。這一分類，
在實質上包含著「階級」區分的類別背景，同時，也表現了以
社會群體的政治生活（而非「個人日常生活」）作為題材區分

---

[10] 何其芳《一個文藝創作問題的爭論》，《文藝報》第 1 卷第 4 期。另見《何
其芳文集》第 4 卷第 183 頁，北京，人民文學出版社 1983 年版。

的根本性依據。第二，不同的題材類別，被賦予不同的價值等
級；即指認它們之間的優劣、主次、高低的區分。類別的嚴格
區分，與等級上的清楚排列緊密關聯。因此，「當代」又派生
了「主要題材」（或「重大題材」）、「次要題材」（或「非
重大題材」）的概念。在小說題材中，工農兵的生活、形象，
優於知識份子或「非勞動人民」的生活、形象；「重大」性質
的鬥爭（政治鬥爭、「中心工作」），優於「家務事、兒女情」
的「私人」生活；現實的、當前迫切的政治任務，優於逝去的
歷史陳迹；由中共領導的革命運動，優於「歷史」的其他事件
和活動；而對於行動、鬥爭的表現，也優於「個人」的情感和
內在心理的刻畫。

　　五、六十年代的小說創作，多數是恪守這一題材的分類邊
界的。從第一次文代會開始，也有了按照社會生活領域（如工
廠、礦山、農村、軍營）和當時開展的政治運動、中心事件（如
「抗美援朝」、農業合作化、「大躍進」），來分別「檢閱」
小說創作的成績和問題的批評「成規」。在這種情況下，出現
了「當代」特有的題材分類概念，如革命歷史題材、農村題材、
工業題材、知識份子題材、軍事題材等。這些概念有其特定含
義，它強調的是這些領域的社會政治活動性質。因而，「農村
題材」的含義與「五四」新文學的「鄉土小說」、「鄉村小說」，
有了不能互相替代的區別。

　　按照上述的題材分類來觀察，那麼，這一時期的小說主要
集中在「革命歷史題材」和「農村題材」方面。這既指作品的
數量，也指它們的藝術水平。這種分佈狀況的形成，一方面是
因它們的「重要性」而受到提倡，另一方面則與作家的經驗和

「五四」以來新文學的藝術積累有關。當代小說家不少在生活
和情感上，與農村聯繫密切；一批參加革命的知識份子在戰爭
結束後，又熱中於寫出他們的有關「革命」的「記憶」。當然，
有的題材也是文學界的決策者重視並極力提倡的，如所謂「工
業題材」，和平年代的軍營生活，卻並未出現預期的成果。在
文學決策者看來，既然工業建設成為「新中國」的「工作重心」，
而工人階級又是「領導階級」，文學創作也應該發生這種重心
上的轉移。然而，即使是一些訓練有素的作家（周立波、艾蕪、
蕭軍等）涉足這一領域，也令人驚訝地表現了他們筆墨的笨拙、
呆滯。

　　當代在小說題材的分類與等級上確立的「規則」，對於這
一時期小說的形態，產生重要的影響。也就是說，表現對象的
選擇，與對對象的「觀點」，具有小說形態、「結構」上的後
果。這涉及敘述視點、情節安排、語言方式、人物設計等多個
方面，也影響、制約了小說的總體風格。

三、當代的小說樣式

　　五、六十年代小說的體裁（樣式），有重視「兩極」的取
向。短篇和長篇的數量、質量都較凸出，而中篇小說的成績卻
相當有限。從 1949 年到 1965 年，這期間發表的中篇小說雖說
有四百餘部，較為知名的並不多。可以列舉的也就是《鐵木前
傳》（孫犁）、《在和平的日子裏》（杜鵬程）、《來訪者》

（方紀）、《水滴石穿》（康濯）、《歸家》（劉澍德）等不多的幾部。[11]

　　對長篇和短篇的重視，各有其「功能」上的根據。對於長篇，「反映」社會生活的規模和容量，是受到重視的一個主要因素。對許多懷有「反映這個偉大時代」、寫作「全景式」作品的情結的作家來說，長篇小說是實踐這種勃勃雄心的理想形式。至於短篇，則是認為它能迅速、敏捷地反映生活；對現實反應的快捷，對政治配合的及時——這是這個時期要求文學應具有的品格。自然，從 50 年代開始，文學刊物大量增加，對短篇創作在當代的發展也起到推動的作用。50 年代和 60 年代前期，除中國作協主辦的文學刊物外，各省、市、自治區都出版有一種或多種文學期刊，其數量非三、四十年代所能相比。這些刊物每期一般幾十個頁碼，適宜於容納詩、短篇小說、散文等體裁[12]。因此，在五、六十年代，在分述文學創作的階段性成績和問題的時候，短篇小說常被單獨列舉。這個時期，由於存在專事短篇創作的作家，而出現了「短篇小說作家」的概念；而在此之前（三、四十年代）和之後（80 年代），這一概念並未被廣泛使用。這個時期被稱為「短篇小說作家」的有趙樹理、李准、馬烽、王汶石、峻青、王願堅、茹志鵑、林斤瀾、陸文

---

[11] 不過，中篇小說具有的短篇與長篇難以替代的特徵，並沒有被忘卻。五、六十年代評論界憂慮的短篇「中篇化」、短篇不短的現象，說明了這一點。

[12] 在五、六十年代，以長篇小說、劇本等為發表主要對象的文學期刊，只有 1957 年創刊的《收穫》。一般的長篇作品如果要在文學期刊上發表，只能採用選載或連載的方式。如《三里灣》、《創業史》、《紅日》、《山鄉巨變》、《播火記》等，在出版單行本之前，各在《人民文學》、《延河》、《新港》等刊物上連載。

夫、唐克新等。儘管他們中有的也發表過中、長篇，但是短篇是他們創作的最主要標誌。

長篇小說因為能夠反映時代的「整體性」而被重視，但「當代」對長篇的形態學的研究，卻幾乎是空白。短篇小說則不然，從 50 年代初開始，對這一樣式的特徵和創作問題的討論就持續不斷。茅盾、魏金枝、艾蕪、沙汀、騫先艾、駱賓基、侯金鏡、周立波、孫犁、歐陽山、趙樹理、李准、杜鵬程等，對這一論題都發表過意見 [13]。《人民文學》、《解放軍文藝》等刊物，組織過關於短篇的專門討論會、學習會。1957 年《文藝報》的短篇小說筆談，是討論中重要的一次。「當代」短篇討論中的焦點問題，是如何界定短篇的特質和結構形態。茅盾顯然稟承胡適的看法，認為應從典型意義的生活片斷、即截取「橫斷面」來看待短篇的特徵 [14]。魏金枝提出「大紐結」與「小紐結」的用以區分中長篇和短篇的概念。侯金鏡則主要從人物性格著眼，認為短篇是剪裁和表現性格橫斷面和與此相適應的生活橫斷面等等。這些互相辯駁的意見，其實包含著更多的相似點。

---

[13] 有關短篇小說特徵的討論文章，刊發於《文藝報》1957 年第 4、5、6、26、27、28 等期上。其中重要的有茅盾《雜談短篇小說》，端木蕻良《「短」和「深」》，魏金枝《大紐結和小紐結》、《剪裁和描寫》、《兩種趨勢》等。相關文章還有：騫先艾《我也來談談短篇小說》（《紅岩》1957 年 8 期），馬鐵丁《提倡寫短篇》，巴人《有關短篇創作的幾個問題》（《人民文學》1959 年 3 期），荃麟《談短篇小說》（《解放軍文藝》1959 年 6 期），侯金鏡《短篇小說瑣談》（《文藝報》1961 年 8 期）等。

[14] 胡適認為，「理想上完全的『短篇小說』」，「是用最經濟的文學手段，描寫事實中最精彩的一段，或一方面」；而最精彩的一段，就如截了大樹樹身的「橫斷面」，由這個「橫斷面」可以代表人、社會的全部。《論短篇小說》，《新青年》第 4 卷第 5 號，1918 年 5 月 15 日。

他們或從對生活現象的處理，或從作品中矛盾的性質和展開的
程度，或從人物性格的構成等不同方面，來強調短篇小說的「以
小見大」、「以部分暗示全體」的特點。對於中國當代作家來
說，表現生活的「整體」和「本質」，是文學所要達到的總的
目標。以敏捷、迅速反映生活見長的短篇小說，並不因此失去
對社會生活「整體」和歷史「本質」揭示的可能，只不過它以
另外的方法來實現：它是「可以證明地層結構的懸崖峭壁，可
以泄露春意的梅萼柳芽，可以暗示秋訊的最先飄落的梧桐一
葉，可以說明太古生活的北京人的一顆臼齒……」。[15]

　　當代對於短篇的討論，當然是要凸出它表現時代的「先驅
性」[16]，但是也可能蘊含著另外的意味。一些更多接受西方現實
主義小說藝術經驗的作家，試圖以這種經驗，來推動中國小說
觀念、技巧的「現代化」進程。他們的「嚴格」的短篇概念的
提出，潛隱了想扭轉 40 年代以來，延安文學在小說藝術上更偏
重於「民間傳統」，重視通俗化和故事性的傾向；他們沒有
意識到，「短篇故事」也可以是小說「現代化」進程的另一
流脈[17]。「將自己化身為藝人，面向大眾說話」，寫出有完整

---

[15] 魏金枝《大紐結和小紐結》。
[16] 盧卡奇認為，短篇小說「決不聲稱要表現全部社會現實，也不表現一個根
　　本性的、當前的問題的全部內容」，它「抑或是用大型史詩和戲劇的宏偉
　　形式來反映真實的一種先行表現，抑或是在某個時期結束時的一種尾聲」，
　　是「宏大形式的先驅者和後衛」。參見《評〈伊凡‧傑尼索維奇的一天〉》，
　　《盧卡奇文學論文選》第 2 卷 554-555 頁。
[17] 孫楷第 50 年代初在《中國短篇白話小說的發展與藝術上的特點》1中指出，
　　「明朝人用說白念誦形式用宣講口氣作的短篇小說，在『五四』新文學運
　　動時代，已經被人擯棄，以為這種小說不足道，要向西洋人學習。現在的
　　文藝理論，是尊重民族形式，是批判地接受文學遺產。因而對明末短篇小

故事的短篇，在延安文學和當代，已出現了趙樹理等的範例；
但對它們的「現代」性質的理解沒有獲得共識。對短篇的這種
討論，推動了重視剪裁構思的、寫「橫斷面」的潮流，不過，
在某一小說創作「群落」（如山西短篇小說作家），某一時段
（如 1958 年「大躍進」時期，和「文革」前夕），「宣講」式
和故事性、通俗性的方面得到延續和強調。

　　長篇小說創作需要更多的準備、積累，因此，50 年代初長
篇顯得較為沉寂。《銅牆鐵壁》（柳青）、《風雲初記》（孫
犁）、《保衛延安》（杜鵬程）是比較重要的幾部。稍後，特
別是 50 年代後期到 60 年代初，長篇的數量大為增加，且出現
了若干體現這一時期小說創作水準的作品。因此，它在當時和
後來，被批評家和文學史家稱為長篇小說的「豐收」（或「高
潮」）期。趙樹理的《三里灣》出版於 1955 年，其後有高雲覽
的《小城春秋》（1956），曲波的《林海雪原》（1957），李
六如的《六十年的變遷》（第 1 卷 1957，第 2 卷 1961），梁斌
的《紅旗譜》（1957），周立波的《山鄉巨變》（上篇 1958，
下篇 1960），楊沫的《青春之歌》（1958），馮德英的《苦菜
花》（1958），周而復的《上海的早晨》（第 1 部 1958，第 2
部 1962），吳強的《紅日》（1958），李英儒的《野火春風鬥
古城》（1958），馮志的《敵後武工隊》（1958），劉流的《烈
火金鋼》（1958），歐陽山的《三家巷》（1959），草明的《乘
風破浪》（1959），柳青的《創業史》（第 1 部 1960），羅廣

說的看法，也和『五四』時代不同，認為這也是民族形式，這也是可供批
判地接受的遺產之一。這種看法是進步的。」

斌、楊益言的《紅岩》（1961），歐陽山的《苦鬥》（1962），
姚雪垠的《李自成》（第 1 卷 1963），浩然的《豔陽天》（第
1 部 1964，第 2、3 部 1966）等[18]。

　　相對而言，在題材的處理上，當代長篇小說側重於表現「歷
史」，表現「逝去的日子」，而短篇則更多關注「現實」，關
注行進中的情境和事態。當代政治、經濟生活的狀況，社會意
識的變動，文學思潮的起伏等，在短篇中留下更清晰的印痕。
但受制於社會政治和藝術風尚，比較起長篇來，短篇小說在思
想藝術上受到的損害也更明顯。不過，在五、六十年代發生的
範圍和程度都有限的思想藝術革新中，對於「慧心與匠心」都
有更高要求的短篇，倒是表現了更多的探索的「前驅」的銳氣。

四、類型單一化趨向

　　「五四」以來，因為取材、視點、語言風格上的種種差
異，現代小說出現多種「類別」。不同的小說類別的名稱，
有的來自作家的「宣言」，有的是各時期批評家和文學史家
的歸納。它們的命名的類型學尺度上並不一致。但諸如問題
小說，鄉土小說，社會分析小說，新感覺派小說，京派小說，
都市小說等等，對於考察中國現代小說的狀貌，仍是有效的
依據。在強調文學方向和作品基調、風格的統一性的當代，
小說「類別」，大致局限於題材的區分。小說形態的單一化，
是不可避免的趨向。

---

[18] 這些長篇作品在單行本出版之前，有一部分曾在刊物上發表。這裏標示的
　　年份，是指單行本初版的時間。

　　在「當代」，以都市市民為主要閱讀對象的通俗小說，以及表現「都市市民日常生活」的作品，其存在的合理性受到質疑，它們失去了生長的根基。諷刺、幽默的小說，此時也不能有繼續的推進。體現對「最積極」的生活現象（英雄人物、先進事蹟）的正面評價的小說，處於最值得肯定的位置上，而揭露、批判，或幽默、嘲諷性質的作品，其價值、地位則一直含糊不清[19]。

　　從30年代開始，按照「只有人的行動才能表現人的本質」的理解[20]，左翼文藝強調寫矛盾鬥爭，寫重大社會問題、事件，並在矛盾鬥爭中塑造「典型人物」。在這種觀點的支配下，出現了一批重要的小說成果。不過，這種觀念影響進一步放大和絕對化，形成了設計對立的人物衝突的「戲劇化」小說的模式，並對其他形態的小說構成擠壓。出於歷史觀、文學觀的差異，40年代一些作家（廢名、周作人、沈從文等）在質疑這種小說類型的基礎上，提出要「事實都恢復原狀」，「保存原料意味」，寫「不像小說的小說」[21]。這一主張，在五、六十年代沒有它存

---

[19] 60年代初，歐陽山發表了《在軟席臥車上》等「諷刺小說」，因這種樣式久違而在開始受到歡迎，但最終還是得到批評、否定的待遇。

[20] 「生活真實只有在人的實踐中，在他的行動中才能顯現出來。人們的言語，他們的純主觀的思想感情，只有轉化為實踐，只有在行動中經過檢驗，證明正確或者不符合現實，才能判定它們是真實的還是虛妄的……」，盧卡奇《敘述與描寫——為討論自然主義和形式主義而作》，《盧卡奇文學論文集》第1卷第52頁，北京中國社會科學出版社1980年版。

[21] 周作人：「……有些不大像小說的，隨筆風的小說，我倒頗覺得有意思，其有結構有波瀾的，仿佛是依照美國版的小說作法而做出來的東西，反有點不耐煩看，似乎是安排好了的西洋景來等我們去做呆鳥，……廢名在私信中有過這樣的幾句話，我想也有點道理『我從前寫小說，現在則不喜歡寫小說，因為小說一方面也要真實——真實乃親切，一方面又要結構，結

在的空間。寫英雄典型、寫矛盾衝突、設計有波瀾起伏情節線索，在小說理論、創作中取得絕對地位，成為衡量作品價值的主要尺度；留給「詩化」、「散文化」小說的發展空間不多。即使有類似的作品出現，也難以獲得較高的評價[22]。受到懷疑、拒絕的小說種類，還有側重表現心理活動、尤其是複雜心理矛盾的那種作品。複雜心理狀態，尤其是苦悶、彷徨、動搖等曲折的心理內容，被認為是不健康的。對它們的描寫，「既未能反映出主要矛盾和主要鬥爭，而且又往往不能完全按照客觀的真實而加以表現」，在藝術形式上也「支離破碎，朦朧滯澀」，是一種創作的「錯誤傾向」[23]。路翎等的小說，就是在這樣的理論根據上受到拒絕的[24]。但是，那種冷靜的、「觀照式」的「寫實」風格，也同樣不能得到同情和認可。在作品「風格」上，熱烈、宏偉最必需提倡，沙汀舊時的那種敘事方式，被批評為缺乏理想、「沉悶艱澀」。1958 年，有評論家曾以短篇《山那面人家》（周立波）為例，稱讚它的「色彩的明遠，調子的悠

構便近於一個騙局，在這些上面費力心思，文章乃更難得親切了。』」《明治文學之追憶》，原載《立春以前》，太平書局（上海）1945 年版。廢名：「……最要緊的是寫得自然，不在乎結構，此莫須有先生之所以喜歡散文。他簡直有心將以前所寫的小說都給還原，即是不裝假，事實都恢復原狀，那便成了散文，不過此事已是有志未逮了。」《莫須有先生坐飛機以後》，《文學雜誌》第 3 卷第 2 期，1947 年 7 月。上述引文，轉引自錢理群編《20 世紀中國小說理論資料》第四卷，北京大學出版社 1997 年版。

[22] 如孫犁的《山地回憶》、《吳召兒》、《鐵木前傳》等小說。

[23] 茅盾《在反動派壓迫下鬥爭和發展的革命文藝》，《中華全國文學藝術工作者代表大會紀念文集》。

[24] 林斤瀾 1963 年發表了側重表現心理、意識「流動」的短篇《志氣》、《慚愧》，也受到「破碎」、「晦澀」等的類似批評。見陳言《漫評林斤瀾的創作及有關評論》，《文藝報》1964 年第 3 期。

徐」，說「我們既贊成奔放、雄偉、剛健、熱烈，也贊成淳樸、
厚實、清新、雋永」[25]。這種不加區分主次、高下的「贊成」，
很快受到非難。

　　小說類型、風格的單一化，在一些時候也會引起憂慮，產
生試圖克服這一弊端的努力。1959 到 1961 年，有茅盾、歐陽文
彬、侯金鏡、魏金枝、細言（王西彥）、潔泯等參加的茹志鵑
小說討論，就是打算借此來拓展小說創造之路。[26] 批評家對茹
志鵑小說「特色」的歸納，建立在對小說題材、形態的這樣的
分類基礎上：人物形象上，有高大、叱吒風雲的英雄，與普通、
平凡的「小人物」；表現的生活形態上，有尖銳複雜的矛盾過
程，與平凡的日常生活事件；風格上，有濃烈、高亢、雄偉，
與柔和、雅致、清新。批評家大致認為，茹志鵑的小說屬於後
者。討論中的分歧在於對這種特色的評價上。有批評家試圖取
消寫英雄與寫「小人物」，寫「社會主要矛盾」與不正面表現
這種矛盾，高亢濃烈與色調輕柔之間的高下、輕重的等級，取
消「主花」與「次花」、「提倡」與「允許」的界限 [27]——但
是，這顯然有著動搖文學方向的嫌疑，自然不可能得到認可。
結論性的意見只能是，「我們不能因為反對把英雄人物和普通

---

[25] 唐弢《風格一例》，《人民文學》1959 年第 7 期。
[26] 召開了討論會，並撰寫討論文章。文章刊於 1959 年的《上海文學》和
　　1960-1961 年的《文藝報》。重要的有歐陽文彬《試論茹志鵑的藝術風格》
　　（《上海文學》1959 年第 10 期），侯金鏡《創作個性和藝術特色》（《文
　　藝報》1961 年第 3 期）、細言《有關茹志鵑作品的幾個問題——在一個座
　　談會上的發言》（《文藝報》1961 年第 7 期）、魏金枝《也來談談茹志鵑
　　的小說》（《文藝報》1961 年第 12 期）。
[27] 細言《有關茹志鵑作品的幾個問題——在一個座談會上的發言》。

人物對立起來的觀點和對英雄人物概念的狹隘理解，而走向另
一個極端」，「無論如何不能得出這樣的論斷：寫普通人物的
一些光輝的品質就等於創造了英雄人物的高大形象」；「區別
這一點是很重要的。否則，可能會導致忽略時代要求於我們的
創造光芒四射的英雄人物的任務」[28]。

---

[28] 潔泯《有沒有區別？》，《文藝報》1961 年第 12 期。

第七章

農村題材小說

一、農村小說的當代形態

在五、六十年代，以農村生活為題材的創作，無論是作家人數，還是作品數量，在小說創作中都居首位。這種情況，既是「五四」以來新文學的小說「傳統」的延續，更與當時文學界對這一題材重要性的強調有關[1]。不過，這個時期的農村小說的面貌，發生了許多變化。茅盾談到 40 年代「國統區」作家的創作時說，「題材取自農民生活的，則常常僅止於描寫生活的表面，未能深入核心，只從靜態中去考察，回憶中去想像，而沒有從現實鬥爭中去看農民」[2]。這一「檢討」，實際上預示了五、六十年代農村小說藝術形態的發展趨勢。一是對表現「現實鬥爭」的強調，即要求作家關注那些顯示「中國社會」面貌

---

[1] 1962 年，當時文學界領導人對此的解釋是：「在我們這些年來的作品中，以農村的生活為題材的作品數量最大，作品成就較大的也都是農村題材。……這情況很自然。五億多農民，作家大部分從農村中來，生活經驗比較豐富。另方面，農民問題在中國革命中間特別重要。……」邵荃麟《在大連「農村題材短篇小說創作座談會」上的講話》，《邵荃麟評論選集》上冊第 389 頁，北京人民文學出版社 1981 年版。

[2] 茅盾《在反動派壓迫下鬥爭和發展的革命文藝》，《中華全國文學藝術工作者代表大會紀念文集》。

「深刻的變化」的事件、運動。這種轉變在「解放區」小說中已經開始，當代農村小說承續了這一取材趨向。在農村進行的政治運動和中心事件，如農業合作化、「大躍進」、「人民公社」運動、農村的「兩條道路鬥爭」等，成為表現的重心。鄉村的日常生活，社會風習，人倫關係等，則在很大程度上退出作家的視野，或僅被作為對「現實鬥爭」的補充和佐證。二是為了達到描寫上的「深入核心」，作家在立場、觀點、情感上，要與表現對象（農民）相一致。40 年代趙樹理正是在這一點上被高度肯定的：他「沒有站在鬥爭之外，而是站在鬥爭之中，站在鬥爭的一方面，農民的方面，他是他們中的一個。他沒有以旁觀者的態度，或高高在上的態度來觀察描寫農民」，「因為農民是主體，所以在描寫人物，敘述事件的時候，是以農民直接的感覺，印象和判斷為基礎的。」[3] 不是在對象之上（「高高在上」）或之外（「旁觀者」），而是以農民自身的感覺、觀點作為描述的基點——這不僅是在確認某一作家的特徵，而且指出應普遍依循的方向。據此，「人民大眾的立場和現實主義的方法才能真正結合起來」[4]。當然，即使是趙樹理，感覺、觀點與表現對象的「農民」的「同一」，也不過是一種假想（只

---

[3]　周揚《論趙樹理的創作》，1946 年 8 月 26 日《解放日報》（延安），收入《周揚文集》第 1 卷。

[4]　事實上，周揚對這個問題的說法後來有了調整、改變。他在《社會主義現實主義——中國文學前進的道路》（《人民日報》1953 年 1 月 11 日）中說，丁玲、趙樹理描寫農民的生活和鬥爭，他們「並不是以普通農民的或一般的民主主義的觀點而是以工人階級的社會主義的觀點來描寫農民的，他們以工人階級的眼光觀察了農民的命運……」，《周揚文集》第 2 卷第 187頁，北京人民文學出版社 1985 年版。

能在小說敘事的層面上理解）。這種要求，其目的是推動作家迅速進入有關農村的敘述的「規範」。而它在藝術效果上則既限制了取材的範圍，也窄化了作家體驗、描述的「視點」。當代農村小說的藝術經驗，更直接來自「解放區」作家，如趙樹理、丁玲、周立波、康濯等在 40 年代的創作，而與「鄉土小說」，與沈從文、吳組緗、沙汀、駱賓基等的小說，顯然有意識地保持著距離。當然，有著不同的生活體驗和藝術經驗的作家，對這種要求的反應不會完全相同，因而，在趨同之中，也能看到差別與變異。

以農村生活作為主要取材範圍的作家有趙樹理、周立波、柳青、沙汀、駱賓基、馬烽、康濯、秦兆陽、陳登科、李准、王汶石、孫謙、西戎、李束為、劉澍德、管樺、陳殘雲、劉紹棠、浩然、謝璞等。雖說南方農村是一些作家（如周立波、沙汀、劉澍德、謝璞、陳殘雲）的取材地域，不過，北方（晉、陝、冀、豫等）農村生活題材的作品，從數量和獲得的評價高度上，佔據「當代」農村小說的主要方面；這也可以看到與「解放區」農村小說之間的延續關係。北方的農村小說作家中，存在著藝術傾向有所不同的「群體」：一是趙樹理、馬烽等山西作家，另一是柳青、王汶石等陝西作家。比較起來，柳青等更重視農村中的先進人物的塑造，更富於浪漫理想色彩，具有更大的概括「時代精神」和「歷史本質」的野心。從另一角度觀察，柳青、王汶石等更像是農村的「外來者」，儘管他們與所描寫的土地和生活於其上的勞動者，已建立了密切的聯繫。而趙樹理等則更像「本地人」，雖然他們也在建立一種「啟蒙」的，超越性的眼界和位置。在關注農村的「現代化」變革，關

注「新人」的出現和倫理關係的調整、重建時，柳青等更為重視的是新的價值觀的灌輸，而趙樹理等則更傾向於在農村「傳統」中發掘那些有生命力的素質[5]。就小說藝術而言，柳青等所借鑒的，更多是西方和我國新文學中「現實主義」小說的方法，而趙樹理推重的是話本、說書等「宣講」、「說話」的「本土資源」。由於藝術觀和方法上的這些差異，隨著當代不同階段政治、文學風尚的變化，對他們的創作的評價，也大致呈現為此起彼伏的狀況[6]。

　　除了山西、陝西的作家之外，「當代」農村題材小說有影響的作家還有周立波、李准、駱賓基、劉澍德、浩然等。李准在五、六十年代的中短篇，主要依據農村運動、政策來選取題材和確立主題。他的第一個短篇《不能走那條路》，正是在這一意義上受到文學界的讚揚[7]。它描寫了分得土地的「翻身農民」出現的「兩極分化」，以證明當時開展的集體化運動是唯一正確的道路。後來得到更高評價的《李雙雙小傳》、《耕耘記》，在整體構思上，也難以擺脫「當代」普遍存在的闡釋政策觀念的「圖解式」的路子。

---

[5]　將柳青對梁生寶的塑造，和趙樹理《三里灣》、《實幹家潘永福》、《套不住的手》農村先進人物的描寫加以對比，可以清楚地看到這一區別。

[6]　在 1958-1959 年的「大躍進」時代，王汶石的《風雪之夜》、《新結識的夥伴》等充滿浪漫激情的短篇受到熱烈讚揚，而在 1962 年強調「現實主義深化」的年代，趙樹理的短篇，以及馬烽、西戎的一些短篇更受到肯定。

[7]　《不能走那條路》1953 年 11 月 20 日在《河南日報》刊登之後，《人民日報》（1954 年 1 月 26 日）和其他一些報刊予以轉載，發表了于黑丁、康濯等的多篇推薦文章。

周立波 [8]1948 年完成的表現東北解放區土地改革運動的長篇《暴風驟雨》，因為和《太陽照在桑乾河上》、《白毛女》一起，在 50 年代初被蘇聯授予「史達林文藝獎」，而享有很高的聲譽。1951 年他到北京石景山鋼鐵廠「深入生活」，寫作《鐵水奔流》。這部以「接管」鋼鐵廠和恢復生產為中心事件的長篇，發表時雖受到讚揚，其實卻相當乏味。1955 年起，周立波回到他的家鄉湖南，寫作轉到他所熟悉的農村生活上來。長篇小說《山鄉巨變》及其「續篇」，是五、六十年代表現「農業合作化運動」的三部重要長篇之一[9]。和當時這一主題的大部分作品一樣，《山鄉巨變》也以集體化是農村小生產者的「必由之路」為主旨。小說人物「設置」，也無甚大的差別：有苦幹而無私的農村基層幹部（鄧秀梅、李月輝），有堅定走集體化道路的積極分子（劉雨生、盛淑君），有在「兩條道路」之間搖擺的落後農民（外號「亭麵糊」的盛佑亭———一個頗為生動的「喜劇人物」），也有進行破壞的暗藏的階級敵人（龔子元）。不過，小說有它的某些獨特處理。對於這一「規格化」的主題和情節方式，作家更樂意通過特定地域的鄉村日常生活來展開。另外，對於體現在不同階層農民身上的「道路」分歧、衝

---

[8]　周立波（1908-1979），原名周紹儀，湖南益陽人。30 年代參加左聯，1939年到延安，曾在魯藝任教。1948 年在東北解放區參加土地改革，寫作長篇《暴風驟雨》。翻譯作品有《杜布羅夫斯基》（普希金）、《秘密的中國》（基希）、《被開墾的處女地》（蕭洛霍夫）。50-60 年代出版的長篇有《鐵水奔流》、《山鄉巨變》，短篇集《禾場上》、《山那面人家》、《卜春秀》，另有《周立波文集》（1-5 卷）。

[9]　另外的兩部是《三里灣》、《創業史》。《山鄉巨變》及「續編」分別出版於 1958 和 1960 年。

突，也願意放在鄉村人情、血緣、倫理等關係上處理，而持一
種較為寬厚、同情的態度。因而，作品中有一種略帶幽默、風
趣的敘述語調，並在生活美感的價值上，來表現鄉村的人情風
俗、自然風光。適度的方言俗語的使用，也為這部小說增加地
域色彩。有批評家認為，從《暴風驟雨》到《山鄉巨變》，藝
術風格上是從側近於的「陽剛」到偏向於「陰柔」[10]。這一藝術
取向，在他 50 年代末到 60 年代初的散文式的短篇[11]中，有更
為充分的展現。

二、趙樹理和山西作家

　　趙樹理等山西作家是否可以看作「當代」的一個小說流派，
人們的觀點並不一致。不過，在 50 年代，文學界確有推動他們
形成創作流派的努力。1956 年 7 月，周揚到了山西，明確提出
有意識地發展有特色的文學流派的主張。當年 10 月，山西的文
學刊物《火花》創刊，評論趙樹理等的創作，是該刊的經常性
工作。1958 年 5 月，《文藝報》和《火花》在山西聯合召開座
談會，總結山西作家的創作經驗。不久，《文藝報》設置「山
西文藝特輯」的專欄，介紹、高度評價山西作家的創作成績[12]。
建立「流派」的努力，由於種種原因後來沒有得到強調，但他
們的創作仍形成了某些有迹可尋的相似點。這包括：一、地域

---

[10] 黃秋耘《〈山鄉巨變〉瑣談》，《文藝報》1961 年第 2 期。
[11] 這些短篇有《山那面人家》、《禾場上》、《卜春秀》等，收入周立波《禾
場上》、《卜春秀》等短篇集子。
[12] 《文藝報》1958 年第 11 期，刊登綜述性文章，和巴人等的多篇評論趙樹
理、馬烽等的創作的文章。

上，趙樹理、馬烽等長期生活、工作在山西，作品寫的也多山西農村生活。山西鄉村的民情風俗參與了他們小說素質的構成[13]。二、寫作與農村「實際工作」的關係。作家在生活中「不作旁觀者」的主張，對他們來說不僅是敘事意義上的（即不僅是敘事觀點、情感態度上的），而且更是小說的「社會功能」上的。趙樹理的「問題小說」的觀念，他們關於寫小說是為了「勸人」，能「產生指導現實的意義」[14]的預期，是寫作的出發點和落腳點。三、按照生活的「本來面貌」來寫的「寫實」風格。作品的思想、形象來自「當前生活的底層」[15]。所謂「本來面貌」，他們解釋說是來自於一個有先進思想的農民的眼睛的所見、所聞、所感。四、重視故事性和語言的通俗，以便能讓識字不多的鄉村讀者能聽懂、讀懂。藝術借鑒更多來自古典小說、說書、民間故事、地方戲曲。關於這個「流派」，評論界曾使用的稱謂有「山西作家群」、「山西派」、「《火花》派」、「山藥蛋派」等[16]。

---

[13] 趙樹理故鄉是晉東南，作品寫的地域集中在太行山、太嶽山盆地。馬烽、西戎、束為、孫謙長期在晉西北工作，也以這一帶作為創作取材地。50 年代以後，部分作家生活、寫作取材，轉移到汾水流域。

[14] 趙樹理《也算經驗》，1949 年 6 月 26 日《人民日報》。

[15] 康濯《試論近年間的短篇小說》，《文學評論》（北京）1962 年第 5 期。

[16] 「文革」後的 70 年代末、80 年代初，文學史研究出現「流派熱」；「復原」在「當代」被壓抑的流派，和尋找根據以「構造」新的流派（「新感覺派」、「九葉派」等），是互有聯繫的兩個方面。當時對山西小說作家的「流派」的命名、特徵的討論，參見曾文淵《發展社會主義文學流派》（《文匯報》1979 年 10 月 23 日）、李國濤《且說「山藥蛋派」》（《光明日報》1979 年 11 月 28 日）、劉再復、樓肇明、劉士傑《論趙樹理創作流派的升沉》（《新文學論叢》1979 年第 2 輯）、《有關「山藥蛋派」的探討》（《文匯報》1980 年 7 月 21 日）等。

這個「流派」的作家，除趙樹理外，還有馬烽、西戎、李束為、孫謙、胡正等。馬烽 [17] 小學未畢業即參加了八路軍。戰爭年代，在晉綏邊區報紙、出版社從事編輯工作。1945 年，與西戎合著長篇章回體小說《呂梁英雄傳》。50 年代初在北京工作一段時間後，1956 年回到山西。馬烽五、六十年代的創作，除《我們村裏的年輕人》等電影文學劇本，和在刊物上連載的傳記文學《劉胡蘭傳》外，大都是短篇小說。主要有《結婚》、《三年早知道》、《太陽剛剛出山》、《我的第一個上級》、《老社員》等。西戎抗戰期間在晉綏邊區工作時開始寫小說。50 年代初在四川任《川西日報》、《四川文藝》編委、主編。1954 年回到山西。出版有短篇小說集《姑娘的秘密》、《豐產記》。後一個集子中的作品（《燈芯絨》、《賴大嫂》、《豐產記》），寫於 1961 年以後，風格轉向樸實。其中，《賴大嫂》用挪揄的語調，寫一個「無利不早起」的自私、愛撒潑的農村婦女，在生活中處處碰壁和受到的教育。在 60 年代，這個短篇開始為批評家所援引，來支持他們提出的「現實主義深化」和人物多樣化的論點，後來則成為「寫『中間人物』論」的「標本」受到重點批判 [18]。

---

[17] 馬烽（1922-2004），山西孝義人，原名馬書銘。1938 年參加抗日游擊隊。40 年代初開始發表作品。著有長篇章回小說《呂梁英雄傳》（與西戎合著）。出版的短篇小說集有《村仇》、《三年早知道》、《我的第一個上級》、《太陽剛剛出山》等。

[18] 參見邵荃麟《在大連「農村題材短篇小說創作座談會」上的講話》（《邵荃麟評論集》上冊，人民文學出版社 1981 年），《文藝報》編輯部《關於「寫中間人物」的材料》（《文藝報》1964 年 8、9 期合刊），紫兮《「寫中間人物」的一個標本》（《文藝報》1964 年 11、12 期合刊）等。

趙樹理[19]40年代以《小二黑結婚》、《李有才板話》、《李家莊的變遷》等作品，在「解放區」和「國統區」的左翼文學界，獲得很高聲譽。50年代以後的作品有：短篇小說《登記》、《求雨》、《金字》（根據記憶重寫）、《「鍛煉鍛煉」》、《老定額》、《套不住的手》、《楊老太爺》、《張來興》、《互作鑒定》、《賣煙葉》，長篇《三里灣》，電影故事《表明態度》，長篇評書《靈泉洞》（上部）、特寫（或傳記）《實幹家潘永福》。另外，還寫有鼓詞《石不爛趕車》，小調《王家坡》，澤州秧歌《開渠》，上黨梆子《十里店》和改編的上黨梆子《三關排宴》。他的有些作品，被改編為各種文藝樣式。如《登記》便以《羅漢錢》的名字，分別改編為秦腔、豫劇、粵劇、評劇、滬劇等多種劇種演出。他用許多精力改編的地方戲曲、曲藝，雖說不被文學界重視，這於他來說，卻是基於其文藝理念的重要工作[20]。他在五、六十年代的小說，大多仍取材於晉東南農村生活。與這個地區的人、事，他仍保持著密切的聯繫，因而，故事和人物也依然具有來自「生活底層」的那種淳樸、誠實的特色。他繼續著打通「新文學」與「農村讀者」的隔閡的試驗。在小說觀念上，也堅持小說寫作與農村「實際

---

[19] 趙樹理（1906-1970），山西沁水人，原名趙樹禮。「文革」期間被迫害摧殘致死。

[20] 對於自己的寫作，尤其是「新文學」的寫作在農村中能否起到預期作用，趙樹理晚年似乎不再那麼自信。他將自己最後的一個短篇集定名《下鄉集》，說它是專為「農村的讀者同志們」印的。但又疑惑地說，「儘管我主觀上是為你們寫的東西，實際上能發到農村多少份、你們哪些地方的人們願意讀、讀過以後覺得怎麼樣，我就知道得不多了」（《隨〈下鄉集〉寄給農村讀者》）。

工作」同一的理解。不過，後來似乎不再特別堅持把小說當作
農村工作指南的那種看法，而更凸出了從傳統戲曲等相承的「教
誨」的功能觀 [21]。因而，在《登記》、《三里灣》、《「鍛煉
鍛煉」》等作品中，雖說農村開展的「運動」（貫徹新婚姻法、
農業合作化等）仍構成它們的骨架（或背景），但他仍堅持從
日常生活、家庭瑣事展開，自然地表現社會風習、倫理的變革
在農民心理、家庭關係、公私關係上留下的波痕和衝突，這是
他的描述留給讀者印象最深的部分。[22]

　　比起 40 年代來，趙樹理這個時期的小說，特別是 60 年代
的那些短篇，確是「遲緩了，拘束了，嚴密了，慎重了」，「多
少失去了當年青春潑辣的力量」[23]。這可以看成缺陷，但也是一
種變化。他畢竟離「當年」的「青春」漸遠。從作家生活的環
境而言，戰爭年代「解放區」政治意識形態規範，與趙樹理的
寫作追求存在更多的協調性，留給作家創造的空間，能夠有效

---

[21] 1949 年，在《也算經驗》一文中說，「在工作中找到的主題，容易產生指
導現實的意義」。1963 年在《隨〈下鄉集〉寄給農村讀者》中說，「俗話
說，『說書唱戲是勸人哩！』這話是對的。我們寫小說和說書唱戲一樣（說
評書就是講小說），都是勸人的」，「寫小說便是要動搖那些習以為常、
但不合理的「舊的文化、制度、風俗、習慣給人們頭腦中造成的舊影響」。
《下鄉集》，北京作家出版社 1963 年版。

[22] 正如傅雷所言，「……大大小小、瑣瑣碎碎的情節，既不顯得有心為題材
做說明，也不以賣弄技巧為能事。作者寫青年男女的戀愛，夫婦的爭執，
婆媳妯娌之間的口角，頑固人物的可笑，積極分子的可愛，沒有一個細節
不是使讀者仿佛身臨其境。」《評〈三里灣〉》，《文藝月報》（上海）
1956 年第 7 期。

[23] 孫犁《談趙樹理》，1979 年 1 月 4 日《天津日報》。在這篇文章中，孫犁
對趙樹理 50 年代以後的小說藝術也有所批評，說他的「淵源於宋人話本及
後來的擬話本」的作品，由於作者對某一形式的「越來越執著」，導致「故
事行進緩慢」，有「鋪攤瑣碎」、「刻而不深的感覺」。

地容納他的感性的、民俗文化的藝術想像；趙樹理那時對農村傳統習俗和觀念所期望的更新，也與革命政治在農村所推動的變革，有許多重合之處。到了 50 年代，不僅文學寫作的規範更加嚴密，而且激進的經濟、社會變革進程對農村傳統生活的全面衝擊、損毀，「社會發展」與「傳統」的衝突，引發作家尖銳的不安 [24]。他的那種建立在對鄉村傳統、民間文化的體認基礎上的社會、文化想像，受到抑制而不能施展。正是憂慮於當代激進的經濟、政治變革對農村傳統生活和道德的破壞，對建立在勞動之上的傳統美德的維護和發掘，成為後期創作的主題。與《小二黑結婚》、《傳家寶》、《登記》、《三里灣》等著重表現「小字輩」掙脫老一輩的障礙而走向新生活不同，在《套不住的手》、《互作鑒定》、《實幹家潘永福》、《賣煙葉》中，老一輩農民身上的品格，特別是已成習慣的體力勞動，被敘述為年輕一代、也是新社會最重要的精神根基 [25]。在趙樹理看來，重要的不是那種「青春潑辣」，而是經年累月不變的這種穩定的根基；他回到現代作家經常觸及的「永恒與流

---

[24] 對於 1958 年的「大躍進」和「人民公社運動」給農村生產、農民生活帶來的嚴重問題，趙樹理十分不安，「不但寫不成小說，也找不到點對國計民生有補的事」。他給《紅旗》雜誌寫了長篇文章《公社應該如何領導農業生產之我見》並寫信給《紅旗》主編陳伯達和中國作協領導邵荃麟，全面陳述自己的看法。在 1959 年的「反右傾機會主義」運動中，他成了中國作協整風會上受「重點幫助」、批判的對象。參見陳徒手《人有病，天知否──1949 年後中國文壇紀實》中「1959 年冬天的趙樹理」一章，北京人民文學出版社 2000 年版。

[25] 張頤武指出，在《張來興》、《互作鑒定》和《賣煙葉》中，表達了對體力勞動的價值的神聖性讚美，但這種讚美，並非如當時的寫作風尚那樣，將它詩化、浪漫化，「而是反覆書寫其平淡無奇甚至單調的特徵」。參見《從現代性到後現代性》第 207-208 頁，南寧，廣西教育出版社 1997 年版。

變」的主題上。這種思想觀念上的變化，給他後期作品的敘述帶來某種「遲緩」、「嚴密」，而且越趨平淡、單調的變化。

三、趙樹理的「評價史」

對趙樹理小說和他的文學觀的評價，一直是眾說紛紜，有的看法且相距甚遠[26]。即使是左翼文學界內部，評價也並不總是一律。在 40 年代，最早、而且系統地評述趙樹理小說，並給予很高評價的，是周揚發表於 1946 年的《論趙樹理的創作》。在這篇文章裏，趙樹理被譽為「一位在成名之前已經相當成熟了的作家，一位具有新穎獨創的大眾風格的人民藝術家」；《李有才板話》是「非常真實地，非常生動地描寫農民鬥爭的作品，簡直可以說是一個傑作」；趙樹理的小說是「毛澤東文藝思想在創作上實踐的一個勝利」。作為這種評價的延伸，次年 8 月，在「解放區」的晉冀魯豫邊區文藝座談會上，與會者「同意提出趙樹理方向」，將之「作為我們的旗幟」[27]。在此前後，「解

---

[26] 中國左翼文學界對趙樹理創作熱烈肯定。50 年代初，日本學者竹內好對趙樹理創作也給予很高評價，說「在趙樹理的文學中，既包含了現代文學，同時又超越了現代文學。至少是有這種可能性。這也就是趙樹理的新穎性」（《新穎的趙樹理文學》，日本《文學》第 9 卷第 21 期，岩波書店 1953 年版。中譯收入黃修己編《趙樹理研究資料》）。夏志清則認為，趙樹理的小說，「除非把其中的滑稽語調（一般人認為是幽默）及口語（出聲念時可以使故事動聽些）算上，幾乎找不出任何優點來」，「趙樹理的蠢笨及小丑式的文筆根本不能用來敘述故事，而他的所謂新主題也不過是老生常談的反封建跟歌頌共產黨仁愛的雜拌而已」（《中國現代小說史》第 18 章「第二階段的共產小說」，台北傳記文學出版社 1979 年版）。

[27] 陳荒煤《向趙樹理方向邁進》，1947 年 8 月 10 日《人民日報》。

放區」的出版社，編印了多種趙樹理創作的評論集 [28]，收入周揚、茅盾、郭沫若、邵荃麟、林默涵、荒煤、力群、馮牧等的文章。1949-1951 年出版的，帶有總結與前瞻性的兩套大型文學叢書中，趙樹理被做了頗為特殊的處理。他的創作理所當然地入選展示「解放區」文學實績的《中國人民文藝叢書》，但他又和郭沫若、茅盾、巴金、老舍、曹禺等一起，作為「1942 年以前就已有重要作品出世的作家」，而在《新文學選集》（茅盾主編）中佔有一席之地 [29]。這種安排，反映了將之「經典化」的急迫（雖然《中國人民文藝叢書》被看作是更高等級，但對它的「經典性」程度顯然缺乏信心）。到了 1956 年的中國作協第二次理事擴大會議上，趙樹理與郭沫若、茅盾、巴金、老舍、曹禺一併被稱為中國現代的「語言藝術大師」 [30]。

　　不過，進入 50 年代以後，文學界對於趙樹理的評價也有些猶豫不定。在繼續把他作為一種「榜樣」來推崇的同時，他的小說的「缺點」也在不斷發現。這種發現，是「根據社會主義現實主義的創作原則來進行分析研究」的結果；因而，批評家提出了趙樹理「善於表現落後的一面，不善於表現前進的一面」

---

[28] 冀魯豫書店 1947 年 7 月初版的《論趙樹理的創作》，華北新華書店 1947 年 9 月編輯印行的《論趙樹理的創作》，華北新華書店 1949 年 5 月初版、中南新華書店 1950 年 4 月重印的《論趙樹理的創作》，蘇南 1949 年 6 月初版的《論趙樹理創作》等。

[29] 《趙樹理選集》（新文學選集編輯委員會編，茅盾主編，開明書店 1951 年初版）。1942 年以前，雖發表過《蟠龍峪》等作品，但他的「成名作」《小二黑結婚》出版於 1943 年。

[30] 周揚在會上的報告《建設社會主義文學的任務》，《文藝報》1956 年 5、6 期合刊。

的問題，並暗示他對創造新的英雄形象還缺乏自覺的意識 [31]。
長篇《三里灣》發表後，在受到肯定的同時，「典型化」程度
不夠的問題被著重提出：對於農村的「無比複雜和尖銳的兩條
路線鬥爭」的展示，「並沒有達到應有的深度」；作者對於農
民的革命性的力量「看得比較少」，「沒有能夠把這個方面充
分地真實地表現出來」，而對於農村的鬥爭，農民內部和他們
內心的矛盾，也不是表現得很嚴重，很尖銳，矛盾解決得都比
較容易 [32]。在 50 年代後期，這種評價上的猶豫和矛盾，再一次
凸出。1959 年，《文藝報》就「如何反映人民內部矛盾」為題，
組織了對《「鍛煉鍛煉」》的討論。雖然刊發了認為這個短篇
是「歪曲了我國社會主義農村的現實」、「誣衊農村勞動婦女
和社幹部」的否定性的文章，但編輯部卻是支持趙樹理的，它
以王西彥對趙樹理「按照生活實際去刻畫有個性的活人」的肯
定的文章，作為結論性意見 [33]。《文藝報》的這種辯護性的討
論，既是為了維護趙樹理受到動搖的地位，也包含著對當時激
進文學思潮的一種阻擋。不過，就在這個時候，因為趙樹理對
1957 年以後在農村開展的運動提出質疑，而在「反右傾機會主

---

[31] 對於趙樹理的《邪不壓正》，《人民日報》從 1948 年底到 1950 年初，刊
登多篇討論文章。如黨自強《〈邪不壓正〉讀後感》（1948 年 12 月 21 日）、
韓北生《讀〈邪不壓正〉後的感想和建議》（1948 年 12 月 21 日）、王青
《關於〈邪不壓正〉》（1949 年 1 月 16 日）、竹可羽《評〈邪不壓正〉
和〈傳家寶〉》（1950 年 1 月 15 日）、《再談談〈關於《邪不壓正》〉》
（1950 年 2 月 25 日）等。
[32] 參見俞林《〈三里灣〉讀後》（《人民文學》1955 年第 7 期），周揚《建
設社會主義文學的任務》，《文藝報》1956 年第 5、6 期合刊。
[33] 王西彥《《「鍛煉鍛煉」》和反映人民內部矛盾》，《文藝報》1959 年第
10 期。

義」的中國作協整風中受到「幫助」和批判。這個期間，在農村題材小說中，作為「方向性」加以凸出的，是李准、王汶石、柳青的更「典型化」、更富「理想主義」的作品。

到了 60 年代初，政治、經濟、文化的「浪漫主義」開始退潮，趙樹理的「價值」被提倡人物多樣化和「現實主義深化」者所重新發掘。1962 年夏天，中國作協在大連召開的農村題材短篇小說創作座談會上，茅盾、邵荃麟等認為，「前幾年」對趙樹理的創作估計不足，「評價低了，這次要給以翻案」；「因為他寫了長期性、艱苦性」，「這是現實主義的勝利」。這些觀點，在隨後康濯的文章中得到闡發 [34]。既然趙樹理是最能體現「現實主義深化」的作家，那麼，「文革」前夕，對這種理論的批判，趙樹理也就首當其衝；文學界對他的評價發生逆轉：「近幾年來，趙樹理同志的作品，沒有能夠用飽滿的革命熱情描畫出革命農民的精神面貌」，大連會議「不但沒有正確指出」他的「這個缺點」，「反而把這種缺點當作應當提倡的創作方向加以鼓吹」[35]。此後「文革」中對趙的激烈攻擊，從「文學觀」的角度而言，並沒有超越這一批評的範疇。「文革」後的文學「新時期」，出現文學史秩序重建和「經典」重評的熱潮。隨

---

[34] 「趙樹理在我們老一輩的作家群裏，應該說是近 20 年來最傑出也最扎實的一位短篇大師。但批評界對他這幾年的成就卻使人感到有點評價不足似的，……事實上他的作品在我們文學中應該說是現實主義最為牢固，深厚的生活基礎真如鐵打的一般」，「趙樹理的魅力，至少在我所接觸到的農村作品裏面，實在是首屈一指，當代其他作家都難於匹敵。」康濯《試論近年間的短篇小說》，《文學評論》1962 年第 5 期。

[35] 《文藝報》編輯部《關於「寫中間人物」的材料》，《文藝報》1954 年第 8、9 期合刊。

著中國「左翼文學」地位的下降，趙樹理也淡出人們視線。不過，在 90 年代對「新時期」現代性視野的反省中，趙樹理的重要性又被發現，一些研究者致力於闡釋趙樹理文學獨特的現代性內涵；他的文學經驗得到一些人的重新重視 [36]。

四、柳青的《創業史》

柳青 [37] 在寫作《創業史》之前，出版有長篇《種穀記》（1947）和《銅牆鐵壁》（1951）。50 年代，他較長時間生活在陝西長安縣的皇甫村，參與了當地農業合作化的過程。這期間，除了不多的散文特寫（收入《皇甫村三年》）和中篇《狠透鐵》等以外，都在為擬議中的宏篇巨構──「史詩性」[38] 的《創業史》做準備。《創業史》原計劃寫四部。1959 年第一部在刊物上連載，次年出版單行本。「文革」的發生使寫作計劃中斷。「文革」結束後，改定了第二部上卷和下卷的前四章，但整個計劃終未完成。

---

[36] 參見唐小兵主編《再解讀──大眾文藝與意識形態》（香港，牛津大學出版社 1993 年版）、賀桂梅《轉折的年代──40-50 年代作家研究》（濟南，山東教育出版社 2003 年版）等論著。

[37] 柳青（1916-1978），原名吳蘊華，陝西吳堡人。30 年代讀中學時開始文學創作。1938 年去延安從事文化工作。著有長篇《種穀記》、《銅牆鐵壁》、《創業史》，短篇集《地雷》、《犧牲者》、中篇《狠透鐵》等。

[38] 柳青明確的為自己的創作確立了這種「史詩」意識。「他把農村的變革提到了民族的高度，他意識到他是在面對一場歷史性的巨變，而他是史詩的記錄者」，曠新年《寫在當代文學邊上》第 39 頁，上海教育出版社 2005 年版。

　　《創業史》的故事發生在陝西渭河平原的鄉村。第一部寫互助合作「帶頭人」梁生寶領導的互助組的鞏固和發展，第二部則寫到試辦農業合作社。對於這部小說的主旨，作者有過這樣的說明：「這部小說要向讀者回答的是：中國農村為什麼會發生社會主義革命和這次革命是怎樣進行的。回答要通過一個村莊的各個階級人物在合作化運動中的行動、思想和心理的變化過程表現出來。這個主題思想和這個題材範圍的統一，構成了這部小說的具體內容。」[39] 作家對農民的歷史境遇和心理情感的熟悉，一定程度彌補了這種觀念「論證式」的構思可能出現的弊端，但反過來，這種寫作方式還是限制了作者生活體驗敞開的程度。小說第一部出版後，文學界交聲讚譽。一年多的時間裏，報刊的評介文章就有五十餘篇。對作品的肯定集中在兩個方面。一是「反映農村廣闊生活的深刻程度」。若干評論文章指出，作家的傑出之處，是敏銳地揭示還不為許多人所注意的「生活潛流」，揭示潛在的、還未充分暴露的農村各階層的心理動向和階級衝突，並向歷史深處延伸，挖掘了矛盾的、現實的、歷史的根源。小說通過活躍借貸、買稻種和分稻種、進山割竹子、新法栽稻等事件，組織起了錯綜的矛盾線索。這些矛盾著的力量最終構成兩個「陣線」：一邊是堅決走「共同富裕」道路的梁生寶、高增福等貧雇農，另一邊則是土改時彎下了腰，現在又想重振威勢的富農姚士傑，從土改時驚惶狀態中恢復過來的富裕中農郭世富，和開始走個人「發家」道路的村長郭振山。而處於這兩條「陣線」之間的，是像梁三老漢這

---

[39] 柳青《提出幾個問題來討論》，《延河》（西安）1963 年第 8 期。

樣的徘徊、搖擺的農民。作家表現了具有不同心理動向的各階層農民之間的複雜關係。「廣闊」和「深刻」，這是當時對「史詩性」的「現實主義小說」品評的最高尺度。不過，有關「廣闊」、「深刻」揭示現實矛盾的評定，不論是柳青自己，還是批評家，依據的是 50 年代人們已耳熟能詳的政策文件；作家的創造是把他的有時相當出色的藝術體驗和想像，納入這一框架之中。《創業史》得到高度評價的另一理由，是創造了一組達到「相當藝術水平」的人物。而特別受到注意的，則是梁生寶這一「新人」的「光輝形象」。把這一人物的創造，看作是《創業史》成就的最主要的標誌，是當時批評界的相當一致的認識。有的評論把梁生寶與阿 Q 加以比較，來討論中國現代歷史和現代文學的歷史變遷。這種討論方式，表現了有關「藝術典型」的價值等級和文學進化的當代流行理念 [40]。《創業史》運用了夾敘夾議的敘述方式。人物語言大多採用經過提煉的口語，而敘述語言則是充分書面化的；這構成了一種對比。敘述語調與人物語言的鮮明距離，有助於實現敘述者對故事的介入，顯示敘述者「全知」的「權威姿態」：直接揭示人物的情感、心理、動機，「觀察」、「監視」人物的思想、心理、行為與「歷史規律」的切合、悖逆的程度，對人物、事件做出解說和評判；雖然評論常用詼諧和幽默的方式進行。在小說的藝術形態上，柳青並不傾向趙樹理那樣的「大眾化」和「民族形式」，也不

---

[40] 姚文元《從阿 Q 到梁生寶——從文學作品中的人物看中國農民的歷史道路》，《上海文學》1961 年第 1 期。這種闡釋思路，在四、五十年代周揚等評論趙樹理的論述中已有凸出體現。另參見默涵（林默涵）《從阿 Q 到福貴》，《小說》第 1 卷第 5 期（1948 年 11 月）。

追求故事性和行動性。但這並沒有妨礙它獲得批評界的賞識；從「典型性」和「深度」等方面，其成就顯然被放置於趙樹理「當代」農村小說之上。

但是，60 年代對於《創業史》（第一部）的評價也有不同看法，並發生一場不大不小的爭論。1960 年，邵荃麟在《文藝報》編輯部的一次會議說：「《創業史》中梁三老漢比梁生寶寫得好，概括了中國幾千年來個體農民的精神負擔。但很少人去分析梁三老漢這個人物，因此，對這部作品分析不夠深」；「我覺得梁生寶不是最成功的，作為典型人物，在很多作品中都可以找到。梁三老漢是不是典型人物呢？我看是很高的典型人物。」[41] 在此前後，嚴家炎撰寫的評論《創業史》的文章，也表達了相近的觀點 [42]。他不同意《創業史》的最大成就在於塑造了梁生寶這個「嶄新的青年農民英雄形象」的「流行的說法」，認為在反映「農民走上社會主義道路」這個「偉大事件的深度和完整性上」，《創業史》的成就，「最突出地表現在梁三老漢形象的塑造上」。嚴家炎立論的根據：一是形象的「豐滿」、「厚實」程度，即美學的標準；另一則是表現處於觀望、動搖的「中間狀態」的農民，在揭示社會生活面貌的「深度和廣度」上的意義，即題材的價值問題。與此相關，嚴家炎指出，

---

[41] 引自《關於「寫中間人物」的材料》，《文藝報》1964 年第 8、9 期合刊。
[42] 《〈創業史〉第一部的突出成就》（《北京大學學報》1961 年第 3 期）。到 1964 年，嚴家炎撰寫的有關《創業史》的文章，還有《談〈創業史〉中梁三老漢的形象》（《文學評論》1961 年第 6 期），《關於梁生寶形象》（《文學評論》1963 年第 3 期）、《梁生寶形象和新英雄人物創造問題》（《文學評論》1964 年第 4 期）。這些文章收入《知春集》，北京，人民文學出版社 1980 年版。

梁生寶在當代農村小說「新英雄人物」塑造中，雖然是「水平線以上」的，但其成功程度，並不像大家所推崇的那樣[43]。這些觀點，在當時受到包括作家在內的大多數批評家的反對[44]。在《提出幾個問題來討論》一文中，柳青說報刊上的評論文章，對於他所不能同意的看法，他根本不打算說話，但對嚴家炎的觀點，「卻無論如何不能沉默」。柳青的激動並非沒有理由，因為其中確實「提出了一些重大的原則問題」；「我如果對這些重大的問題也保持沉默，那就是對革命文學事業不嚴肅的表現。」「原則問題」之一是，新英雄形象的創造是「新的人民文學」的「本質性」特徵，它的意義，不是過去文學中並不罕見的「中間人物」所能比擬、代替的。之二，這種新型文學也要尋求與此相適應的藝術方法，以傳統的「現實主義」的客觀描繪、性格刻畫、形象豐滿作為衡量尺度（如嚴家炎所做的），在柳青看來並不妥當。

---

[43] 嚴家炎認為梁生寶形象在塑造上存在「三多三不足」的缺陷（他後來補充說，「三多三不足」有的並不是缺點）：寫理念活動多，性格刻畫不足；周邊烘托多，放在衝突中表現不足；抒情議論多，客觀描繪不足。在爭論中，嚴家炎又進一步指出梁生寶形象的過分理想化的問題。

[44] 批評邵荃麟、嚴家炎觀點的文章，除柳青的外，主要有艾克恩《英雄人物的力量》（《上海文學》1963 年第 1 期）、馮健男《再談梁生寶》（《上海文學》1963 年第 9 期）、蔡葵、卜林扉《這樣的批評符合實際嗎？——與〈關於梁生寶形象〉一文商榷》（《延河》1963 年第 10 期）、吳中傑、高雲《關於新人物形象的典型化》（《上海文學》1963 年第 10 期）、朱寨《從對梁三老漢的評價看『寫中間人物』主張的實質》（《文學評論》1964 年第 2 期）、姚文元《使社會主義蛻化變質的理論——提倡寫「中間人物」的反動實質》（1964 年 12 月 14 日《解放日報》）等。

第八章

對歷史的敘述

一、革命歷史小說

　　從題材的角度看，「革命歷史」在這一時期的小說創作中，佔有很大的分量和極重要的位置。因而 50 年代開始，就有「革命歷史題材」的概念出現。1960 年，茅盾在中國作協第三次理事會（擴大）會議的報告使用這一概念時[1]，不僅指《紅旗譜》、《青春之歌》這類作品，也包括寫鴉片戰爭（電影文學劇本《林則徐》）、辛亥革命（《六十年的變遷》、《大波》）的創作。不過，在 50 至 70 年代，說到現代中國的「歷史」，指的大致是「革命歷史」；而「革命」，在大多數情況下是指中共領導的革命鬥爭。鑒於這種情形，80 年代以後有研究者使用「革命歷史小說」概念時，指出這一文學史命名所指稱的「歷史」具有「既定」的性質，是「在既定的意識形態的規限內，講述既定的歷史題材，以達成既定的意識形態目的」[2]；也就是說，講

---

[1] 1960 年 7 月，茅盾在中國作協第三次理事會（擴大）會議上的報告《反映社會主義躍進的時代，推動社會主義時代的躍進！》中說，從 1956 年第二次理事會到 1960 年，「出版了革命歷史題材的作品 239 部（這是不完全的統計）」。茅盾的統計，包括小說、戲劇、電影文學劇本、詩歌等體裁，但不包括回憶錄性質的創作。

[2] 黃子平《革命·歷史·小說》第 2 頁，香港，牛津大學出版社 1996 年版。

述的是中共發動、領導的「革命」的起源，和這一「革命」經歷曲折過程之後最終走向勝利的故事。

在五、六十年代，「革命歷史小說」的主要作品，長篇有《腹地》（王林，1949）、《戰鬥到明天》（白刃，1950）、《銅牆鐵壁》（柳青，1951）、《風雲初記》、（孫犁1951-1963）、《保衛延安》（杜鵬程，1954）、《鐵道游擊隊》（知俠，1954）、《小城春秋》（高雲覽，1956）、《紅日》（吳強，1957）、《林海雪原》（曲波，1957）、《紅旗譜》（梁斌，1957）、《青春之歌》（楊沫，1958）、《戰鬥的青春》（雪克，1958）、《野火春風鬥古城》（李英儒，1958）、《烈火金剛》（劉流，1958）、《敵後武工隊》（馮志，1958）、《苦菜花》（馮德英，1958）、《三家巷》（歐陽山，1959）、《紅岩》（羅廣斌、楊益言，1961）、《劉志丹（上卷）》（李建彤，1962-1979）等。短篇方面，孫犁、茹志鵑、劉真、峻青、王願堅、蕭平等，均發表了不少屬於這一類型的小說，如《山地回憶》（孫犁）、《百合花》（茹志鵑）、《黎明的河邊》（峻青）、《黨費》（王願堅）、《三月雪》（蕭平）、《英雄的樂章》（劉真）、《萬妞》（菡子）等。

「革命歷史小說」的作者，大都是所講述的事件、情境的「親歷者」。因為一方面，能夠使用文字的「親歷者」自然有追憶這段光榮歷史的願望；另一方面，這一寫作不僅是個體經驗的表達，更是參與了「革命」敘事在當代的「經典化」進程。因而，這種講述將會在「真實性」、在是否反映「本質」上受到嚴格的指摘。這就不是任誰都有「資格」和「條件」涉足這一領域的。關於「革命歷史」題材寫作的文學史上的和現實政

治上的意義，當時的批評家曾指出：這些鬥爭，「在反動統治時期的國民黨統治區域，幾乎是不可能被反映到文學作品中間來的。現在我們卻需要去補足文學史上這段空白，使我們人民能夠歷史地去認識革命過程和當前現實的聯繫，從那些可歌可泣的鬥爭的感召中獲得對社會主義建設的更大信心和熱情」[3]。以對歷史「本質」的規範化敘述，為新的社會、新的政權的合法性、真理性作出證明，以具象的方式，推動對歷史既定敘述的合法化，也為處於社會轉折期中的民眾，提供生活、思想的意識形態規範——是這些小說的主要目的。自然，這類題材的文學創作，並不限於小說，散文、電影文學、戲劇、詩等，也加入了講述既定「歷史」的相當壯觀的行列[4]。

　　由於作家生活經驗和藝術想像的差別，也由於敘述動機、採取的敘述方式的不同，「革命歷史小說」呈現略有差異的多種形態。一些作家，在長篇小說中追求對於歷史的「整體」的、「史詩性」的把握。另一些作家，則加入一些「傳奇」因素，而接近現代「通俗小說」的模式。個別作家更願意以現實處境產生的情緒，作為往事回憶的觸發點，和結構故事的基本線索。

---

[3] 邵荃麟《文學十年歷程》，《文學十年》第37頁，北京，作家出版社1960年版。

[4] 如敘事詩《楊高傳》（李季）、《趕車傳》（田間）、《李大釗》（臧克家）、《將軍三部曲》（郭小川），話劇《戰鬥裏成長》（胡可）、《萬水千山》（陳其通）、《風暴》（金山）、《霓虹燈下的哨兵》（沈西蒙等）、《杜鵑山》（王樹元），以及歌劇《洪湖赤衛隊》、《紅霞》等。在散文和「史傳文學」方面，《紅旗飄飄》和《星火燎原》兩部大型叢書，以「回憶錄」的形式出現。至於「革命歷史題材」的電影文學作品，數量就更多了。

相比起表現現實生活來，這類題材受到的具體政策規定要少一些，因而也就留給作家稍大的個性空間。

二、「史詩性」的追求

　　「史詩性」，是「當代」不少長篇小說作家（其實不僅長篇，一些敘事詩和戲劇作品也表現了相似的趨向）的追求，也是批評家用來評價作品達到的思想藝術高度的重要尺規。這種創作追求，根源於作家充當「社會歷史家」，再現社會事變的整體過程，把握「時代精神」的欲望[5]。這種藝術追求及具體的藝術經驗，主要來自 19 世紀俄、法等國的現實主義小說，和 20 世紀蘇聯表現革命運動和戰爭的長篇。中國現代小說的這種「宏大敘事」的藝術趨向，在 30 年代就已存在。茅盾就是具有「大規模地描寫中國社會現象」、「反映出這個時期中國革命的整個面貌」的自覺意識的作家。這種藝術目標後來得到繼續。到了 50 年代，作家的「時代」意識更加強烈，反映「偉大的時代」，寫出「史詩」性質的作品，成為最有抱負的作家的崇高責任。這在表現「現實生活」的創作中也得到體現，如柳青的《創業史》，但最主要的「實現」，是在「革命歷史題材」的創作中。

---

[5]　在馬克思、列寧等對作家（巴爾扎克、托爾斯泰等）的評論中，表現時代生活、重大矛盾的各個方面，描寫那個時代最重要的典型，揭示社會發展的方向，是「用偉大的現實主義大師的標準來衡量的偉大作家」的主要尺度。高爾基也在這一尺度衡量下，被譽為「革命前俄國偉大的社會歷史家」，他的作品「再現了俄國社會重大的全國性危機所必需具備的條件和史實」，「是革命前俄國的『人間喜劇』」。盧卡奇《革命前俄國的人間喜劇》，《盧卡奇文學論文選》第 2 卷第 265-266 頁，北京中國社會科學出版社 1985 年版。

「史詩性」在當代的長篇小說中，主要表現為揭示「歷史本質」的目標，在結構上的宏闊時空跨度與規模，重大歷史事實對藝術虛構的加入，以及英雄「典型」的創造和英雄主義的基調。長篇《保衛延安》、《紅日》、《紅旗譜》、《紅岩》，以「一代風流」為總題的《三家巷》、《苦鬥》等，都顯示了作家的這種創作追求。

在革命歷史題材的長篇中，杜鵬程的《保衛延安》[6]是「當代」最早被評論家從「史詩」的角度評論的作品。1954年初版本出版後，馮雪峰稱它是「夠得上稱為它所描寫的這一次具有偉大歷史意義的有名的英雄戰爭的一部史詩的。或者，從更高的要求說，從這部作品還可以加工的意義上說，也總可以是這樣的英雄史詩的一部初稿」[7]。小說取材於1947年3月到9月的陝北延安戰事——胡宗南指揮的國民黨軍隊進襲，毛澤東、彭德懷主動放棄延安到延安的收復。其中，青化砭、蟠龍鎮、沙家店等戰役，是情節的重點。以對「戰爭全局」的把握來關照具體的、局部性的戰事和人物的活動，是作品的總體構思。小說著力塑造周大勇、李誠、王老虎等無所畏懼的英雄形象，並為英雄們佈置了苦戰、退卻、流血死亡的一系列「檢驗」意志的逆境，使小說自始至終處於急促高亢的情緒基調之中。單一的意識形態視角，和單一的、缺乏變化的敘事方法，使作品

[6] 杜鵬程（1921-1991），陝西韓城人，原名杜紅喜。1938年到延安，在解放區報社工作。40年代後期擔任隨軍記者。出版有長篇《保衛延安》（初版本出版於1954年，之後作者作了較大修改，於1956年和1958年出版第二、三版），小說集《在和平的日子裏》、《年青的朋友》、《平常的女人》、《光輝的里程》等。
[7] 《論〈保衛延安〉的成就及其重要性》，《文藝報》1954年第14、15期。

無法注意具體戰爭場面之外的生活情景，也無法讓持續緊張的敘事節奏得到適當放鬆。在虛構性藝術文本中，將有影響的歷史人物（在這本書裏是高級將領彭德懷）作為藝術形象加以正面刻畫，這在前此的中國現代小說中並不多見，因而受到評論界的注意。但是，在「當代」藝術虛構與「生活真實」經常不被區分的情況下（電影《武訓傳》的批判，已清楚地表明瞭這一美學邏輯），這種「創造性」同時也就蘊含著極大的「風險」。1959 年，在彭德懷成為「右傾機會主義分子」而被貶謫之後，這部寫了彭德懷的小說也就陷入不得掙脫的困境之中[8]。

　　吳強[9]的《紅日》也把真實的戰爭事件（40 年代內戰初期發生於山東的漣水、萊蕪、孟良崮戰役）、人物（國民黨軍將領張靈甫）與藝術虛構加以結合。故事的展開方式和人物活動的具體描寫，主旨在於對「正義之師」的力量源泉的揭示，回答勝利取得的根據——這也是大多數「革命歷史小說」所要達到的目的。在表現 40 年代內戰的小說中，當時的評論一般認為，比起《保衛延安》來，它在思想藝術上出現重大進展。一是小說表現的戰爭生活範圍比較開闊；這不僅指寫到軍隊中的軍、師、團以至普通士兵的各個方面，而且也指把軍隊和百姓、前

----

[8] 1958 年第三版之後，因為彭德懷 1959 年作為「右傾機會主義分子」受到批判，《保衛延安》不再印行。1963 年 9 月 2 日，文化部下達秘密通知，指令各地對《保衛延安》「應立即停售和停止借閱」。次年又發出「補充通知」，對這部長篇的處置改為「就地銷毀」，「不必封存」。「文革」期間，小說更是受到反覆大規模批判。

[9] 吳強（1910-1990），江蘇漣水人，原名汪大同。30 拿到開始文學活動，在上海參加左聯。1938 年加入新四軍，從事文化宣傳教育工作。40 年代內戰，參加過萊蕪、淮海等戰役。除《紅日》外，另有長篇《堡壘》。

線和後方、指戰員的戰爭行為與日常生活加以連結的「橫向拓展」的藝術構思。二是人物創造上，作家意識到人物性格「豐富性」的重要，在維護（或不損害）性格的「階級特徵」的前提下，加重了思想情感、心理活動的筆墨，並在同一類型的人物間，賦予將他們加以區別的對比性特徵，如堅毅、嚴格與開朗、幽默感等。在堅持「正面人物」與「反面人物」的對立結構的基礎上，小說對「反面形象」（張靈甫等）盡可能避免漫畫化刻畫，在對其反動、虛偽等「本質」的描寫中，不迴避寫其幹練、謀略。這一切，據作者說是為了「警頑懲惡」，更凸出「反動人物的醜惡面目」所作的設計[10]。

　　在革命歷史小說中，梁斌[11]的《紅旗譜》和歐陽山的《三家巷》、《苦鬥》，是對於革命「起源」的敘述。在許多小說中，它通過對革命的參加者（主要是出生貧苦的工農民眾）的生活、心理動機的表現來實現[12]。在《紅旗譜》等小說中，則直接描述二、三十年代在鄉村和城市革命運動最早的孕育、開展的情形。據梁斌的回憶，為著寫作《紅旗譜》，他有過長時間的準備[13]。在作家看來，「史詩性」地概括中國農民在「民

[10] 吳強《紅日・修訂本序言》，北京，中國青年出版社1959年版。

[11] 梁斌（1914-1996），河北蠡縣人，原名梁維周。20年代末讀中學時，參加中共領導的革命運動。30年代初參加北方左聯。抗戰期間和40年代後期，在解放區從事文化宣傳工作。著有長篇小說《紅旗譜》、《播火記》、《烽煙圖》、《翻身記事》等。

[12] 在當代表現「革命歷史」的小說中，對受壓迫、被凌辱的生活情景的回顧，成為革命者投身革命的最初動機，並繼續成為增強其意志力，進行戰鬥動員的主要手段。這在60年代發展成為「憶苦思甜」的小說（戲劇）情節模式。

[13] 參見《漫談〈紅旗譜〉的創作》（《紅旗譜・代序》），北京，中國青年

主主義革命時期」的生活和命運，需要安排相當宏闊的生活畫
面和長卷式的結構。因而，小說被構思為多卷本 [14]。朱老忠、
嚴志和兩家幾代人的生活遭遇，是各部的主線，而這一時間發
生的「重大事件」，按時間順序組織為各卷的中心情節。和《創
業史》一樣，《紅旗譜》開頭也有獨立成章的「楔子」（《創
業史》是「題敘」），講述主人公或其先輩曾經的奮鬥：老一
輩農民朱老鞏和嚴老祥大鬧柳林鎮，赤膊上陣，拿鍘刀拼命，
朱老明對簿公堂，和地主打官司，但結果「都注定」以失敗告
終。這種有關革命「前史」的情節設計，一方面是將事件向深
處延伸，證明革命的歷史依據；另方面是為「正文」提供了鋪
墊和對比：他們的後代在「接觸了黨」之後從根本上扭轉了鬥
爭的性質和成果，終於「取得了很大的勝利」。通過這樣的
結構安排，小說完成了這樣的「敘事」：「中國農民只有在共
產黨的領導下，才能更好地團結起來，戰勝階級敵人，解放自
己。」[15] 在《紅旗譜》中，這一主題，主要通過對朱老忠等的
「成長史」（由傳統農民的家族仇恨，到獲得由「時代」、由
無產階級政黨所賦予階級意識和集體精神）來實現。朱老忠這
一人物，在英雄形象的位置，人物性格所具有的階級、時代內

出版社 1959 年版。

[14] 第一部《紅旗譜》（1958）寫 30 年代初在河北保定一帶農村開展的「反割
頭稅」鬥爭，和保定二師的學潮。第二部《播火記》（1963）主要寫發生
於 1932 年的高蠡暴動。第三部《烽煙圖》（1983）則寫抗日戰爭初起的農
村鬥爭情況。

[15] 同本章注 3。

涵，以及理想化要求上，都被當時的評論界看成這部小說凸出
成就的標誌，看成當代文學人物塑造的重要收穫[16]。

《紅旗譜》對農民革命和農民英雄性格在現代中國的「發
展規律」的描述，有著它的某些「獨特性」。作家在尋找著階
級鬥爭觀念、主題和鄉村風俗、傳統文本的聯結。這種聯結被
作者本人和批評家稱為小說的「民族氣魄」。這包括不同性格
人物的對比性設計（朱老忠與嚴志和，春蘭和嚴萍等），主要
人物性格中的「慷慨俠義」的「江湖」特徵，也包括生活情景
和文本構造的地方的，「民族」的色彩。鄉村風俗、傳統文本
的加入，雖說主要被看作是有助於推進觀念、主題的表達，但
有時也會使逸出有關歷史敘述的各種成文、不成文的「規範」，
使某些可能被遮蔽、刪除的因素，比如人的欲望，日常生活細
節，鄉村習俗、儀式等，得到有限程度的表現。中國古典小說
（《水滸傳》、《紅樓夢》等）在《紅旗譜》中，提供了表現
方法上的借鑒，也參與了人物性格、行為的構成。對這一地區
的民間語言的運用，也加強了小說表現的生活的歷史連續性，
而多少緩和了觀念、主題闡釋上的堅硬、緊張的程度。

---

[16] 當時的權威評論認為，朱老忠「是我們十年來（指 1949-1959——引者）文
學創作中第一顆光芒最明亮的新星，第一顆羽毛最豐滿的燕子」，馮牧、
黃昭彥《新時代生活的畫卷——略談十年來長篇小說的豐收》，《文藝報》
1959 年第 19 期。「在朱老忠身上，集中地體現了農民對地主世世代代的
階級仇恨，體現了為黨所啟發、所鼓勵的農民的革命要求」，周揚《我國
社會主義文學藝術的道路》，《文藝報》1960 年第 13、14 期合刊。

三、《紅岩》的寫作方式

　　《紅岩》[17]1961 年底出版後不到兩年的時間裏，就多次重印，累計達四百萬冊。到 80 年代，共印行二十多次，發行八百多萬冊，可以說是發行量最大的當代長篇小說。小說出版後到「文革」發生前的幾年間，《紅岩》的人物故事，被移植、改編為歌劇、話劇、電影、京劇、地方戲曲、說書的藝術形式[18]。在 60 年代，這部長篇被評論者稱為「黎明時刻的一首悲壯史詩」，「一部震撼人心的共產主義教科書」，「一本教育青年怎樣生活、鬥爭、怎樣認識和對待敵人的教科書」[19]。

　　《紅岩》的署名作者是羅廣斌、楊益言。他們並非專業作家，他們和劉德彬等，是書中所描寫的事件的親歷者。40 年代後期，在重慶從事中共領導的學生運動和地下工作時被捕。在四、五十年代的政權交替時期，在被稱為「中美合作所」的集中營裏，關押著許多為推翻國民黨政權而鬥爭的革命者。在國民黨政府軍隊潰敗，山城重慶為解放軍攻佔的前夕，他們中有人越獄逃出（如《紅岩》的作者），而多數被秘密殺害。50 年代，作為鬥爭和屠殺事件的倖存者和見證人，配合當時開展的各項政治運動，羅廣斌、楊益言、劉德彬著手搜集、尋訪死難者的資料，並在重慶、成都等地作過上百次的有關「革命傳統」

---

[17]　北京，中國青年出版社 1961 年 12 月出版。

[18]　知名的如歌劇《江姐》、電影《在烈火中永生》（水華導演，趙丹主演）等。

[19]　參見王朝聞、羅蓀、王子野、李希凡、侯金鏡《〈紅岩〉五人談》（《文藝報》1962 年第 2 期）、羅蓀、曉立《黎明時刻的一首悲壯史詩》（《文學評論》1962 年第 3 期）、姚文元《黑牢中的雄鷹》（《四川文學》1962 年第 5 期）等文。

的報告，講述這一事件中革命者的英勇和敵人的殘暴。報告活
動雖說是講述「真實事件」，實際上已開始進入創作階段。據
聽過報告者回憶，羅廣斌講「白公館」中的「小蘿蔔頭」的故
事，「一次比一次講得豐富、具體、細節生動。看得出來，他
講故事不只是搜索著記憶，而且不斷在進行著由表及裏的思
索，展開了設身處地的想像」[20]。1956 年底，他們把口述的
材料加以記錄、整理，出版了「革命回憶錄」《在烈火中永
生》[21]，該書印數達三百萬冊。1958 年，共青團中央和中國青年
出版社建議羅廣斌等將這一題材用長篇小說的形式加以表現。小
說寫作在進入第二稿時，劉德彬因工作關係不再參加。第二稿由
於「既未掌握長篇的規律和技巧，基調又低沉壓抑，滿紙血腥，
缺乏革命的時代精神」而沒能成功。作者寫作的信心受到挫折。
在這種情況下，中共重慶市委決定讓羅、楊二人「脫產」專門
修改小說，並要重慶市文聯組織討論會，邀請各方面人士為小
說的寫作「獻計獻策」。這其間和以後，參與這一「寫作」活
動的有四川的一些作家和四川、重慶的政治領導人。1960 年 6
月，羅、楊二人到北京聽取出版社對修改稿的意見時，參觀了
陳列在軍事博物館和革命歷史博物館的各種「歷史文物」，包
括中共中央、中央軍委、毛澤東等在 40 年代末的電報、批示、
文件等。9 月，《毛澤東選集》第 4 卷出版，他們在閱讀了有關
文章後，覺得對當時的鬥爭形勢和時代特徵，有了深入的認
識，「找到了高昂的基調，找到了明朗的色彩，找到了小說的

---

[20] 參見《〈紅岩〉‧羅廣斌‧中美合作所》。
[21] 作者署名羅廣斌、劉德彬、楊益言，中國青年出版社 1959 年 2 月初版。

主導思想，人物也就從而變得更崇高、更偉大了」，小說的面目於是「煥然一新」[22]。這就是 1961 年 3 月完成的第三稿。在寫作期間，作者與出版社負責本書的責任編輯，以書信形式對寫作、修改進行細緻討論。1961 年 6 月，完成了第四稿。8 月，羅、楊又一次到北京，在出版社編輯的協同下，作了最後一次的修改。

　　《紅岩》約十年的成書過程，是當代文學「組織生產」的一次實踐。這種「組織生產」的方式在戲劇、電影的製作中是經常使用的，在「個人寫作」的文學體裁中並不一定常見，但也不是絕無僅有 [23]；而在後來的「文革」期間，則幾乎成為重要作品的主要生產方式。創作動機是充分政治化的。作者從權威論著、從更掌握意識形態含義的其他人（通常是政治領導人，或文學界權威作家）那裏，獲取對原始材料的提煉、加工的依據，放棄「個人」的不適宜的體驗，而代之以新的理解和藝術方式。因而，從某種意義上說，《紅岩》的作者是一群為著同一意識形態目的而協作的書寫者們的組合。

　　四、五十年代之交是中國現代歷史轉折、黑暗與光明交替的時刻，是「新時代」的誕生——這種歷史意識，已在 50 年代的歷史、文學的敘事中確立。《紅岩》以對「革命」的更具純潔性的追求，來實現對這一歷史時間的「本質」的講述。它以更加分明、強烈，更帶象徵性，也更帶「人生哲理」的方式，來處理這一事件和所賦予的種種含義。小說的主要篇幅放在獄

---

[22]　馬識途《且說〈紅岩〉》，《中國青年》1962 年第 11 期。
[23]　大多出現在缺乏寫作經驗的工農「業餘作者」的創作那裏，如陳登科的《活人塘》，高玉寶的《高玉寶》，曲波的《林海雪原》等。

中鬥爭上，但同時也涉及中共在城市的地下組織所領導的革命運動，並安排了四川華鎣山根據地的武裝鬥爭和農民運動的另一條線索。1948年至1949年國共戰爭的情勢，國民黨軍隊的潰敗和政權的瓦解，在小說中做了充分的描述。在這部小說中，革命者（許雲峰、江姐、成崗、華子良、齊曉軒等）與敵人（徐鵬飛等）的關係，被安放在兩個政治集團、兩種人生道路和兩種精神力量的較量的格局中。人物思想、性格，他們的言行、心理的刻畫，不再存在任何幽深曲折而徹底「透明化」。英雄人物的意志、信仰所煥發的精神力量，在肉體摧殘和心理折磨下的堅定、從容和識見，反面角色的狡詐、殘忍、虛張聲勢然而恐懼、絕望，在作品中都做出對比分明且有層次的，推向「極致」的描述。而許雲峰、江姐與徐鵬飛等面對面所進行的精神較量，以及有關政治、人生觀的「論辯」，成為強化小說的「共產主義教科書」性質的手段。這種情景類型的設計，極大地影響了六、七十年代的小說、戲劇創作。

四、革命的「另類」記憶

　　「革命歷史小說」的短篇體裁作家中，峻青、王願堅的寫作動機和對「記憶」的搜尋方式，「記憶」的性質有共通之處。王願堅[24]說，「我們今天走著的這條幸福的路，正是這些革命

---

[24] 王願堅（1929-1991），山東諸城人。1944年到抗日根據地，在軍隊裏當過宣傳員，報社編輯和記者。50年代初任《解放軍文藝》編輯，並開始發表短篇小說。1956年至1966年，參加「解放軍30年徵文」——革命回憶錄選集《星火燎原》的編輯工作。「文革」期間與陸柱國合作改編《閃閃的紅星》為電影文學劇本。出版的短篇小說集有《糧食的故事》、《黨費》、

前輩們用生命和鮮血給鋪成的；他們身上的那種崇高的思想品質，就是留給我們這一代人最寶貴的精神財富。」[25]——這提示了他和峻青所要講述的歷史故事的重點，和講述這些故事的現實動機。他們強調的是創造「幸福的路」的過程的艱苦和殘酷，並在這樣的背景上刻畫經歷血與火考驗的英雄。峻青[26] 在 1954年以後，發表了一組寫 40 年代發生於膠東半島的戰爭（包括抗戰和後來的國共內戰）的短篇，當時影響頗大的有《黎明的河邊》、《老水牛爺爺》、《黨員登記表》等。戰爭年代生活環境的險惡、殘酷，是這些小說所著力渲染的。在情節上，安排一系列的偶然因素、巧合，為人物佈置接連不斷的嚴峻境遇的磨難，以凸出英雄在酷刑、死亡面前的「超人」意志和力量。這種構思方式，後來也出現在他寫「當代」生活的作品中。由於峻青的作品具有這種「浪漫主義」的素質（誇張、渲染的語言風格，正面塑造高大、完美的英雄形象），他的作品在「浪漫主義」高漲的年代得到追捧，但在「落潮」的時候卻成為奚落對象[27]。相對於峻青描述的鋪張來，王願堅要顯得較為清晰、

《後代》、《親人》、《普通勞動者》、《王願堅小說選》等。

[25] 王願堅短篇集《後代》後記，北京，作家出版社 1958 年版。

[26] 峻青（1922-），原名孫俊卿，山東海陽縣人。抗日戰爭爆發後參加革命工作。40 年代開始文學創作。著有短篇小說集《黎明的河邊》、《海燕》、《膠東記事》，和長篇小說《海嘯》、《決戰》。

[27] 如短篇《山鷹》，寫一個雙目失明的復員軍人，經過磨難式的苦練，能夠如履平地般在懸崖峭壁穿行，並在 1958 年帶領山區農民鑿崖修路。《山鷹》發表後，受到很高評價。在 1962 年中國作協召開的短篇小說座談會（大連會議）上，這個短篇和趙樹理的小說，成為堅持政治、文學的浪漫主義者，與提倡「現實主義深化」者各自援引的例證式文本。《山鷹》被出席座談會的一些作家，不點名地奚落為剝光了毛的漂亮的，卻沒有生命的死豬。

簡練；從某種意義上講，他的短篇更接近於「故事」的形態。
《黨費》、《七根火柴》、《糧食的故事》、《三人行》等所
寫的 30 年代初「蘇區」鬥爭和紅軍長征，作者並未親歷過。但
王願堅 40 年代的軍隊生活，以及 50 年代參加《星火燎原》等
「革命回憶錄」叢書的組稿、編輯工作，幫助他掌握「革命歷
史」敘事的原則和方式。

　　比較而言，孫犁、茹志鵑、劉真 [28] 等在「當代」對「革命歷
史」的講述，是有所不同的方式。他們的帶有抒情性的作品，傳
達了更多的個人經驗，顯現了某種「另類」的色彩 [29]。孫犁 [30] 抗
戰和 40 年代的大部分時間，在晉察冀根據地的報社任編輯、學
校教員。作品有《荷花淀》、《蘆花蕩》等。50 年代以後一直
生活在天津，寫有短篇《吳召兒》、《山地回憶》、《小勝
兒》、《正月》，中篇《村歌》、《鐵木前傳》，長篇《風
雲初記》。50 年代中期以後，除散文隨筆，小說創作漸少。《風

---

[28] 劉真（1930- ）山東夏津人，原名劉清蓮。1939 年參加八路軍，在文工團工
作。50 年代初開始文學創作。著有短篇小說集《林中路》、《長長的流水》、
《英雄的樂章》等。

[29] 有的研究者將孫犁稱為「革命文學中的多餘人」，說「幾十年來，孫犁在
主流文學中的地位一直具有某種邊緣性」，「始終有些游離於主流文化的
話語中心」；他的「一生是充滿被動與無奈的，命運將他醫在一個與他的
個性、理想都貌合神離的文化中。」楊聯芬《孫犁：革命文學中的多餘人
——20 世紀中國文學論》第 1-3 頁，北京，中國文聯出版社 2004 年版。

[30] 孫犁（1913-2002），河北安平人，原名孫樹勳。30 年代後期參加革命。抗
戰期間在冀中、晉察冀邊區從事文化教育工作。著有長篇小說《風雲初記》，
中篇《鐵木前傳》、《村歌》，短篇集《蘆花蕩》、《囑咐》、《白洋淀
記事》、《荷花淀》等。80 年代以後，主要從事散文隨筆寫作。有七卷本
的《孫犁全集》。

雲初記》[31] 是孫犁唯一的長篇小說。小說寫「七七事變」後，冀中滹沱河沿岸子午鎮和五龍堂村莊的生活變遷，以及中國共產黨在這裏組織武裝、建立抗日政權的故事。雖有不少出色的段落，但也表現了在駕馭長篇體制上功力的缺欠。總體而言，孫犁小說的格局不大，有時且有平淡、重複之處。但是他的一些中短篇，因其鮮明特色而能夠穿越變幻的政治、文學風雨。

　　《鐵木前傳》寫鄉村中木匠黎老東和鐵匠傅老剛的友情，和友情的破裂。在五、六十年代，一般的評論認為，這種破裂反映了農業合作化運動初期，農村經濟變動出現的地位、身份分化，和由此帶動的人際關係的變化，涉及的是有關農村的「兩條道路鬥爭」的主題。80 年代以後，在「農業合作化」與「兩條道路鬥爭」已經不是一種規定敘事（甚至會被看作是對歷史作出「錯誤」敘述）的時候，對作品的闡釋也發生轉移。作者自己說，「這本書，從表面上看，是我 1953 年下鄉的產物。其實不然，它是我有關童年的回憶，也是我當時思想感情的體現」。又說，「它的起因，好像是由於一種思想。……這就是，進城以後，人和人的關係，因為地位，或因為別的，發生了在艱難環境中意想不到的變化。我很為這種變化所苦惱。」[32] 在對於農村「階級分化」的描述中，作品所表達的憂慮，確是有關淳樸、美、真摯友情在「時間」中不可逆轉的磨損、變異這一事實。「回憶」，是包括他的短篇在內的這些小說的結構框架，也是它們的情感基調：「這幾年生活好些，卻常常想起那幾

---

[31]　《風雲初記》第一、二集由人民文學出版社分別出版於 1951、1953 年。1962
　　　年改定第三集後，與前兩集一起由作家出版社出版合編本。
[32]　《孫犁文集》自序，天津，百花文藝出版社 1982 年版。

年的艱苦」（《吳召兒》）；「這種藍的顏色，不知道該叫什麼藍，可是它使我想起很多事情」（《山地回憶》）；「在人們的童年裏，什麼事物，留下的印象最深刻？」（《鐵木前傳》）……現實中感受到的情感缺陷，制約了經驗的提取和構成方式。「戰爭」、「革命」的意義，在孫犁的小說中，大體上被表現為給存在於民間的生活信心、淳樸人性提供一種充分展示的「典型環境」。在發生革命和戰爭的冀中鄉村的背景上，孫犁以情感化的想像，來創造「極致」的生命形式和人際關係。這種理想的生命形式，更多體現在他筆下的年輕女性身上。孫犁小說在結構行文上近於散文。並不追求故事性，藝術重心是表現流貫於生活過程間的情緒和氣質。但又不耽溺於感傷。敘述者的情感介入，因了不落俗套的用語，和明晰、恰切的描述而得到控制。在五、六十年代，小說由於強調「典型環境」和「典型人物」的創造，提倡「正面描寫時代的巨大鬥爭生活」，孫犁的這種抒情的、散文化的小說，自然難以獲得更高的認可。推崇、辯護他的「纖麗的筆觸和細膩的情調」的批評家，也不得不對他提出這樣的規勸：「對我們時代的風貌進行更廣泛的描繪」，「對人物性格進行更完整、更深刻的刻畫」[33]。

　　茹志鵑[34]五、六十年代的短篇，收在《高高的白楊樹》、《靜靜的產院》兩個集子中。這些作品的取材，一類是50年代上海里弄及近郊農村的生活。其中，《如願》、《春暖時節》、

---

[33] 黃秋耘《關於孫犁作品的片斷感想》，《文藝報》1961年第10期。
[34] 茹志鵑（1925-1998），原籍浙江杭州，生於上海。1943年參加新四軍，從事文化宣傳工作。主要小說集《關大媽》、《高高的白楊樹》、《靜靜的產院》、《百合花》、《草原上的小路》等。

《里程》、《靜靜的產院》等，寫在生活潮流的誘發和推動下走出家庭的「家庭婦女」，她們的行為和細微的心理變化。對女性命運的這種關注，同50年代創作一樣，主要納入對婦女的社會政治動員的主題中。另一類寫40年代的戰爭生活（《關大媽》、《澄河邊上》、《三走嚴莊》），這與她曾參加新四軍的經歷有關。最負盛名的當是發表於1958年的《百合花》[35]。她的有關戰爭生活的小說與現實生活並不發生直接關聯。不過，這種「封閉」的方式，只能在結構、敘述的層面上理解，「回憶」的動機和敘述的內在依據，不難辨識與現在時間的關聯；它們是作為參與生活「統一性」的組織而被索取和重新構造的。《百合花》寫發生於前沿包紮所的一個插曲：出身農村的軍隊士兵，與兩個女性在激烈戰鬥間的情感關係。這個短篇在當時和此後受到的肯定，主要來自兩個方面。一是在50年代短篇藝術上所達到的示範性成績。它的注重構思和剪裁，故事發展與人物刻畫的密切結合，結構的「細緻嚴密」且「富於節奏感」，以及「通篇一氣貫穿，首尾靈活」的「前後呼應的手法」[36]——這些，切合將西方19世紀現實主義短篇傑作看作範本的批評家（如茅盾、魏金枝等）的理想。他們以之為例，來「矯正」當時短篇創作散漫拖沓、手法粗疏的弊病。除此之外，《百合花》又是在一種「規範性主題」的成功表達上受到肯定。

---

[35] 這與茅盾當時對它的高度評價有一定關係。在《談最近的短篇小說》（《人民文學》1958年第6期）一文中，茅盾用很大篇幅來分析這個短篇，稱「這是我最近讀過的幾十個短篇中間最使我滿意，也最使我感動的一篇。它是結構謹嚴，沒有閑筆的短篇小說，但同時它又富於抒情詩的風味。」茅盾《談最近的短篇小說》第14-15頁，北京，作家出版社1958年版。

[36] 茅盾《談最近的短篇小說》。

批評家（如茅盾）很快便把這一故事歸結為「反映了解放軍的崇高品質（通過那位可敬可愛的通訊員），和人民愛護解放軍的真誠（通過那位在包紮所服務的少婦）」這一「許多作家曾經付出了心血的主題」。80 年代以後，出於對「政治性主題」的疏離與厭棄，它的主題的闡釋發生變化。作家本人認為它表達了對當代生活的憂慮 [37]，而有的研究者則強調，戰士的崇高品質和軍民的魚水關係不過是外在的，用以遮蓋人物之間模糊曖昧的情感關係的框架，使對這種微妙感情關係的表達，在當時嚴格的題材「管制」中，不被質疑而取得合法地位。茹志鵑在「文革」結束後的一段時間裏，還繼續有短篇小說發表。《剪輯錯了的故事》、《草原上的小路》等，被列入顯示「新時期」小說最初收穫的作品名單之中。

　　在 50 年代，以抒情性敘述方式來表現革命歷史的短篇，還有劉真的《核桃的秘密》、《我和小榮》、《長長的流水》，以及蕭平的《三月雪》等。女作家劉真的《英雄的樂章》[38] 與

---

[37] 茹志鵑在 80 年代解釋說，當時之所以回憶戰爭年代，是「反右派運動」造成的對社會和家庭的影響使她十分苦惱，每天晚上都「不無悲涼地思念起戰時的生活，和那時的同志關係」，「《百合花》便是這樣，在匝匝憂慮之中，緬懷追念時得來的產物」。見《我寫〈百合花〉的經過》，《茹志鵑研究專集》，杭州，浙江人民出版社 1982 年版。

[38] 《英雄的樂章》寫出後，作者提請刊物和一些作家聽取意見，並沒有打算立刻發表。但是卻在不經作者同意的情況下，小說便在《蜜蜂》（當時河北省作協的機關刊物）1959 年第 24 期，作為供批判的附發材料刊出，以配合當時開展的批判人性論、批判「現代修正主義」運動。該刊同期登出署名評論員文章《高舉毛澤東思想紅旗，堅決反對修正主義思潮》，稱這篇小說「以資產階級人道主義觀點，看待革命戰爭和愛情問題，將個人幸福和革命事業對立起來」。此後的《蜜蜂》連續三期發表了康濯、劉流、束沛德、李滿天等作家、批評家的批判文章，批判並在其他刊物進行。重

她個人的生活、感情經歷有關。女性敘述者以傷感、懷念的語
調，講述她和陣亡的八路軍指揮員的愛情，和他的英雄業績。
這個短篇在 1960 年以「宣揚資產階級人性論」為由，受到文學
界的批判。

五、《青春之歌》及其討論

《青春之歌》寫的是知識份子在革命中的「成長史」。在
當代，類似的長篇還有高雲覽的《小城春秋》[39]。《小城春秋》
描述的是 20 年代末、30 年代初中共領導的福建廈門的革命鬥
爭。在表現「城市地下工作」的作品中，《青春之歌》和它被
稱為「一北一南，互相輝映」[40]。當然，就它們在「當代」的影
響而言，《小城春秋》無法和《青春之歌》相提並論。

楊沫[41] 雖然三、四十年代寫有短篇小說、散文多篇，但大
都佚失。1950 年出版的中篇《葦塘紀事》沒有引起注意。《青

要文章有：王子野《評劉真的〈英雄的樂章〉》（《文藝報》1960 年第 1
　期）、康濯《同根長出的兩株毒草——略談〈英雄的樂章〉和〈曹金蘭〉》
　（《蜜蜂》1960 年第 1 期）、《戰士批判〈英雄的樂章〉》（《解放軍文
　藝》1960 年第 5 期）等。

[39] 高雲覽（1910-1956），福建廈門人。曾參加中共領導的革命活動和左翼作
　家聯盟。抗戰開始後，生活於馬來西亞、蘇門答臘等地，從事教育和抗日
　活動。1950 年回國居天津。長篇《小城春秋》由作家出版社出版於 1956
　年。作品在「文革」中受到批判。

[40] 馮牧、黃昭彥《新時代生活的畫卷——略論建國十年來長篇小說的豐收》，
　《文藝報》1959 年第 19 期。

[41] 楊沫（1914-1995），湖南湘陰人，原名楊成業。在北平上中學，後在河北
　香河、定縣等的任小學教員。30 年代末參加革命活動，在晉察冀邊區從事
　文化宣傳與婦女工作。出版有《葦塘記事》、《青春之歌》、《芳菲之歌》、
　《英華之歌》等。

春之歌》1958年初出版後，僅一年半的時間就售出130萬冊，成為在這期間長篇小說中僅次於《林海雪原》的「暢銷書」。在初版的同年，就被搬上銀幕，成為「建國十周年」的「獻禮片」之一受到歡迎[42]。小說《青春之歌》在60年代的日本、香港、東南亞等國家和地區，也擁有大量讀者。1960年日文版在日本發行後的五年中，印刷12次總數達20萬部。這部長篇帶有「自敘傳」色彩，可以看到以作者30年代的生活作為寫作重要素材的明顯根據。除個別章節外，全書以主人公林道靜的遭遇、經歷作為描述的線索：抗拒養母為她安排的官太太的道路，逃離家庭；在北戴河屢遭挫折對前景絕望的時刻，得到余永澤的救助；受抗日烽火和學生運動的感召，和盧嘉川、江華等共產黨人的階級啟蒙教育；認識到余永澤的平庸、自私，在政治、生活道路上與之決裂；投身於抗日救亡運動，成為無產階級的革命者。故事發生在1931年的「九・一八」事變到1935年的「一二・九」運動之間。這個時期的社會政治風雲和事變，構成人物生活道路選擇的決定性因素。小說結構前半部較為完整，後面則略嫌鬆散。對林道靜的情感、心理的刻畫在許多部分細緻真切。一些場景的描述，能傳達特定時代、地域的氣氛和特徵。但作品語言缺乏個性，也缺乏變化；在長篇寫作上，運用多種敘事手段的意識不很自覺。這些不足，當時的批評家在瑕不掩瑜的前提下就已指出過[43]。

---

[42] 楊沫改編，崔嵬、陳懷皚導演，謝芳、康泰、于洋、于是之等主演，北京電影製片廠出品。

[43] 參見茅盾《怎樣評價〈青春之歌〉》（《中國青年》1959年第4期）等文章。

在「十七年」中，由於「知識份子」為中心人物始終是個需要謹慎處理的問題，所以，在談及《青春之歌》（連同《小城春秋》）的題材類型和作品主旨時，更多概括為表現共產黨人在民族危亡時刻承擔起決定民族命運的「歷史責任」，組織民眾進行英勇鬥爭等。在許多評論文章中，也首先提及作品中的「英雄形象」（盧嘉川、江華、林紅等）的塑造。因而，儘管盧嘉川等並非主要人物，形象單薄且不清晰，但連一些訓練有素的批評論家，也要以他們的存在，作為肯定這部作品的首要理由[44]。80年代以後，小說中存在的中心因素得到確認，有關中國現代知識份子道路（「成長史」）問題被著重提出，另外，還從女性命運的主題上得到討論[45]。林道靜的愛情、婚姻遭遇，隱含著複雜的性別問題。但有關女性命運的主題因素，在作品中是被壓抑、被淡化，主要當作階級立場、階級意識的矛盾和轉變的因素來處理。小說在否定戴愉、余永澤、白莉萍等的選擇的同時，通過林道靜的「成長」來指認知識份子惟一的出路：在無產階級政黨的引領下，經歷艱苦的思想改造，從個人主義到達集體主義，從個人英雄式的幻想，到參加階級解放的集體鬥爭──也即個體生命只有融合、投入以工農大眾為

---

[44] 何其芳《〈青春之歌〉不可否定》（《中國青年》1959年第5期）中說，《青春之歌》「粗粗一看，好像它的題材是寫青年知識份子的生活」，事實上，「裏面最能吸引廣大讀者的是那些關於當時的革命鬥爭的描寫」。楊沫在《我為什麼寫〈青春之歌〉？》中也說，她寫這部小說的最初願望是要表現那些英勇犧牲的共產黨員的形象。

[45] 參見孟悅、戴錦華《浮出歷史地表》、陳順馨《中共當代文學的敘事與性別》、李楊《50-70年代中國文學經典再解讀》等著作中的相關章節。這些研究著作，都注意到作品中「男性」與「政治」、「革命」、「引領者」，「女性」與「被引領者」之間的可互換的關係。

主體的革命中去，她的生命的價值才可能得到證明。在知識份子通過改造以獲得「本質」成為嚴重問題的五六十年代，《青春之歌》的這一敘事，正是這部事實上以知識份子為主人公的長篇獲得肯定的原因。

　　小說出版一年後，《中國青年》和《文藝報》刊登了批評《青春之歌》的文章[46]，認為林道靜的塑造存在「較為嚴重的缺點」，「作者是站在小資產階級立場上，把自己的作品當作小資產階級的自我表現來進行創作的」，林道靜「從未進行過深刻的思想鬥爭，她的思想感情沒有經歷從一個階級到另一個階級的轉變」，「可是作者給她冠以共產黨員的光榮稱號，結果嚴重的歪曲了共產黨員的形象」。另外，文章還批評小說「沒有很好地描寫工農群眾」，林道靜「自始至終沒有認真地實行與工農大眾相結合」。在一篇支持這種批評的文章中，還對林道靜與盧嘉川、江華等的愛情、婚姻生活的「道德性」，提出嚴厲的質疑。隨後，《文藝報》、《中國青年》、《人民日報》、《中國青年報》等報刊就《青春之歌》的評價，或開闢討論專欄，或刊登專題文章。大多數讀者和批評家（巴人、馬鐵丁、袁鷹、何其芳、茅盾等），以及組織這些討論的報刊，都持「保護」這部小說的態度，指出《青春之歌》的「全盤否定」者的批評是主觀主義、教條主義的[47]。《青春之歌》的批評者，強

---

46 郭開《略談對林道靜的描寫中的缺點——評楊沫的小說〈青春之歌〉》（《中國青年》1959年第2期）、《就〈青春之歌〉談文藝創作和批評中的幾個原則問題——再評楊沫同志的小說〈青春之歌〉》（《文藝報》1959年第4期）。

47 參見茅盾《怎樣評價〈青春之歌〉》（《中國青年》1959年第4期）、何其芳《〈青春之歌〉不可否定》（《中國青年》1959年第5期）、劉導生

調的是文學創作要表現「階級本質」，對「歷史本質」的表現
必須「完美」；他們以這一眼光，看到小說的表達與「本質」
的「純粹」、「徹底」之間的距離。而小說的保護者則出於寫
實小說的「文學性」在這種批評中可能受到的傷害，出於對知
識份子改造（階級本質化）的後果的憂慮，來為小說描述的某
些非純粹的「自然性」辯護。在 1959 年，後者的主張獲得支配
地位。但到了「文革」期間，當「激進」的文學思潮成為絕對
的控制力量時，《青春之歌》的這種「不純性」使它成為「毒
草」；而當年被壓制的批評者也就有理由認為，正是他們「超
前」地把握到了問題的實質。

　　就在討論當年，楊沫「吸收了這次討論中的各種中肯的、
可行的意見」，對這部小說做了修改。1960 年的修改本，改動、
刪削了那些林道靜在「接受了革命教育以後」仍然流露的「小
資產階級感情」，並增加表現林道靜在深澤縣與工農結合的八
章，和「力圖使入黨後的林道靜更成熟些，更堅強些」的參加、
領導北大學生運動的三章 [48]。對於這種修改，80 年代以後的不
少批評家和文學史家持批評的意見。也有論者認為修改本是對
初版的重要缺點的彌補，是必要、成功的。這種分歧，是 50 年
代爭論的不同立場的延續。《青春之歌》和在八、九十年代出
版的另兩部長篇《芳菲之歌》和《英華之歌》，在內容上有著
連續性，被稱為「青春三部曲」。但後兩部幾乎沒有產生什麼
反響。

　　《關於〈青春之歌〉的時代背景》（《文藝報》1959 年第 6 期）、馬鐵丁
　　《論〈青春之歌〉及其論爭》（《文藝報》1959 年第 9 期）。
[48] 楊沫《〈青春之歌〉再版後記》，北京，人民文學出版社 1960 年版。

　　在五、六十年代，小說的「歷史敘事」也有不多的作品涉及非現代「革命歷史」的題材，如姚雪垠[49]的長篇《李自成》，以及 60 年代初的一批「歷史題材」短篇[50]。

　　《李自成》自然不能稱為「革命歷史小說」。不過，其寫作觀念和敘事方式，與上面論及的革命歷史小說又有某些相似之處。在姚雪垠寫作《李自成》的時期，農民起義被當作 20 世紀現代革命的「歷史資源」。50 年代初，電影《武訓傳》受到批判的主要理由，是它「用革命的農民鬥爭的失敗作為反襯」以歌頌「狂熱地宣傳封建文化」的武訓，這是「汙衊農民革命鬥爭，汙衊中國歷史」[51]。作為一種批判手段，1951 年拍攝了表現發生於武訓同一時代、同一地區的農民起義的影片《宋景詩》，相對照地提供了正確敘述「中國歷史」的方法。因而，以「歷史唯物主義和辯證唯物主義」的立場來「解剖」封建社會[52]的《李自成》，與直接表現現代革命運動的那些「革命歷史小說」，一起參與了對現代歷史本質的揭示。

　　《李自成》共 5 卷。第 1 卷（上、下）出版於 1963 年，寫明崇禎 11 年 10 月，清軍進逼京城，官軍在潼關和李自成的農民軍激戰，崇禎在和戰問題上猶豫不決，明朝社會動蕩，皇室風雨飄搖。第 2 卷（上、中、下）和第 3 卷出版於 1976 和 1981

---

[49] 姚雪垠（1910-1999），河南鄧縣人，原名姚冠三。30 年代初開始發表作品。30-40 年代主要作品有小說《牛德全與紅蘿蔔》、《戎馬戀》、《差半車麥稭》。其著作收入《姚雪垠書系》（1-22 卷）。

[50] 《廣陵散》、《陶淵明寫「挽歌」》、《杜子美還家》等。

[51] 毛澤東《應當重視電影〈武訓傳〉的討論》，《人民日報》1951 年 5 月 20 日。

[52] 茅盾《關於長篇歷史小說〈李自成〉》，《文學評論》1978 年第 2 期。

年。第 2 卷寫李自成潼關之戰失利後，來到商洛山中，受到官軍、土豪、叛軍圍剿；李突圍入豫，聯合張獻忠，破洛陽，攻開封，氣勢達到頂峰。第 3 卷寫明清對峙的松山之戰，以及李自成與官軍在開封的戰鬥。最後兩卷寫李自成進北京，崇禎之死，起義軍進城之後的自滿腐敗，最後悲劇的結局 [53]。人物眾多，結構宏大。寫出明清之際的「歷史百科全書式」的長篇的企望，使小說呈現「全景式」的展開方式。從社會圖景而言，筆墨觸及從宮廷到民間，從都城到鄉村，從關內到關外，從政治到經濟、軍事，到農事百工等廣泛領域。第 1、2 卷有名姓人物已有二百餘人。小說特別注意表現這個時期各種社會力量的關係，如農民起義軍與明王朝的鬥爭，明王朝與清王朝的衝突，統治階級內部和各個農民起義軍之間的派系矛盾等。小說顯然十分重視表現複雜矛盾的社會階級根源，而在處理這些盤根錯節的關係時，把農民起義軍與封建王朝的矛盾作為「主要矛盾」。這種設計，為以歷史唯物主義的觀點來揭示「歷史規律」的目標所決定。

　　《李自成》1、2 卷曾得到較高評價，後幾卷批評界反應比較冷談。在 80 年代以後，對這部小說的褒貶發生過爭論。對這部皇皇巨著的一種批評意見是，小說的構思和描寫過於「現代化」：姚雪垠對於李自成、高夫人等形象，和對起義軍的描寫，

---

[53]　《李自成》全書 5 卷，約 320 萬字。2000 年由中國青年出版社出版的《姚雪垠書系》，將《李自成》分為 10 卷，分別以《潼關南原大戰》、《商洛戰歌》、《紫禁城內外》、《李信與紅娘子》、《三雄聚會》、《燕遼紀事》、《洪水滔滔》、《崇禎皇帝之死》、《兵敗山海關》、《巨星隕落》命名。

明顯地是以 20 世紀以井岡山為根據地的農民武裝作為參照。李
自成對革命事業的耿耿忠心，他的卓越的軍事才能，他的嚴以
責己、寬以待人，以及他的天命觀和流寇思想等弱點；起義軍
從小到大、由弱到強的原因；軍隊與百姓之間的「魚水關係」；
政治路線的正確和組織上的鞏固對軍隊發展的重要性——所
有這一切，都來自於對 20 世紀工農紅軍的經驗教訓的總結。
這是作者考察明朝末年那支起義軍的思想基點。從這樣的角度
看，將《李自成》歸入現代的「革命歷史小說」也不是沒有一
點道理。

第九章

當代的「通俗小說」

一、被壓抑的小說

雖說對「通俗小說」、「俗小說」等概念，從文學史的角度做出明確的界定並非易事，但是，在 20 世紀中國小說界，與「純文學」或「嚴肅文學」意義的那類小說並存的，還有另一類型小說的存在。言情、俠義、偵探、滑稽等的通俗小說，是近現代都市的文化產物。它們主要以都市中具有初步閱讀能力的市民階層為對象，具有消遣、娛樂的「消費性」。這類小說，從「五四」新文化運動開始到三、四十年代，往往被新文學作家看作是封建性、買辦性文化的體現而受到排斥，被排除在「新文學史」的寫作之外[1]。不過，作為一種文學事實，其寫作和閱

---

[1] 「文革」之後，嚴家炎最早提出不應將「通俗小說」排除在新文學研究之外。1980 年他在《從歷史實際出發，還歷史本來面目》一文中說，「建國以來，曾出版過多種《中國現代文學史》，這些著作名為『中國』，卻只講漢族，不講少數民族；名為『現代文學』實際上只講新文學，不講這個階段同時存在著的舊文學，不講鴛鴦蝴蝶派文學，也不講國民黨御用文學……」（《求實集》第 1 頁，北京大學出版社 1983 年版）。但唐弢在為嚴家炎《求實集》寫的序中，不同意這一看法，認為「現代文學應當是具有真正現代意義的全新的文學」，不應包括「舊文學和鴛鴦蝴蝶派文學」，「因為中國現代文學正是同舊文學、同鴛鴦蝴蝶派文學不斷較量中產生和壯大起來的。」（《求實集》序第 4-5 頁）

　　讀仍在繼續。而且，在這期間，「雅」、「俗」的兩條小說路線，在其相對獨立的發展過程中也存在著互相滲透、吸收、轉化等複雜的狀況，並出現某些關係比較和緩的階段 [2]。

　　40 年代後期，左翼文學界在確立文學方向的過程中，「通俗小說」（它們有時被稱為「舊小說」）再一次受到堅持「革命大眾文藝傳統」的作家的抨擊 [3]，50 年代之後，「通俗小說」基本上受到擯斥的對待。第一次文代會剛結束，上海就發生「可不可以寫小資產階級」的討論，北京後來也出現對蕭也牧寫作傾向的批判，這些事件，都涉及市民讀者群的趣味等問題，而表現了在這個問題上高度警惕的心理。但是，文學界領導者也

---

[2]　總體而言，抗戰以前，「新文學」與「通俗小說」保持著緊張的「對峙」關係，但在抗戰開始後，尤其是 40 年代前期，這種關係有所和緩。這與當時「全國文學界同人，應不分新舊派別，為抗戰救國而聯合」（1936 年《文藝界同人為團結禦侮與言論自由宣言》）的情勢有關。新文學陣營對通俗小說家及其創作的態度不再那麼嚴峻，並對通俗小說的「藝術元素」有所吸收，而通俗小說家的創作也加強了「思想性」，吸收了「現實主義」的藝術方法，而呈現了「互動」的關係。張恨水被選舉為中華全國文藝界抗敵協會理事，並在 1944 年 5 月他 50 壽辰時開展為他祝壽活動，是這種互相「接近」的象徵性事件。

[3]　茅盾在第一次文代會的報告（《在反動派壓迫下鬥爭和發展的革命文藝》）中說，在 40 年代國統區，「帶著濃厚的封建愚民主義氣味的舊小說和有些無聊文人所寫的神怪劍俠的作品，在反動統治勢力下散播其毒素於小市民層乃至一部分勞動人民中」。報告中批評的還有「『第三種』作品」，它們「用的是新文藝的形式，表面上可以不接觸政治問題，但所選擇的題材都以小市民的落後趣味為標準，或佈置一些戀愛場面的悲喜劇，或提出都市市民日常生活中一兩點小小的矛盾而構成故事⋯⋯」。《中華全國文學藝術工作者代表大會紀念文集》，新華書店 1950 年版。「左翼」作家外，崇奉「純文學」的「自由主義」作家此時對「通俗小說」的反對態度更為堅決，他們將左翼的「宣傳性」、「黨派性」文學，與商業化的「通俗小說」，同列為創作與欣賞的「低級趣味」。參見朱光潛《文學上的低級趣味》，《時與潮文藝》第 3 卷第 5 期（1944）。

意識到問題的複雜一面（「通俗小說」取材、藝術形式具有的難以取代的特徵，以及存在廣泛的讀者群），具體處理有時也有些猶疑。1949 年 9 月，剛創刊的《文藝報》召開了有平津常寫「長篇連載、章回小說」的作者[4]參加的座談會，「研究這類小說的寫作經驗與讀者情況，討論怎樣發展並改革這種形式」。座談會強調這種「舊形式小說」在內容和形式上改革的必要，卻沒有採取全盤否定的態度，「舊小說」作家也表示了創作有「新內容」的這類小說的熱情。[5]但是，如果否定這類小說的「消遣」、「娛樂」的性質，而「新內容」又意味著對言情、俠義等模式傳承的拒絕，「發展和改革這種形式」就將困難重重。果然，「舊小說」的個別作者（如張友鸞）創作的「新內容」的作品（《神龕記》），很快就受到批評，作者也做出檢討[6]。在 50 年代中期的文學「百花時代」，「通俗小說」、「通俗文藝家」的問題再次提出。在北京的通俗文藝出版社召開的，有陳慎言、張友鸞、張恨水、李紅等參加的座談會上，這些「通俗文藝家」為他們和他們的作品的現實處境，為他們的文學史地位做了辯護和爭取[7]。與此前略有變化的是，文學界對張恨水

---

[4]　出席的平津「長篇連載、章回小說」作家有劉雁聲、陶君起、陳逸飛、徐春羽、耿直（小的）、么其琮、金寄水、鄭證因、景孤血、劉植蓮、宮竹心（白羽）、左笑鴻、李熏風、連闊如等。

[5]　《爭取小市民層的讀者——記舊的連載、章回小說作者座談會》，《文藝報》第 1 卷第 1 期（1949 年 10 月出版）。

[6]　張友鸞《神龕記》，上海，新民報社 1950 年版。出版後，1952 年第 5 期《文藝報》、1952 年第 2、3 期《人民文學》發表了批評文章。張友鸞做了檢討：《對〈神龕記〉的初步檢討》，《文藝報》1952 年第 9 期。

[7]　參見《通俗文藝家的呼聲》，《文藝報》1957 年第 10 期。他們在座談會上，也在別的場合，通過辨析「章回小說」、「鴛鴦蝴蝶派」、「禮拜六

等的「通俗小說」，作了有保留的重新肯定，而表現了拓寬小說創作道路的意向。當時的評論界雖說著重指出《啼笑因緣》等小說「沒有能夠真實地反映出當時社會生活的本質，也沒有能夠動搖半封建半殖民地統治的基礎，它的反封建思想是十分軟弱和不徹底的」[8]，但通俗文藝出版社 1956 年，在對《啼笑因緣》、《八十一夢》等作品進行刪改、增添等處理之後，還是印行了它們的新版。在《啼笑因緣》新版「內容提要」中，以當時的評價標準承認它的某種價值：「這是一部具有反封建色彩的言情小說，……今天來看這部小說，對於描寫舊社會青年男女的戀愛悲劇，暴露當時封建軍閥的醜惡腐朽，仍然有著現實意義」。這種評價的基點，是要把《啼笑因緣》等與「內容反動、淫穢、荒誕」的「黃色書籍」區別開來，同時，也包含在還沒有生產出可以取代「舊小說」的，「面向大眾」的作品時「權宜」的意味。這和當時一些出版社並非單純為著學術研究目的出版《平妖傳》、《四遊記》、《照世杯》、《醉醒石》、《西湖佳話》等，在動機上有相近之處。

但從總的情況看來，「通俗小說」這一文學樣式，在「當代」基本處於「斷裂」、「消亡」的境地。過去的「通俗小說家」，有的移居香港（包笑天、徐訏），大多改行不再從事通俗小說寫作[9]。繼續從事文藝創作的，他們的作品的性質也發生

派」等概念，和對寫作歷史情景的回顧，為「章回小說」、「禮拜六派」等和他們的寫作做了辯護。
[8] 李興華《評張恨水的〈啼笑因緣〉》，《文藝學習》（北京）1956 年第 2 期。
[9] 周瘦鵑、予且、王度廬、鄭證因、白羽、耿小等或到學校、新聞機構任職，或成為文史館館員。

很大變化，而不再能放置於「通俗小說」的範疇之內，或者雖有「通俗小說」的撰寫，卻不在國內出版[10]。50 年代，北京、上海等地專事出版通俗文藝作品的出版社（通俗文藝出版社、寶文堂書店[11]、上海文化出版社等），很少再出版新創作的「通俗小說」；其「通俗」的文藝出版物，大多是評彈、故事、相聲、快書、地方戲曲劇本等戲曲和曲藝作品，而所謂「中篇說部」，也幾乎都是據戲曲、曲藝、傳說改編。晚清以來的以言情俠義等為主要類型的「通俗小說」，其命脈在大陸實際上已經中斷，而在台灣，特別是香港地區，則獲得承接與發展。

二、尋求新的替代

　　文藝創作要「教育」大眾，並為大眾所「喜聞樂見」，這是關係到文學「方向」的重大問題。從 30 年代開始，「左翼」文學界就進行「大眾文學」的理論探討和實驗。在「解放區」，以工農讀者（觀眾）為主要對象的「工農兵文藝」，成為構想中的主流文藝形態，出現了以趙樹理為標誌的作家。趙樹理的宣講式的小說，與「解放區」一些作者創作的章回體的小說（《洋

---

[10] 以張恨水為例，他 50 年代主要改編《孟姜女》、《秋江》、《磨鏡記》等為「中篇說部」。1957 年 10 月 26 日到 1958 年 6 月 24 日，在上海《新聞日報》連載《記者外傳》，並不成功而中途停止。他後來寫作的小說《逐車塵》、《重起綠波》、《鳳求凰》等，都交給中國新聞社在中國大陸之外發表。還珠樓主寫有歷史小說《杜甫》等，陳小青、孫了紅寫作「驚險、反特小說」。

[11] 寶文堂成立於清末同治（1862），主要出版演義小說、通俗小說、戲曲劇本、曲藝唱本、年曆等。1954 年公私合營，先後由北京的通俗文藝出版社、中國戲劇出版社領導。1961 年撤銷。1980 年恢復。

鐵桶的故事》、《呂梁英雄傳》、《新兒女英雄傳》等）[12]，它
們雖與張恨水等的「通俗小說」分屬不同的「流脈」（題材、
主題、讀者群等的區別），但之間也有一些相同點，如重視通
俗性，在藝術形式上，對傳統、民間形式的繼承和改造，採用
「舊小說」的章回體形式，運用接近日常口語的敘述語言，有
很強的行動性、故事性和傳奇色彩 [13]。不過，上述的作品，主
要表現農村生活，接受對象也更多考慮農村讀者。表現城市生
活與為城市市民階層讀者（這是現代通俗小說最主要的讀者群）
接受，對「左翼」文學來說，卻是個矛盾重重的難題。40年代
後期，南方的作家黃谷柳的小說《蝦球傳》[14]，是「左翼」文藝
界寫作「進步」的通俗小說以爭取小市民讀者的一次受到肯定
的嘗試 [15]。

---

[12]　《洋鐵桶的故事》（柯藍，1946年韜奮書店出版，1944年在延安的《邊區
文化報》連載時名為《抗日英雄洋鐵桶》），《呂梁英雄傳》（馬烽、西
戎，晉綏邊區呂梁文化教育出版社1946年版），《新兒女英雄傳》（孔厥、
袁靜，1949年5月25日至7月12日在《人民日報》連載，由上海的海燕
書店於當年出版）。

[13]　茅盾在評論《呂梁英雄傳》時說，它使用「章回體」形式，但又有所揚棄，
「在近30年來運用『章回體』而能善為揚棄，使『章回體』延續了新生命
的，應當首推張恨水先生。《呂梁英雄傳》的作者在功力上自然比張先生
略遜一籌。不過，書中對白的純用方言，卻是值得稱道的一個優點」，《關
於〈呂梁英雄傳〉》，《中華論壇》第2卷第1期，1946年9月。

[14]　1947年到1948年，在香港《華商報》副刊「熱風」（夏衍主持）上，連
載黃谷柳的《春風秋雨》、《白雲珠海》、《山長水遠》三個中篇，後合
為一冊取名《蝦球傳》，由新民主出版社出版。

[15]　茅盾指出，「蝦球那樣的流浪兒及其一群夥伴」，「正是香港小市民所熟
悉的人物」，「而『曲折離奇』、充滿著冒險的與統治階級所謂法律和社
會秩序開玩笑的故事，也滿足了小市民的好奇心」。這是這部小說「能夠
在落後的小市民階層獲得不少讀者的重要原因」。《關於〈蝦球傳〉》，
1949年《文藝報》（籌備全國文代會的刊物）第4期。

　　50 年代之後，「新型」的通俗小說的創作雖然沒有得到高度重視和著重提倡 [16]，但也不斷有相類似的，不同種類的作品問世。趙樹理等仍在實驗「評書體」的類型，發表了《登記》、《靈泉洞》等作品。長篇《烈火金鋼》也屬於借鑒評書的形式。50 年代出版的《鐵道游擊隊》、《敵後武工隊》、《林海雪原》，連同《烈火金鋼》，以及更早的《呂梁英雄傳》，都具有語言通俗，故事性強的特徵。由於它們表現革命戰爭情景，與過去的「傳奇小說」在藝術上有相近的特徵，這些長篇有的時候被稱為「革命英雄傳奇」[17]。另外在 50 年代，受到蘇聯文學影響，還出現了「驚險小說」的用以取代過去的「偵探小說」的類型 [18]。

　　知俠 [19]1938 年到延安參加革命。除長篇《鐵道游擊隊》外，還發表若干短篇作品。短篇《紅嫂》在 60 年代曾被改編為戲曲、舞劇等多種形式。《鐵道游擊隊》出版於 1954 年，受到讀者的喜愛而多次再版。小說寫抗戰期間，山東臨沂、棗莊一帶的鐵

---

[16] 50 年代以後，「大眾化」、「工農兵文藝」雖然仍被確立為文學的方向，其實，文學界領導者有更深的精英意識，即使是來自「解放區」的「通俗文藝家」和他們的創作，通常也被置於低一等的級別。
[17] 這一名稱最早來自於對《林海雪原》的評論：「它比普通的英雄傳奇故事要有更多的現實性，直接來源於現實的革命鬥爭」，「又比一般的反映革命鬥爭的小說更富於傳奇性，使革命英雄行為更理想地富於英雄色彩。」王燎熒《我的印象和感想》，《文學研究》（北京）1958 年第 2 期。
[18] 50 年代影響較大的「驚險小說」有陸石、文達《雙鈴馬蹄錶》，文達《奇怪的數目字》，尾山《夜行的旅伴》，國翹《一件積案》等。
[19] 知俠（1918-1991）河南汲縣人，原名劉兆麟。1938 年赴延安入抗日軍政大學，畢業後隨一分校到山東沂蒙地區，從事報刊編輯和文化宣傳工作。《烈火金鋼》外，還著有短篇集《鋪草集》、《沂蒙故事集》和長篇《沂蒙飛虎》。

路工人和煤礦工人，在中共領導下組織游擊隊，在臨棗、京浦鐵路線一帶展開活動。夜襲洋行、飛車奪槍、撬鐵軌、炸火車、化裝成日敵潛入臨城等，都是富有傳奇性的情節。在筆法、情節設計等方面，借鑒了俠義小說的表現方法。《敵後武工隊》（馮志）和《烈火金鋼》（劉流）均出版於 1958 年。前者以 1942 年日本軍隊對冀中根據地展開的「掃蕩」為背景，寫八路軍的武工隊在敵佔區所開展的鬥爭。《烈火金鋼》也以抗日戰爭為背景。八路軍排長史更新掩護主力部隊轉移時負傷，被村民救治，與鄉村革命政權幹部一起展開與侵略軍的鬥爭。書中最凸出，也流傳最廣的部分，是描述偵察員蕭飛的那些篇幅。蕭飛的足智多謀、神勇善戰、來去無蹤的刻畫，顯然融進傳統的武俠小說的因素。《烈火金鋼》採用章回體的評書形式，自覺地以說書的特殊要求來處理語言和情節：夾敘夾議的敘述方式，以及在故事構成上，將若干回目組織成一個故事的「大段子」，在段子與段子之間「挽上扣子」，以加強讀者（聽者）的懸念。有論者曾認為，《烈火金鋼》和《靈泉洞》表明了「新評書體小說的出現和存在」，並期望它們「不會是暫時的過渡的現象，它應該成為新小說的一種重要體裁」[20]。不過，這種期望並沒有完全實現。

　　在「當代」，最重要、影響最大的「革命英雄傳奇」小說，是曲波出版於 1957 年的《林海雪原》；小說以他 40 年代的親身經歷作為主要素材[21]。從 50 到 70 年代，這部小說多次重印，

---

[20]　依而《小說的民族形式、評書和〈烈火金鋼〉》，《人民文學》1958 年第 12 期。

[21]　曲波（1923-2002），山東費縣人。1938 年參加八路軍。1944 年後，擔任

並被改編為評書、戲曲、電影等多種文藝形式。它寫 40 年代內
戰初期，東北解放軍的一支 30 多人的小分隊，深入人迹罕至的
長白山區和綏芬草原，圍剿數十倍兵力於己的國民黨軍隊殘
部。四次戰鬥——奇襲虎狼窩、智取威虎山、綏芬草原大周旋
和大戰四方台——依次構成小說的情節線索。《林海雪原》對
於中國現代歷史的講述，與這個時期寫革命英雄的作品並無不
同，「它仍然寫出來了人民的軍隊的共同特點和革命的軍事鬥
爭的總趨勢」；但是，「因為它寫的是一支特殊的軍隊，在特
殊的地區，負有特殊的任務，因而產生了一套特殊的作戰方法，
它就又具有一種一般作品所沒有的獨創性。」[22]《林海雪原》的
「獨創性」，批評家大體上指出兩個方面：一是藝術方法方面
的「民族特色」，即借鑒中國古典小說如「水滸」、「三國」、
「說岳」等的結構和敘事方式。另一是誇張、神奇化賦予的故
事、人物的「傳奇性」，這包括人物活動的環境（深山密林、
莽莽雪原）的特徵，故事情節上的偶然性，以及人物性格的「浪
漫」色彩。《林海雪原》中給人印象最深刻的人物，並非作者
致力刻畫的指揮員少劍波，而是偵察參謀楊子榮，特別是他打
虎上山，假扮土匪進入座山雕匪巢的部分。這是因為《林海雪
原》的敘事雖服從「當代」整體的歷史哲學的框架，但小說在
對既往的「綠林傳奇」的「收編和征服」中，「綠林傳奇」的

團政治處主任、團政治委員等職。在任牡丹江軍區二團政委時，率小分隊
深入山區剿匪，《林海雪原》根據這一經歷創作。出版的長篇小說還有《山
呼海嘯》、《戎萼碑》、《橋隆飆》。

[22] 何其芳《我看到了我們的文藝水平的提高》，《文學研究》（北京）1958
年第 2 期。

那套話語仍產生某種魅力，「既暗示了另類生活方式，也承續了文化傳統中對越軌的江湖世界的想像與滿足」[23]。

　　五、六十年代的批評家雖然注意到「傳奇小說」的「類型」特徵，卻不願意確立這類小說的「敘事成規」的批評尺度。當時，小說「藝術成規」評價尺度，主要來自「經典」的現實主義。權威批評家雖然發現了這類小說的「價值」：「故事性強並且具有吸引力，語言通俗、群眾化」，因而「普及性也很大，讀者面更廣」，「是可以代替某些曾經很流行然而思想內容並不好的舊小說的」的，但緊接著就會指出它們這樣的「弱點」：「從更高的現實主義的角度來要求」，「思想性的深刻程度尚不足，人物的性格有些單薄、不成熟」，「對於當時的艱苦困難還是表現得不夠」。不只一位的批評家，還對書中「如此強烈」的「傳奇色彩」會「多少有些掩蓋了它的根本思想內容」表示憂慮[24]。這些問題的提出，既指向作品的某種欠缺，也反映「當代」文學界在是否應允、認可這一小說類型上暴露的尷尬和矛盾。

三、「都市小說」與工業題材小說

　　在三、四十年代，對於近代中國都市經驗的表達，主要由生活在上海的一些作者來承擔。其最具代表性的創作，一是30

---

[23]　黃子平《革命‧歷史‧小說》第60、70頁，香港，牛津大學出版社1996年版。

[24]　參見何其芳、王燎熒等評論《林海雪原》的文章，以及侯金鏡《一部引人入勝的長篇小說──讀〈林海雪原〉》。《文藝報》1958年第2期。

年代劉吶鷗、穆時英、施蟄存等的「新感覺派」小說，另外就是40年代張愛玲、蘇青等的寫上海市民日常生活的作品。這些小說，有時被稱為「海派」小說。在另外的場合，有的研究者則使用「市民小說」、「都市小說」的名稱。它們中的有些部分與「言情」的「通俗小說」重合，但又不是所有的創作都可以歸入「通俗小說」的行列。

「海派」小說在三、四十年代就受到「左翼」文學界的批評，進入50年代以後，更毋庸置疑地失去存在的合法性。一方面，在文化價值觀上，近代都市被看作是「罪惡的淵藪」，即資產階級道德和社會腐敗滋生的場所，需要施以革命的大手術加以改造；另一方面，都市文化（文學）本身具有的消費、娛樂的「腐蝕性」特徵，認為是必須予以批判和清除的。1949年關於「可不可以寫小資產階級」的討論，1950年對蕭也牧的小說《我們夫婦之間》的批判，都表現了進入城市的革命者和「左翼」文學家對於都市、對於產生於都市的「舊小說」的深刻疑懼。這種疑懼，後來進一步強化（如60年代的話劇《千萬不要忘記》（又名《祝您健康》）和《霓虹燈下的哨兵》中所表現的）。與此相關的是，「新感覺派」和張愛玲等，在五、六十年代大陸的文學史中被清除（他們的被重新發掘，是80年代以後的事情）。在這種情況下，作為現代的一種文學現象，表現現代都市生活經驗的「都市小說」的受挫和斷裂，就是必然的了。

當然，對於「當代」文學來說，城市有其不可忽略的重要性，也有急迫需要表現的對象，這就是作為「領導階級」的工人的勞動和生活，以及發生於工廠、礦山、建設工地的矛盾鬥

爭。這一文學題材被嚴格限定為「工業題材」創作。雖然受到重視和強調，「當代」的「工業題材」小說創作總體上乏善可陳。描述範圍的狹窄，人物、情節設置的公式化，是普遍性問題。在五、六十年代，這一題材的主要作品，長篇有《鐵水奔流》（周立波），《五月的礦山》（蕭軍），《潛力》三部曲（《春天來到鴨綠江》，《站在最前列》，《藍色的青棡林》，雷加），《風雨的黎明》（羅丹），《百煉成鋼》（艾蕪），《乘風破浪》（草明）；另外，有杜鵬程、陸文夫、胡萬春、唐克新、萬國儒、費禮文等的中短篇小說。周立波的《鐵水奔流》，比起他的《暴風驟雨》、《山鄉巨變》來大為遜色。蕭軍的《五月的礦山》的知名，更主要的原因是 50 年代聯繫蕭軍「歷史問題」進行的批判。《百煉成鋼》是艾蕪[25]1952 年到東北鞍山「深入生活」的成果。小說以某鋼鐵廠九號平爐三位爐長之間的關係，表現工人階級的勞動熱情，和公而忘私的高貴品質。這部長篇在當時受到較多肯定的主要理由是，不是簡單描寫生產過程，注意人物性格對比和衝突，並將工廠勞動，與工人日常生活、愛情、家庭關係等結合起來。然而，作品敘述語言的生澀，很難相信是出自《南行記》作者之手。在草明 [26]

---

[25] 艾蕪（1904-1992），四川新繁人，原名湯道耕。20 年代後期曾漂泊於昆明、西南邊境和緬甸、新加坡等地。30 年代初在上海開始發表作品。抗戰期間在桂林、重慶等地從事文學創作。著有《南行記》、《豐饒的原野》、《山野》等作品。50 年代以後的小說有長篇《百煉成鋼》、短篇集《夜歸》等。

[26] 草明（1913-2002）原名吳絢文，廣東順德人。30 年代初參加左聯，並開始文學寫作。1941 年赴延安。40 年代後期在東北工業企業任職和體驗生活，是她後來創作主要素材。著有《原動力》、《火車頭》、《乘風破浪》、《神州兒女》等小說。

的《火車頭》，尤其是《乘風破浪》這兩部長篇中，呈現了圍繞某一問題、事件展開「兩條道路鬥爭」的結構模式。這種模式，後來在不限於「工業題材」小說中頗有生命力地反覆搬演[27]。杜鵬程在《保衛延安》之後，轉而寫戰爭年代的指戰員在工業建設（主要是修建寶成鐵路）中的功績，以證明這些在「槍林彈雨」中「打江山」的戰鬥者，在建設生活中仍是國家的中流砥柱。中篇《在和平的日子裏》，短篇《延安人》、《工地之夜》、《第一天》等，人物形象、語言，刻意地保持著由戰爭所賦予的粗獷和冷峻。「工業題材」小說中，較凸出的還有陸文夫的短篇。他 60 年代的《葛師傅》、《介紹》、《二遇周泰》等，在當時受到茅盾等稱讚[28]；那大概是它們在構思的奇巧，帶有幽默韻味的敘述語言和情節，以及蘇州市民生活情趣的融入，是這些短篇提供的新的因素。

周而復[29]的多卷本長篇《上海的早晨》[30]，寫 50 年代初期上海工商資本家的生活，他們與工人的矛盾、鬥爭。這是五、

---

[27] 尤其是「文革」前夕和「文革」間的戲劇、小說，大多採用這一人物、情節模式。這一結構模式，一直延續到 80 年代的「改革小說」和類似題材的戲劇作品。在 90 年代以後的表現現實生活的許多「主旋律」創作中，得到承續和發展。

[28] 參見茅盾《讀陸文夫的作品》，《文藝報》1964 年第 6 期。

[29] 周而復（1914-2004）安徽旌德人，原名周祖式。30 年代開始文學創作，1938 年去延安。40 年代在晉察冀邊區、重慶、香港等地工作。主要作品有報告文學《諾爾曼·白求恩片斷》、長篇小說《白求恩大夫》、《上海的早晨》和《長城萬里圖》（共 6 卷：《南京的陷落》、《長江還在奔流》、《逆流與暗流》、《太平洋的拂曉》、《黎明前的夜色》、《霧重慶》）。

[30] 《上海的早晨》全書共四部。一、二兩部由作家出版社出版於 1958 和 1962 年，第三、四部由人民文學出版社出版於 1980 年。一、二兩部 1979 年再版時，作者作了許多的修改。

六十年代為數不多的以資本家為主要表現對象的小說 [31]。自然，它是在「資本主義工商業的社會主義改造」的政策框架中展開敘述的。工人階級在共產黨領導下，向「不法資本家」展開鬥爭，揭露其唯利是圖的本性，在鬥爭中團結、教育、改造，是這部龐大的作品的主要內容。毛澤東關於「民族資產階級」的「兩面性」的論述，是作者人物性格設計上的依據。不過，在這部作品中，還是展示了 50 年代初期城市生活變革的錯綜的軌迹，尤其是圍繞資產者的日常生活、經濟活動的圖景，和城市在改造過程中，原先城市中心力量迅速邊緣化過程中的複雜反應。

四、《三家巷》及其評價

歐陽山 30 年代參加過左聯，1941 年到延安。1947 年出版寫「解放區」農村生活的長篇《高幹大》。50 年代以後定居廣州，任華南和廣東地區文學界的主要領導職務。在五六十年代，歐陽山的小說有中篇《英雄三生》、《前途似錦》和短篇《鄉下奇人》、《在軟席臥車裏》、《金牛與笑女》等。發表於 60

---

[31] 由於以資本家為主要表現對象的題材「敏感」性質，和作者身份上的原因（50 年代周而復在上海，先後擔任中共中央華東局統戰部秘書長，上海市委統戰部、宣傳部副部長等職），第一、二部寫成後，曾送中央有關部門審核，並經中共上海市委常委正式討論同意後才出版。「文革」的 1968 至 1970 年間，《上海的早晨》被批判為「顛覆無產階級專政，復辟資本主義」的「大毒草」。上海讀者桑偉川不同意這種指認，堅持「十七年」對這部小說的肯定性評價（《評〈上海的早晨〉——與丁學雷商榷》《文匯報》1969 年 11 月 20 日），遂在上海掀起大規模批判運動，桑偉川也成為「資產階級辯護士」、「大工賊的應聲蟲」被判處七年徒刑。

年代初的這些短篇，由於題材的新穎和寫法的特別，而受到注意。這個時間他最重要的創作，是總題為「一代風流」的五卷本長篇。作者說，他 1942 年在延安時，就有了寫作長篇來反映「中國革命的來龍去脈」的計劃。這一設想到 1957 年才得以實施。第一卷《三家巷》和第二卷《苦鬥》分別出版於 1959 和 1962 年。由於「文革」的發生，其他各卷（《柳暗花明》、《聖地》、《萬年春》），延至 80 年代才全部出齊 [32]。小說以周炳的生活經歷來結構作品，時間貫穿自 1919 年到 1949 年的整個「新民主主義革命」時期。在這五卷中，《苦鬥》、尤其是《三家巷》寫得較為出色，其他各部，由於筆力已衰，也由於出版時時勢的變化，未引起讀者和評論界更多的注意。這當然是當代多卷本小說的通例，「一代風流」也不能避免 [33]。

　　《三家巷》的故事發生在「五四」運動後和「大革命」時期的廣州（有關家族歷史還回敘至晚清），而《苦鬥》則寫到「大革命」失敗後廣州近郊震南村的農民和農場工人的生活。與《紅旗譜》等長篇一樣，都是有關「革命」起源、過程的描述（即作者所說的，表現「中國革命的來龍去脈」），但也有著其他小說不同的特點。它選擇了對重大的歷史事變的側面描述的角度。「五四」運動、「五卅」慘案、省港罷工、中山艦事件、北伐戰爭等沒有成為中心情節，而只是作為背景，在小說中構成特定的時代氛圍。人物對革命鬥爭的參與，在大多數

---

[32] 《一代風流》一、二部由廣東人民出版社出版，1979 年人民文學出版社重版《三家巷》、《苦鬥》，並陸續出版其後三部。

[33] 柳青、梁斌、楊沫、曲波、姚雪垠等在當代寫作的多卷本長篇，大致都呈現水準逐漸下降的趨勢。

情況下，也不被設置為描述的重點（周炳參加廣州起義的部分，
應該說是個「例外」）。三家巷中幾個家庭的日常生活和父輩、
兒女之間複雜關係，構成故事的基本線索；因而或許也可以看
作是「編年史式的姻親家族敘事」[34]。周、陳、何三家分屬不同
的階級（手工業工人、買辦資產階級和官僚地主），對時勢、
政治有不同的立場和反應。但他們是近鄰，周陳兩家既是連襟
親戚，兒女又是同學。基於人情、事理，利害等複雜糾葛的都
市日常生活、家庭關係，在書中得到細緻描述。另一特點是人
物創造上。能留給讀者較深印象的，不是那些作者並非不經意
的革命者形象，而是周炳、陳文雄、陳文婷等有著性格複雜性
的人物。

　　這兩個「特色」，是60年代對小說評價上的分歧點，也是
小說內在結構矛盾的「根源」[35]。側重日常生活情景和親友、戀
人之間糾葛的描述，重視社會風俗和對周炳、陳文婷等的行為、
感情狀態的細緻描寫，在小說的批評者看來，是以生活風俗畫

---

[34]　參見夏志清《中國現代小說史》附錄一：「1958年來中國大陸的文學」。
　　台北，傳記文學出版社1979年版，劉紹銘譯。
[35]　《三家巷》、《苦鬥》出版後至「文革」發生前，發表的重要評論文章、著
　　作、材料有：王起《我們以在文學上出現區桃、周炳這樣的英雄人物形象而
　　自豪》（廣州《作品》1959年第11期），昭彥《革命春秋的序曲——喜讀
　　〈三家巷〉》（《文藝報》1960年第2期），易征、張綽《談談〈三家巷〉》
　　（上海文藝出版社1961年版），蔡葵《周炳形象及其他——關於〈三家巷〉
　　和〈苦鬥〉的評價問題》（《文學評論》1964年第2期），繆俊傑等《關於
　　周炳形象的評價問題》（《文學評論》1964年第4期），《小資產階級的自
　　我表現——關於〈三家巷〉〈苦鬥〉的討論綜述》（《文藝報》1964年第
　　10期），陸一帆《〈三家巷〉〈苦鬥〉的錯誤思想傾向》（《文學評論》1964
　　年第5期），謝芝蘭《〈三家巷〉〈苦鬥〉是宣揚資產階級思想感情的腐蝕
　　性的作品》（廣州《南方日報》1964年12月1日）等。

沖淡了革命氣氛，粉飾了殘酷激烈的階級鬥爭現實。即使是為
這兩部小說辯護的論者，也會指出這種描述方式對反映「整個」
階級鬥爭形勢和面貌帶來牽制，和作家對周炳的弱點「批判」
不夠，對他與諸多女性關係的描寫「格調不高」。這裏涉及的
是「革命小說」與舊「言情小說」的關係問題。從晚清到現代，
「革命」與「戀愛」已經是小說的基本模式之一。50 年代以後，
由於「革命」的崇高和「純潔」化特徵的強化，由於現代「言
情小說」受到的摒棄，作家對這一問題的處理更加謹慎。歐陽
山多少離開了這種嚴格的拘限。那種「革命加戀愛」的人物關
係和情節類型，傳統「才子佳人」言情小說的敘述方式和語言
格調，在他的小說中多有泄露。正因為如此，當時的一些批評
者，便會把《三家巷》、《苦鬥》的這種表現，看作是對陳舊
的美學情調和氣息的不健康迷戀。60 年代圍繞這些小說的爭
論，如果從小說類型的層面觀察，提出的正是「言情小說」在
當代的合法性和可能性的問題。《三家巷》的作者當然是要嚴
肅地講述，也多少明白「才子佳人」和他們的愛情，在現代革
命小說中既不應佔有太多篇幅，也不具獨立的性質——只有作
為對「革命」的或正或反的證明才能存在。但情愛的糾葛可能
展示的細膩、曲折，加上中國言情小說「傳統」所提供的藝術
經驗，在寫作中顯然成為更具誘惑力的因素而讓作者入迷。具
體描述導致的結果，有時反而襯托所著力描寫的「革命」的乾
枯和簡陋[36]。在確立表現對象、敘述方式、語言風格上的猶豫，
導致了小說（尤其是《三家巷》）結構上的內在矛盾。

---

[36] 夏志清認為，《三家巷》等似乎著力模仿《紅樓夢》模式，英俊瀟灑的周

炳，就是無產階級的賈寶玉，聰慧率直而又有幾分呆氣，害得兩個迷戀他的漂亮表姐妹終日昏頭昏腦。但第二部《苦鬥》，周炳原有氣質就「消弭於無形」了。夏志清又說，在「⋯⋯控制稍為鬆懈一些時，職業作家就回變到戰前上海和戰時重慶的文化心態，重新表現出為毛澤東在延安講話中所摒棄的人道主義思想和諷喻手法」。參見《中國現代小說史》附錄一：「1958 年來中國大陸的文學」。

第十章

在主流之外

一、「非主流文學」

　　50到70年代，文學主張和文學創作的統一性是這個時期文學的總體面貌，但在某個時候、某些作家那裏，時或有偏離規範的「異端」現象出現。對本時期的那些偏離、或悖逆主流文學規範的主張和創作，本書用「非主流」這一用語來表示。這一概念是在如下的含義上使用的：第一，它是相對於不同階段的那些被接納、被肯定、被推崇的主張和創作而言，是個「歷史的」概念。它所描述的範圍，它的性質，不能離開當時文學「規範」的狀況來抽象認定。因此，在一個時間裏被肯定和推崇的作品，在另一時間裏，可能會當作異端而受到批判。第二，「非主流文學」在一個高度一體化的文學語境裏，處於受壓制的地位。有的作品發表後受到批判，有的則沒能獲得「正式」[1]發表的機會，而在一定範圍的讀者間，以各種方式流傳[2]。第三，「非主流」的「異質」文學的出現，在50到70年代，呈現為

----

[1]　「正式」在這裏，指在由國家控制的公開出版物上發表。
[2]　通常使用方式有傳抄、手抄本傳閱等方式。在50-70年代，由於印刷條件的極大限制（主要是國家對印刷、出版的嚴格管理），「自印」的情況較少出現，這要到80年代之後，才會成為主要方式。

「階段性」的狀況。它們或產生於文學「規範」的要求有所放鬆，對「規範」發生多樣性理解的時期（如 1956-1957 年這一被稱為「百花時代」的階段，以及 60 年代初在政治、經濟、文學政策上進行調整的階段），或產生於文學控制雖十分嚴厲，社會卻存在某種個人寫作、「發表」的空間特殊歷史年代（如「文革」期間）。

　　從 40 年代末開始，在中國大陸文學界，被稱為「自由主義文學」的派別已失去他們的位置，另外，聯繫著 20 世紀西方現代文學的「先鋒性」探索，也被目為非法。在左翼文學成為唯一文學事實的情況下，文學的「非主流」現象，表現為相當集中的性質。衝突常發生在一些作家堅守的精神態度和文學觀念上。對於闡釋既定觀念的文學寫作方向的懷疑，對於保護和重建質疑和批判現實的「啟蒙意識」，和在解釋、想像世界上的人道主義，是大多數情況下「非主流文學」的思想、藝術特徵[3]。這與這些作家對中國的社會現實，對中國人的生存狀況和精神狀況的理解有關。當然，在「文革」後期，一部分「異端」的文學的性質，開始越過這一範圍，表現了對於左翼文學的觀念框架的超越的趨勢。

---

[3] 　在這一思想、文學觀念基礎上，這個時期作家提出的用以質疑、偏離「規範」的觀念、口號，有「干預生活」、「寫真實」、「文學是人學」、「現實主義深化」、「（題材、人物）多樣化」等。

二、最初的「異端」

　　50 年代初，陸續有一些作品受到批評。主要有蕭也牧的短篇《我們夫婦之間》，碧野的長篇《我們的力量是無敵的》，白刃的長篇《戰鬥到明天》，胡風的長詩《時間開始了》，卞之琳的詩《天安門的四重奏》，以及路翎的話劇、短篇等。

　　蕭也牧[4] 50 年代初發表了《我們夫婦之間》、《海河邊上》、《鍛煉》[5] 等中短篇小說。這些作品很快受到批判；這是 50 年代初文學界的重要事件之一。《我們夫婦之間》寫知識份子出身的幹部李克與工農出身的張同志，雖然家庭背景、文化水平、生活愛好有很大差異，但結婚後融洽而幸福，被當作「知識份子和工農相結合的典型」；待到戰爭結束進入城市之後，思想感情裂痕出現並加深。後來矛盾終獲解決，夫妻之間的感情又回復如初。對這一短篇，批評者責難它「依據小資產階級觀點、趣味來觀察生活，表現生活」，表現了「離開政治鬥爭，強調生活細節」的那種創作方法，其寫作動機是為了迎合「小市民的低級趣味」。另外，認為對工農幹部的描寫，表現了「玩弄人物」的態度。批評者還進一步提高作品錯誤的嚴重性質，稱

---

[4]　蕭也牧（1913-1970），浙江吳興人，原名吳承淦。30 年代末到晉察冀邊區參加革命，擔任《救國報》、《前衛報》編輯和劇團演員。1939 年開始發表文學作品。50 年代初因發表《我們夫婦之間》等受到批判。1957 年又被定位「右派分子」。在中國青年出版社期間，擔任《青春之歌》、《紅旗譜》責任編輯。「文革」期間再次受到批判、迫害，死於「五七幹校」，埋於「亂葬崗」而屍骨無存。生平簡介參見朱寨主編《中國當代文學思潮史》第 98 頁，北京，人民文學出版社 1987 年版。

[5]　《海河邊上》刊於 1949 年 12 月 9 日《天津日報》，《我們夫婦之間》刊於《人民文學》第 1 卷第 3 期（1950 年 1 月）。後者在發表後不久，由上海昆侖影片公司拍為電影。

它們「已經被一部分人當作旗幟」，用來反對「太枯燥，沒有感情，沒有趣味，沒有技術」的「解放區文藝」，而擁護「留在小市民，留在小資產階級中的一些不好的趣味」[6]。後來，蕭也牧發表了《我一定要切實地改正錯誤》的檢討文章[7]。——這一批評，被賦予了「保衛人民的文藝，現實主義的文藝」的嚴重意義。這反映「當代文學」對待城市日常生活表現和「市民趣味」的高度警惕性，也反映了「延安文學」在進入城市後面對的考驗，透露了這一文學的「保衛者」緊張、脆弱的畸形心態。

　　在 50 年代初，另一重要的批評，發生在路翎[8]的創作上面。《饑餓的郭素娥》、《求愛》、《財主底兒女們》作者的路翎，進入 50 年代以後，出版了話劇劇本《迎著明天》（《人民萬歲》）、《英雄母親》、《祖國在前進》，短篇小說集《平原》、《朱桂花的故事》。路翎被看作是「胡風集團」的中堅成員，他的創作又表現了某些「異端」因素，因而，50 年代初報刊便陸續有批評文章，針對話劇《祖國在前進》，短篇集《求愛》、《朱

---

[6] 參見陳涌《蕭也牧創作的一些傾向》（《人民日報》1951 年 6 月 10 日）、李定中（馮雪峰）《反對玩弄人民的態度，反對新的低級趣味》（《文藝報》第 4 卷第 5 期，1951 年 6 月）、葉秀夫《蕭也牧的作品怎樣違反了生活的真實》（《文藝報》第 4 卷第 7 期，1951 年 7 月）、力揚《蕭也牧寫作傾向的思想根源》（《中國青年》第 73 期）、丁玲《作為一種傾向來看——給蕭也牧的一封信》（《文藝報》第 4 卷第 8 期，1951 年 8 月）、康濯《我對蕭也牧創作思想的看法》（《文藝報》5 卷 1 期，1951 年 10 月）等文。

[7] 刊於 5 卷 1 期（1951 年 10 月）的《文藝報》。

[8] 路翎（1923-1994），出生於南京，原名吳嗣興。50 年代初期任職於中國青年藝術劇院創作組和中國戲劇家協會劇本創作室。曾到朝鮮前線「體驗生活」，創作反映朝鮮戰爭的劇本和短篇小說。1955 年被作為「胡風反革命集團」骨幹分子受到逮捕而銷聲匿迹。「文革」後始得平反。

桂花的故事》中的作品[9]。1953 至 1954 年間，路翎發表了以朝
鮮戰爭為題材的一組短篇：《戰士的心》、《初雪》、《你的
永遠忠實的同志》、《窪地上的「戰役」》。《初雪》寫志願
軍汽車司機劉強和他的助手，駕車將一批朝鮮百姓從前線地區
疏散到後方的經過；《窪地上的「戰役」》講述偵察班戰士王
應洪與朝鮮姑娘金聖姬的無法實現的悲劇性質的愛情。和當時
寫朝鮮戰爭的作品一樣，路翎所讚頌的，也是基於「國際主義
和愛國主義」精神的英雄行動。如果說到某種獨特的眼光的話，
那就是更多從個體的感性生活經驗和意識到的共同命運上，來
表現英雄人物的思想和行為依據。在《窪地上的「戰役」》中，
雖然十分謹慎，卻也接觸到戰爭和個人生活、命運的複雜關係
的問題。另外，這些小說表現了更關心人的心理現實的傾向；
通過人物的心理活動，將現實情景與過去的生活經歷、體驗加
以連接、對比，是敘述的基本方法。從這些條理化的，有時顯
得冗長、缺少變化的心理敘述中，可以見到進入「當代」之後，
路翎在藝術上出現的「衰減」迹象，但這仍是當時罕見的探索
情感、心理的豐富性的作品。

　　對這些短篇的批評，集中在《窪地上的「戰役」》（也涉
及《戰士的心》和《你的永遠忠實的同志》）上。在 1954-1955
年間的批評文章中，侯金鏡的《評路翎的三篇小說》[10] 最重要，

---

[9]　見吳倩《評路翎的短篇小說集《〈平原〉》（《人民文學》1952 年第 1 期），
　　企霞《一部明目張膽為資本家捧場的作品──評路翎的〈祖國在前進〉》
　　（《文藝報》1952 年第 6 期），陸希治《歪曲現實的「現實主義」──評
　　路翎的短篇小說集〈朱桂花的故事〉》（《文藝報》1952 年第 9 期）等。
[10]　《文藝報》1954 年第 12 期。劉賓雁（1925-2005），吉林長春人。記者、
　　特寫作家。40 年代初參加革命，1944 年加入中國共產黨。50 年代初在《中

也最具權威性。它認為除《初雪》外的幾篇作品，「有著嚴重的缺點和錯誤，對部隊的政治生活作了歪曲的描寫」；而《窪地上的「戰役」》「這篇作品實際上在某些讀者的心靈深處也形成了一個『戰役』，在那裏攻擊了工人階級的集體主義，支持了個人溫情主義，並且使後者抬起頭來」。批評者還揣摩了作者的動機，說路翎知道「部隊的紀律是玩忽不得的，於是對愛情故事的展開就下了苦心來經營，把愛情的主動安放在金聖姬那一方面」。批評者指出，路翎的這幾篇作品，說明了他「還沒有徹底拋棄他的錯誤思想和錯誤的創作方法」。對於這些批評，路翎撰寫長文做出回應 [11]。他情緒激動地拒絕批評者對他的小說感情「陰暗」、表現了「悲劇式」結果的指控，反覆申明他同樣認為，個體價值並非可以是情感、「歷史」評價的立場和尺度；他所要表現的，是戰士的個人生活與革命，和正義戰爭相一致的觀點。不過，路翎也指出了他和批評者的不同，

國青年報》任記者。1957 年被劃為「右派」。1987 年反資產階級自由化運動中被開除黨籍。後旅居國外。1955 年開始發表特寫（報告文學）作品。著有特寫《在橋梁工地上》、《本報內部消息》、《一個人和他的影子》、《風雨如晦》、《人妖之間》、《第二種忠誠》等。

[11] 路翎主要回應侯金鏡的批評文章《為什麼會有這樣的批評？》有 4 萬字，連載於《文藝報》1955 年第 1、2 期合刊和第 3、4 期上。中國作協機關刊物刊登這種在當時少見的「反批評」，並非想營造文學批評的「對話」氛圍，而是為即將開展的反「胡風集團」運動做準備。在 1955 年夏天，路翎成為「胡風反革命集團」骨幹成員之後，對他的這些小說的批判升級，稱《窪地上的「戰役」》「帶著及其陰毒的反革命使命，它直接針對著抗美援朝這個嚴重的鬥爭進行思想上的破壞」，「散佈消極、動搖、陰暗、感傷的情緒，散佈和平幻想和反動腐朽的資產階級思想感情」，「達到從精神上瓦解我們的隊伍的目的」（陳涌《認清〈窪地上的「戰役」〉的反革命本質》（《中國青年》1955 年第 14 期）。

這就是「愛國主義」等精神品質，不是抽象概念，而是與歷史
參與者的具體感性生活密切相關、從感性生活中提升的東西。
從這一體認出發，路翎在他的作品中，表達了對個體生命關切
的溫情，暗示戰爭與個人生活之間的矛盾，和可能出現的「悲
劇」（儘管他拒絕把他的小說與「悲劇」這一詞語聯繫在一起）。
而這正是路翎小說中存在的矛盾性因素的來源。

三、「百花文學」

　　1956 年和 1957 年上半年，中國思想文化領域出現重要的變
革。這在當時的「社會主義陣營」中，是帶有普遍性的現象。
毛澤東在 1956 年 5 月提出的「百花齊放，百家爭鳴」的發展科
學、文化的方針，給潛在於各個領域的強大的變革要求以推動
和支持。文學界出現了動搖、突破僵化教條的、類乎當時蘇聯
文學界「解凍」的現象 [12]。

　　1956 年第 4 期的《人民文學》，刊登了劉賓雁的特寫《在
橋梁工地上》[13]。當時主持這份雜誌編務的副主編秦兆陽在「編

---

[12] 當時的蘇聯文學界革新派的理論、創作，對中國 50 年代「百花文學」的出
　　現，有直接影響。「寫真實」、反對無衝突論等口號、主張的傳入；蘇聯
　　《共產黨人》雜誌專論《關於文學藝術中的典型問題》，《文藝報》1956
　　年第 3 期轉載，並開闢討論專欄；中國作協組織討論《拖拉機站長和總農
　　藝師》（尼古拉耶娃）、《區裏的日常生活》（奧維奇金）、《被開墾的
　　處女地·第 2 部》（蕭洛霍夫）等作品；西蒙諾夫等對社會主義現實主義
　　「定義」的質疑被中國革新者所引用；蘇聯研究性「特寫」、諷刺性「小
　　品文」等文體的「輸入」；……

[13] 在當代中國，「特寫」與「報告文學」一般是可以互換的體裁概念。但在
　　這個時期，劉賓雁、耿簡等的「特寫」，並不要求寫「真人真事」，而是
　　在「真人真事」基礎上，可以概括、虛構，著重提出問題。這種特寫稱為

者按」和本期「編者的話」中對它的褒獎溢於言表，說「我們
期待這樣尖銳提出問題、批評性和諷刺性的」、「像偵察兵一
樣、勇敢地去探索現實生活裏的問題」的作品，已經很久了。
後來，這份雜誌又刊發同一作者的產生更大反響的特寫《本報
內部消息》及其續篇。這一年的 9 月，《人民文學》還刊登了
另一位青年作家王蒙的短篇小說《組織部新來的青年人》。這
篇作品，在 1956 年底和次年年初，引發了在《文匯報》、《文
藝學習》等報刊上的熱烈爭論 [14]。在此前後，《人民文學》和
各地的一些文學刊物，紛紛發表在思想、藝術上的探索性作品，
它們或者在取材、主題上具有「新意」，或者提供了新的視點
和表達方式。比較重要的有：短篇小說《辦公廳主任》（李易），
《田野落霞》（劉紹棠）、《西苑草》（劉紹棠），《蘆花放
白的時候》（李准）、《灰色的篷帆》（李准），《沉默》（何
又化，即秦兆陽），《入黨》（耿龍祥）、《明鏡台》（耿龍
祥），《美麗》（豐村），《紅豆》（宗璞），《改選》（李

「研究性」特寫。這種體裁在中國一度流行，與劉賓雁對奧維奇金作品的
翻譯介紹有直接關係。50 年代中期以後，「研究性」的特寫在中國沒有得
到發展。

[14] 小說原稿經秦兆陽修改，發表時篇名由《組織部來了個年輕人》改為《組
織部新來的青年人》。「文革」後王蒙的選集、文集，這一短篇由作者恢
復為原篇名。對這篇小說的修改是當時文學界重要事件之一。修改的具體
情況，參見《關於〈組織部新來的青年人〉》（《人民日報》1957 年 5 月
8 日）。對這篇小說展開的討論，以《文藝學習》開設的討論專欄最有深
度。在 1957 年初，毛澤東多次對這篇小說發表看法。如 2 月 16 日，毛澤
東在中南海頤年堂與文學界主要負責人談話時說到，王蒙小說揭露官僚主
義，很好，但揭露得不夠深刻。王蒙有片面性，對正面的積極的力量寫得
不夠，正面人物林震寫得無力，而反面人物很生動。王蒙的小說有小資產
階級思想，經驗也還不夠，但他是新生事物，要保護。

國文），《小巷深處》（陸文夫）；特寫《被圍困的農莊主席》
（白危），《爬在旗杆上的人》（耿簡，即柳溪），《馬端的
墮落》（荔青）；詩《一個和八個》（郭小川，在內部批判，
未公開發表），《草木篇》（流沙河），《賈桂香》（邵燕祥）；
以及話劇（岳野的《同甘共苦》），和此時相當繁榮的諷刺性
雜文[15]等。

　　上述作品的絕大部分，都是短篇創作。這是因為，提倡「百
花」的這一時期，前後不過一年多的時間（其間還有過情況不
明、令人疑懼的曲折）。從時間、也從作家精神、藝術準備上，
都尚不足以將這種調整，融注進規模較大的作品中。另一個特
點是，寫作這些作品的，固然有豐村、秦兆陽等「老資格」作
家，主要的還是在四、五十年代之交走上文學道路的青年作者。
與40年代初在延安的那些作家（丁玲、王實味、艾青等）憑藉
已確立的聲望、影響來重建他們批評生活的權利不同，青年作
家擁有的更多是理想主義的朝氣。他們在革命中獲得政治信仰
和生活理想，也接受了關於理想社會的實現的承諾。但他們逐
漸看到現實與理想的距離，在新的思想形態與社會制度中發現
裂痕。他們從前輩作家那裏繼續了承擔「社會責任」的「傳統」，
並從蘇聯的同行那裏接過「寫真實」、「干預生活」的口號。

---

[15] 批評性的雜文的繁榮，是這個時期思想、文學變革的重要徵象。這與《人
民日報》等報紙1956年改版，提倡言論性的雜文寫作有關。1956-1957年
的雜文，著名的有《沉鍾的筆》（巴人）、《「廢名論」存疑》（任晦，
即夏衍）、《「言論老生」》（唐弢）、《犬儒的刺》（黃秋耘）、《「相
府門前七品官」》（吳祖光）、《「老爺」說的準沒錯》（秉丞，即葉聖
陶）、《武器、刑具和道具》（徐懋庸）等。但是有名的雜文作家還有嚴
秀林放等。

他們的這些創作，從表面上看呈現出兩種趨向。一種是要求創作加強其現實政治的「干預性」，更多負起揭發時弊、關切社會缺陷的責任。這些質疑和批評現狀的作品，旨在重新召喚在「當代」已趨衰微的作家的批判意識。另一種趨向，則在要求文學向「藝術」的回歸，清理加在它身上過多的社會政治的負累。後一種趨向，在內容上多向著被忽視的個人生活、情感的開掘。兩種趨向看起來正相反對，其實在作家的精神意向上互為關聯。社會生活的弊端和個人生活的缺陷，其實是事情的兩面。而個人價值的重新發現，也正是「革新者」探索、思考外部世界的基點。

《在橋梁工地上》的作者長期從事新聞宣傳工作，他的語言並不是那樣富於變化和色彩，形象、情緒的細微捕捉能力也非他之所長。包含著激情的思考、議論，是推動故事的主要動力。《在橋梁工地上》以記者採訪的敘述方式，寫黃河橋梁工地上老幹部、橋梁隊隊長羅立正，與他屬下的青年工程師曾剛的衝突。作品賦予羅立正的，是保守、維持現狀的思想性格特徵。他的工作態度和生活目標，是不遺餘力地「領會領導意圖」，以保護自己的地位和利益。這便與不墨守成規、要求變革的曾剛發生矛盾。尚處理得比較溫和的這一衝突，到了《本報內部消息》，便以尖銳、「採取了露骨的公開挑戰的態度」[16]展開。王蒙的《組織部新來的青年人》講述的是關於 20 世紀現代中國社會的「疏離者」的故事。抱著單純而真誠信仰的「外來者」

---

[16] 李希凡《所謂「干預生活」、「寫真實」的實質是什麼？》，《人民文學》1957 年第 11 期。

林震，來到新的環境，卻不能順利融入，他因此感到困惑。小
說的主題、情節模式，與丁玲在延安寫的《在醫院中》頗為近
似。投身革命的青年醫生陸萍來到根據地醫院，她無法處理想
像與事實之間的巨大裂痕，她與周圍的人發生磨擦，也有一個
異性的知音給予支持，但他們又顯得那樣勢單力薄。當然，比
起林震來，陸萍見過世面，林震對生活的純淨的幻覺，在她那
裏已有很大程度上的消褪。她的行動更富挑戰性，也更有心計。
《組織部新來的青年人》及其他的「干預生活」的創作，以富
於浪漫激情的青年知識者的敘述人身份，來描述他們所觀察到
的社會「危機」；在一些作品中，並表達了對於前景不能確定
的憂慮，和他們的「英雄」孤立無援的「悲劇」。

　　細緻綿密、也相當感傷的短篇《紅豆》（宗璞），是另一類
型創作中影響較大的作品；屬於 20 世紀現當代文學中革命與愛
情的傳統主題。北平某大學學生江玫和齊虹的愛情，被放置在
40 年代末動蕩的社會背景上。個人的生活道路與「歷史」的抉
擇，被描寫為「同構」的；制約著感情命運的主要因素，是對待
現實政治的不同立場和態度。因此，主人公（江玫）在群眾運動
中改造自己走向革命，也包括對自己脆弱、迷誤的感情經歷的反
省。但小說又包含著更複雜的成份，存在著敘事的內部矛盾。故
事是在敘事人反省式的回憶上展開的；然而，「反省」並不徹底。
在涉及當事人的愛情經歷時，便會或多或少地離開了「批判」的
立場，而同情了那種感情糾葛。因而，投身革命與個人感情生活，
在小說中並沒有被處理成完全一致。這正是小說在當時產生的魅
力。這種敘述上的分裂，當年的批判者就已指出：「作者也曾經
想……刻畫出小資產階級知識份子江玫經過種種複雜的內心鬥

爭，在黨的教育下終於使個人利益服從於革命利益」，「然而，事實上作者並未站在工人階級立場上來描寫小資產階級知識份子的心理狀態。一當進入具體的藝術描寫，作者的感情就完全被小資產階級那種哀怨的、狹窄的訴不盡的個人主義感傷支配了」，「作者沒有比江玫站得更高」，沒有「看到過去江玫的愛情」「是毫不值得留戀和惋惜的」[17]。

　　上述的創作，在 1957 年夏天「反右派運動」開展之後受到批判。它們被批評家看作是有內在關聯的整體，稱為「一股創作上的逆流」[18]。二十多年後，時勢逆轉，這些「毒草」在變化了的政治、文學環境中，轉而成了「重放的鮮花」[19]。可以看出，對這些作品的評定，雖說會有「毒草」與「鮮花」的截然相反的論斷，但批評者的理論依據和評隲視角，卻相當一致。而它們的作者，在經歷了許多苦難之後，也成為復出的當代的「文化英雄」。

---

[17] 姚文元《文學上的修正主義思潮和創作傾向》，《人民文學》1957 年第 11 期。

[18] 李希凡《從〈本報內部消息〉開始的一股創作上的逆流》，《中國青年報》1957 年 9 月 17 日。

[19] 1979 年，上海文藝出版社將這批作品（主要是小說、特寫）彙集成冊，題名為《重放的鮮花》出版。編者在《前言》中對它們成為「鮮花」的理由做出說明：「我們從《在橋梁工地上》、《本報內部消息》、《組織部新來的青年人》、《改選》等這些『干預生活』的作品中，看到那裏面塑造的羅立正、陳立棟、劉世吾等形形色色的官僚主義者，今天還在站汙我們黨的榮譽，腐蝕我們黨的肌體，妨礙我們奔向四個現代化的步伐。我們必須與之作積極的鬥爭。我們也可以從這些作品裏的曾剛、黃佳英、林震等人物身上，汲取到鼓舞意志、奮起鬥爭的力量。《小巷深處》、《在懸崖上》和《紅豆》等寫愛情題材的作品，作者是通過寫這些所謂『家務事、兒女情』、『悲歡離合』的生活故事，……歌頌高尚的革命情操，歌頌新社會；鞭撻自私自利的醜惡靈魂，批判舊世界。」

四、象徵性的敘述

反右派運動之後，國家沉浸在政治、經濟、文化「大躍進」的浪漫主義想像之中。其後，帶來的經濟危機和文化問題也嚴重顯現。60 年代初，被迫實行全面的「退卻」式的「調整」。國家對社會生活和文化領域的控制有所放鬆。在這種情勢下，文學多樣化的要求被重新提出，1957 年受挫的啟蒙批判精神，對「自由意志」的懷戀，在一些作家那裏又「故態復萌」。

但是，年輕作家中的探索者，在幾年前的運動中已被挫敗，這回創作上的「試驗」，卻主要由一些「老作家」承擔。他們中有陳翔鶴、孟超、田漢、馮至，以及在文學寫作上「敲邊鼓」的歷史學家吳晗、鄧拓、廖沫沙等。由於年齡、閱歷、知識結構、職業特點諸種因素，又可能是有了 50 年代中期的前車之鑒，和當時文學界對「歷史題材」創作的提倡 [20]，這些作家的創作（小說、戲劇、雜文隨筆等），大都從歷史故事、傳說等取材，來融入作家的現實評價。這種創作現象，從一種寬泛的意義上，可以稱之為象徵性的，或「影射性」的敘述。

1961 年 3 月，時任中共北京市委書記處書記，《前線》（中共北京市委機關刊物）主編的鄧拓 [21]，在《北京晚報》上建立

---

[20] 1960-1961 年間，由於現實經濟、政治生活出現嚴重問題，使被要求應該以歌頌為主的作家深感表現現實生活的困難。此時，周揚等提出，現實問題難以把握可以放一放，可先寫一些歷史題材作品。

[21] 鄧拓（1912-1966），福建閩侯人。1930 年參加革命。抗戰期間任《晉察冀日報》社長兼總編輯。50 年代任中共中央機關報《人民日報》社長兼總編輯，受到毛澤東的「書生辦報、死人辦報」的批評，1958 年調任北京市任市委宣傳部長、《前線》主編。「文革」開始不久即受迫害致死。著有《燕山夜話》、《鄧拓詩文選》、《鄧拓文集》等。

「燕山夜話」的隨筆、雜感專欄。到次年的 9 月，共得一百五十餘篇[22]。1961 年的 10 月，鄧拓還與同在北京市市委、市政府任職的吳晗、廖沫沙一起，以「吳南星」的共用筆名[23]，在《前線》上開闢「三家村札記」的專欄[24]。鄧拓三人的這些雜感、隨筆，常從古代正史，稗史、文人別集、筆記或歷史傳說、故事中擷取材料，加以闡發引申來議論現實的政治經濟、倫理道德、文化藝術、學術研究、社會風尚等範圍廣泛的現象、問題。其中，《愛護勞動力的學說》、《一個雞蛋的家當》、《專治「健忘症」》、《堵塞不如開導》、《偉大的空話》、《「放下即實地」》、《王道和霸道》等，在後來的批判中被認為對現實的社會政治含有「影射」、攻擊的內容。[25]

　　這個時期的歷史小說、歷史劇，重要的有：陳翔鶴的短篇小說《陶淵明寫〈挽歌〉》、《廣陵散》[26]，黃秋耘的短篇《杜

---

[22] 馬南邨《燕山夜話》1963 年由北京出版社初版，1979 年再版。

[23] 「吳」，吳晗。時任北京市副市長。「南」，馬南邨，鄧拓寫《燕山夜話》用的筆名。「星」，繁星，廖沫沙寫雜文用的筆名。廖沫沙當時任中共北京市委統戰部長。

[24] 專欄持續到 1964 年 7 月，共發表文章六十多篇。1979 年由人民文學出版社結集出版。

[25] 在「文革」前期，對《海瑞罷官》、《燕山夜話》、《三家村札記》展開的聲勢浩大的批判，已經不限於文藝的範圍，是「文革」發生的「導火索」，成為不同政治力量衝突的切入口。因此，這些作品，在採用牽強附會、斷章取義方式的批判文章中，被描述為「經過精心策劃的、有目的、有計劃、有組織的一場反黨反社會主義的大進攻」（姚文元《評〈三家村〉——〈燕山夜話〉〈三家村札記〉的反動本質》，1966 年 5 月 10 日上海《解放日報》、《文匯報》，《紅旗》雜誌 1966 年第 7 期），「他們以談歷史、傳知識、講故事、說笑話作幌子，借古諷今，指桑罵槐，含沙射影，旁敲側擊，對我們偉大的黨進行了全面的惡毒的攻擊」（高炬《向反黨反社會主義的黑線開火》，1966 年 5 月 8 日《解放軍報》）。

[26] 分別刊於《人民文學》1961 年第 11 期，《人民文學》1962 年第 10 期。陳

子美還鄉》、《魯亮儕摘印》，馮至的短篇《白髮生黑絲》，
田漢的《謝瑤環》（新編京劇），孟超的《李慧娘》（新編昆
曲），吳晗的《海瑞罷官》（新編歷史劇）等。《陶淵明寫〈挽
歌〉》寫陶淵明晚年在廬山，本想見慧遠法師討論佛法，但慧
遠冷談傲慢。陶淵明回到東林寺，回顧一生，撰寫了《挽歌》
和《自祭文》。小說在平淡、有節制的文字裏，表現了主人公
對「艱難坎坷的一生」的感慨，和對死生的曠達和超脫。過了
一年之後，這位早已轉事古典文學研究的作家，又發表了同樣
以魏晉歷史為素材的《廣陵散》，講述「竹林七賢」之一的嵇
康，因不慕權貴、恣情任性，為鍾會所構陷，與呂安一起被司
馬集團殺害。在這兩個短篇裏，可能寄寓著作者在當代經歷的
政治紛擾的感慨 [27]。馮至的《白髮生黑絲》和黃秋耘的《杜子
美還家》，都以唐代詩人杜甫為對象。前者寫身經憂患、體衰
多病的杜甫悲涼的晚年；後者則寫任左拾遺的杜甫被遣歸家時
目睹的鄉村破敗、妻兒忍饑挨餓的情景。昆曲《李慧娘》[28] 根

翔鶴（1901-1929），四川重慶人。20 年代參與組織文學社團淺草社、沉鐘
社。30 年代末參加革命。五、六十年代主要從事古典文學研究工作，擔任
《文學遺產》（《光明日報》學術專刊）主編。
[27] 黃秋耘曾這樣講到 50 年代的陳翔鶴：「他是個共產黨員，卻對當時那種政
治運動、政治鬥爭感到十分厭倦。在某一次談心中，他淒然有感地對我說：
『你不是很喜歡嵇康麼？嵇康說得好：「欲寡其過，謗議沸騰，性不傷物，
頻致怨憎。」……你本來並不想捲入政治漩渦，不想介入人與人之間的那
些無原則糾紛裏面，也不想干預什麼國家大事，只想一輩子與人無患，與
世無爭，找一門學問或者文藝下一點功夫，但這是不可能的，結果還是「謗
議沸騰」、「頻招怨憎」。』」黃秋耘《風雨年華》第 171 頁，北京，人
民文學出版社 1988 年版。
[28] 《李慧娘》與田漢的《謝瑤環》劇本均發表於 1961 年第 7、8 期合刊的
《劇本》。

據明代傳奇《紅梅記》和戲曲傳統劇目《紅梅閣》改編。孟超
的改編，削弱「男女的柔情欲障」的成分，加重被賈似道殺害、
化為鬼魂的李慧娘「拯人為懷、鬥奸復仇」的「正義豪情」，
渲染她「身為厲鬼而心在世間，與一代豪勢苦鬥到底」的性格。
對這齣寫復仇鬼魂的戲，開始受到廖沫沙、張真、楊憲益等的
讚揚。廖沫沙在《「有鬼無害」論》中稱，雖然舞台出現鬼魂，
但它是一齣好戲，是「有鬼無害」[29]。1963 年，《李慧娘》連
同對它的支持者開始受到批判。在其後的一年多裏，批判的立
論方式，和問題嚴重程度明顯變化。這種變化，直接受制於這
個時期政治鬥爭的演化[30]。

　　在當時創作、改編的戲曲作品中，吳晗的《海瑞罷官》[31]
影響最大，並直接成為重要的政治事件。吳晗是明史研究專家，
50 年代末，寫了有關海瑞的幾篇論文（《海瑞罵皇帝》、《論
海瑞》）。1959 年底，應馬連良等的約請，為北京京劇團編寫
了這部「新編歷史劇」。劇情根據海瑞任應天巡撫時（1569 年

---

[29]　《北京晚報》1961 年 8 月 31 日，署名繁星。

[30]　開始梁璧輝《「有鬼無害」論》（《文藝報》1963 年第 5 期）主要批評「鬼
戲」宣揚了「封建迷信思想」，指責改編者不應該「把正義和豪情、希望
和力量，一概都放在人死後，放在鬼身上」。稍後批判上升為表現「對所
處身的社會極端不滿」，「是一個反黨反社會主義的作品」，是「反動的
『號召書』」（鄧紹基《〈李慧娘〉——一株毒草》，《文學評論》1964
年第 6 期）。

[31]　劇本刊於《北京文學》1961 年第 1 期。吳晗（1909-1969），歷史學家、作
家。浙江義烏人，原名吳春晗。曾就讀於中國公學、清華大學。30-40 年代，
在西南聯大、清華大學任教，擔任清華大學歷史系主任。50 年代起歷任北
京市副市長等官職。因寫作《論海瑞》、《海瑞罷官》受到批判，「文革」
發生後被迫害致死。史學論著有《朱元璋傳》、《讀史札記》，雜文隨筆
《史事與人物》、《燈下集》、《吳晗雜文選》等。

夏至 1570 年春）的事蹟；平反冤獄，除霸安良，退還豪權勢要
強佔的民田等，是劇本的主要情節。1965 年 11 月 10 日，上海
《文匯報》發表了姚文元《評新編歷史劇〈海瑞罷官〉》的
長文展開批判——這是政治、文化激進派有預謀的一個政治事
件 [32]。接著，圍繞劇作和姚文元的文章，從 1965 年底到 1966
年 5 月，在重要報刊展開討論。參與討論的許多史學、文學從
業者畢竟是「書生」，對其中政治角力的激烈背景顯然缺乏敏
感，而在史實的真實性、如何評價歷史上的「清官」等問題上
糾纏不清。後來，公佈了毛澤東 1965 年 12 月下旬在杭州的談
話，人們才明白了其中的「要害」[33]。

　　這些小說、戲劇作品，寫到不公正的社會現象，寫到報國
無門的文人對現實的憂慮和慨歎——正直者的仗義執言、以
「道」抗「勢」，卻得不到當權者的信任，反遭迫害。作品中
常流露出傳統文人的憂國憂民的情緒。「文革」中對它們的批

---

[32] 江青在《為人民立新功》（1967 年 4 月 12 日在軍委擴大會議上的講話）
中說，「……對於那個『有鬼無害論』，第一篇真正有分量的批評文章（指
梁壁輝《「有鬼無害」論》——引者），是在上海請柯慶施同志幫助組織
的……當時在北京，可攻不開啊！批判《海瑞罷官》也是柯慶施同志支持
的。張春橋同志、姚文元同志為了這個擔了很大的風險啊……對外保密，
保密了七八個月，改了不知多少次……」。毛澤東 1967 年 5 月的一次談話
中說，「我國的無產階級文化大革命應該從 1965 年冬姚文元同志對《海瑞
罷官》的批判開始。……當時我建議江青同志組織一下寫文章批判《海瑞
罷官》，但就在這個紅色城市（指北京——引者）無能為力，無奈只好到
上海去組織……」，劉景榮、袁喜生《毛澤東文藝年譜》第 366 頁，長春，
吉林人民出版社 2002 年版。

[33] 毛澤東說，「姚文元的文章很好，……缺點是沒有擊中要害。《海瑞罷官》
的要害是罷官，嘉靖罷了海瑞的官，我們也罷了彭德懷的官，彭德懷就是
海瑞。」

判，主要攻擊它們「微言暗諷，影射現實」[34]。「影射」，如果不一定指人物、細節與「時事」的直接對應和比附，而指作品的取材集中點，指整體的情緒、意向的話，這種說法，也不是沒有一點道理。從根本上說，寫作歷史劇、歷史小說的作家的意圖，並非要重現「歷史」，而是借「歷史」以評說現實[35]。

五、位置的置換

在「文革」期間，除了公開發行的報刊登載，和國家出版社出版的作品外，還存在著秘密、半秘密地在一定範圍流傳的作品——這也可以說是這個時期的「非主流文學」。這方面的情況，將在後面有關章節中做出說明。

另外，值得注意的現象是，在「文革」前夕和「文革」中，一大批在此之前受到肯定、推薦的當代作品，這個時候，卻成了批判對象，被置於「非主流」的位置上。早在 50 年代末，寫到彭德懷的《保衛延安》就被列為禁書。60 年代初，從創作思想到藝術方法都相當切合當代文學規範的長篇《劉志丹》（李建彤），在未正式出版時就受到批判[36]。此後，從正統、主流

---

[34] 如《陶淵明寫「挽歌」》是影射、攻擊中共 1962 年 8 月召開的「廬山會議」（參見文戈《揭穿陳翔鶴兩篇小說的反動本質》，《人民文學》1966 年第 5 期），《海瑞罷官》是為被罷官的彭德懷翻案。

[35] 黃秋耘在推薦《陶淵明寫「挽歌」》的文章中說道，它「真可以算得是『空谷足音』令人聞之而喜」，「如果在當時的現實生活中還有慧遠、檀道濟和顏延之之流的人物，那麼，像陶淵明怎樣的耿介之士，恐怕還不能算是多餘的人吧」（《文藝報》1961 年第 12 期）。

[36] 這部長篇寫劉志丹創建在陝甘紅軍和根據地的經歷。1962 年夏，工人出版社印出徵求意見樣書，部分章節在《工人日報》、《中國青年》、《光明

的行列中陸續剔出的，幾乎囊括了五、六十年代的重要作家、作品，如趙樹理的小說，《紅日》、《紅旗譜》、《青春之歌》、《紅岩》、《山鄉巨變》、《三家巷》、《上海的早晨》等長篇 [37]。它們被指責「為反動資本家辯護」，「為叛徒、內奸立傳」，「為錯誤路線歌功頌德」，「大寫中間人物，汙衊勞動人民」，「醜化革命戰士」等。

日報》發表。在中共八屆十中全會上，這部小說被批判為「為高崗翻案的大毒草」，並引發出毛澤東的「利用小說進行反黨，是一大發明」的著名批語。此後，成立了康生為組長的《劉志丹》專案審查組，「因這事件受株連者數以萬計，許多人受到殘酷迫害」（朱寨主編《中國當代文學思潮史》第459頁，人民文學出版社1987年版）。

[37] 1967年間，流傳頗廣的《60部小說毒在哪裏？》（紅代會人大三紅文學兵團、人民文學《文藝戰線》編輯部合編）一書，列舉了60部當代「毒草」小說，它們是《劉志丹》、《六十年的變遷》、《保衛延安》、《青春之歌》、《小城春秋》、《朝陽花》（馬憶湘）、《紅旗譜》、《播火記》、《我的一家》《陶承》、《風雨桐江》（司馬文森）、《晉陽秋》（慕湘）、《三家巷》、《苦鬥》、《大波》、《太陽照在桑乾河上》、《苦菜花》、《文明地獄》（石英）、《在茫茫的草原上》（瑪拉沁夫）、《山鄉風雲錄》（吳有恒）、《三月雪》（蕭平）、《變天記》（張雷）、《普通勞動者》（胡萬春）、《我們播種愛情》（徐懷中）、《工作著是美麗的》（陳學昭）、《上海的早晨》、《在和平的日子裏》、《乘風破浪》（草明）、《風雷》（陳登科）、《在田野上，前進！》（秦兆陽）、《香飄四季》（陳殘雲）、《金沙洲》（于逢）、《歸家》（劉澍德）、《水向東流》（李滿天）、《過渡》（沙汀）、《南行記續編》（艾蕪）、《高高的白楊樹》、《靜靜的產院》、《勇往直前》（漢水）、《紅日》、《暴風驟雨》、《破曉記》（李曉明、韓安慶）、《橋隆飆》（曲波）、《屹立的群峰》（古立高）、《紅路》（扎拉嘎胡）、《源泉》（丁秋生）、《清江壯歌》（馬識途）、《辛俊地》（管樺）、《鐵門裏》（周立波）、《戰鬥到明天》（白刃）、《長城煙塵》（柳汌）、《新四軍的第一個連隊》（胡考）、《下鄉集》（趙樹理）、《三里灣》、《靈泉洞》、《豐產記》（西戎）、《李雙雙小傳》、《山鄉巨變》、《東方紅》（康濯）、《橋》（劉澍德）、《我的第一個上級》（馬烽）、《高幹大》（周立波）。

　　這種情形，看起來難以置信。但是，如果政治和文藝的「革命」是「不斷」的，向著未來的更為「純粹」的目標行進，那麼，「革命每前進一步，鬥爭目標都發生變化，關於『未來』的景觀亦隨之移易，根據『未來』對歷史的整理和敘寫也面臨調整」[38]。基於這種邏輯，這種「革命」與「反動」、「進步」與「倒退」、「香花」與「毒草」在歷史過程中的移位，也不是完全無法理解的。

---

[38] 黃子平《革命‧歷史‧小說》第 28 頁，香港，牛津大學出版社 1996 年版。

第十一章

散　文

一、當代的散文概念

　　在 50 至 70 年代，「散文」這一文類概念的邊界，比起三、四十年代來有很大擴展，甚至有點漫無邊際。因此，作家和批評家在討論相關問題的時候，有時會做出「廣義」和「狹義」的區分。狹義的散文，即所謂「抒情性散文」，其特徵，相近於「五四」文學革命初期所提出的「美文」[1]。廣義的散文概念，則除此之外，還包括「敘事性」的、具有文學意味的通訊、報告（報告文學、特寫），也包括以議論為主的文藝性短論，即雜文、雜感。另外，在有的時候，文學性的回憶錄、人物傳記，寫實性的史傳文學，也會被列入散文的範圍之內。

　　散文概念的這種理解與使用方法，是這一概念在 20 世紀中國文學過程中不斷變化的一部分。變化牽連到兩個方面，一是散文指涉的對象，另一是散文中各種樣式、成分的關係。變化的趨向，則與一個時期的社會思潮、文學觀念的狀況有關。當魯迅作出「散文小品的成功，幾在小說、戲曲和詩歌之上」的論斷時，這裏的「散文小品」，主要指「美文」，或後來所說

---

[1]　80 年代以後，有的研究者使用「藝術散文」的說法。

的「抒情散文」、「藝術散文」。在 30 年代，議論性為主的「雜
文」雖說一段時間幾乎成為散文中的「主流」，但雜文是否是
「文學」，當時尚存在爭論。抗戰開始後的幾年中，藝術地「報
告」事實的通訊、報告，在散文領域中佔據最主要的地位。報
告文學興盛的這一情況，在 40 年代的「國統區」雖然沒有得到
繼續，卻在「解放區」有了進一步的發展。在包括「解放區文
學」在內的「左翼文學」中，散文的範圍不斷擴大，將抒情小
品、雜文、通訊報告等都囊括在內。其演化趨勢，是從顯示個
人性情，記敘日常生活情景，向著議論現實、「報告」政治、
社會公共生活事態的方向發展。在 50 年代，對現實生活「反映」
的廣闊和迅速，是這個時期文學寫作的「方向性」要求；而包
含「個人性」經歷和體驗的取材，以及與此相關的語言方式，
其價值則受到懷疑。在這種情況下，以「報告」為主要特徵的
敘事傾向的寫作，便構成了散文的主體。在五、六十年代，「散
文特寫」通常並舉連用。在出版作品集時，也經常以此作為編
選體例 2。

　　50 年代初，紀實性的通訊、報告、特寫，在散文創作中佔
有絕對的分量。當時通訊、報告的取材，一是大規模的建設景
象，另一是朝鮮戰爭。靳以寫佛子嶺水庫工地的勞動，李若冰、
華山寫大西北（柴達木盆地、祁連山等）的工業基地的建設，

2　由中國作家協會（或《新觀察》編輯部，或中國青年出版社）編選的散文
　年度選本，除了 1956 年分別出版《散文小品選》和《特寫選》外，其他時
　候都是散文特寫合編。如 1953.9-1955.12 的《散文特寫選》，1957 年和 1958
　年的《散文特寫選》，《建國十年文學創作選‧散文特寫》和 1959-1961
　年的《散文特寫選》等。

柳青、秦兆陽有關 50 年代農村合作化的特寫，在當時都有一定影響。比較起來，有關朝鮮戰爭的通訊報告，在讀者中反響強烈。巴金、劉白羽、楊朔、菡子、黃鋼等都有這方面的作品發表。其中，魏巍的創作最為著名。魏巍[3]兩次到朝鮮前線，先後發表了《漢江南岸的日日夜夜》、《誰是最可愛的人》、《戰士和祖國》、《擠垮它》等作品，它們以《誰是最可愛的人》為名結集出版。《誰是最可愛的人》和 1958 年寫的《依依惜別的深情》，在當時廣為流傳；「最可愛的人」因此成為赴朝鮮作戰的「志願軍」士兵的代稱。真摯的情感，對「典型情景」的選擇與提煉，和以抒情性議論來提升事件意義的方法，是作品獲得眾多讀者的原因。魏巍當時的寫作，顯然提高了通訊報告在當代文學中的地位[4]。報告文學、特寫在五、六十年代，還有多次的創作「高潮」。如 1958 年間，又如 1963 年到「文革」前夕。60 年代前期，郭小川的《旱天不旱地》，魏鋼焰的《紅

---

[3] 魏巍（1920-），河南鄭州人，原名魏鴻傑。抗戰爆發後參加八路軍，長期在晉察冀邊區工作。50 年代以後在軍隊總政治部、《解放軍文藝》等等部門任職。30 年代後期開始文學創作。著有詩集《黎明風景》、散文集《誰是最可愛的人》、《春天漫筆》《幸福的花為勇士而開》，長篇小說《東方》、《地球的紅飄帶》等。《誰是最可愛的人》最初刊於 1951 年 4 月 11 日《人民日報》，在五、六十年代和 80 年代，都被選入全國統編的中學語文課本。

[4] 雖然影響巨大，但是《誰是最可愛的人》這樣的作品是否能看作是「文學」，也存在不同意見。即說明存在著對「散文」敘事化，和邊界擴大的憂慮。丁玲在反駁「有人」以為魏巍的作品「雖然寫得好，不過只能說是通訊，算不得是文學作品」時，提出了衡量「文學價值」的當代尺度：「今天我們文學的價值，是看它是否反映了在共產黨領導下的我們國家的時代面影。是否完美地、出色地表現了我們國家中新生的人，最可愛的人為祖國所作的偉大事業」（《讀魏巍的朝鮮通訊》，《文藝報》4 卷 3 期，1951 年 5 月）——這預告了特寫、報告文學在「當代」的重要地位。

桃是怎麼開的？》，黃宗英的《小丫扛大旗》、《特別的姑娘》，
孫謙的《大寨英雄譜》，穆青等的《縣委書記的榜樣——焦裕
祿》等，在「革命」逐漸高漲的年代，影響廣泛，參與了對當
時的「時代精神」的創造。

二、散文的「復興」

在個體的經驗、情感的表達受到抑制的時代裏，通訊報告
的提倡、發展，必然削弱、擠壓了散文小品（或抒情散文）的
地位。不過，也一直存在著散文「復興」的要求[5]。

50 年代中期實行「百花齊放，百家爭鳴」方針的時間裏，
文學寫作題材、風格的限制有所減弱，有利於作家個體精神和
創造力的施展。因而，在 1956 年和次年的一段時間，散文出現
了最初的「復興」現象。中國作協的 1956 年度作品選本，散文
不再與特寫同處，而將「散文小品」與「特寫」分開。這一年
的《散文小品選・前言》[6]指出，「這本選集反映了 1956 年我
國文藝界的一個好現象：短小的散文小品多起來了」，而「在
全國解放後的幾年間，這類短文卻不多見」。能顯示這個時期
散文「復興」迹象的，有老舍的《養花》，豐子愷的《南穎訪
問記》、《廬山面目》，欽文的《鑒湖風景如畫》，方令孺的
《在山陰道上》，姚雪垠的《惠泉吃茶記》，葉聖陶的《遊了

---

[5]　袁鷹在《散文求索小記》（《收穫》1982 年第 6 期）中回憶說，在 50 年
　　代，他曾多次聽到胡喬木「呼籲『復興散文』，他再三強調要繼承『五四』
　　以來散文隨筆的優秀傳統，還特別指出要提倡美文」。這種要求，廣泛存
　　在於當時的作家、讀者中。
[6]　人民文學出版社 1957 年 6 月版，前言作者林淡秋。

三個湖》，沈從文的《跑龍套》，萬全的《搪瓷茶缸》，徐開壘的《競賽》，秦牧的《社稷壇抒情》，楊朔的《香山紅葉》，魏巍的《我的老師》，端木蕻良的《傳說》，川島的《記重印遊仙窟》等。這些作品，表現了作家回到個人性情，個人生活體驗上的努力，並增強了個性化的語言和表達方式。不過，由於「百花時代」在時間上的短暫，而文學界當時的中心問題顯然是在另一處，因此，散文的問題並未引起更多的重視、探討。到了 1957 年下半年，「復興」的進程便遭遇挫折。在 1958 年，「散文、特寫、報告文學是文學戰線上的尖兵，是時代的感應神經，戰鬥的號角」的觀點，得到重申和強調，散文作家被告知要「立刻投入到生活的洪流中去」，把千萬勞動者的「豐功偉績、模範事例用最快的速度變為全國人民共同的財富，成為鼓舞生活前進的推動力量」[7]。

　　散文「復興」的另一次要求，發生在 60 年代初期。當時文學界進行的「調整」，其中心點是調整文學與政治的關係，在題材、風格上提倡有限度的多樣化。作為更直接展現作家的性情和文體意識的散文，在這一時期受到重視。1961 年 1 月起，《人民日報》在第 8 版開闢了「筆談散文」的專欄，發表了老舍的《散文重要》（1 月 28 日）和李健吾的《竹簡精神》（1 月 30 日）等文章。《文藝報》也發出重視散文創作言論。接著，上述報刊和《文匯報》、《光明日報》、《羊城晚報》等多種報刊，刊發了提倡、議論散文創作的文章。冰心、吳伯簫、鳳子、秦牧、徐遲、黃秋耘、郭預衡、川島等，都對此發表了意

[7]　馬鐵丁《1958 散文特寫選‧序言》，作家出版社 1959 年版。

見[8]。由於文學界的重視，也由於創作取得的收穫，以至於 1961
年被有的人稱為「散文年」。

在這兩年左右的時間裏，散文的成績首先表現為，「散文
作家」成為實體性的概念。散文寫作不是一些作家偶涉的樣式，
而形成了以此為「專業」的作家群。50 年代初主要寫小說、通
訊的楊朔，在 50 年代中期開始轉向散文寫作。劉白羽也從小說、
通訊，轉而對散文的側重。袁鷹、魏鋼焰從詩轉到散文。當時
被稱為「散文作家」的還有秦牧、碧野、菡子、柯藍、郭風、
何為、陳殘雲、林遐、楊石等。老作家如巴金、冰心、吳伯簫、
曹靖華，以及吳晗、鄧拓、翦伯贊等學者，也都在這一領域有
所貢獻。在這個時期，報刊發表了一批體現當時創作水準的作
品[9]。一批有影響的散文集也在此時出版[10]，這個時期的散文寫
作，取材有了拓展。「舉凡國際國內大事、社會家庭細故、掀
天之浪、一物之微、自己的一段經歷、一絲感觸、一撮悲歡、

---

8 天津的百花文藝出版社將這一時期討論散文的部分文章彙集為《筆談散
   文》，於 1962 年出版。
9 《人民文學》1961 年第 3 期刊發魏鋼焰的《船夫曲》、劉白羽的《長江三
   日》、楊朔的《茶花賦》，第 4 期刊發吳伯簫的《記一輛紡車》和秦牧的
   《年宵花市》，第 6 期刊發冰心的《櫻花讚》、豐子愷的《上天都》等。
   這一年的《人民日報》刊發的散文作品有曹靖華的《花》、《好似春燕第
   一枝》，劉白羽的《紅瑪瑙》，楊朔的《荔枝蜜》等。甚至中共中央理論
   刊物《紅旗》，在這期間也發表散文等文學創作，楊朔的《雪浪花》即刊
   於該刊 1961 年的第 20 期上。
10 出版於 1961 年至 1963 年間的散文集有：《花城》（秦牧）、《東風第一
   枝》（楊朔）、《紅瑪瑙集》（劉白羽）、《花》（曹靖華）、《櫻花讚》
   （冰心）、《北極星》（吳伯簫）、《風帆》（袁鷹）、《初晴集》（菡
   子）、《珠江岸邊》（陳殘雲）、《秋色賦》（峻青）、《山水陽光》（林
   遐），和中國作協的《1959-1961 散文特寫選》（周立波編選並作序）、由
   川島主編的散文選集《雪浪花》等。

一星冥想、往日的悽惶、今朝的歡快，都可以移於紙上，貢獻讀者」[11]的期望，雖說不可能充分實現，卻也表明出現一個較有利於散文生長的環境。

　　散文作家此時試圖建立藝術個性的努力中，普遍重視從我國古典散文和「五四」散文小品的藝術經驗取得借鑒。在「五四」新文學的諸種樣式中，散文受西方文學影響相對較小，而與我國的古代文學傳統，保持著更密切的聯繫。唐宋散文，尤其是明清的散文小品，對現代散文體式的建立，起到重要的作用。巴金、冰心、楊朔、曹靖華等，都在這期間談到古典詩詞和古典散文對他們的創作的重要意義。即使是劉白羽這樣的作家，在他這個時期的創作中，也能清楚看到這種借鑒的痕跡。散文家對「古典」，對「傳統」的理解，這個時間大致集中於「情景交融」，「意境」營造，以及謀篇佈局上的曲折有致，語言在傳神達意的錘煉等方面。這既顯示了他們的實績，也表明了時代的局限。儘管作家開放個人經歷和體驗的可能性有了增加，但是情感、觀念仍難以有超越意識形態規範的可能。固定格式的寫作傾向的蔓延，便是必然的後果。散文在這一時期普遍的「詩化」追求，和在技巧上的經營、雕琢，雖說是基於提升藝術質量的目標，但也是以「精致化」來掩蓋精神創造上蒼白的缺陷。

---

[11]　周立波《1959-1961散文特寫選‧序》，人民文學出版社1963年版。

三、主要散文作家

在 60 年代初的「散文復興」中，楊朔、秦牧、劉白羽被認為是成就凸出、且對當代散文藝術作出貢獻的作家。他們的作品，分別演化為影響「當代」散文創作的幾種主要「模式」。

楊朔[12]50 年代中期發表《香山紅葉》起，精力轉向散文。他的《雪浪花》、《荔枝蜜》、《茶花賦》等，在發表的當時，以及 80 年代的一段時間，被看作是當代散文名篇，選入各種選本和中學語文課本。「拿著當詩一樣寫」——是他這個時期的創作追求[13]。他所講究的「詩意」，包括謀篇佈局的精巧、錘詞煉字的用心，以及「詩的意境」的營造。其中最重要的，其實是「從一些東鱗西爪的側影，烘托出當前人類歷史的特徵」[14]的那種思維和感情方式：見到盛開的茶花而聯想祖國欣欣向榮面貌；以香山紅葉寓示歷經風霜、到老愈紅的革命精神；從勞作的蜜蜂聯想只問貢獻、不求報酬的勞動者等等。在楊朔的年月，尋常事物，日常生活在寫作中已不具獨立價值，只有寄寓、或從中發現宏大的意識形態意義，才有抒寫的價值。這種「象徵化」，是個體生活、情感「空洞化」的藝

---

[12] 楊朔（1913-1968），山東蓬萊人，原名楊毓晉。30 年代後期參加革命，並開始發表散文、小說，著有長篇《帕米爾高原的流脈》、中篇《紅石山》。50 年代的長篇《三千里江山》、《洗兵馬》。主要散文集有《亞洲日出》、《東風第一枝》、《生命泉》、《楊朔散文選》等。

[13] 「我向來愛詩，特別是那些久經歲月磨煉的古典詩章。這些詩差不多每篇都有自己新鮮的意境、思想、情感，耐人尋味，而結構的嚴密、選詞用字的精煉，也不容忽視。我就想：寫小說散文不能也這樣麼？於是就往這方面學，常常在尋求詩的意境。」楊朔《東風第一枝·小跋》，北京，作家出版社 1962 年版。

[14] 楊朔《東風第一枝·小跋》。

術表徵。自然，楊朔的散文在實施這種從一切事物中提取宏大
政治性主題的「詩意」模式時，靠某種帶有「個人性」特徵的
取材，也靠與古典散文建立的聯繫，給這種僵硬的文體增加了
一些「彈性」，使觀念的表達不致那麼直接、簡單。這種「彈
性」，在當時給人「耳目一新」的感覺，他因此得到廣泛的讚
揚。但在寫作的個人想像空間有了更大拓展的 80 年代中期以
後，楊朔散文的「生硬」[15] 在閱讀中便急速凸顯，「開頭設懸
念，卒章顯其志」的結構模式，轉而為人們所詬病。

　　劉白羽[16]50 年代後期也主要從事報告文學、散文寫作。《紅
瑪瑙集》收入 60 年代初他的最具特色的散文作品，如《日出》、
《燈火》、《長江三日》、《櫻花漫記》等。作者自己認為，
它們連同稍後發表的《平明小札》，是「對新的美的探索的結
果」。他參加的 40 年代的國共內戰，毫無變化地是他感受、想
像的精神「資源」，和評價生活的尺規。這決定了他經常採用
現實生活場景和戰爭年代記憶相交織的構思摸式。也記敘事
件，也描繪場面，最主要是要宣泄激越的感情；正如作者所言：
「不是為了給那個年月的動人姿態，作一點速寫畫，也不是希

---

[15] 周立波在《1959-1961 散文特寫選‧序》中，在讚揚的同時，已經從藝術上
　　談到楊朔散文的問題，說「筆墨簡潔，敘述明白，是作者的特長；然而也
　　許因為過於矜持吧，文字上微露人工斧鑿的痕迹」。
[16] 劉白羽（1916-2005），北京市人。30 年代開始發表散文、小說。1938 年
　　去延安，40 年代曾在重慶《新華日報》工作。著有小說集《草原上》、《在
　　五台山下》、《早晨六點鐘》、《火光在前》，長篇小說《第二個太陽》、
　　《風風雨雨太平洋》，散文、報告文學集《對和平宣誓》、《早晨的太陽》、
　　《踏著晨光前進的人們》、《紅瑪瑙集》、《海天集》、《秋陽集》等。

望在紙上留下一點當時的氣息，而主要的是為了一種感情的沖
激。」[17]

　　秦牧[18]五、六十年代除中篇小說《黃金海岸》外，散文集
有《星下集》、《貝殼集》、《花城》、《潮汐和船》，文藝
隨筆《藝海拾貝》。秦牧的散文表現了重視「知識性」的特點。
在語言、敘述方式上，可見到雜感與隨筆的調合。文章有著清
晰的觀念框架和論證的邏輯線索。用來支持這些觀念的，是有
關的歷史記載、見聞、傳說等材料的串聯、組織。一些被稱道
的作品，如《古戰場春曉》、《社稷壇抒情》、《土地》、《花
城》等，得益於更多的情感的融入，和材料組織所顯示的聯想
的豐富和從容，夾敘夾議也增加了談天說地的趣味。

　　這一時期，曹靖華、吳伯簫、菡子、袁鷹、郭風、柯藍、
碧野、陳殘雲等，在散文創作上也作出許多成績。曹靖華的《花》
大都是對舊日生活的回憶文字，如記敘他與魯迅交往的《憶當
年，穿著細事且莫等閒看！》、《雪霧迷蒙訪書畫》、《智慧
花開爛如錦》等。另外，他有記敘在雲南、廣西、福建旅行見
聞的《點蒼山下金花嬌》、《洱海一枝春》等。吳伯簫早期的
散文，收在 30 年代出版的集子《羽書》中。60 年代的作品如《記
一輛紡車》、《窯洞風景》、《菜園小記》、《歌聲》等，都
是有關 40 年代初延安生活的記憶。60 年代初由於經濟、政治生

---

[17] 引自劉白羽散文《寫在太陽初升的時候》。
[18] 秦牧（1919-1993），廣東澄海人。少年時代在新加坡度過，1932 年歸國，
　　參加抗日救亡運動，出版《秦牧雜文》（收 1943-1944 年作品）。40 年代
　　後期在香港工作。著有散文集《星下集》、《貝殼集》、《花城》、《潮
　　汐和船》、《長河浪花集》、《藝海拾貝》、《長街燈語》、《花蜜與蜂
　　刺》、《晴窗晨筆》等。

活出現的困難，對戰爭年代精神傳統的發掘，是國家意識形態的戰略措施。劉白羽、吳伯蕭等以不同的方式匯入這一記憶「發掘」的熱潮之中。在當代的「散文詩」創作中，郭風和柯藍都做出貢獻。柯藍出版有散文詩集《早霞短笛》。郭風五、六十年代的散文集有《葉笛集》、《山溪和海島》等。他的短小的詩化散文，多取材於家鄉福建的山水民情，講究意象、情調、語感的有機結合。

四、雜文的命運

因為魯迅等作家的寫作，雜文在中國現代文學中成為一種不能忽略的文學樣式，也成為作家用來表現其「社會承擔」的重要手段。1942 年 3 月，羅烽在丁玲主編的《解放日報・文藝》上撰文，感慨於魯迅先生那把「劃破黑暗」，「指示一路去的短劍已經埋在地下了，鏽了，現在能啟用這種武器的實在不多」，而堅持說「如今還是雜文的時代」[19]。這一論題的提出方式，表明有關雜文的問題，不僅是文學「自身」的問題。正如羅烽的批判者指出的，「作者是在抗日戰爭時期就有關『時代』的問題發言；是在跟人們爭論究竟對中國當時的現實，特別是延安這樣一個地方，應該持一種什麼樣的看法。」[20] 而對「現實」、尤其是「延安」和「新中國」的現實的「看法」，永遠是個敏感的政治立場問題。因此，進入 50 年代之後，這種與作

---

[19] 羅烽《還是雜文的時代》，1943 年 3 月 12 日延安《解放日報・文藝》。
[20] 嚴文井《羅烽的「短劍」指向哪裏？》，《文藝報》1958 年第 2 期。

家的批判精神相聯繫的文體，其存在和發展便面臨與在延安同樣性質的難題。

1956-1957 年間，文學界提出發展各種文藝形式和風格，也容許、甚至有時還提倡對「人民內部」的缺點，對社會生活的「黑暗面」進行揭露和批評，雜文的寫作問題又一次引起關注。1956 年 7 月《人民日報》改版後，副刊版的雜文受到重視。接著，各地報刊也都將振興雜文作為文學和新聞媒體改革的重要一項，《文藝報》也召開了雜文問題的座談會 [21]。在這期間，茅盾、夏衍、巴金、葉聖陶、唐弢、巴人、吳祖光、鄧拓、林淡秋、徐懋庸、曾彥修、高植、舒蕪、秦似、藍翎、邵燕祥 [22] 等，都加入到雜文的寫作行列。夏衍的《「廢名論」存疑》，唐弢的《言論老生》，巴人的《論人情》、《沉鍾的筆》，葉聖陶的《老爺說的準沒錯》，嚴秀的《九斤老太論》，臧克家的《六親不認》，吳祖光的《相府門前七品官》，秦似的《比大和比小》等，是當時的名篇。

這個期間，徐懋庸 [23] 在雜文的振興上，出力甚多。從 1956 年底到第二年夏天，他以弗先、回春等筆名發表的雜文有一百

---

[21] 《文藝報》1957 年 4 月 13 日召開雜文問題座談會，參加者有張光年、林淡秋、袁水拍、高植、葉秀夫、陳笑雨、徐懋庸、舒蕪、王景山、楊凡等。座談會記錄《我們需要雜文，應當發展雜文》刊於《文藝報》1957 年第 4 期（4 月 28 日出版）。

[22] 這些作家在這個時期的雜文寫作中，有時使用筆名。如茅盾（玄珠）、巴金（余一）、葉聖陶（秉丞）、鄧拓（卜無忌）、徐懋庸（回春）、曾彥修（嚴秀）等。

[23] 徐懋庸（1910-1977），浙江上虞人，原名徐茂榮。30 年代在上海參加左聯，並寫作雜文。1938 年去延安，從事文化教育工作。1957 年被定位「右派」。著有著作有：翻譯《托爾斯泰傳》（羅曼‧羅蘭）、《史達林傳》（巴比

多篇[24]，他還仿照魯迅《小品文的危機》題目，在《人民日報》發表了《小品文的新危機》[25]。文章列舉妨礙雜文寫作的七大矛盾，而引起了有關雜文在當代命運的討論。在雜文（小品文）討論中，「如何用雜文反映人民內部矛盾」，「歌頌和揭露」，「如何看待和運用諷刺」等，是問題的關鍵。這是延安時代論題的繼續。這次雜文寫作的振興，隨著反右派運動的開展而告結束；情形正如有人在反右尚未開始時所言：「雜文是『百花齊放，百家爭鳴』的急先鋒，又是『百花齊放，百家爭鳴』的晴雨表。當『百花齊放，百家爭鳴』的方針受到抵制的時候，也就是雜文受到抵制的時候。」[26]

　　1961 年到 1962 年間，與散文的「復興」一起，雜文創作也一度活躍。1962 年 5 月，《人民日報》在副刊版開闢「長短錄」專欄，由雜文作家陳笑雨主持，聘請夏衍、吳晗、廖沫沙、孟超、唐弢為特約撰稿人。專欄確立了「表彰先進，匡正時弊，活躍思想，增加知識」的全面而穩妥的宗旨。期間，鄧拓的《燕山夜話》和吳南星的《三家村札記》也先後在其他報刊刊出。鄧拓在《燕山夜話》的一篇文章中說到，「我之所以想利用夜晚的時間，向讀者同志們做這樣的談話，目的也不過是要引起大家注意珍惜這三分之一的生命，使大家在整天的勞動、工作

塞）、《辯證理性批判》（薩特）、《人的遠景》（加羅蒂）；雜文集《打雜集》、《不驚人集》、《打雜新集》、《徐懋庸雜文集》等。

[24] 如《過了時的紀念》、《真理歸於誰家》、《不要怕民主》、《不要怕不民主》、《武器、刑具和道具》、《宋士傑這個人》等。

[25] 刊於《人民日報》1957 年 4 月 11 日，署名回春。

[26] 張光年在《文藝報》召開的雜文問題座談會上的發言，《文藝報》1957 年第 4 期。

以後，以輕鬆的心情，領略一些古今有用的知識而已」（《生命的三分之一》）。鄧拓、吳晗等，既是人文學者，同時又是政府機構的高層官員。這個時期國家所實施的提倡「輕鬆」的「軟性」文化的方針，使《燕山夜話》、《三家村札記》等呈現了那種談心、引導式的敘述風格，和對知識（尤其是歷史知識）重視的風貌。從尖銳譏刺和直逼主旨，到這時的曲折展開、溫和節制的態度和語調，這種風格的當代變遷，包含著複雜的政治文化內涵。不過，在這些平易、委婉、樸素的文字中，確也有「不為陳言膚詞，不為疏慢之語」的篇章。如《偉大的空話》、《專治「健忘症」》、《愛護勞動力的學說》、《堵塞不如開導》、《說大話的故事》、《王道和霸道》、《陳鋒和王耿的案件》等。不過，鄧拓（也包括吳晗、廖沫沙）的雜文，更重要的是提供了一種思想態度和文體風格：在寬容、中庸的形態中，來寄託他們對現實生活缺陷的敏感、關切，容納他們對於現代教條、對於僵化思想秩序的質疑，從而也塑造了敘述者的正直的思想品格。

五、回憶錄和史傳文學

對「革命歷史」的記敘，在「當代」不僅運用「虛構」的文體，而且也通過「紀實」的方式。回憶錄和「史傳」性散文在 50 年代受到特別提倡。它們與「革命歷史小說」一起，成為以具象手段，來確立現代中國歷史的權威敘述；在民眾之中，其影響甚至超出「正史」。比較起來，「記實體」的回憶錄和「史傳」散文，有著「虛構」小說所難以替代的直接性，其參

與者也不限於文學界。基於意識形態上的考慮，這些在「文學性」上可能存在爭議的作品，「當代」文學界總是毫不猶豫地將它們列入「文學創作」的範圍。

在 50 年代前期，這種寫作側重於革命英雄人物故事。當時較有影響的作品有《把一切獻給黨》（吳運鐸）、《不死的王孝和》（柯藍）、《革命母親夏娘娘》（黃鋼）等。不久，回憶錄和「史傳」文學，成為有計劃、有組織的寫作活動。重要的有：《志願軍英雄傳》、《志願軍一日》[27]的編寫；1956 年 8 月，中國人民解放軍總政治部發起的「中國人民解放軍三十年」的徵文活動，目的是為了「清晰完整」地反映解放軍的「出生、戰鬥、成長和發展」的歷史，其成果後來編輯為大型叢書《星火燎原》[28]；另一影響很大的叢刊是《紅旗飄飄》[29]。《紅旗飄飄》第 2 集的「出版說明」指出，「本叢刊是專門向我國廣大青年讀者宣傳我們黨和中國人民光榮鬥爭的歷史，歌頌近百年來我國歷次革命鬥爭中的革命先烈和英雄人物，鼓舞我們青年一代向無限美好的社會主義英勇進軍的」。叢刊中雖然也有小說、詩詞等體裁的創作，但大部分是記實體的敘事文。在作者方面，主要是所記敘事件的親歷者，其中不少是國家、軍隊高

---

[27] 前者由專業作家編寫，共三卷，後者是向「志願軍指戰員」的徵文活動。它們顯然都被看作「文學」作品，均由人民文學出版社於 1956 年出版。

[28] 《星火燎原》由人民文學出版社於 1959-1963 年出版，當時編輯了 10 集，第 5、第 8 兩集未能出版。體例上按當時中國現代革命史的各個階段順序編排。「文革」後，《星火燎原》重新選編，改由中國人民解放軍戰士出版社、解放軍文藝出版社出版。

[29] 《紅旗飄飄》由中國青年出版社於 1957 年開始出版，至「文革」前，共出 16 集。「文革」結束後到 80 年代中期，又出版至第 29 集。

層的官員和將領。這種文體，連同作者的身份，在讀者的閱讀
心理上，賦予了歷史敘述的可信性和權威性。對於歷史事件
和人物的敘述方式與歷史評價，自然會嚴格按照已確立的敘
述規則進行，同時也根據現實政治鬥爭的狀況加以調整。除
了叢刊收入的作品之外，這個時期的「革命回憶錄」還有數
量驚人的出版。流傳較廣的有：《毛澤東的青少年時代》（蕭
三）、《跟隨毛主席長征》（陳昌奉），《方志敏戰鬥的一
生》（繆敏），《我的一家》（陶承，後來改編為電影《革
命家庭》），《王若飛在獄中》（楊植霖），《艱難的歲月》
（楊尚奎），《在大革命洪流中》（朱道南），《在烈火中
永生》（羅廣斌，後與楊益言合作，改寫為長篇小說《紅岩》），
《在毛主席的教導下》（傅連璋）、《轉戰南北》（李立），
《氣壯山河》（李天煥），《挺進豫西》（陳賡），《偉大
的轉折》（閻長林）等。

　　回憶錄和「史傳」文學寫作，在這期間，還有不被納入「正
統」的另外一支。對它們的出版，常使用「內部發行」的方式，
在閱讀範圍上也有明確限制（僅供高層幹部或有關的研究人員
使用）。它們所敘述的並非「革命」歷史，寫作者又大都有著
「可疑」的複雜身份（國民黨高級官員、將領，大實業家，因
各種原因被邊緣化的知識份子等），因而他們對「歷史」的講
述，只具有保存晚清到 40 年代末的政治、經濟、軍事、文化資
料，供「批判地」參考的意義。如由中華書局出版的《文史資

料選輯》[30]。另外，末代皇帝愛新覺羅·溥儀的回憶錄《我的前半生》，是 60 年代「內部出版」而擁有大量讀者的作品 [31]。

---

[30] 由中國人民政治協商會議文史資料委員會編輯，從 1960 年到 1965 年，共出版 55 輯。屬「內部發行」。

[31] 1962 年由群眾出版社出版「未定稿」，1964 年群眾出版社（北京）初版。「文革」後由中華書局出版。至 90 年代，總共發行達一百餘萬冊。

第十二章

話　劇

一、話劇創作概況

　　戲劇（包括話劇、戲曲、歌劇）和電影等，在中國「左翼」文學中，是受到特別關注的藝術樣式。一方面，戲劇等擁有各階層的大量觀眾，是那些不識字或識字不多的大眾所能夠和樂於接受的樣式。另一方面，與小說、詩等不同之處是，戲劇不僅是一種交流「工具」，它本身就是交流。作者、導演、演員集體創作並與劇場觀眾共同體驗一種人生經驗，合力構造一個想像的世界，接受者的參與表現得更為明顯。因此，強調文藝對政治的配合和文藝的教誨宣傳效用的革命文藝家，總是十分重視這些樣式。30 年代，左翼文藝界對電影戲劇就很重視。40年代的延安文藝運動，戲劇也是備受關注的部門。秧歌劇《兄妹開荒》、歌劇《白毛女》等，是代表性成果。毛澤東還提出對於傳統戲曲（「舊劇」）改革的「推陳出新」的方針。在「革命根據地」和「解放區」，尤其在軍隊中，劇團和文藝工作團（文工團），是常設的、發揮重要的宣傳鼓動作用的文化藝術組織。

　　50 年代以後，重視戲劇、電影的傳統得到繼續。戲劇與政治、社會生活的直接、緊密關係的這種觀念，也繼續得到強調。

為此，相繼成立了各種機構，以領導、組織戲劇、電影的創作和演出（生產），並建立不同範圍的戲劇演出「觀摩」或「會演」的制度，從 1949 年到 1965 年，舉行多次的全國性（或大區）的戲曲、話劇會演、觀摩演出[1]，以加強對創作和演出的規範和引導。不過，1949 年以後，話劇等方面的體制，也朝著「正規化」的劇場藝術發展的趨勢。1949 年 10 月成立了中央戲劇學院。1951 年，文化部作出了「整頓和充實」文工團的決定，並在這一年 6 月的全國文工團工作會議上，指出「中央各大行政區及大城市設劇院或專門化的劇團」，「以逐步建設劇場藝術」。[2]北京人民藝術劇院也在此前成立，並於 1951 年 2 月，演出老舍的《龍鬚溝》。這構成了這個時期話劇教學、創作、演出上，強調及時呼應現實政治、深入工廠農村，和重視話劇劇院藝術的矛盾關係。從後來的事實看，五、六十年代的劇作，很少能成為劇院的「保留劇目」。作為北京、上海等大

---

[1]　僅以話劇為例，就有 1954 年 8 月的華東地區話劇觀摩演出大會，1956 年 3 月至 4 月間，文化部舉辦的第一屆全國話劇觀摩演出大會，1960 年 4 月文化部舉辦的話劇觀摩演出，1963 年 12 月華東話劇觀摩演出大會（上海），1964 年文化部舉行 1963 年以來優秀話劇演出和授獎大會，1965 年 2 月華北地區話劇、歌劇觀摩演出大會等。

[2]　民間和公辦的話劇團體，統一改編為政府統一管轄，按照中央、省（直轄市）、地三級成立話劇院團。由文化部主管的中國青年藝術劇院（前身為延安青年藝術劇院）、中國實驗話劇院、中國兒童劇院成立。著名的北京人民藝術劇院、上海人民藝術劇院、解放軍總政治部文工團話劇團等先後成立。1955 年，為了促進流派、風格的多樣化，仿照蘇聯的體制，在一些劇院確立了「總導演制」（焦菊隱為北京人藝總導演，黃佐臨為上海人藝總導演）。這種以「劇院藝術」為目標的「正規化」的建制，在「文革」中受到批判，又恢復了類似「文工團」性質的「宣傳隊」的體制。不少「劇院」也都改稱「劇團」。

城市專業劇院（如北京人藝、上海人藝、中國青年藝術劇院、
中央實驗話劇院等）的「劇院藝術」標誌的，主要是西方古典
和我國三、四十年代的話劇創作（一僕二主）、《玩偶之家》、
《萬尼亞舅舅》、《上海屋檐下》等。其中，曹禺的《雷雨》、
《日出》、《北京人》、《家》，是上演次數最多的劇目。

　　在五、六十年代從事話劇創作的，一部分是五四以來已有
建樹的劇作家，如曹禺、郭沫若、老舍、田漢、夏衍、陽翰笙、
陳白塵、于伶、宋之的。他們這個時期的劇作水平不一，即使
是同一作家的不同作品，水準也會相去甚遠。總體而言，表現
現實生活的成功之作甚少，倒是取材於「歷史」的作品，有的
尚具有一定水準。劇作家的另一構成，是參加革命、戰爭的戲
劇工作者和 50 年代的青年作家。他們是胡可、陳其通、王煉、
史超、所雲平、馬吉星、沈西蒙、杜宣、黃梯、杜印、段承濱、
叢深、崔德志等。

　　與小說創作的狀況相似，題材問題也具有重要的意義；戲
劇表現現實政治運動、工廠農村的鬥爭得到強調。題材的另一
重點則是「革命歷史」。50 年代前期，被當時的批評界 [3] 作為
成績而列舉的話劇作品，表現「工業建設和工人鬥爭」的有《在
新事物的面前》（杜印、劉相如、胡零）、《不是蟬》（魏連
珍）、《考驗》（夏衍）、《幸福》（艾明之）、《劉蓮英》
（崔德志）。寫「農村的生活和鬥爭」的有《春風吹到諾敏河》
（安波）、《春暖花開》（胡丹沸）、《婦女代表》（孫芋）。

---

[3]　據周揚《建設社會主義文學的任務》（1956 年 2 月在中國作家協會第二次
　　理事擴大會議上的報告）、邵荃麟《文學十年歷程》（《文藝報》1959 年
　　第 18 期）等。

「革命歷史」和寫朝鮮戰爭的話劇，被推薦的有《戰鬥裏成長》、《戰線南移》（胡可）、《萬水千山》（陳其通）、《鋼鐵運輸兵》（黃悌）。另外，老舍的《龍鬚溝》，曹禺的《明朗的天》，通常也被當作 50 年代前期話劇創作的成績。1956-1957年間，出現了一些在題材和風格上有所開拓的劇作，並圍繞這些劇作及相關的創作問題，在《文藝報》、《戲劇報》等報刊上展開討論。討論的問題，涉及題材的擴大，如何揭露生活中的「陰暗面」，如何表現矛盾衝突，話劇的諷刺和喜劇性的價值等。當時在思想藝術上有所開拓、探索的劇作，有海默的《洞簫橫吹》、楊履方的《布穀鳥又叫了》、何求的《新局長到來之前》、岳野的《同甘共苦》、蘇一萍的《如兄如弟》、趙尋的《人約黃昏後》、魯彥周的《歸來》等。這些劇本，被稱為「第四種劇本」[4]。《同甘共苦》寫老幹部孟蒔荊的愛情婚姻生活：他、他的在戰爭年代結合的前妻，以及現在的妻子三人的感情糾葛。在人物性格的複雜性上，和「較早地接觸到家庭生活、個人生活、感情生活」的題材意義上，《同甘共苦》在當時都具有探索的意義，因而也引起持續的爭論[5]。在 1957 年，

---

[4]　黎弘（劉川）在評論話劇《布穀鳥又叫了》的文章《第四種劇本》（《南京日報》1957 年 6 月 11 日）中，對當時話劇創作的狹窄題材框架和情節公式，做了這樣的描述：「我們的話劇舞台上只有工、農、兵三種劇本。工人劇本：先進思想和保守思想的鬥爭。農民劇本：入社和不入社的鬥爭。部隊劇本：我軍和敵人的軍事鬥爭。」而將《布穀鳥又叫了》這樣的劇本，稱為「第四種劇本」。

[5]　《同甘共苦》刊於《劇本》（北京）1956 年第 10 期，並開始上演。旋即在《劇本》、《戲劇報》等刊物引起討論，《文藝報》等報刊也發表評論文章，後來受到激烈批判。60 年代反對「現代修正主義」的批判運動中，它因宣揚「資產階級人性論」再次成為批判對象。

老舍《茶館》劇本的發表和演出，是這一年（甚至是「十七年」）話劇創作值得重視的事情。

1958 年以後的幾年中，緊密配合政治運動，是對話劇在內的各種文藝樣式的強大要求。這一段時間，文藝界曾出現過「回憶革命史，歌頌大躍進」和「寫中心，演中心，畫中心」的創作口號（雖然不久「中心」的口號受到批評）。這個期間有的劇作（如胡可的《槐樹莊》）在藝術上具有一定水平，但大量作品乏善可陳，包括當時評價頗高的劇作，如《烈火紅心》（劉川）、《降龍伏虎》（段承濱、杜士俊）、《紅大院》（老舍）、《枯木逢春》（王煉）、《敢想敢幹的人》（王命夫），以及被稱為「時事諷刺劇」的《紙老虎現形記》、《哎呀呀，美國小月亮》（陳白塵）等。「現實題材」對當時的政治訴求在反應上的急迫，使它們呈現了圖解政治概念和政策條文的特徵。「歷史題材」創作與現實政治關係稍具間接性，這為作家的創造提供了較大的空間。因而，在 50 年代末期到 60 年代初，出現了「歷史劇」創作的熱潮。被現在有的論著籠統地稱為「歷史劇」的作品，在當時卻是以不同價值等級的概念予以區別的。《紅色風暴》（金山）、《東進序曲》（顧寶璋、所雲平）、《最後一幕》（藍光）、《兵臨城下》（白刃）、《豹子灣戰鬥》（馬吉星）、《七月流火》（于伶）、《杜鵑山》（王樹元）等，稱為「革命歷史鬥爭」題材（「革命歷史劇」）。當時的「歷史劇」，指的是另外的一類作品，如《關漢卿》、《文成公主》（田漢）、《蔡文姬》、《武則天》（郭沫若）、《甲午海戰》（朱祖貽、李恍）、《膽劍篇》（曹禺、梅阡、于是之）等。歷史劇創作在這一時期，還廣泛存在於歌劇、戲曲等

樣式中。歷史劇的寫作、演出熱潮，提出了若干寫作理論問題，引發了有關歷史劇的討論。

在 1963 年開始的「文化革命」的準備、發動中，包括話劇在內的戲劇，成為最被重視、用以承擔政治激情表達，與政治運動直接關聯的樣式。罕見的戲劇創作、演出熱潮，戲劇的思維、表達方式對其他文類的廣泛影響，連續不斷舉辦的全國性或各大區的話劇、歌劇、戲曲的會演和觀摩演出[6]，──種種現象都說明了戲劇成為這一時期文藝樣式的「中心」。

二、老舍的《茶館》

雖然老舍[7]在 40 年代，寫有《殘霧》、《國家至上》（與宋之的合作）、《大地龍蛇》、《面子問題》、《歸去來兮》等話劇，不過，他的主要成就是在《駱駝祥子》、《離婚》等小說上。1946 年 3 月，應美國國務院邀請赴美講學一年，後留在美國繼續文學寫作。1949 年底回到北京，潛心於戲劇創作。

---

[6] 重要的有 1963 年 12 月-1964 年 1 月的華東話劇觀摩演出，1964 年 3 月文化部召開的 1963 年以來優秀話劇創作及演出授獎大會，同年 4 月中國人民解放軍第三屆文藝會演大會，同年 6 月全國京劇現代戲觀摩演出大會，1965年 2 月華北地區話劇、歌劇觀摩演出大會，以及 5 月東北、華東的京劇觀摩演出等。

[7] 老舍（1899-1966），北京人，原名舒舍予，滿族。著有《趙子曰》、《二馬》、《老張的哲學》、《駱駝祥子》、《離婚》、《貓城記》、《四世同堂》、《正紅旗下》等小說。戲劇作品有《殘霧》、《國家至上》（與宋之的合作）、《大地龍蛇》、《面子問題》、《歸去來兮》、《方珍珠》、《龍鬚溝》、《女店員》、《全家福》、《西望長安》、《茶館》等。另有《老舍文集》（1-16 卷）。1966 年「文革」發生後受到迫害，投湖自殺身亡。

選擇戲劇的主要原因，是認為「以一部分勞動人民現有的文化水平來講，閱讀小說也許多少還有困難」，而「看戲就不那麼麻煩」[8]。從 1950 年的寫鼓書藝人命運的《方珍珠》開始，到 1965 年，一共有劇作 23 部發表[9]。60 年代初期，開始長篇小說《正紅旗下》的寫作。由於政治情勢驟變，只完成十一章。

老舍這個時期的劇作水平高低互見。大部分作品，證明了他的政治熱忱，也證明了他的「冒險」：「冒險有時候是由熱忱激發出來的行動」而「不顧成敗」[10]；因而，有一部分作品，正如他後來所說的，「我從題材本身考慮是否政治性強，而沒想到自己對題材的適應程度，因此當自己的生活準備不夠，而又想寫這個題材的時候，就只好東拼西湊」[11]。在他的大量劇作中，《龍鬚溝》，尤其是《茶館》最有價值。《龍鬚溝》寫北京天橋附近下層百姓聚居區，「舊社會」統治當局對危及民眾生命安全的汙水溝，不僅不加整治，反以修溝的名目，攤派捐稅，敲詐勒索；「新中國」成立，政府便開始了整治工程，而表現了「新政府的真正人民的性質」的主題。這出三幕話劇，表現了作者一貫的對社會下層小人物命運的關切。它在當時受到推重，首要理由是一位「老作家」對新社會熱情的歌頌：「老舍先生所擅長的寫實手法和獨具的幽默才能，與他對新社會的高度政治熱情結合起來」，這「表現了一個藝術家的最可寶貴

<hr>

8　《老舍劇作選・自序》，北京，人民文學出版社 1959 年版。
9　話劇《方珍珠》、《龍鬚溝》、《春華秋實》、《青年突擊隊》、《西望長安》、《茶館》、《紅大院》、《女店員》、《全家福》、《寶船》、《神拳》，以及曲劇、二人台、京劇、歌舞劇等樣式的創作多種。
10　老舍《〈龍鬚溝〉寫作經過》，《人民日報》1951 年 2 月 4 日。
11　老舍《題材與生活》，《文藝報》1961 年第 7 期。

　　的政治熱情」[12]。《龍鬚溝》為他贏得在「當代」的最初聲譽：北京市政府授予他「人民藝術家」的稱號。

　　寫於 1957 年的三幕話劇《茶館》[13]，無疑是老舍在當代的最重要作品。借北京城裏一家名為裕泰的茶館在三個時期（清末 1898 年初秋；袁世凱死後軍閥混戰的民國初年；40 年代抗戰結束、內戰爆發前夕）的變化，來表現 19 世紀末以後半個世紀中國的歷史變遷。這種具有相當時間跨度的「歷史概括」，是當代作家普遍熱中的。對這一宏大題旨的表現，作者選擇了自身的生活經歷和藝術經驗所能駕馭的軌道。「在這些變遷裏，沒法子躲開政治問題。可是，我不熟悉政治舞台上的高官大人，沒法子正面描寫他們的促進和促退。我也不十分懂政治。我只認識一些小人物。」[14] 他選擇了從「側面」，從「小人物」的生活變遷的角度，並把對他們的表現範圍，限制在茶館這個「小社會」中。沒有運用中心情節和貫串全劇的衝突（當代話劇常見的結構方式），而採用被稱為「圖卷戲」或「三組風俗畫」[15] 的創新形式。眾多的人物被放置在顯現不同時代風貌的場景中。這些人物，涉及市民社會的「三教九流」：茶館的掌櫃和夥計，受寵的太監，說媒拉縴的社會渣滓，走實業救國道路的資本家，老式新式的特務、打手，說書藝人，相面先生，逃兵，善良的勞動者……，其中，常四爺、王利發和秦仲義貫

---

[12] 周揚《從〈龍鬚溝〉學習什麼？》，《人民日報》1953 年 3 月 4 日。
[13] 《茶館》劇本刊於 1957 年 6 月出版的大型文學刊物《收穫》（上海）創刊號。
[14] 老舍《答覆有關〈茶館〉的幾個問題》，《劇本》1958 年第 5 期。
[15] 《座談老舍的〈茶館〉》中李健吾的發言，《文藝報》1958 年第 1 期。

串全劇。他們的性格、生活道路各不相同，「旗人」常四爺耿直，「一輩子不服軟」；秦仲義辦工廠，開銀號，雄心勃勃；掌櫃王利發則「見誰都請安、鞠躬、作揖」：但最終都走投無路，為自己祭奠送葬。「我可沒作過缺德的事，傷天害理的事，為什麼就不叫我活著呢？」「我愛咱們的國呀，可是誰愛我呢？」——劇中的悲涼情緒，人物關於自身命運的困惑與絕望，透露了與現代歷史有關的某種悖謬含意。

　　老舍《茶館》的敘述動機，來自於對建立現代民族國家的渴望，和對一個不公正的社會的憎惡。新舊社會對比既是他結構作品的方法，也是他的歷史觀。他對於「舊時代」北京社會生活的熟悉，他對普通人的遭際命運的同情，他的溫婉和幽默，含淚的笑，使這部作品，接續了老舍創作中深厚的人性傳統。當然，他也不能不受制於「當代」的各種藝術「教條」，因而，在作品的後半部分，人物刻畫與情節設計，顯露了某些與第一幕並不完全協調的地方。《茶館》由北京人民藝術劇院演出。北京人藝一代卓越藝術家（導演焦菊隱、夏淳、演員于是之、鄭榕、黃宗洛、英若誠等），對確立該劇在當代的「經典」地位，起到重要的作用[16]。

---

[16] 《茶館》最初由焦菊隱（1905-1975）導演。焦菊隱，天津人。1928年畢業於燕京大學。1935年留學法國，獲博士學位。回國後，在國立戲專等多所大學任教。1951年任北京人藝第一副院長，並導演《龍鬚溝》。在五、六十年代導演的話劇還有《明朗的天》、《考驗》、《蔡文姬》、《武則天》、《耶戈爾·布利喬夫》、《關漢卿》、《膽劍篇》等。著作有文藝生活出版社出版（北京）的共12卷的《焦菊隱文集》。

三、歷史劇和歷史劇討論

　　五、六十年代歷史劇的創作，涉及話劇、京劇、崑曲等多種戲劇樣式。以話劇而言，數量約在 20 部之間。它們的作者主要是老一代的劇作家，如郭沫若、田漢、曹禺等。這些作家在處理他們所不熟悉的現實生活題材時，往往生硬而捉襟見肘；比較而言，「歷史」使他們獲得更多的想像空間。

　　歷史劇是郭沫若熱心的領域。「五四」時期，有歌頌「叛逆女性」的《聶嫈》、《卓文君》、《王昭君》。40 年代有《棠棣之花》、《屈原》、《虎符》、《高漸離》、《孔雀膽》、《南冠草》。五、六十年代則有《蔡文姬》和《武則天》。這兩個劇本的寫作動機與為歷史人物「翻案」有關[17]。從現實政治問題出發，到「歷史」中尋找事件和人物，作為對現實發言的依託，是郭沫若歷史劇構思的基點。武則天這個有爭議的人物，在郭沫若的劇中，以具有雄才大略，志於強國富民，而又從諫如流，知人善任，富於人情味的君主面目出現。《蔡文姬》則是對傳統戲曲、小說曹操形象的「改寫」。代替那個「白臉奸臣」的曹操的，是偉大政治家、軍事家、詩人的形象。作者充分理解這個時代推崇的是開闢歷史「新紀元」的「風流人物」，他的充溢著浪漫激情的「改寫」，是對於「當代」的這一「時代精神」的呼應。在《蔡文姬》中，寫得較有光彩的，是漢代

---

[17] 郭沫若在《蔡文姬·序》中說，「我寫《蔡文姬》的主要目的是替曹操翻案。曹操對我們民族的發展、文化的發展，確實是有過貢獻的人。在封建時代他是一位了不起的歷史人物。但以前我們受到宋以來的正統觀念的束縛，對他的評價是太不公平了。」《蔡文姬》，北京，文物出版社 1959 年版。

女詩人蔡文姬的形象。「文姬歸漢」在劇中，無論是曹操遣使
的動機，還是文姬痛苦中離夫別子的決心，都被賦予「愛國」、
「重建建安文化」的意義，而受到強調和渲染。國家、社會責
任與個人情感的衝突，這一近代中國的社會生活和文學寫作的
主題，在這裏得到重現。這種情感體驗，包括一個詩人對其才
情的自我意識，能夠激發作者的創作感情的投入。正是在這個
意義上，郭沫若說「蔡文姬就是我，是照著我寫的」。

　　在「現代」寫了大量話劇、歌劇、戲曲、電影文學作品的
田漢[18]，五、六十年代間的主要創作有話劇《朝鮮風雲》（《甲
午之戰》三部曲之一）、《關漢卿》、《十三陵水庫暢想曲》、
《文成公主》，改編、創作的戲曲作品有《白蛇傳》、《西廂
記》、《金鱗記》、《謝瑤環》。《十三陵水庫暢想曲》寫的
事件，使用的「創作方法」，都體現了那個「大躍進」時代的
特徵[19]。工地的勞動競賽，共產主義風格和個人主義的衝突，
真實和虛構的人物，現代人和古人，眼前的情景和對 20 年後共
產主義實現的想像，在這個類乎報導劇的作品中拼湊在一起。
它從一個方面，暴露了文學界在精神領域和藝術思想上存在的

---

[18] 田漢（1898-1968）湖南長沙人，原名田壽昌。1919 年發表劇作《環娥琳與
　　薔薇》。20-40 年代寫有大量劇作，主要有：《咖啡店之一夜》、《獲虎之
　　夜》、《名優之死》、《蘇州夜話》、《生之意志》、《南歸》、《梅雨》、
　　《1932 年的月光曲》、《暴風雨中的七個女性》、《回春之曲》、《盧溝
　　橋》、《三個摩登女性》、《哀江南》、《民族生存》、《揚子江風暴》、
　　《麗人行》等。著有《田漢文集》（1-16 卷）。
[19] 《十三陵水庫暢想曲》表現了作者追逐風潮的創作心態。它寫於、演出於
　　1958 年，寫的是發生於當年的北京十三陵水庫工程，使用的「創作方法」，
　　又是 1958 年毛澤東提出的「革命現實主義和革命浪漫主義相結合」的創作
　　方法。

深刻矛盾。這個劇在演出一些場次後，受到一些批評而停演[20]。在田漢的當代劇作中，《關漢卿》是得到較高評價的一種。這個元代戲劇家被「世界和平理事會」（當時「社會主義陣營」的一個國際機構）確定為 1958 年度的「世界文化名人」之一，田漢的寫作與對他的紀念活動相關。關漢卿被塑造為一個「戰鬥者」：以雜劇作為武器，詛咒、抨擊殘暴專橫的貪官汙吏，為負屈銜冤的弱者鳴冤吐氣，在抗爭中表現了「玉可碎而不可改其白，竹可焚而不可毀其節」的勇氣和節操。這其實展示的是現代中國左翼文藝家的「身份認同」。因此，有評論者認為田漢是以「一直戰鬥著的今日梨園領袖」的身份，來寫「戰鬥在 13 世紀的梨園領袖的形象」[21]。在歷史劇寫作上，《關漢卿》表現了在史料依據與藝術想像關係上的浪漫主義處理方式。零碎不多的史料記載，被重新組合，並加以虛構性的擴展，形成了細節有所據，而整體構架則建立在想像基礎上的這一格局[22]。

---

[20]　《十三陵水庫暢想曲》演出後，受到一些讚揚，並改編為電影（金山改編）。隨後則受到批評。在後來討論「兩結合」創作方法的文章中，有時被作為對這一方法的不正確理解的舉例。參見歐陽予倩《為〈十三陵水庫暢想曲〉大聲喝彩!》（《人民日報》1958 年 7 月 16 日），陳剛《勞動者的讚歌》（《文匯報》1958 年 7 月 27 日），朱藝祖《怎樣展望共產主義的明天？——電影〈十三陵水庫暢想曲〉觀後》（《文藝報》1958 年第 19 期），賈霽《要以共產主義思想暢想未來》（《文藝報》1959 年第 1 期）等。

[21]　戴不凡《響噹噹的一粒銅豌豆——讀話劇劇本〈關漢卿〉斷想》，《文藝報》1959 年第 16 期。

[22]　《關漢卿》最初在《劇本》1958 年第 5 期發表時，共九場。同年由人民文學出版社出版單行本改為十二場。1961 年再次出版單行本改為十一場。結尾部分也作了重大修改，由朱簾秀被允許「脫去樂籍」同關漢卿「同心並翅」飛往江南，改為不准朱簾秀的請求，只好和關漢卿地北天南的悲劇性結局。但田漢並不認為這就是「定本」，「覺得喜劇的結尾也不妨同時存在。」《〈關漢卿〉自序》，人民文學出版社 1961 年版。

　　這個時期的歷史劇，還有曹禺等的《膽劍篇》（曹禺、梅阡、于是之集體創作，曹禺執筆）。曹禺在「當代」的第一部劇作，是發表於 1954 年的四幕話劇《明朗的天》。以北京的協和醫學院為原型，寫燕仁醫院知識份子的思想改造。這個作品已難以見到《雷雨》、《北京人》等的光彩。1961 年的五幕話劇《膽劍篇》，以春秋時代吳越交戰故事為素材。第一、二幕寫吳國侵略、句踐被俘，後面三幕，寫獲釋後的句踐和百姓一起發憤圖強、準備復國，最終取得勝利。劇作把吳越的戰爭，處理為侵略、掠奪與反抗、復國的關係，而著重表現了句踐的「臥薪嘗膽，誓雪國恥」的意志，和與越國軍民一起「十年生聚，十年教訓」的艱苦奮鬥。這部歷史劇對「自強不息」的強調，與當時國家面臨的政治、經濟困難和危機有關。曹禺在 1978 年還完成了另一部歷史劇《王昭君》。

　　在「當代」，歷史劇問題的討論發生多次，涉及的是歷史與現實、歷史與文學的關係。50 年代初，一些劇作家出於文藝為現實政治服務、配合「中心工作」的熱情（也受到毛澤東對「舊劇」改造、「推陳出新」提倡的鼓舞），對傳統戲曲中的歷史劇和神話戲加以「現代」改編。如當時出現了許多牛郎織女戲，有的牛郎織女被貶下凡後，經過勞動改造，成了勞動英雄，宣傳勞動創造世界；「還用耕牛象徵拖拉機，喜鵲代表和平鳥等，將社會發展史的學習，治螟運動，反對美帝侵略，土地改革宣傳這許多內容，都縫在裏面了」[23]。在當時，這種強調「歷史」對於「現實」的配合，和以現實來改造「歷史」的倡

---

[23] 艾青《讀〈牛郎織女〉》，《人民日報》1951 年 8 月 31 日。

導者和實踐者，是戲劇家楊紹萱 [24]。1951 年，他發表了《論戲曲改革中的歷史劇和故事劇問題》[25] 一文，認為「歷史劇的基本精神在於反映中國社會發展史」，特別要反映「勞動工具對人民生活的決定作用」；因此，歷史劇在創作上，「可以不管歷史的時代性」，而「不免帶有劇本產生的時代性」。他在這個時期改編的《新天河配》裏，牛郎織女的傳說被用以表現當時的朝鮮戰爭和保衛和平運動；在《新白兔記》中，作者加進了「民族戰爭」的內容，並把劉知遠寫成類乎民族英雄的人物。楊紹萱的創作和理論，首先受到艾青的批評 [26]，楊紹萱對此加以反駁 [27]，認為艾青的意見是「為文學而文學，為藝術而藝術」。此後，馬少波、陳涌、阿甲、光未然、何其芳等相繼發表文章批評楊紹萱。批評者把他的創作和理論的錯誤，概括為「反歷史主義的傾向」和「主觀主義公式主義」，認為他的主張和藝術處理是「非藝術、非現實主義的創作方法」。以「現代」的立場闡釋「歷史」，讓「歷史」為現實服務，與「按照歷史本來面目來寫」，這兩者的關係是爭論的癥結。楊紹萱的批評者認為：「無論寫現實劇還是歷史劇，都必須採用現實主義的創

---

[24] 楊紹萱（1893-1971），河北灤縣人。40 年代初擔任延安平劇院院長期間，參與了對平劇（京劇）的改革，與齊燕銘改編、創作了京劇《逼上梁山》，受到毛澤東的稱讚。在給楊紹萱、齊燕銘的信（1944 年 1 月 9 日）中，說在舊戲舞台上，人民成了渣滓，由老爺太太少爺小姐們統治著舞臺；「這種歷史的顛倒，現在由你們再顛倒過來，恢復了歷史的面目，從此舊劇開了新生面」，「你們這個開端將是舊劇革命的劃時代的開端」。
[25] 《人民戲劇》第 3 卷第 6 期（1951）。
[26] 艾青《讀〈牛郎織女〉》。
[27] 《論「為文學而文學，為藝術而藝術」的危害性──評艾青的〈讀《牛郎織女》〉》，《人民日報》1951 年 11 月 3 日。

作方法（對於馬克思主義的作家，更必須是社會主義的現實主義）。這就是說，寫歷史劇也應該按照歷史事件、歷史人物的本來面貌來描寫，使讀者和觀眾得到對於他們的正確認識，這就是歷史劇為現實服務」[28]。這種結論性的意見，將爭論中的某些重要問題（什麼是「歷史本來面貌」，重現「本來面貌」的可能性和途徑，「現實主義」是否本質性的創作規範、歷史敘述與文學敘述的異同等）擱置起來。

50年代末和60年代初，在歷史劇創作熱潮中，歷史劇問題被重新提出。史學家吳晗覺得許多歷史劇並不嚴格依循史實，而提出「歷史劇是藝術，也是歷史」的觀點，要求歷史劇「不許可虛構、誇張」[29]。文學批評家李希凡針對這一觀點，認為「歷史劇是藝術，不是歷史」，歷史劇創作的線，不能「劃在忠實於一切歷史事實、細節的基礎上，而是忠於歷史生活、歷史精神的本質真實」[30]。發表討論文章的還有王子野、楊寬、齊燕銘、張真等。討論涉及歷史劇的定義、功用，歷史真實與藝術真實的關係等。茅盾的長文《關於歷史和歷史劇》[31]，是這一討論中的重要文章。它通過對當時近百個劇團都在上演的「臥薪嘗膽」的劇目的分析，來批評「片面又機械」地理解「古為今用」，在歷史劇創作上「從主觀出發的想像和藝術虛構」的現象，認為「歷史劇既應虛構，亦應遵守史實；虛構而外的事實，應儘

---

[28] 何其芳《反對戲曲改革中的主觀主義公式》，《人民日報》1951年11月16日。經作者修改後重新刊於《人民戲劇》第3卷第8期（1952）。

[29] 吳晗《談歷史劇》，《文匯報》1960年12月25日；《歷史劇是藝術，也是歷史》，《戲劇報》1962年第6期。

[30] 《「史實」與「虛構」》，《戲劇報》1962年第2期。

[31] 《文學評論》1962年第5期。

量遵照歷史，不宜隨便改動」。他推薦孔尚任《桃花扇》的處理方式：「凡屬歷史重大事件基本上能保存其原來的真相，凡屬歷史上真有的人物，大都能在不改變其本來面目的條件下進行藝術的加工」。這是50年代初歷史劇討論的問題的重提，被批評的仍是那種比附現實、演繹歷史的方式。看來，歷史與敘述的問題，再一次困擾著當代的寫作者。占上風的意見是，文學家雖然重視文學的「虛構性」，但這種重視，應以不妨害表現「歷史本來面目」為限度。不管討論者在這一問題上有怎樣的分歧，在拒絕將「歷史」與敘事等同，強調「歷史本質」的客觀性上，他們應該都是一致的。

四、話劇的「高潮」

1963年到「文革」前夕，出現了包括話劇在內的戲劇創作和演出的「高潮」。在這三年多的時間裏，舉辦多次全國性的和各大區的話劇和戲曲的觀摩會演。據統計，僅在1965年，各大區戲劇觀摩演出和其他的創作劇目共327個，其中話劇112個[32]。影響較大的話劇有：《第二個春天》（劉川）、《杜鵑山》（王樹元）、《霓虹燈下的哨兵》（沈西蒙、漠雁、呂興臣）、《雷鋒》（賈六）、《千萬不要忘記》（叢深）、《箭杆河邊》（劉厚明）、《豹子灣的戰鬥》（馬吉星）、《龍江頌》（江文、陳署）、《豐收之後》（藍澄）、《南海長城》（趙寰）、《年青的一代》（陳耘等）、《激流勇進》（胡萬

---

[32] 《1965年革命現代戲大豐收》，《戲劇報》1966年第1期。

春、佐臨、仝洛）、《女飛行員》（馮德英等）、《戰洪圖》
（張仲明執筆）、《青松嶺》（張仲明執筆）……這個期間的
話劇創作，在「大寫十三年」的創作口號[33]之下，大都取材於
50 年代以來的社會主義時期的生活。另有一部分作品，是有關
「亞、非、拉」的「反帝反修」運動的想像（如《剛果風雷》、
《赤道戰鼓》等）；階級鬥爭無一例外的是所有作品的主題。

　　在上述話劇中，《年青的一代》、《霓虹燈下的哨兵》、
《千萬不要忘記》等受到當時評論界的極高推崇。《霓虹燈下
的哨兵》[34]以當時廣泛宣傳的「南京路上好八連」的事蹟為素
材，寫解放軍某連隊 1949 年 5 月進駐上海南京路之後一年多裏
的經歷。編劇的是軍隊作家；最初演出的是軍隊劇團（南京軍
區前線話劇團）。作者後來說，這個劇的創作，是「我國經歷
了三年自然災害之後，特別需要在全國人民中間提倡艱苦奮鬥
精神的時候，我們迫於時代的要求，奉命投入創作的」[35]。劇中
的排長陳喜，在戰場上英勇立功，進入城市後，卻經不起「用
糖衣裹著的炮彈的攻擊」，受到「資產階級作風思想」的侵蝕，
險些為階級敵人利用。當然，他受到了教育和挽救。圍繞著這
條線索，劇中組織了與此有關的人物和矛盾。這一訓誨意味濃
厚的創作，由於組織進若干有風趣的細節，給嚴肅主題增加一
些喜劇色彩。比較起來，《千萬不要忘記》的結構最為嚴謹。
電機廠青年工人丁少純，新婚後受到曾是鮮果店老闆的岳母及

---

[33] 1963 年 1 月 4 日，當時中共上海市委書記、市長柯慶施在上海文藝界元旦
　　聯歡會的講話中，提出這一口號。見《文匯報》1963 年 1 月 6 日有關報導。
[34] 最初刊於《劇本》1963 年第 2 期和《解放軍文藝》1963 年第 3 期。
[35] 《〈霓虹燈下的哨兵〉創作回顧》，《戲劇藝術》1979 年第 2 期。

妻子的影響，開始講究吃穿，借錢買毛料衣服，並熱衷於下班後打野鴨子賣錢，以至勞動時注意力不集中，幾乎釀下嚴重事故。後來，經過丁的父親、爺爺、母親及朋友的教育挽救，認識到所走道路的危險，而迷途知返，決心做革命事業的接班人。劇名最初為《祝你健康》。經 1962 年全國話劇觀摩演出之後，便直接採用毛澤東 1962 年秋天在中共八屆十中全會提出的「千萬不要忘記階級鬥爭」作為劇名，並通過人物之口，將它作了點題式的強調 [36]。另一齣話劇《年青的一代》，寫地質學院畢業生林育生，不願離開上海到青海工作；相反，蕭繼業則忍受傷痛，在西北為地質勘探事業貢獻著自己的青春。和其他作品一樣，矛盾最終獲得解決，林育生在長輩、朋友幫助，和親生父母留下的血書感召下，而痛改前非。不過，在作品人物設計上，劇作還是泄露了嚴重的憂慮：林育生親生父母都是革命烈士，養父養母也是早年參加革命的老幹部，但這並不能保證他不受「資產階級思想」的侵蝕。

這些劇作所討論和試圖解決的，是「革命傳統」的延續的問題。在 1962 年底以後，執政黨提出「革命」仍要持續不斷地開展（「繼續革命」），但「革命」的含義和思想資源卻面臨「空洞化」的問題。在上述話劇中，城市被表現為可疑的，與庸俗、腐敗相聯繫的生存處所，可以作為與此對抗的，則來自三、四十年代中共在鄉村開展的鬥爭，和鄉村的生活經驗的傳統；它們成為一種懸浮的精神記憶，在文本中，也在現實生活

---

[36] 《千萬不要忘記》劇本刊於《劇本》1963 年第 10、11 期合刊。1964 年中國戲劇出版社出版的單行本中，添加了丁海寬這樣的說教式台詞：「是啊，這是一種容易被人忘記的階級鬥爭，我們千萬不要忘記！」。

中不斷發酵。這些劇作還尖銳地意識到組織個人的「日常生活」的重要性。《千萬不要忘記》的編劇指出了這一點：這齣戲不僅提出必須，和應該進行「社會主義教育」的問題，「而且還提出了如何組織安排社會生活的問題。……戲裏讓我們看到把八小時工作安排好，還不能保證不出問題。除了八小時工作，八小時睡覺，最後八小時怎麼安排？……」[37]。這些在當時被讚揚為「體現了時代的精神，傳達了時代的脈搏」的劇作，表達了政治激進派這樣的意圖：規範社會生活的觀念方式和行為方式，賦予「沒有槍聲，沒有炮聲」的生存環境以嚴重的階級鬥爭性質，提升「日常生活」的政治含義，因而實現把個體的一切（生活行為，以至情感心理空間）都加以組織、規範的設想。

---

[37] 叢深《〈千萬不要忘記〉主題的形成》，《戲劇報》1964 第 4 期。顯然，全面控制、安排、組織人的一切，包括行為、情感、心理，是「激進派」的社會目標。鄧拓在《燕山夜話》中，要人們注意珍惜這三分之一的生命，使大家在整天的勞動、工作以後，以輕鬆的心情，領略一些古今有用的知識」（《生命的三分之一》）。在後來對《燕山夜話》的批判中，這被看作是以何種思想去佔領個人的「日常生活」的嚴重的階級鬥爭問題。參見姚文元《評〈三家村〉》。

第十三章

走向「文革文學」

一、1958 年的文學運動

　　1958 年的文藝運動，其理念與運動方式與後來「文革」開展的文藝運動有內在的邏輯關聯和相近的形態。因此，可以將「大躍進」的文藝實踐，看作是走向「文革文學」的重要步驟。

　　1958 年初，文藝界反右派鬥爭結束時，發表由周揚署名的總結性文章《文藝戰線上的一場大辯論》。毛澤東審閱時做了修改，並加上幾段文字。他把 1957 年的反右運動，稱為「一次最徹底的思想戰線上和政治戰線上的社會主義大革命」，說它「給資產階級反動思想以致命的打擊，解放文學藝術界及其後備軍的生產力，解放舊社會給他們帶上的腳鐐手銬，免除反動空氣的威脅，替無產階級文學藝術開闢了一條廣泛發展的道路」。在毛澤東看來，這場「革命」的功績，是為「無產階級文學藝術」的建立清理「舊基地」和「開闢道路」，而「在這以前，這個歷史任務是沒有完成的」[1]。很明顯，這和當時文藝界主持者周揚他們的強調點並不相同。在估計文藝界反右派運

----

[1] 毛澤東的修改和增添文字，見《建國以來毛澤東文稿》第 7 冊，北京，中央文獻出版社 1987 年版。

動的「功績」時，周揚最看重的是中國左翼文藝運動（在當時
也就可以看作是中國現代文學）的「歷史」得到清理，為各紛
爭的力量、派別的優劣正誤做出「定論」；至於革命文學（或
「無產階級文藝」）的道路，那是在 30 年代就已經開闢了的 [2]。
這種分歧，雙方當時可能都還沒有深刻意識到。

　　1958 年，毛澤東發表了一系列有關文藝的主張。其中最主
要的是兩項：一是提倡大力搜集民歌，一是提出了革命現實主
義和革命浪漫主義相結合的「創作方法」[3]。這為一種新的文藝

---

[2]　因此，在「文革」中控制文藝界的「激進派」提出「要破除對所謂 30 年代
　　文藝的迷信」，說那時「左翼文藝運動政治上是王明的『左傾』機會主義
　　路線，組織上是關門主義和宗派主義，文藝思想實際上是俄國資產階級文
　　藝批評家別林斯基、車爾尼雪夫斯基、杜勃羅留波夫以及戲劇方面的斯坦
　　尼斯拉夫斯基的思想」，30 年代的「左翼文藝工作者，絕大多數還是資產
　　階級民族民主主義者」。參見《林彪同志委託江青同志召開的部隊文藝工
　　作座談會紀要》。

[3]　毛澤東「兩結合」創作方法的講話，開始未公開發表。1958 年第 7 期《文
　　藝報》（4 月出版）郭沫若答該刊記者問，在談到毛澤東詞《蝶戀花》時，
　　首先使用了「革命的現實主義和革命的浪漫主義的典型的結合」的說法。
　　隨後周揚在《新民歌開拓了詩歌的新道路》（《紅旗》創刊號，1958 年 6
　　月 1 日出版）一文中，除公開了這一主張的發明人外，並就其基本涵義和
　　對中國文藝發展的意義加以論釋，說「毛澤東同志提倡我們的文學應當是
　　革命的現實主義和革命的浪漫主義的結合，這是對全部文學歷史的經驗的
　　科學概括，是根據當前時代的特點和需要而提出的一項十分正確的主張，
　　應當成為我們全體文藝工作者共同奮鬥的方向」。從 1958 年到第二年，文
　　藝界開展了對這一提法的「解經式」的討論。後來，周揚在第三次文代會
　　（1960 年 7 月）的報告《我國社會主義文學藝術的道路》中，將這一創作
　　方法作為「方向」加以確定，宣稱它是「一種完全新的藝術方法」，是「最
　　好的創作方法」。在當時的討論中，讚揚這一「方法」的作家、批評家，
　　一般都把它看成是與產生於蘇聯的「社會主義現實主義」同屬一個體系，
　　或稱前者是對後者的「發展」。不過，這一「方法」的提出，又是擺脫「蘇
　　聯模式」、實施一種激進的文化發展構想的組成部分。

的構建，提供了理論、方法的基本依據。在 1958 年，這種新的
文藝形態，在開始的一段時間裏，被稱為「共產主義的文學藝
術」[4]。這種文藝，在創作思想和藝術方法上，凸出了本來包含
在「社會主義現實主義」這一命題中的「浪漫主義」。在把「浪
漫主義」闡釋為「革命熱情」、「遠大理想」，寫出「所願望、
所可能想像」的東西之後，把它置於顯著、主導性的位置上，
從而為從觀念、從烏托邦目標和政治浪漫激情出發來「虛構」
現實提供理論根據。這種文藝重視它與「行動」（尤其是政治
行動）的直接關係；甚至就是社會行動的一部分。同時，比起
文字（語言）作為媒介的創造物（文學）來，擁有更多接受者，
並讓接受者更直接參與的「文藝」（戲劇、曲藝、歌曲、美術、
詩朗誦等）的地位得到加強。這種文藝的創造者，要求具有工
人階級思想，並支持工人農民等「卑賤者」「破除迷信，解放
思想」，直接進入文學創作和批評領域。這種文藝形態，在與
人類文化「遺產」的關係上，則強調「厚今薄古」，「抓到真
理，就藐視古董」，並將「民間」文藝資源，作為文藝創造的
最主要憑藉。

---

[4] 郭沫若、周揚《紅旗歌謠‧編者的話》中說，「詩歌和勞動在社會主義、
共產主義新思想的基礎上重新結合起來，正是在這個意義上，新民歌可以
說是群眾共產主義文藝的萌芽。」《文藝報》1958 年第 19 期社論（《掀
起文藝創作的高潮!建設共產主義的文藝!》）在闡述 9 月舉行的中國文聯主
席團擴大會議精神時說，「現在提出建設共產主義文學藝術的任務，不是
太早，而是適時的，必要的。」華夫撰寫的《文藝報》專論《文藝放出衛
星來》（1958 年第 18 期）中說，「建設共產主義的文學藝術，並不是一
件神秘的高不可攀的事情」，並說「兩結合」的創作方法，「最有利於共
產主義文學藝術的創造」。

　　當時文學界的領導者（周揚、郭沫若、茅盾、邵荃麟等）
參與這一文學思潮的倡導和推動：提出「文藝也要大躍進」，
制訂「文藝工作大躍進 32 條（草案）」，開展「開一代詩風」
的「新民歌運動」，編輯出版仿照「詩三百」體例的《紅旗歌
謠》，發動對「兩結合」創作方法的討論，提倡「歌頌大躍進，
回憶革命史」的創作題材和主題，等等。但是，這一文學路線
實施的後果，也使他們感到不安。他們為創作中「現實性」的
削弱，為文學的簡單政治工具化，為過分強調工農作家、忽視
專業知識和藝術水準等傾向憂慮。建設一種與人類精神遺產（尤
其是他們熟悉的西歐、俄國的文學遺產）有著牢固聯繫的、有
思想深度和精神魅力的文學，是這些有時提倡大眾化，事實上
的「文學精英」的理想。特別是，他們是以人道主義作為精神
核心的啟蒙主義者，在運用文學這一「人生教科書」去塑造何
種理想人格上，不會完全認同忽視個體價值的「集體主義」；
儘管他們批判過馮雪峰、丁玲等的「個人主義」[5]。

　　因而，在 60 年代初，在經濟、政治的「大躍進」遭遇嚴重
挫折之後，開始實施「調整」的退卻政策。借助這一時機，在
一些較為務實的國家領導人[6]的支持下，文藝界有計劃地對激進

---

[5]　在 1958-1959 年，文學界主持者的憂慮和做出的「矯正」，表現在一系列
　　事件中。如新詩發展道路論爭，《文藝報》組織的對《青春之歌》和《「鍛
　　煉鍛煉」》的討論，《文藝報》對對待遺產的虛無主義的批評（張光年《誰
　　說「托爾斯泰沒得用」？》），茅盾《創作問題漫談》等評述創作文章的
　　發表等。

[6]　參見周恩來《在文藝工作座談會和故事片創作會議上的講話》（1961 年 6
　　月 19 日）、《對在京的話劇、歌劇、兒童劇作家的講話》（1962 年 2 月
　　17 日），陳毅《在戲曲編導工作座談會上的講話》（1961 年 3 月 22 日）、
　　《在全國話劇、歌劇、兒童劇創作座談會上的講話》（1962 年 3 月 6 日）。

的文藝路線進行調整。這包括召開多次檢討文藝工作「左傾」的會議[7]，發表題為《題材問題》的《文藝報》專論[8]，撰寫紀念《講話》發表24周年的《人民日報》社論《為最廣大的人民群眾服務》[9]，討論、制訂由中共中央宣傳部發佈的《關於當前文學藝術工作若干問題的意見》（簡稱「文藝八條」）的文件。上述活動、文章，以及周揚在這期間多次言辭激烈的講話，其著重點在兩個方面。一是文學與政治的關係。在文學的「服務對象」上，用「最廣大的人民群眾」來替換「工農兵」概念，以削弱、模糊其階級的規定性，並因此帶動對於創作者、創作方法等的重新思考。在此基礎上，批評文學對政治的簡單依附，學術研究和文學批評的解「經」（馬克思、列寧、毛澤東著作）的風尚，以及忽視人類文化遺產的傾向。從文學的層面上，是為了適度維護文學「特質」，防止政治對文學的完全取代，在文學服務於政治的框架內，有限度地承認作家在題材、人物、風格、方法上選擇的某種「自主性」。另一方面，是全面審度1958年以來成為文學思潮和「創作方法」核心的「革命浪漫主義」，提出「現實主義深化」和重視體現歷史複雜性的「中間狀態」人物的創造，來重提文學的「真實性」。這樣，在目睹了「大躍進」的文藝路線所產生的「文化後果」之後，文學界

均見《黨和國家領導人論文藝》，北京，文化藝術出版社1982年版。

[7]　1961年6月全國文藝工作座談會，6月至7月全國故事片創作會議，1962年籌備紀念《講話》發表24周年會議（「新僑會議」），同年3月全國話劇、歌劇、兒童劇創作座談會（「廣州會議」），8月農村題材短篇小說創作座談會（「大連會議」）等。

[8]　《文藝報》1961年第3期，主編張光年執筆。

[9]　刊於《人民日報》1962年5月23日，周揚執筆。

的主持者在若干重要問題上，靠攏了他們原先的「對手」（胡
風、馮雪峰、秦兆陽等）的立場[10]。

二、文學激進思潮和《紀要》

　　1962 年秋天，毛澤東提出了「千萬不要忘記階級鬥爭」的
口號。從次年開始，在思想文化界開展了持續多年的，範圍廣
泛（涉及哲學、經濟學、史學、文學藝術等）的批判運動[11]。
這期間，毛澤東對文藝問題做過兩次「批示」，對 50 年代以來
的文藝狀況，特別是文藝界的領導者，發出嚴厲的指責[12]。在
1963 年 12 月 12 日的「批示」中，他認為「戲劇、曲藝、音樂、
美術、舞蹈、電影、詩和文學」等，「問題不少，人數很多，
社會主義改造在許多部門中，至今收效甚微。許多部門至今還
是『死人』統治著」，「許多共產黨人熱心提倡封建主義和資
本主義的藝術，卻不熱心提倡社會主義的藝術」。在 1964 年 6

---

[10] 在 1961 年的全國文藝工作座談會上，周揚說，「……胡風是反革命，對我
　　們做了惡毒的攻擊，但經常記得他攻擊我們什麼，對我們有好處。他有兩
　　句話我不能忘記，一句是『二十年的機械論統治』，如果算到現在，就是
　　三十年了，……我們要認真考慮一下，在我們這裏有沒有教條主義。胡風
　　還有一句：反胡風以後，中國文壇就進入中世紀。我們當然不是中世紀，
　　但是如果我們搞成大大小小的『紅衣大主教』、『修女』、『修士』，思
　　想僵化，言必稱馬列主義，言必稱毛澤東思想，也是夠叫人惱火的就是了。」
[11] 主要批判對象是：楊獻珍（當時中共中央黨校校長）哲學上的「合二而一」，
　　孫冶方的經濟學理論，翦伯贊古代史研究提出的「讓步政策」，羅爾綱對
　　太平天國李秀成的研究，周谷城的所謂「時代精神匯合論」。
[12] 這兩次「批示」當時沒有公開發表。1966 年《紅旗》第 9 期重新發表毛澤
　　東的《講話》所加的按語（《無產階級文化大革命的指南針》）中，首次
　　在公開出版物披露這兩個批示的具體內容。

月的另一次「批示」中，批評全國文聯和所屬各協會，以及「他們所掌握的刊物的大多數」，「十五年來，基本上（不是一切人）不執行黨的政策，做官當老爺，不去接近工農兵，不去反映社會主義的革命和建設。最近幾年，竟然跌到修正主義的邊緣。如不認真改造，勢必在將來的某一天，要變成像匈牙利裴多菲俱樂部那樣的團體」。

在「文革」發生前的三年多裏，涉及文藝的批判，理論方面有主要針對邵荃麟的「寫中間人物」論，以及「寫真實」、「現實主義深化」等主張。創作方面，最初從批判電影《北國江南》（陽翰笙編劇，沈浮導演）開始，擴展至《林家鋪子》（夏衍編劇，水華導演）、《兵臨城下》（白刃、林農編劇，林農導演）、《抓壯丁》（吳雪、陳戈等編劇，陳戈導演）、《逆風千里》（周萬誠、方徨編劇，方徨導演）、《早春二月》（謝鐵驪編劇、導演）、《舞台姐妹》（林谷、徐進、謝晉編劇，謝晉導演）、《不夜城》（柯靈編劇，湯曉丹導演）。「文革」期間，被列為批判對象的電影還有《燎原》、《怒潮》、《紅河激浪》、《洪湖赤衛隊》、《革命家庭》等。批判的核心問題之一，是對中共領導的革命的「歪曲」敘述，認為這些影片或為 30 年代的「機會主義路線」翻案，或為「黨內走資本主義道路當權派」（指彭德懷、劉少奇、賀龍等）「樹碑立傳」。受到批判的小說有《三家巷》、《苦鬥》、《賴大嫂》、《陶淵明寫挽歌》、《廣陵散》、《杜子美還家》、《在廠史以外》等。戲劇則有孟超的《李慧娘》、田漢的《謝瑤環》，夏衍作於 30 年代的《賽金花》。理論論著有孟超的《「有鬼無害」論》、

瞿白音的「創新獨白」[13]、夏衍的《電影論文集》[14]、程季華的
《中國電影發展史》[15]。而對鄧拓的《燕山夜話》、吳南星（鄧
拓、吳晗、廖沫沙）的《三家村札記》和吳晗的《海瑞罷官》
的批判，則與「文化大革命」的發動有直接關聯。經過開展的
批判運動，經過江青等對「京劇革命」的介入，和周揚等權勢
的旁落，文化革命激進派別在「文革」前夕，在文藝界已確立
其主導地位。其標誌，是「部隊文藝工作座談會」的召開，和
座談會紀要的制訂[16]。《紀要》和另外一些文章、講話[17]，全

---

[13] 瞿白音（1910-1979），上海嘉定人，電影劇作家，評論家。30 年代起從事
左翼電影戲劇工作。翻譯有斯坦尼斯拉夫斯基的《我的藝術生涯》。1962
年 6 月在《電影藝術》雜誌上發表《關於電影創新問題的獨白》一文。

[14] 北京，中國電影出版社 1963 年版。

[15] 《中國電影發展史》，程季華、李少白、邢祖文編著，北京，中國電影出
版社 1963 年版。

[16] 1966 年 2 月間，江青在林彪的支持下，在上海錦江飯店秘密召開有軍隊文
化幹部（總政治部副主任劉志堅、文化部長謝鏜忠、副部長陳亞丁等）參
加的文藝座談會。會後主要根據江青的多次談話內容，由劉志堅、陳亞丁
起草會議紀要。後經陳伯達、張春橋、姚文元加工、修改，又經毛澤東 3
次修改審閱後，以《林彪同志委託江青同志召開的部隊文藝工作座談會紀
要》為題，於 1966 年 4 月 10 日作為中共中央文件在中共黨內高層發佈。
1966 年 4 月 18 日，《解放軍報》社論《高舉毛澤東思想偉大紅旗，積極
參加社會主義文化大革命》，在沒有提及座談會和「紀要」的情況下，全
面公佈了「紀要」的觀點。在略有改動之後，1967 年 5 月 29 日《人民日
報》等報刊公開刊登「紀要」全文。江青（1914-1991）山東諸城人，原名
李雲鶴。1929 年春在濟南入山東實驗劇院。30 年代在上海以藍蘋為藝名當
過電影演員。1937 年秋到延安，改名江青。50 年代曾任全國電影指導委員
會委員，中共中央宣傳部電影處處長等職。「文革」期間，擔任中央文革
小組第一副組長、代理組長。1976 年 10 月被逮捕。後被判處死刑，緩期
二年執行。1991 年 5 月自殺身亡。

[17] 這些講話、文章是：江青《談京劇革命》（1964），姚文元《評反革命兩
面派周揚》（1967），上海革命大批判小組《鼓吹資產階級文藝就是復辟
資本主義》（1970），初瀾《京劇革命十年》（1974）等。

面闡述了這一派別進行「文藝革命」的綱領和策略。《紀要》攻擊「建國以來」的文藝界,「被一條與毛主席思想相對立的反黨反社會主義的黑線專了我們的政,這條黑線就是資產階級的文藝思想、現代修正主義的文藝思想和所謂30年代文藝的結合」。它重申了毛澤東在「批示」中的判斷,對50年代以來的文學現狀,作了這樣的描述:「十幾年來,真正歌頌工農兵的英雄人物,為工農兵服務的好的或者基本上好的作品也有,但是不多;不少是中間狀態的作品;還有一批是反黨反社會主義的毒草」。因此,要「堅決進行一場文化戰線上的社會主義大革命,徹底搞掉這條黑線」。在對「舊文藝」批判的同時,「紀要」指出,要創造「開創人類歷史新紀元的、最光輝燦爛的新文藝」;作為這一實驗,要「搞出好的樣板」。這種「革命新文藝」,題材上「要努力塑造工農兵的英雄人物,這是社會主義文藝的根本任務」,藝術方法則「要採取革命現實主義和革命浪漫主義相結合的方法」。在依靠什麼人來實現創建新文藝的問題上,「紀要」提出了「重新組織文藝隊伍」。這包括「重新教育」那些「沒有抵抗住資產階級思想」侵蝕的「文藝幹部」,更指「工農兵」的加入:「工農兵在思想、文藝戰線上的廣泛的群眾運動」,「無論內容和形式都劃出了一個完全嶄新的時代」。1967年初,經毛澤東審閱,姚文元署名的文章《評反革命兩面派周揚》[18]發表,被作為「文藝黑線人物」和「資產階級反動權威」點名的,除周揚外,還有胡風、馮雪峰、丁玲、

---

18 刊於《紅旗》1967年第1期。

艾青、秦兆陽、林默涵、田漢、夏衍、陽翰笙、齊燕銘、邵荃麟、茅盾、巴金、老舍、趙樹理、曹禺等。

　　「紀要」表達的，是本世紀以來就存在的，主張經過不斷選擇、決裂，以走向理想形態的「一體化」的激進文化思潮。這種思潮的「當代形態」的特徵，一是提出有關「革命」，也有關文學的更純粹的尺度，一是選擇上的政治權力干預的強制性。根據階級精神和文學形態的純粹性標準，「紀要」開列了必須「破除迷信」的中外文學的名單，其中有「中外古典文學」，有「十月革命後出現的一批比較優秀的蘇聯革命文藝作品」，有中國的「30 年代文藝」（指左翼文藝）。後來，一篇闡述這一派別理論主張的文章 [19] 更明確指出，「古的和洋的藝術，就其思想內容來說，是古代和外國的剝削階級的政治願望和思想感情的表現，是必須徹底批判和與之徹底決裂的東西，至於其中少數作品的藝術形式的某些方面，也是需要用毛澤東思想為武器來進行批判和改造，才能推陳出新，使它為創造無產階級文藝服務」。這便有了「從《國際歌》到革命樣板戲，這中間一百多年是一個空白」、「過去的十年，可以說是無產階級文藝的創業期」的論斷 [20]，同時，也出現了規模空前的，文藝「經典」顛覆、重評的運動。

---

[19] 上海革命大批判組《鼓吹資產階級文藝就是復辟資本主義》，《紅旗》1970 年第 4 期。

[20] 前一句出自張春橋，他還說，「江青親自培育的革命樣板戲，開創了無產階級文藝的新紀元」（謝鐵驪、錢江、謝逢松《四人幫是摧殘革命文藝的劊子手》，《人民日報》1976 年 11 月 10 日）。後一句見初瀾《京劇革命十年》（《紅旗》1974 年第 4 期）。另外，江青 1976 年 1 月 21 日對中國藝術團的講話中也說，「無產階級從巴黎公社以來，都沒有解決自己的文

三、文學的存在方式

　　文學激進思潮的特徵之一，是竭力削弱文學創作、活動與政治行動之間的界限。在「文革」中，政治觀念、意圖在文藝作品中的表達採用更直接的「轉化」方式，即所謂「政治」的直接「美學化」。胡風、周揚等的文學思想中的「政治性—真實性—藝術性」，成為「政治—藝術」的結構。現代「左翼」文學對「現實主義」的信仰，他們用來調整政治與藝術緊張關係的「真實性」，已從這一結構中「拆除」。同時，作品的接受行為，也更明確地被賦予政治的意義。也就是說，文本的生產、傳播、批評，就是一種「政治行為」。「文革」前夕對小說《保衛延安》、《劉志丹》和新編歷史劇《海瑞罷官》的評論，是著名的實例。這些作品，既被看作是文學文本，也被看作是政治文本。在破除文學生產、文學文本的「獨立性」和「自足性」，而將文學生產、傳播、批評納入國家政治運作軌道上，「文革」有了相當全面的實現。因此，在「文革」結束後，電影《春苗》、《盛大的節日》、《反擊》等被稱為「陰謀文藝」，而「天安門詩歌」的意義則是「突破了文藝的範圍，直接成了一場驚心動魄的革命政治運動」——否定和肯定，都顯示了它們與政治直接關聯的性質。

　　大多數作家、藝術家在「文革」期間被「邊緣化」，許多受到程度不同的迫害。許多人失去寫作權利，在不同範圍受到「批鬥」，遭受人身汙辱，有的被拘禁、勞改。一些作家因此

藝方向問題。自從六四年我們搞了樣板戲，這個問題才解決了」。

失去生命[21]。作家的這種遭遇，是 1966 年提出的「橫掃牛鬼蛇神」的大規模政治迫害運動的組成部分。由於「文革」激進派別指控「十七年」文藝界為「黑線專政」，大多數作家被看作是「黑線人物」、「反動文人」；作家、知識份子又是要徹底破除的「舊文化」的主要傳承者，這加劇了迫害的廣泛性和嚴重程度。「文革」期間，作品發表受到嚴格控制。特別是「十七年」作家，他們需要重新取得資格。「文革」開始的最初幾年裏，除極個別作家（郭沫若、浩然，韓笑、以及工農作家胡萬春、唐克新、仇學寶、李學鰲、鄭成義）有這種可能外，大部分都失去這一權利。1972 年以後，可以發表作品的人數有所增加[22]，個別「十七年」期間出版的作品和理論著作，在經過審查後，也獲准重新印行[23]。「文革」後期，也湧現了一批新的作者，他們的寫作當然遵循著激進的思想藝術規範。不過，他們在「文革」後普遍經歷了寫作路向的轉換，而成為推動「新時期文學」力量的組成部分[24]。

---

[21] 1979 年 10 月第四次全國文代會上宣讀的《為林彪、「四人幫」迫害逝世和身後遭受誣陷的作家、藝術家致哀》中，列舉的知名作家、藝術家計有二百人。他們中的作家有鄧拓、葉以群、老舍、傅雷、周作人、司馬文森、楊朔、麗尼、李廣田、田漢、吳晗、趙樹理、蕭也牧、聞捷、邵荃麟、侯金鏡、王任叔（巴人）、魏金枝、豐子愷、孟超等。

[22] 「文革」後期，陸續發表作品的「十七年」作家有：李瑛、賀敬之、顧工、草明、張永枚、瑪拉沁夫、茹志鵑、臧克家、草明、姚雪垠、李希凡、魯彥周、黃宗英等。

[23] 如魏巍的《誰是最可愛的人》，劉大杰的《中國文學發展史（第一冊）》，賀敬之的《放歌集》，張永枚的詩等。這些重版的著作，大多作了回應當時的政治時勢的修改。

[24] 在「文革」後期湧現的作者有莫應豐、張長弓、梅紹靜、王小鷹、諶容、蔣子龍、劉心武、鄭萬隆、陳建功、張抗抗、梁曉聲、雷抒雁、張煒、路

　　「文革」期間，稿酬被作為「資產階級法權」的體現而被取消。

　　從 1966 年 7 月開始，全國的文學刊物相繼停刊，這包括由中國作協和上海作協分會等主辦的幾份最有影響的刊物：《文藝報》、《人民文學》、《詩刊》、《收穫》、《世界文學》《上海文學》、《文學評論》等。「文革」初期唯一繼續出版的文學刊物《解放軍文藝》，在 1968 年底也停刊。1972 年前後，《解放軍文藝》和許多省市的文學刊物陸續復刊，但《詩刊》、《人民文學》、《文藝報》、《上海文學》、《文學評論》、《收穫》等則遲至 1976 年，或 76 年以後才得以恢復 [25]。1974年 1 月在上海創辦了文學月刊《朝霞》，出版「朝霞文藝叢刊」，登載詩、小說、散文和評論，是「文革」中表達激進派文學主張和創作實踐的刊物。這期間，上海出版的理論刊物《學習與批判》，也常刊登文學批評性質的文字。

　　文學批評最流行的方法是組織寫作小組，這顯示了發言的階級、政治集團性質（非個人性），以加強其權威地位。這一近代以來報刊撰寫時評、社論的方式，在「文革」中得到普遍推廣。「文革」前後以姚文元 [26] 名義發表的一些長篇文章，如

　　遙、陳忠實、賈平凹、韓少功、朱蘇進、李存葆、理由、陸星兒、陳國凱、余秋雨、古華、周克芹等。

[25]　《人民文學》、《詩刊》於 1976 年 1 月復刊，《文藝報》遲至 1978 年 7月才復刊。《世界文學》1978 年 10 月復刊。《收穫》1979 年 1 月復刊。

[26]　姚文元（1931-2005）浙江諸暨人。大學畢業後在上海從事文化宣傳工作。1948 年加入中國共產黨。先後任職於中國作家協會、上海市盧灣區團工委、曾任職於中共上海盧灣區委宣傳部、上海《解放日報》和中共上海市委政策研究室。「文革」期間，任中共中央文化革命領導小組成員。1976 年 10月被逮捕，後判處有期徒刑 20 年。論著有《論文學上的修正主義思潮》、

《評新編歷史劇〈海瑞罷官〉》、《評「三家村」》、《評反革命兩面派周揚》等，都由主要設在上海的寫作小組撰寫。最重要的文學批評文章的寫作，由江青、姚文元、張春橋等所直接控制的「寫作班子」承擔，署名通常是「初瀾」或「江天」。上海的各級「寫作班子」的文章，有直接署「上海大革命批判寫作小組」的，有時候則根據寫作人員的構成和文章內容的區別，而分別使用「丁學雷」、「方澤生」、「羅思鼎」、「任犢」、「方耘」、「常峰」、「方岩梁」、「石一歌」等集體筆名。「文革」後期成立的，由江青等控制的「北京大學、清華大學寫作組」（有的文章署名「梁效」），有時也寫作與文藝有關的文章。當時著名的「寫作班子」，還有北京的「辛文彤」、「洪廣思」等。

　　詩、散文、小說的發表仍以個人署名方式為主，但是，集體創作作為一種方向得到鼓勵和提倡，尤其是大型的戲劇、長篇小說等體裁。1958 年，「集體創作」就作為一項顯示「共產主義思想」的事物加以提倡，《文藝報》還發表過《集體創作好處多》的專論 27。集體創作的方式有多樣，其中的一種是「三結合」創作小組 28。當時一部分有影響的作品，就表明是以「集

《魯迅——中國文化革命的巨人》、《文藝思想論爭集》、《在前進的道路上》、《評新編歷史劇〈海瑞罷官〉》、《評反革命兩面派周揚》、《論林彪反黨集團的社會基礎》等。雜文集有《細流集》、《在革命的烈火中》、《沖霄集》等。

27 作者署名華夫，《文藝報》1958 年第 22 期。

28 「三結合」指黨的領導、工農兵群眾和專業文藝工作者。「文革」期間，這種寫作小組的組織，一般是抽調文化水平較高的工人（或農民，或士兵），短期或長期脫產，由部門的文化宣傳幹部組織，再加上一些作家（或文藝報刊編輯，大學文學教師）組成。他們通常會先學習毛澤東著作和有關政

體寫作」方式實現的。如《金訓華之歌》（仇學寶、錢家梁、張鴻喜）、《牛田洋》（署名南哨）、《桐柏英雄》（集體創作，前涉執筆）、《虹南作戰史》（上海縣《虹南作戰史》寫作組）、《理想之歌》（北京大學中文系 72 級創作班工農兵學員）等。「三結合」創作被認為是「文藝戰線上的一個新生事物」，具有「巨大的生命力和深遠的影響」。列舉的理由包括「有利於黨對文藝工作的領導」、「是造就大批無產階級文藝戰士的好方式」，以及「為破除創作私有等資產階級思想提供了有利條件」。關於後面這一點，當時的闡釋是：「由於工農兵業餘作者的參加，他們也把無產階級的生產方式和先進思想帶進了創作集體」，文藝創作「就像他們在生產某一機件時一樣，決沒有想到這是我個人的產品，因而要求在產品上刻上自己的名字」[29]。

「文革」開始一段時間，與域外的文化交流，幾乎處於停頓狀態。少量的文化交流（文化團體的訪問、演出，文學作品的翻譯、出版），主要出於政治意識形態的考慮。公共圖書館中的外國文學書刊，大部分已被封存停止借閱。對外國哲學、文學藝術等的譯介工作，也基本上陷於停頓狀態。1973 年以後，外國文學的翻譯、出版，才在極有限的範圍裏進行[30]。不過，

治文件，以確定寫作的「主題」，然後根據所要表達的「主題」，來設計人物、情節、表現方式。「工農群眾」的寫作者中，也會有較強寫作能力的，但在大多數情況下，「專家」在最後的定稿上要起到關鍵性的作用。

[29] 周天《文藝戰線上的一個新生事物——三結合創作》，《朝霞》1975 年第 12 期。

[30] 開始有翻譯作品出版的 1972 年到「文革」結束，公開出版的文學譯作不過二、三十種。部分是組織「三結合」翻譯小組對已有譯本的新譯，如《鋼

繼續五、六十年代出版「內部發行」的供參考、批判的做法，「文革」後期文學「內部出版物」也有一定數量，包括在上海出版的刊物《摘譯》[31]。當然，翻譯和出版的總體停頓的狀況，並不意味著完全切斷讀者與中外古典和現代文學溝通的渠道。公共圖書館中被封存的一些書刊流向「民間」，私人藏書在這時也發揮了重要作用。五、六十年代「內部發行」的，供「高級幹部」和研究者「參考」、「批判」的外國哲學、社會科學和文學藝術著作，有一部分。也在一部分知識份子和知識青年中流傳[32]。

鐵是怎樣煉成的》（當代通行梅益譯本，「文革」期間，人民文學出版社出版由黑龍江大學俄語系翻譯組、俄語系 72 級工農兵學員合譯的譯本）、《青年近衛軍》（當代通行水夫譯本，「文革」間出版 4800 部隊某部理論組、北大俄語系蘇聯文學組的合譯本）等。基於外交政策和政治意識形態的考慮，在此期間主要翻譯亞非拉（越南、老撾、東埔寨、莫桑比克、巴勒斯坦、阿爾巴尼亞、朝鮮等國家、地區）作家表現反對帝國主義、殖民主義，爭取民族獨立的當代作家作品。「文革」期間公開出版的蘇聯和「資本主義國家」文學譯作，只有高爾基、小林多喜二的一些作品，和《鐵流》、《青年近衛軍》、《毀滅》、《鋼鐵是怎樣煉成的》等。

[31] 「文革」後期，上海的《朝霞》月刊開設「蘇修文學批判」欄目，刊登一些蘇聯當代作品和對它們的批判文章。上海和北京的出版社「內部發行」的外國文學譯作有五十多種。1973 年 11 月，上海出版內部刊物《摘譯》，到 1976 年底停刊之前共出 31 期，翻譯、介紹多種蘇聯、美、日等國的當代作品。編者稱，《摘譯》不是為了「單純的閱讀」，「甚至為了『欣賞』」的，而是「通過文藝揭示蘇、美、日等國的社會思想、政治和經濟狀況，為反帝反修和批判資產階級提供材料」，「只供有關部門和專業單位參考的內部刊物」（《摘譯》編譯組：《關於〈編譯〉的編譯方針》，1976 年第 3 期）。譯作之前有署名「常峰」、「任一評」、「任犢」等的批判文章或「譯者說明」

[32] 50 年代末到 60 年代初，上海人民出版社曾翻譯出版了近百種的國外（主要是西方）的哲學社會科學著作，其中一部分以「內部發行」的方式出版。如杜威的《確定性的尋求》、《人的問題》，胡克的《歷史中的英雄》、

四、「文革文學」的特徵

　　如果「文革文學」是指這一期間產生的文學作品，那麼，它包含了很不相同的部分；既指在公開出版物上發表的作品，也指祕密或半祕密狀態的創作（對於後者，有的研究者使用了「地下文學」的概念）。但如果「文革文學」是指稱某種具有特定性質、形態的文學，則它大體上是指公開出版物的創作，即由文藝激進派別所提倡、扶持的作品。

　　「文革」期間公開發表的文學作品，基本上遵循著文學激進派所確立的創作原則和方法。它們和五、六十年代的「主流創作」，在文學觀念和藝術方法上，並不存在清晰的界限。事實上，「文革」期間被稱為「樣板」的作品，許多是對五、六十

《理性、社會神話和民主》、《自由的矛盾情況》，莫里斯的《開放的自我》，阿克頓的《時代的幻覺》，羅素的《社會改造原理》等。該社在 1964年至 1966 年間，還出版了近二十輯的「資產階級哲學資料選輯」，共二十五輯的「蘇聯哲學資料選輯」。在北京的商務印書館在 60 年代初，也印行了許多「內部發行」的西方哲學社會科學譯著。如羅素的《心的分析》、《人類有前途嗎？》，讓·華爾的《存在主義簡史》，盧卡奇的《存在主義還是馬克思主義？》，斯賓格勒的《西方的沒落》，玻爾的《我這一代的物理學》，柏格森的《形而上學導言》，加羅蒂的《人的遠景（存在主義，天主教思想，馬克思主義）》，薩特的《辯證理性批判》（第一卷），懷特的《分析的時代——20 世紀的哲學家》，杜威的《自由與文化》，《經驗與自然》，賓克萊的《理想的衝突——西方社會中變化著的價值觀念》等。商務這期間還出版了由洪謙主編的「現代西方資產階級哲學論著選輯」，和由中國科學院哲學研究所編的「現代外國資產階級哲學資料選輯」的《存在主義哲學》。人民文學出版社和作家出版社這期間出版的「內部發行」書籍，主要有：《現代文藝理論譯叢》（1-6 輯），《現代英美資產階級文藝理論文選》（上、下），《蘇聯一些批評家、作家論藝術革新與「自我表現」》，斯蒂爾曼編的《苦果——鐵幕後知識份子的起義》，貝克特的《等待戈多》，克魯亞克的《在路上》，塞林格的《麥田裏的守望者》，蘇聯「第四代作家」葉甫圖申科、阿克蕭諾夫等的詩、小說等。

年代或延安時期作品的改編或移植。「文革」公開發表的小說、詩、戲劇，其藝術經驗，也主要來自五、六十年代的「主流文學」。但是，與五、六十年代比較，「文革文學」也出現重要變化，形成其特定的屬性。如前面已經提到的政治的直接「美學化」。在「真實性」問題上，中國當代作家對「感覺怎樣」、「應該怎樣」和「實際怎樣」之間的矛盾的困惑[33]，在這時已變成對「應該怎樣」（政治意識形態要求）的不容置疑的認定。這種文學觀念，合乎邏輯地導致文學創作的觀念論證式的結構。文學寫作的「思維過程」，被確定為這樣的公式：「表象（事物的直接映像）—概念（思想）—表象（新創造的形象），也就是個別（眾多的）——般—典型。」[34] 創作和閱讀過程中的「形象思維」、直覺、體驗等，被看成是「神秘主義」加以拒絕和清除。這一公式通向那種更具教諭性的創作。對「革命浪漫主義」的強調，在修辭方式上，表現為象徵方法的廣泛運用。意義指向確定的「公共」（而非個人性體驗）象徵，取代了生活細節具體的描述。「比普通的實際生活更高，更強烈，更有集中性，更典型，更理想」的「典型化」的方法，對於表達政治意圖，虛構由「革命」所激發的浪漫想像，顯然是一種更有效的手段。

　　「十七年」既然被攻擊為「文藝黑線專政」，這個時期的理論、創作自然大多受到否定。其實，「十七年」創作、批評提出、依循的命題、規定，在「文革」中並沒有被整體推翻；

---

[33] 在五、六十年代，茅盾、曹禺、周揚、邵荃麟等在講話或文章中，都討論過如何「正確處理」這三者的關係。

[34] 鄭季翹《文藝領域裏必須堅持馬克思主義的認識論——對形象思維論的批判》，《紅旗》1966 年第 5 期。

「文革文學」更改的是這些命題、規定內部的結構關係。題材
的等級意義是早就存在了的，「文革文學」明確了「社會主義
建設和鬥爭」和中共領導的革命的絕對地位。創造新人形象（在
不同時期和場合，可以替代的概念有「正面人物」、「先進人
物」、「英雄人物」、「工農兵英雄形象」等）作為「中心」
或「根本」的任務，也是 50 年代初或更早（延安時期）就已提
出，成為創作和批評的重要「原則」[35]。但在「文革文學」中，
這一「根本任務」[36]，則成為有嚴格規定的、不得稍有違反的「律
令」。一方面，所有的作品必須主要表現英雄人物，英雄人物
在作品中又必須居於中心的、絕對支配的地位；另一方面，塑
造的英雄人物必須高大完美，不允許有什麼思想性格的弱點。
因而，提出了「三突出」的（涉及結構方法、人物安排規則）
的「創作原則」[37]，以為實現這一「根本任務」的「有力保證」。

---

[35] 1953 年 3 月，周揚在第一屆全國電影創作會議上，就學習社會主義現實主
義問題的報告中說，創造先進人物的典型去培養人民的高尚品質，「應該
成為我們的電影創作的以及一切文藝創作最根本的最中心的任務。社會主
義現實主義向我們提出什麼要求？就是創造先進人物的形象。」《周揚文
集》第二卷第 197 頁，人民文學出版社 1985 年版。

[36] 江青 1964 年 7 月《談京劇革命》中說，塑造出工農兵形象，塑造出革命英
雄形象，是社會主義文藝的「主要任務」或「首要的任務」。《部隊文藝
工作座談會紀要》說，「要努力塑造工農兵的英雄人物，這是社會主義文
藝的根本任務」。

[37] 于會泳（作曲家，山東乳縣人，1920 年出生。50 年代上海音樂學院畢業後
留校任教。擔任「樣板戲」《智取威虎山》的作曲。1975-1976 年間任國家
文化部長，1977 年被羈押審查時自殺身亡）在《讓文藝舞台永遠成為宣傳
毛澤東思想的陣地》（《文匯報》1968 年 5 月 23 日）中說到，「根據江
青指示」，提出「在所有人物中突出正面人物來；在正面人物中突出主要
英雄人物來；在主要英雄人物中突出中心人物來」的「三突出」創作原則。
這一「原則」後來由姚文元改定為「在所有人物中突出正面人物；在正面

這一創作規則，在很大程度上是「中世紀」式的，是企圖嚴格
維護舞台上的，也是社會政治上的等級結構。

　　「文革」期間，戲劇在文藝諸樣式中居於中心地位 [38]。戲
劇既是選擇來進行政治鬥爭的「突破口」（對《海瑞罷官》、
《李慧娘》的批判），也是用來開創「無產階級文藝新紀元」
的「樣板」的主要樣式。在 50 年代，「五四」新文學中小說的
中心位置得到繼續。小說的藝術觀念、藝術方法對詩、散文有
明顯的滲透。詩的敘事化、情節化，要求詩、散文、戲劇也承
擔「反映」社會生活「各條戰線」的任務，以及運用諸如「真
實反映」、「典型」、「人物形象」等小說批評術語來品評詩
和散文，都說明了這一點。不過，從 50 年代後期，特別是 1963
年開始，戲劇的重要性得到強調。這是「左翼」文藝重視戲劇、
電影這一「傳統」的延伸。「革命運動」的群眾參與，和「革
命」的「狂歡」式的特徵，都提升了這種與群眾娛樂聯繫緊密
的樣式的地位。戲劇對其他文學樣式在結構上產生的影響，主
要表現為詩、小說、散文的「場景化」。矛盾的若干線索的安

人物中突出英雄人物；在英雄人物中突出主要英雄人物」。見上海京劇團
《智取威虎山》劇組《努力塑造無產階級英雄人物的光輝形象》，《紅旗》
1969 年第 11 期。

[38] 在不同時期，或不同文藝流派那裏，「體裁」（「樣式」）具有不同價值
等級。卡崗在《藝術形態學》中指出，在中世紀，戲劇具有最高的價值；
文藝復興時代，「造型藝術具有最高價值」；到了 17 世紀，「詩歌是藝術
的理想形式」：17 世紀，認為繪畫應該以詩為典範，「當時法國藝術院成
員特斯特朗曾廣為宣傳西摩尼德斯的公式：『繪畫是畫家的無聲的詩和演
說』，甚至號召畫家仿效詩劇的三一律規則」。《藝術形態學》第 40 頁，
北京，三聯書店 1985 年版。中國當代文學中，小說自然居「中心」位置，
但是戲劇的「影響」卻相當巨大，並在某些時候處於「中心」位置。這是
一個強調「理性化」、強調矛盾衝突的歷史時代的產物。

排，開端、發展、高潮、解決的情節方式，戲劇衝突的設置和結構，幾乎成為文學創作的通用構思方式。小說中的人物，也大多「角色化」（在衝突中有確定的地位，和明確的性格特徵），人物間也安排著戲劇台詞式的對白。文學樣式向戲劇的這種靠攏，無疑有助於在文學文本中表達這樣的世界觀：一個可以截然劃分為對立兩極的世界（包括社會力量、家庭關係、情感世界和心理內容），需要開展對立的鬥爭來解決其中的矛盾，來改變或鞏固以「意識形態」作為劃分標準的社會結構。

第十四章

重新構造「經典」

一、創造「樣板」的實驗

　　對文學「經典」的大規模顛覆，導致在「文革」中，出現一個幾乎是「無經典」的文學時期[1]。這種大規模顛覆、批判，是文化激進派的「開創人類歷史新紀元的、最光輝燦爛的新文藝」的行動的一部分。他們使用了「樣板」這一富於「大眾化」意味的詞，來替代諸如「經典」、「範本」等概念；其中似乎包含明顯的可供模仿、複製的涵義[2]。在《部隊文藝工作座談會紀要》中，政府和軍隊的「領導人」組織力量，「搞出好的樣板」，被作為一項戰略任務提出；說「有了這樣的樣板，有了這方面成功的經驗，才有說服力，才能鞏固地佔領陣地，才能打掉反動派的棍子」。

---

[1]　毛澤東的詩詞，被籠統提及和重新加以闡釋的魯迅作品，以及巴黎公社鮑狄埃等的「無產階級詩歌」，是不多的例外。

[2]　可「複製化」，是「文革」激進文藝的一個「大眾文化」性質的特徵。「樣板」式的戲劇（「樣板戲」）、繪畫（如《毛主席去安源》）、歌曲（大量「語錄歌」、《大海航行靠舵手》流行歌曲）、雕塑（《收租院》）等都進行大量複製以達到在大眾中的「普及」。這種複製，採用移植、改編、照搬、仿製等方式。

　　創造「樣板」的活動，在 60 年代初就已開始。1963 年江青利用她的特殊身份和權力，要文化部和北京的中國京劇院、北京京劇團，改編、移植滬劇劇目《紅燈記》（上海愛華滬劇團）和《蘆蕩火種》（上海滬劇院）。1964 年 6 月，全國的京劇現代戲觀摩演出大會在北京舉行。來自 9 個省、市、自治區的 28 個京劇團演出了 38 台「現代戲」（指表現現代生活的戲曲劇目）。除了《紅燈記》、《蘆蕩火種》（後根據毛澤東的意見，改名《沙家浜》）外，還有《奇襲白虎團》（山東京劇團）、《智取威虎山》（上海京劇團）、《杜鵑山》（寧夏京劇團）、《紅色娘子軍》（北京京劇四團），以及《苗嶺風雷》、《節振國》、《黛諾》等。在這次會演的前後，除了《紅燈記》、《沙家浜》以外，江青等還不同程度地參與了京劇《智取威虎山》、《海港》、《奇襲白虎團》，芭蕾舞劇《白毛女》、《紅色娘子軍》，和交響音樂《沙家浜》的創作、修改、排練。另外，張春橋等在《海港》等劇的創作、排演上，也有許多干預。到了 1967 年，三年前的這場京劇現代戲的觀摩、演出，被稱為「京劇革命」，賦予它以「無產階級文化大革命的偉大開端」的意義。《紅旗》雜誌在第 6 期上，把江青 1964 年 7 月在京劇現代戲觀摩演出人員的座談會上的講話，冠以《談京劇革命》的題目發表，並同期刊出《歡呼京劇革命的偉大勝利》的社論。社論稱江青的這次講話，「是運用馬克思列寧主義、毛澤東思想解決京劇革命問題的一個重要文件」。社論首先正式使用了「樣板戲」的說法，說《智取威虎山》等京劇樣板戲，「不僅是京劇的優秀樣板，而且是無產階級文藝的優秀樣板」。1967 年 5 月北京、上海的紀念《講話》發表 25 周年的活動中，當時為「中央文化革

命小組」成員的陳伯達、姚文元，對「京劇革命」、「樣板戲」的意義，以及江青在「京劇革命」中的地位和作用，做出極高評價[3]。隨後，《人民日報》社論《革命文藝的優秀樣板》[4]，第一次開列了「八個革命樣板戲」的名單：京劇《紅燈記》、《智取威虎山》、《海港》、《沙家浜》、《奇襲白虎團》，芭蕾舞劇《紅色娘子軍》、《白毛女》，交響音樂《沙家浜》。社論和這些講話，確立了「文革」中對這一事件的敘述方式和評價基調。

　　第一批「八個樣板戲」宣布之後，製作「樣板」的「工程」繼續推進。一方面，按照江青的「十年磨一劍」的要求，原有的劇目仍不斷進行「打磨」，1972 年前後，這些劇目相繼出現新的演出本；與此同時，又有一批劇目被列入「革命樣板戲」的名單之中，它們是鋼琴伴唱《紅燈記》，鋼琴協奏曲《黃河》，京劇《龍江頌》、《紅色娘子軍》、《平原作戰》、《杜鵑山》，舞劇《沂蒙頌》、《草原兒女》，交響音樂《智取威虎山》。這樣，在 1974 年，便宣稱「無產階級培育的革命樣板戲，現在已有十六、七個了」[5]。但不可否認的事實是，新的「樣板」的

---

[3] 陳伯達、姚文元稱江青「一貫堅持和保衛毛主席的文藝革命路線」，「是打頭陣的」，「成為文藝革命披荊斬棘的人」，「所領導和發動的京劇革命、其他表演藝術的革命，攻克了資產階級、封建階級反動文藝的最頑固的堡壘，創造了一批嶄新的革命京劇、革命芭蕾舞劇、革命交響音樂，為文藝革命樹立了光輝的樣板」。陳伯達、姚文元的講話，見 1967 年 5 月 24 日《人民日報》，5 月 25 日《解放軍報》。

[4] 載 1967 年 5 月 31 日《人民日報》。

[5] 初瀾《京劇革命十年》，《紅旗》1974 年第 7 期。

質量，大多已無法維持最初時的水準，而「樣板」製作不可避免的標準化、模式化問題，也更加尖銳地浮現了出來。

「樣板戲」的演出，在 1970 年達到了高潮。但演出主要是在北京、上海這樣的大城市裏，這顯然是很大的局限。於是，決定開展普及「樣板戲」的運動。具體措施包括：一、組織「樣板團」（培育「樣板戲」的劇團，如中國京劇團、北京京劇四團、上海京劇團、上海芭蕾舞團等）到外省巡迴演出。除了外地城市的劇場之外，還到工廠車間、農村地頭。據報導，演出結束後，觀眾和演員會一起虔誠而熱烈地高唱《大海航行靠舵手》等「革命歌曲」，達到政治宣教與藝術觀賞的交融。二、組織各地劇團來北京學習「革命樣板戲」。這種「學習班」長年持續開辦。除了原劇種的「照搬」（「照搬」而「不走樣」，是當時對學習「樣板戲」所提出的要求）外，又提倡不同劇種（河北梆子、評劇、湖南花鼓戲、粵劇、淮劇等二十多劇種），語言（如維吾爾等少數民族語言）的移植。但各地的劇團的財力、物力，以及表演、導演的水準，無法與「樣板團」相提並論，因而這種「普及」，也會冒損害「樣板戲」在公眾中的「經典」地位的危險。三、於是，覺得較為可靠的方法，是利用電影的手段，以忠實地「複製」（江青提出的是「還原舞台，高於舞台」）來達到「普及」的目標。四、大量出版有關「樣板戲」的書刊[6]，以使各地在「複製」、移植時做到對「樣板」的忠實。

6　「樣板戲」書籍包括普及本、綜合本、五線譜總譜本、主旋律曲譜本和畫
　　冊等。在綜合本中，不僅有劇本、劇照、主旋律曲譜，還有舞蹈動作說明、
　　舞台美術設計、人物造型圖，舞台平面圖，布景製作圖，燈光配置說明。

　　「京劇革命」和「樣板戲」的權威地位主要由國家政治權力保證，它的存在，加強了推動這一「革命」的激進派的地位，意味著這一派別對文藝「經典」創造權和闡釋權的絕對壟斷。大量的由各「樣板團」或專門的寫作班子撰寫的文章，總結了「樣板戲」的規律和經驗，成為所有的文藝創作必須遵循的規則。而任何對「樣板戲」的地位和具體創作問題的懷疑、批評，都會被當作「破壞革命樣板戲」的階級敵對活動，在「保衛文化革命成果」的名目下給予打擊。「樣板戲」的創作經驗，還被要求推廣到包括小說、詩、歌曲、繪畫等各種文藝樣式的創作中去。到了 1974 年的「京劇革命」十年之後，創造「樣板」的實驗事實上已出現難以為繼的危機，公眾對「文化革命」，對「樣板戲」的熱情已大大減退，企圖以精心構造的「樣板」來帶動文藝創作的繁榮，看來難以實現。在這樣的事實面前，下述的有關勝利宣告，便透露出了「反諷」的意味：「以京劇革命為開端，以革命樣板戲為標誌的無產階級文藝革命，經過十年奮戰，取得了偉大勝利」；「無產階級有了自己的樣板作品，有了自己的創作經驗，有了自己的文藝隊伍，這就為無產階級文藝事業打下了堅實的基礎，開闢了廣闊的道路。」[7]

　　據統計，1970-1975 年，人民出版社、人民文學出版社、人民音樂出版社和上海人民出版社出版的「樣板戲」書刊，累計印數達三千二百多萬冊，各省的加印不包括在內。

[7]　初瀾《京劇革命十年》，《紅旗》1974 年第 7 期。

二、「革命樣板戲」

　　「樣板戲」的創作，在「文革」期間，被描述為是與「舊文藝」決裂的產物，強調它們開創「文藝新紀元」的意義。在事實上，這些作品與激進派所批判的「舊文藝」之間的關聯，是顯而易見的。從題材來源和藝術經驗上說，除個別外（如《海港》），大多數劇目在被納入「樣板」製作過程時，都已具有一定的基礎，在某種意義上說，「樣板戲」是對已有劇目的修改或移植。《紅燈記》和《沙家浜》移植自滬劇。《智取威虎山》改編自小說《林海雪原》；在這之前，這部當時的「暢銷書」小說已改編為電影和其他的藝術樣式。《紅色娘子軍》的電影 1960 年問世就獲得很高的聲譽。40 年代初創作的《白毛女》，在很長時間裏被認為是中國新歌劇的典範之作。另外，《杜鵑山》改編自 60 年代初上演的同名話劇（王樹元編劇），而作為《平原作戰》創作藍本的電影《平原游擊隊》，完成於1955 年。「樣板戲」的策劃者雖然明白「抓創作」的重要，但也明白「短時間內，京劇要想直接創作出劇本來還很難」[8]，因而，「移植」（借助已達到相當水平的成果）成為「樣板」創造的最主要途徑。至於參加「樣板戲」創作的編劇、導演、演員，音樂唱腔、舞蹈、舞台美術設計等的人員，均是全國該領域訓練有素、經驗豐富的優秀者[9]。他們擁有的藝術經驗，使「樣

---

[8] 江青《談京劇革命》，《紅旗》1967 年第 6 期。

[9] 先後參加過「樣板戲」創作、演出的著名藝術家有：作家翁偶虹、汪曾祺，導演阿甲，琴師李慕良，京劇演員杜近芳、李少春、袁世海、趙燕俠、周和桐、馬長禮、劉長瑜、高玉倩、童祥苓、李鳴盛、李麗芳、譚元壽、錢浩梁（浩亮）、楊春霞、方榮翔、馮志孝，作曲家于會泳，芭蕾舞演員白

板」的創作與藝術傳統有著緊密的聯繫。在「樣板戲」的創作過程中，也並不拒絕對傳統藝術的吸取和利用。挑選京劇、芭蕾舞和交響樂作為「文藝革命」的「突破口」，按江青等的解釋，這些藝術部門是封建、資本主義文藝的「頑固堡壘」，這些「堡壘」的攻克，意味著其他領域的「革命」更是完全可能的。但事情又很可能是，京劇等所積累的成熟的，為大眾所「喜聞樂見」的藝術經驗，使「樣板」的創造不致空無依傍，也增強了「大眾」認可的程度。在創作和排練的過程中，江青等會讓在文革中被「打倒」的老藝術家為「樣板戲」的演員示範，也會拿出被宣布為「封、資、修」的作品供學習，以提高無產階級文藝「樣板」的質量[10]。芭蕾舞劇《紅色娘子軍》、《白毛女》與《天鵝湖》等經典劇目在藝術結構、舞蹈編排上的聯繫，更是顯而易見。因而，在「文革」中，關於「樣板戲」與過去文藝（包括中國大陸「十七年」文藝）的「決裂」的強調，包含著策略上的考慮。

　　但是，作為「文藝新紀元」標誌的「樣板戲」，也不是沒有顯示這種「新紀元」的特徵。這些特徵的生成，為當時社會、文藝思潮的狀況所制約。從具體過程上說，則與江青等從 1964

淑湘、薛菁華、劉慶棠，鋼琴家殷承宗等。在拍攝「樣板戲」的電影時，又集中了一批著名導演、攝影師、美工師，如謝鐵驪、成蔭、李文化、錢江、石少華等。

[10] 在排練《紅燈記》等劇目時，江青要人把已被宣布為「反動權威」的京劇演員張世麟祕密從天津「拉」到北京，給劇組表演如何走碎步，以提高李玉和的扮演者表演受刑後的動作的「藝術美」。拍攝「樣板戲」的電影時，也多次放映美國的《網》、《鴿子號》等影片，以提高參加拍攝的藝術家的「魄力」和對技巧的鑽研。

年以後，在這些劇目的修改、演出上直接「介入」，並把「樣板戲」的創作、演出，作為「運動」展開有關。江青對早期八個「樣板戲」的創作、排練，都有過大量的必須不折不扣地執行的「指示」，它們涉及劇名、人物安排、主要情節、細節、台詞、表演動作、化妝、服裝、舞台美術、燈光、音樂唱腔、舞蹈編排[11]。這些「指示」的實施，改變它們的總體面貌。「樣板戲」最主要的特徵，是文化生產與政治權力的關係。在 30 年代初的蘇區和 40 年代的延安等「根據地」，文藝就被作為政治權力機構實施社會變革、建立新的意義體系的重要手段，並建立相應的組織、制約文藝生產的體制。政治權力機構與文藝生產的這種關係，在「樣板戲」時期表現得更為直接和嚴密。作家、藝術家那種個性化的意義生產者的角色認定和自我想像，被全面顛覆，文藝生產被納入政治運作之中。「樣板戲」的意義結構和藝術形態，則表現為政治烏托邦想像與大眾藝術形式的結合。「樣板戲」選取的，大都是有很高知名度、已在大眾中流傳的文本。在朝著「樣板」方向的製作過程中，一方面，刪削、改動那些有可能模糊政治倫理觀念的「純粹性」的部分；另一方面，極大地利用了傳統文藝樣式（主要是京劇、舞劇）的程式化特徵，在人物和人物關係的設計中，將觀念符號化。不過，這一設計的實施，在不同劇目那裏，存在許多差異。一些作品更典型地體現了政治觀念的圖解式的特徵（如京劇《海港》），另一些由於其文化構成的複雜性，使作品的意義和藝

---

[11] 從 1964 年 5 月到 7 月，江青共觀看京劇《紅燈記》的五次彩排，1965 年到 1966 年，也多次觀看《智取威虎山》的彩排和演出。對這些劇目，各提出多達一百幾十條的或大或小的修改意見。

術形態呈現多層、含混的狀況（如京劇《紅燈記》、《沙家浜》、《智取威虎山》、舞劇《白毛女》、《紅色娘子軍》）──而這正是在政治意識形態發生變化的時空下，這些劇目尚能獲得某種「審美魅力」的原因 [12]。文化人在創作中的重要地位，對民間文藝形式的借重，以及從「宣傳效果」上考慮的對傳奇性、觀賞性的追求，都使文藝革命激進派的「純潔性」的企求難以徹底實現。正統敘述之外的話語系統的存在這一事實，「既暗示了另類生活方式」，也承續了激進派所要否定的文化傳統，而使某些「革命樣板戲」在構成上具有「含混曖昧」的特徵 [13]。

三、小說「樣板」的難題

　　「文革」期間，確立為「樣板」的主要是京劇、舞劇等藝術形式，而在培育文學各樣式（詩、小說）的「樣板」上，似乎遇到了難題。比起戲劇等來，小說、詩的創作更具「個人性」，也不存在某種相對穩定的可依憑的「模式」，接受上也與觀賞

---

[12] 90 年代初以來，某些「樣板戲」，如京劇《沙家浜》、《紅燈記》、《智取威虎山》，舞劇《白毛女》、《紅色娘子軍》，鋼琴協奏曲《黃河》等，以及某些唱段，仍不斷出現在舞台、電視上，收到一些觀眾歡迎。自然，有些劇目已作了某些修改，另外，觀眾的接受心理、方式，也發生重要變化。

[13] 這一問題的研究，參見黃子平《革命‧歷史‧小說》第 60-61 頁，陳思和《民間的沉浮：從抗戰到「文革」文學史的一個解釋》（《陳思和自選集》，南寧，廣西師範大學出版社 1997），孟悅《〈白毛女〉演變的啟示──兼論延安文藝的歷史多質性》（唐小兵編《再解讀──大眾文藝與意識形態》，香港，牛津大學出版社 1993）。

戲劇的集體性有很大的差異。這使得確立「樣板」的工作難以
奏效。

「文革」前夕，金敬邁的長篇小說《歐陽海之歌》[14]，曾被
當時的文學界當作「樣板」看待。這部長篇寫發生於當時的一
個真實事件：在一次軍事訓練中，一名年僅 23 歲的士兵，為了
保護列車，攔住衝上鐵道的驚馬而殉職。小說以真實和虛構結
合的手段，來寫他的成長史。新舊社會的對比，毛澤東思想在
現代英雄成長過程中的決定性意義，主人公為達到靈魂純潔
的「自虐」色彩的思想淨化過程，以及誇張的政治感傷文筆，
這種種因素，都切合當時的「時代潮流」而受到超乎想像的
讚揚[15]。郭沫若為這部小說 1966 年人文版題寫書名，並使用
極端詞語稱它「是毛澤東時代的英雄史詩，是無產階級革命的
凱歌，是文藝界樹立起來的一面大紅旗，而且是延安文藝座談
會以來的一部最好的作品，是劃時代的作品」[16]。權威批評家還

---

[14] 《歐陽海之歌》發表於《解放軍文藝》1965 年第 6 期，和《收穫》第 4 期
（7 月出版），解放軍文藝出版社社 1965 年 10 月初版。後來根據政治形
勢變化，以及江青等的要求，多次修改。

[15] 這部長篇出版單行本之後，全國各地報刊仍紛紛選載（或連載）的這一情
況，實屬少見。《人民日報》1966 年 1 月 9 日選刊該書部分章節時，「編
者按」稱它是「近年來我國文學工作者進一步革命化，貫徹執行毛澤東文
藝路線所取得的成果之一」。作者金敬邁多篇談創作體會的文章，在全國
報刊廣泛轉載。1966 年 4 月，人民文學出版社根據解放軍文藝出版社第 2
版重排，與解放軍文藝出版社版同時發行。僅人民文學出版社 4 月和 6 月
的兩次印刷，印數即達二百萬冊。在該書出版後兩年間，累計印數達兩千
萬冊。

[16] 《毛澤東時代的英雄史詩——就〈歐陽海之歌〉答〈文藝報〉編者問》，
《文藝報》1966 年第 4 期。

認為，小說是「突出政治」、實踐文藝創作要「三過硬」[17] 的「優秀範例」，「無論在塑造革命英雄形象方面，無論在運用革命的現實主義和革命的浪漫主義相結合的創作方法方面」，「都為我們提供了豐富的、活的樣板」[18]。當時，周揚等還沒有完全失去對文學界的控制，將這部小說「樹立」為「一面大紅旗」的異乎尋常的做法，固然可能基於一種政治和文學理念，但也是在意識到「危機」將臨時，因慌亂而做出的誇張反應。「文革」初期，對這部小說的肯定得到延續，但不久作者就受到迫害[19]——看來，激進力量並不認可這部不是由自己培育的「樣板」，況且，就作品本身而言，在表現階級、路線鬥爭問題上，在英雄形象塑造規則上，也並不完全符合激進派確立的規範。

　　「文革」期間，按照激進的政治、文學思潮組織編寫的一些小說，如長篇《虹南作戰史》（上海縣《虹南作戰史》寫作組）、《牛田洋》（南哨）[20] 等，就連對它們做出很高評價的評論家，也不能不承認其明顯的缺陷，這包括「描寫階級鬥爭

---

[17]　在 60 年代，後來當上中共中央副主席的林彪提出，在文藝創作上要「三過硬」，即「思想過硬，生活過硬，技巧過硬」。

[18]　馮牧《文學創作突出政治的優秀範例——從〈歐陽海之歌〉的成就談「三過硬」問題》，《文藝報》1966 年第 2 期。

[19]　金敬邁（1930- ），江蘇南京人。1949 年參加解放軍，在廣州軍區任創作員。由於寫作《歐陽海之歌》，「文革」初期曾擔任「中央文革小組」的「文藝口」負責人。1967 年底，受到江青等的迫害，入獄 6 年，出獄後又「勞動改造」4 年，「文革」後才得以平反。

[20]　《虹南作戰史》擬寫兩部，只完成一部。寫上海郊區農村 50 年代農村合作化運動的「兩條路線鬥爭」，上海人民出版社 1972 年 2 月版。《牛田洋》寫 60 年代初解放軍某師在廣東汕頭圍海造田的鬥爭，上海人民出版社 1972 年版。

方面」的，以及「以作者的議論，來代替藝術上對人物的塑造」，「全書只有一種語言」等藝術問題[21]。

在這種情況下，浩然[22]在「文革」後期被「重新發現」。「文革」期間，浩然的小說雖然一直受到肯定，但在 1974 年前後，對其創作的政治、文學價值的評價迅速提升，這包含有在文學領域（小說）上推出「樣板」的考慮。浩然 50 年代中期開始發表「牧歌」式的表現京郊農村新氣象的短篇。他產生較大影響的作品是長篇小說《豔陽天》[23]。《豔陽天》的故事發生於 1957 年夏天，寫北京郊區東山塢農業社圍繞「土地分紅」和糧食問題所發生的衝突。農業社黨支部書記、社主任蕭長春，帶領「貧下中農」堅定「走社會主義道路」。作為對立面的，有農業社副主任、「老黨員」馬之悅，「反動地主」馬小辮，另外，也有動搖於「兩條道路」之間的「中間狀態人物」。農村題材長篇小說的這種結構形態，在五、六十年代的若干長篇中已經具備，但浩然對 50 年代的農村生活，有了與《三里灣》、《山鄉巨變》、《創業史》相似，但也不同的表現。60 年代激進力量有關社會結構的描述在這部小說中得到體現：「階級」力量的性質更加清晰，對立「陣線」更加分明，衝突也更加尖

---

[21] 方澤生《還要努力作戰——評〈虹南作戰史〉中的洪雷生形象》，《文匯報》1972 年 3 月 18 日。

[22] 浩然（1932-2008）。天津寶坻人，原名梁金廣。50 年代任報刊記者、編劇工作。1956 年開始發表小說，出版有短篇集《喜鵲登枝》、《蘋果要熟了》、《珍珠》、《蜜月》、《杏花雨》，中篇《西沙兒女》、《百花川》，長篇《豔陽天》、《金光大道》、《山水情》（又名《男婚女嫁》）、《蒼生》等。

[23] 《豔陽天》第一部由作家出版社出版於 1964 年，第二部和第三部，由人民文學出版社出版於 1966 年和 1971 年。

銳激烈，「階級鬥爭」無孔不入地滲透到生活每一空隙，被組織成籠罩一切的網。在《三里灣》等被批判為「毒草」的時候，《豔陽天》則被譽為「深刻地反映了我國社會主義農村尖銳激烈的階級鬥爭，成功地塑造了『堅持社會主義方向的領頭人』」的「優秀的文學作品」[24]。當然，《豔陽天》在根據「本質真實」的規定來構造歷史時，個人的生活體驗和有特色的敘述語言，「現實主義」小說對生活細節的重視，使這部小說具有一定程度的豐富性和可讀性，在文學讀物貧乏的當時，擁有大量的讀者（和聽者[25]）。隨後，浩然在提高對「無產階級專政理論」的認識，和學習了「樣板戲」經驗之後，開始了另一部長篇《金光大道》的寫作。他更自覺運用「三突出」的「創作原則」來塑造「高大光輝」的英雄形象，並檢討寫《豔陽天》時，注意力只在「基層」，對「上面，尤其是高一層領導」缺乏認識。因此，在《金光大道》中，矛盾鬥爭寫到了「縣一級領導幹部，並開展了面對面的鬥爭」。比起《豔陽天》來，無論是作品中人物的個體意義，還是作家的體驗本身，都被整合到作者所認同的「文革」統一的歷史敘述中。浩然在這期間，還寫有中越在南海發生衝突的事件的中篇小說《西沙兒女》——一部典型的圖解性的作品。

[24] 初瀾《在矛盾衝突中塑造無產階級英雄典型——評長篇小說〈豔陽天〉》，《人民日報》1974 年 5 月 5 日。
[25] 「文革」期間，《豔陽天》（以及《金光大道》）在國家電台「小說連播」的節目中播出，受到聽眾（尤其是農村聽眾）的廣泛歡迎。

四、「經典」重構的宿命

　　文學激進派在「文革」十多年裏的創造「樣板」的實驗，
儘管宣稱「取得了偉大勝利」，實際上陷入難以擺脫的困境。
對中外文化遺產及遺產的主要傳承者（知識份子和專業人員）
的批判，使他們創造經典的樣板作品的計劃屢屢受挫。從工農
大眾中發現和培養作家，作為「無產階級文藝」的主要創造力
量的設想，也未見顯著的效果。文藝創造所具有的複雜的精神
勞動的性質，使缺乏必要文化準備的「無產階級」難以勝任。
另外，「工農兵」的「大眾」也並非是一張白紙，他們也無法
斬斷與「文化傳統」的聯繫。因此，在「文革」後期，要工農
作者「衝破資產階級知識份子的包圍圈」，「永遠不要讓資
產階級把我們從自己的階級隊伍中分化出去」的警告又再次
提出 26；這一警告，泄露了他們對於「工農作者」是否能保
持其「純潔性」的失望。

　　對於以精神探索和藝術獨創作為主要特徵的「精英文化」
的敵視，卻未促使他們願意轉而創作更具娛樂、消遣性的「大
眾文化」或「通俗文藝」（雖然一些「樣板」作品，如舞劇《紅
色娘子軍》，京劇《沙家浜》、《智取威虎山》等，都重視觀
賞、娛樂性成分的組織），因為這會產生對藝術作品政治性和
政治目的的削弱。這裏面包含著「中世紀式」的悖論：政治觀
念、宗教教諭需要借助藝術來「形象地」、「情感地」加以表
現，但「審美」和「娛樂」也會轉而對政治產生削弱和消解的

26　任犢《走出彼得堡——讀列寧1917年7月致高爾基的信有感》，《朝霞》
　　（上海）1975年第3期。

危險。同時，任何稍具豐富性和藝術表現力的作品，都難以維持觀念和方法上的純粹與單一，作品本身存在的裂痕和矛盾，就潛在著一種「顛覆」的力量。在「樣板」作品中，可以看到人類的追求「精神淨化」的衝動，一種將人從「物質」、「欲望」中分離的努力；這種拒絕物質主義的道德理想，是開展革命運動的意識形態。但與此同時，在這種禁欲式的道德信仰和行為規範中，在自覺地忍受施加的折磨（通過外來力量），和自虐式的自我完善（通過內心衝突）中，也能看到「無產階級文藝」的「樣板」創造者所要「徹底否定」的思想觀念和情感模式。著名的「三突出」，對於激進的文學思潮來說，既是一種結構原則和敘事方法，一種人物安排規則，但也是社會政治等級在文藝形式上的體現。這種等級，是與生俱來的，自身無法加以選擇的，因而也可以稱之為「封建主義」的。因而，研究者也許可以從「文革」的理論和藝術中，尋找到本世紀人文思想中尋找精神出路的相似成份，但也一定能發現人類精神遺產中那些殘酷、陳腐的沉積物。

第十五章

分裂的文學世界

一、公開的詩界

「文革」期間的文學，實際上分裂為不同的部分。一個部分，是公開的（公開的文學活動，和公開出版物上刊發的作品），是這一時期文學的主流；另一部分，則是隱在的，分散的，是當時文學的「異質」力量，它們後來成為文學變革的準備和先聲。在公開的文學世界中，佔據最重要位置的，是以「革命樣板戲」為中心的戲劇。比較起來，文學的其他樣式，如詩、小說、散文等，都顯得暗淡。在「文革」開始後的最初幾年裏，刊登於報刊上的詩歌創作，專業作家已很少見，主要是「紅衛兵」和「工農兵作者」的作品[1]。1972 年以後，陸續有一些詩集出版。據統計，從 1972 年到 1975 年，各出版社出版的詩集共 390 種。其中，大多數是「工農兵作者」為配合當時的政治運動的作品集，如《文化革命頌》、《批林批孔戰歌》等[2]。在詩的體式上，五、六十年代的那種「政治抒情詩」的影響仍在

---

[1] 「文革」中的「紅衛兵詩歌」的資料和研究，參見王家平《文化大革命時期詩歌研究》（開封，河南大學出版社 2004 年）、岩佐昌暲、劉福春編《紅衛兵詩選》（日本福岡，中國書店 2001 年）。

[2] 參見紀戈《詩歌來自鬥爭，鬥爭需要詩歌》，《人民文學》1976 年第 2 期。

繼續，而「文革」期間所推行的政治運動，提出的政治口號，
是詩歌創作取材和主題的直接依據。從文藝的政治工具效用上
考慮，歌曲顯然具有更大的「威力」。因此，「群眾歌曲」，
包括將毛澤東的語錄、詩詞，林彪的《〈毛主席語錄〉再版前
言》等譜寫的歌曲，有廣泛的流行。許多創作的歌曲，具有另
外時期所沒有的直截了當的、極端的修辭方式[3]。在當時，任何
婉轉、曲折、隱晦的表達方式，都會被看作缺乏「戰鬥的風格」。
「文革」間，還有組織地策劃「革命民歌」和「革命兒歌」的
創作，來直接配合政治運動。其中，最有名的是「小靳莊詩
歌」──一種用快板、順口溜形式寫的政治宣傳韻文[4]。這種情
況下，詩歌創作已與個體體驗表達無關。僵硬的政治象徵語言
對詩的「入侵」，使詩完全失去傳達詩人語言和想像上的敏感
的可能性。一個典型的例子是，以政治社論的方式來發表張永
枚的長詩《西沙之戰》。這首稱為「詩報告」的長詩，其寫作
動機，表達的觀點，以及藝術形式，與浩然的中篇小說《西沙
兒女》一樣，完全納入政治權力運作的軌道。《西沙之戰》也
「創造」了中國新詩的獨特發表方式：政治性報紙《光明日報》
從頭版開始，用了幾個版的篇幅刊登；隨後，《人民日報》和
各省市報刊紛紛轉載[5]。在此期間，《理想之歌》[6]是另一首產

---

[3] 如「文革」中廣泛流行的歌曲：「拿起筆，做刀槍，集中火力打黑幫，誰
要敢說黨不好，咱就叫他見閻王」；以及「文化大革命就是好，就是好，
就是好!」等。

[4] 小靳莊在天津寶坻縣。江青曾多次到這裏活動，組織詩歌創作。當時出版
了《小靳莊詩歌選》（天津人民出版社）、《十二級颱風刮不倒》（人民
文學出版社）等詩集。

[5] 《西沙之戰》刊於 1974 年 3 月 15 日的《光明日報》。隨後，報刊發表許

生較大反響的長詩。其主題和詩體形式，都可以見到賀敬之60
年代創作的重要影響。詩的「敘述者」雖以階級青年代言者的
身份出現，但多少留存有作為到陝北「插隊」的「知青」的生
活體驗的痕迹，而加強了政治表達上的生活實感。從郭小川
50年代的《投入火熱的鬥爭》，到賀敬之60年代的《雷鋒之
歌》、《西去列車的窗口》，到70年代的《理想之歌》，形
成講述當代青年「人生道路」和「理想」的詩歌系列。這些
具有主題連貫性的「政治抒情詩」，顯示了在當代的各個時
期，個體的「理想」是怎樣被組織進國家意識形態之中的方
式和軌迹。

　　1972年以後，一度被迫停止寫作的詩人，少數有了發表詩
作、出版詩集的可能。這些詩人有李學鰲、李瑛、張永枚、臧
克家、嚴陣、顧工、阮章競、劉章、紀宇、沙白，以及五、六
十年代的一批工人作者，如王恩宇、仇學寶、寧宇、鄭成義等。
他們的作品都乏善可陳。相較而言，李瑛的詩數量最多，影響
也較大[7]。北方鄉村和駐守在北部邊疆深山、林區的士兵的日常
生活，在詩中無一例外地歸結為為「路線鬥爭」和「世界革命」。
不過，作者慣有的對景物、色彩的敏感，語言、敘述方式仍存
留的某些清新柔和的因素，是對當時詩歌語言、情感普遍性的

<hr>

多推薦讚揚的文字，認為它對於無產階級如何創作「戰鬥的詩篇」，如何
塑造英雄的人物，如何抒發無產階級的理想和建立無產階級詩的風格，「提
供了可貴的經驗」。
6　署名「北京大學中文系七二級創作班工農兵學員集體創作」，載於人民文
學出版社1974年9月版的詩集《理想之歌》。
7　從1972年到1976年，李瑛出版的詩集有《紅花滿山》、《棗林村集》、
《北疆紅似火》等。

粗糙、僵硬傾向的有限偏移，因而獲得一些讀者的喜愛，也影響了當時的青年詩歌作者。

二、小說創作情況

「文革」期間的短篇小說，繼續著它在當代的對現實生活快捷反映的「傳統」。在提出文藝創作「要及時表現文化大革命」，「要充分揭示無產階級文化大革命的本質」的要求時，短篇自然是適當的樣式。激進力量主要堡壘的上海，似乎對這一樣式頗為傾心。他們組織一些作家和「工農兵作者」，直接表現「文化大革命」，舉凡紅衛兵運動，「奪權鬥爭」、「工人宣傳隊」佔領「上層建築」，「革命樣板戲」，工廠農村的「兩條路線鬥爭」，「知識青年」上山下鄉，「工農兵學員」進大學，反「走資派」，以及1976年的天安門「反革命事件」，都寫進其中[8]。

1972年到1976年出版的長篇小說約一百餘部。寫當代現實生活的占絕大部分，其餘為「革命歷史題材」。其中有近二十部標明是「集體」（或「三結合」）創作，約占總數的五分之一[9]。這些長篇從作者狀況看，有一小部分是專業作家，或已具

8　組織創作這些作品，大多刊登在上海出版的《朝霞》月刊和「朝霞文藝叢刊」上。主要有蕭木署名「清明」、「立夏」、「谷雨」的《初春的早晨》、《金鐘長鳴》、《第一課》，《三進校門》（盧朝暉）、《特別觀眾》（段瑞夏）、《朝霞》（史漢富）、《一篇揭矛盾的報告》（崔洪瑞）、《典型發言——續〈一篇揭矛盾的報告〉》（段瑞夏）、《廣場附近的供應點》（朱敏慎）、《女採購員》（劉緒源）、《初試鋒芒》（夏興）、《紅衛兵戰旗》（姚真）等。

9　《虹南作戰史》、《牛田洋》等都是「集體創作」，其他如《大海鋪路》

有「作家」的素質。當時較有影響（相對而言較有藝術質量，或受到當時批評界推重）的，除前面述及的浩然的作品外，尚有《虹南作戰史》（上海縣《虹南作戰史》寫作小組）、《牛田洋》（南哨）、《激戰無名川》（鄭直）、《飛雪迎春》（周良思）、《桐柏英雄》（集體創作，前涉執筆）、《征途》（郭先紅）、《劍》（楊佩瑾）、《千重浪》（畢方、鍾濤）、《春潮急》（李克非）、《鐵旋風》（王士美）、《邊城風雪》（張長弓）、《大刀記》（郭澄清）、《萬年青》（諶容）、《分界線》（張抗抗）、《萬山紅遍》（黎汝清）、《響水灣》（鄭萬隆）、《山川呼嘯》（古華）等。李雲德的《沸騰的群山》第一部出版於 1965 年底，第二、三部出版於「文革」期間，也是這個時期較知名的作品。

　　這個時期的長篇，從情節、人物設置到敘事方式，都表現了符碼化、模式化傾向。由於長篇的容量大，在恪守當時的創作規則上，也有更嚴格、全面的要求。大多數長篇，都會有一個「高大」而「完美」的「主要的英雄人物」，也會有圍繞「主要」英雄的若干「非主要」的英雄或「正面人物」，以表明「正面力量」並非勢單力薄。作為英雄人物對立面的，通常是「階級敵對力量」（在「文革」屬於這一範疇的名目有地主、富農、反動資本家、暗藏特務、黨內走資本主義道路當權派等）。在「正面力量」與其對立面之間，設置了各種「問題人物」（「路線鬥爭」覺悟不高，受敵對勢力所蒙蔽，或道德品質上有疑點

作者署為「上海市造船公司文藝創作組」，《雨後青山》為「廣西壯族自治區百色地區三結合創作組」。

和問題）。分屬不同階級陣營的人物，便環繞設定的中心事件
（某一生產建設任務，或意識形態性的事件）展開衝突。最終
結局也總是：「主要英雄人物」在「群眾」的支持下，教育、
爭取「問題人物」，孤立、戰勝敵對勢力。與詩、戲劇一樣，
「象徵」也成為小說的重要修辭方式，這包括人物、環境描寫。
地域、風習、日常生活的具體特徵，在這個時期的長篇中趨於
模糊和粗糙。作品的敘述者也總是以全知的視角出現，並扮演
對事件的當然干預者身份，來嚴格控制事件的過程。一般現實
主義小說中的那種人物心理、行為的某種「獨立性」，以及「敘
述」和「干預」之間的複雜關係，已被清除或極大地簡化；讀
者聽到的，是淩駕於人物、故事之上的意識形態權威的「粗暴」
聲音。

三、「地下」的文學寫作

除了公開發表的作品之外，「文革」中還存在著另一種文
學。它們不同程度具有「異端」因素 [10]，寫作和「發表」處於
祕密、半祕密的狀態中。作品常見的傳播方式，是以手抄本形
式在一定範圍傳播。也有的以手稿形式保存，當時沒有任何形

---

[10] 這種「異端」因素的情況相當複雜，程度也各有不同。包括政治意識形態
上的，也包括語言、藝術形式等的偏離。在本書所設定的評述對象中，將
不包括在「文革」中創作、公開發表而受到批判的一些作品，如短篇小說
《生命》（敬信）、戲劇《園丁之歌》（長沙市碧湘街完小原作，長沙市
湘劇團改編，柳仲甫執筆）、《三上桃峰》（山西省文化局創作組集體創
作，楊孟衡執筆）、電影《創業》（集體創作，張天民執筆）、《海霞》
（黎汝清原著，謝鐵驪改編）等。

式的「發表」(這種情況，嚴格說並未成為當時的「文學事實」)。
這種文學現象，「文革」後有研究者使用了「地下文學」的概
念[11]。它們與公開的文學世界構成了對比的關係，並聯結了80
年代出現的重要文學現象。

　　詩是負載具有「異端」性質的情感和藝術經驗的「先鋒性」
樣式。在「文革」期間，有一些受到迫害、失去寫作權利的詩
人，曾寫下他們當時的體驗。如胡風集團的胡風、牛漢、綠原、
曾卓；在「十七年」中屢受批判，「文革」中被「流放」至閩
北山區勞動改造的蔡其矯；關押在山西監獄中的聶紺弩；50年
代成為「右派分子」，「文革」中再次受到迫害的昌耀、公劉、
流沙河；以及穆旦、唐湜、黃永玉等。他們的詩，有的寫於監
獄，寫於「牛棚」、「五七幹校」等特殊環境，這決定了寫作、
保存的特殊方式。[12] 他們這個時期的詩作，這些當時都沒有發
表(包括私下傳抄)。他們的寫作活動當屬「文革」間的文學
現象(事件)，但作品發表、傳播和產生影響，則在「文革」
後的80年代。

　　詩的祕密寫作的另一群，是當時「上山下鄉」中的「知青」。
在全國許多地方，都有這樣的詩歌寫作活動，有的且形成某種
「群落」的性質。他們的寫作與當時的社會狀況和自身處境有

---

[11] 楊健《文化大革命中的地下文學》，北京，朝華出版社1993年版。但這本
書「地下文學」指稱對象，與這裏評述的文學現象範圍有所不同。
[12] 據他們後來的說明，有的寫作是靠「反覆默念」以「在記憶中保留」(曾
卓《生命煉獄邊的小花》)，有的是以符號「壓縮」在紙片上，「苦待著
得見天日的機會」(公劉《仙人掌‧後記》)，或用「縮寫語偷寫在香煙盒
紙背面」(流沙河《鋸齒齧痕錄》)，有的則「只默默地刻記在心裏」(牛
漢《改不掉的習慣》)。

關。60 年代末、70 年代初，是「紅衛兵運動」的落潮期。一些
年輕的「革命」參與者（或游離者），對「革命」開始感到
失望，精神上經歷深刻的震盪，對真實感情世界和精神價值
的探求，是他們寫作的心理動機。與「文革」初期的「紅衛
兵詩歌」[13]，和公開發表的「知青詩歌」[14] 寫作，有明顯區別。
後來成為「朦朧詩」中堅的詩人，大都在「文革」期間已開始
寫作，如北島、舒婷、顧城、江河等。最重要的詩歌寫作「群
體」，是後來被稱為「白洋淀詩群」的「詩歌群落」。「文革」
發生時，他們大多是北京著名中學學生，許多人出身於中共高
級幹部或「高級知識份子」家庭。1969 年以後，他們先後到河
北安新縣境內的白洋淀（包括毗鄰地區）「插隊落戶」。他們
中有根子（岳重）、多多（栗世征）、芒克（姜世偉）、方含
（孫康）、林莽（張建中）、宋海泉等。在河北、山西的一些
知青，如北島（趙振開）、江河（于友澤）、嚴力、鄭義、甘
鐵生、陳凱歌等，也與他們建立了程度不同的聯繫。寫作與他
們的生活具有在另外時間不同的關聯；甚至可以說就是他們生
存方式的重要構成。芒克《十月的獻詩・詩》（1974）中所說
的，「那冷酷而又偉大的想像／是你在改造著我們生活的荒
涼」，可以看作是寫作在他們生活中的位置的提示。他們的詩

---

[13] 「紅衛兵詩歌」主要刊登於 1966 年夏到 1968 年夏（軍工宣隊進駐學校）
這段時間各地紅衛兵組織創辦的刊物、小報，當時也出版過紅衛兵詩歌選
集，如首都大專院校紅代會編的《寫在火紅的戰旗上——紅衛兵詩選》
（1968）。

[14] 「知青」上山下鄉運動開展以後，報刊開始發表「知青詩歌」，也出版
「知青詩歌」選集。這些出版物常使用「知青詩選」、「知青詩歌選集」
等用語。

作，與他們這一時期的閱讀聯繫緊密，涉獵當時屬於「禁書」
的中外文學、政治、哲學等方面書籍。這些讀物，除五、六十
年代的正式出版物外，還有60年代以後由作家出版社、人民文
學出版社、商務印書館和上海人民出版社出版的「內部發行」
圖書。他們由此獲得在情感、心智和藝術上超越現實的憑藉。
詩的情緒、思想自然根源於他們當時的經驗，但不少作品的意
象、描述的情景、表達方式，卻與他們當時的閱讀具有迹可尋
的互文性。由於生活處境與心理上普遍存在的被放逐的感覺，
和五、六十年代蘇俄文學抒情傳統的強大影響，他們中的一些
人，更傾向於接受俄國詩人（如普希金、葉賽寧、茨維塔耶娃
等）的抒情方式。他們的詩在當時自然無法公開發表，主要在
小圈子傳抄，有的詩也可能有較廣泛的傳播。

　　「文革」間「地下」文學世界，除詩歌以外，還有流傳廣
泛的「手抄本小說」。其中，張揚的長篇《第二次握手》最為
出名[15]。《第二次握手》寫丁潔瓊、蘇冠蘭等老一代科學家的

---

[15] 關於《第二次握手》的寫作、傳抄等的具體情況，可參見《推倒「四人幫」
對一本好小說的誣衊不實之詞——為手抄本〈第二次握手〉及作者張揚平
反》（《湖南日報》1979年1月26日），顧志成等《要有膽識地保護好
作品——手抄本小說〈第二次握手〉調查記》（《中國青年報》1979年3
月11日），張揚《關於〈第二次握手〉的前前後後》（長沙，《湘江文藝》
1979年第9期）等文章。小說的寫作始於1963年，開始是不到兩萬字的
「提綱」式作品，取名《浪花》，後擴展為十來萬字的《香山葉正紅》。
1967年作者作為「知青」在湖南瀏陽山區插隊時又作了修改，但手稿在傳
抄中丟失。兩年後，寫作第四稿，題名《歸來》。這一稿在傳抄時又下落
不明。1973年，仍在農村勞動的張揚完成第五稿，又再次流傳傳抄。幾次
傳抄所據為不同手稿，因而也就流傳幾種不同的本子。在傳抄中，有讀
者將書名改為《第二次握手》，原書名反倒不大為人所知。1974年，張揚
寫第六稿以便自己保存。次年1月，因「多次書寫反動小說」而被逮捕，

事業和愛情：他們在舊中國報國無門，只好棲居異國他鄉；新中國成立後毅然歸來，獻身祖國科學事業。對於中國現代歷史和知識份子道路的描寫，並沒有偏離「十七年」主流文學所確立的敘述框架。「文革」中對它的截然對立的評價（一方面受到熱烈歡迎，祕密地廣泛流傳，同時卻為當時的政權看作是「流毒全國」的「反動小說」），根源於特定的社會政治環境：對於知識、「愛國的」知識份子、科學界權威的肯定，對周恩來等政治人物的歌頌性敘述，都是小說受到忌恨的重要原因。當這些政治語境因素淡化之後，小說曾有的強烈魅力也隨之減弱。因而，它在1979年「正式」出版時雖然銷量達四百餘萬冊，卻沒有得到預期的評價。

　　在「文革」後期的「手抄本小說」中，還有《波動》、《公開的情書》、《晚霞消失的時候》等作品。如果說，《第二次握手》保持了「十七年」小說的「正統」的基本形態的話，那麼，這些中篇的思想、藝術，具有不同程度的超越因素，顯示了對「社會主義現實主義」軌道的偏離。需要指出的一點是，包括《第二次握手》在內的上述「手抄本小說」，在「文革」後，都經作者修改（或重寫）公開發表。這些公開出版的文本，無論其內容，還是發表方式，事實上已不是「文革」中的那些「手抄本」，後者的原來面貌已無法重現。因而，將這些公開出版的文本仍稱為「手抄本小說」，已失去重要的理據。

至1979年1月得以「平反」出獄。小說在完成修訂稿後，於同年7月由中國青年出版社正式出版。2003年，作者又再次對這部長篇進行改寫，從1979年版的25萬字，增加到60餘萬字，由人民文學出版社於2006年出版。

四、「天安門詩歌」

　　1976 年 1 月，50 年代以來一直擔任政府總理的周恩來逝世，執政黨內部各派力量的鬥爭更加激化。二、三月間，在北京、上海、南京、杭州、鄭州等城市，發生了有大批民眾參與的大規模政治抗議行動。這一浪潮，在 4 月初的天安門廣場發展到高潮。4 月初的幾天裏，到廣場追悼周恩來，譴責、批判後來被稱為「四人幫」的民眾多達數百萬人次。這一政治行動所採取的形式，有發表演說，懸掛、設置花圈和挽聯，張貼標語等。其中，詩歌是被廣泛運用的方式。創作、或抄錄的詩詞，張貼在廣場的燈柱和紀念碑的護欄上，掛在松柏枝葉間，有的當眾朗讀。這些詩詞，在當時被廣泛抄錄。這一悼念和抗議的活動，在 4 月 5 日清明節達到高潮。不久，天安門廣場發生的事件，被當時的掌權者宣佈為「反革命政治事件」，在廣場張貼、傳抄的詩詞被指控為「反動詩詞」：「是徹頭徹尾的反革命煽動」[16]。在此後的幾個月裏，寫作、傳抄、保存這些詩詞的行為，受到追查，一些人為此受到迫害，被定罪、囚禁。

　　1976 年底，在江青等「四人幫」被逮捕之後，童懷周[17] 將他們搜集、保存的部分詩詞謄錄、張貼於天安門廣場，並發出徵集散失作品的倡議書。倡議得到廣泛回應。在徵集到的數以萬計的詩詞中，選出一千五百多篇，編成《天安門詩抄》出版[18]。《詩抄》所收錄的，有的並不是詩詞（如挽聯、悼詞、

---

[16] 《人民日報》1976 年 4 月 8 日社論《天安門廣場的反革命政治事件》。
[17] 當時北京第二外國語學院漢語教研室 16 位教師的集體筆名。
[18] 北京，人民文學出版社 1978 年 12 月版，由當時任中共中央主席的華國鋒題寫書名。

祭文等）。詩詞中，以並不嚴格依循格律規則的舊體詩、詞、曲居多，新詩只有一小部分：這基本上反映了 1976 年初「天安門詩歌」中舊體詩與新詩的比例。舊體詩詞的現成格式，可被套用或翻新的比喻、典故，甚至現成的句子，是精煉而有所隱晦地表達其政治觀點和情緒的較佳選擇。特別是 70 年代政治抗爭的參與者，可以通過傳統形式，找到清濁、忠奸、賢良宵小對立的思想材料，順利地表達他們的歷史觀和對現實政治的道德評價。

「天安門詩歌」主要是一種政治表達。它的形態，它的寫作、發表、傳播方式，其後的評價方式和搜集、整理活動，《天安門詩抄》的出版，都屬於「當代」重大政治事件的組成部分。這是「文革」間美學「日常生活化」和詩歌政治化在的另一典型體現。在中國現代詩歌的藝術創造方面，它們並不能提供多少值得重視的經驗。不過，在惡劣、嚴酷的壓力下，詩的寫作者的真誠態度，對於獨立的思想和寫作方式的堅持，對當代詩人應該說仍具有啟示的意義。

大陸當代文學年表
（1949-1976）

1949年

3月22日　　　中華全國文學藝術工作者代表大會籌委會召開第一次會議，推選郭沫若、茅盾、周揚等42人為籌委會委員。郭沫若任主任，茅盾、周揚為副主任，沙可夫為秘書長。

3月24日　　　孫犁的小說《囑咐》在《進步日報》發表。

4月2日　　　《中共中央東北局關於蕭軍問題的決議》發表於《東北日報》。

5月4日　　　中華全國文學藝術工作者代表大會籌委會主辦的《文藝報》周刊第1期出版。

5月25日　　　孔厥、袁靜的長篇章回小說《新兒女英雄傳》開始在《人民日報》連載。9月由上海海燕書店出版單行本。

6月21日　　　趙樹理的創作談《也算經驗》在《人民日報》發表。

7月2日至19日　中華全國文藝工作者代表大會在北平舉行。這次大會後來通稱為「第一次全國文代會」。大會成立了中華全國文學藝術界聯合會（簡稱「文聯」）及其所屬中華全國文學工作者協會（簡稱「文協」）等其他協會。郭沫若擔任文聯主席，茅盾、周揚任副主席。郭沫若做題為《為建設新中國的人民文藝而奮鬥》的總報告。周揚、茅盾分別做解放區（《新的人民的文藝》）、國統區（《在反動派壓迫下鬥爭和發展的革命文藝》）文藝工作的報告。

8月22日　　　上海《文匯報》「磁力」副刊開始以「可不可以寫小資產階級」為題的討論。討論持續到10月。洗群、陳白塵、張畢來、何其芳等撰寫了文章。何其芳發表於《文藝報》1卷1期的《一個文藝創作問題的爭論》的文章，具有總結的性質。

同月　　　　　孫犁的短篇小說、散文集《荷花淀》由生活·讀書·新知上海聯合發行所出版。

9月　　　　　全國文聯的機關刊物《文藝報》在北平正式創刊。

9月5日	《文藝報》編輯部邀請平津部分作家座談章回小說的寫作問題。座談會記錄以《爭取小市民層的讀者》為題，刊於《文藝報》第1卷第1期（9月25日出版）。
10月	中華全國文學工作者協會的機關刊物《人民文學》（月刊）創刊。
同月	馬烽、西戎的長篇小說《呂梁英雄傳》由北京新華書店出版。
11月15日	大眾文藝創作研究會在北平成立。趙樹理等15人被推舉為執行委員。次年1月20日，通俗文藝月刊《說說唱唱》創刊。
同月	何其芳的詩集《夜歌》出版。
本年	延安文藝座談會以後解放區優秀文藝作品選集《中國人民文藝叢書》共計55種，包括戲劇、小說、通訊報告、詩歌、曲藝等，於1949年5月起開始由新華書店陸續出版。其中有戲劇《白毛女》（賀敬之等）等23種，小說《李有才板話》（趙樹理）等16種，通訊報告《諾爾曼·白求恩片段》（周而復）等7種，詩歌《王貴與李香香》（李季）等5種，說書詞《劉巧團圓》（韓起祥）等2種。

1950年

1月	蕭也牧的短篇小說《我們夫婦之間》、朱定的短篇小說《關連長》刊於《人民文學》第1卷第3期。
2月28日	戴望舒在北京因病逝世。
同月	天津《文藝學習》創刊號發表了阿壠的論文《論傾向性》，在上海出版的《起點》發表阿壠的《論正面人物與反面人物》（署名張懷瑞）。3月12日，《人民日報》刊登陳涌、史篤對阿壠這兩篇文章的批評。《文藝報》2卷3期轉載了陳涌、史篤的文章，並刊登《阿壠先生的自我批評》。
3月29日	中國民間文藝研究會在北京成立，郭沫若為理事長，老舍、鍾敬文等為副理事長。
4月	中華全國戲劇工作者協會編輯的《人民戲劇》（月刊）在上海出版，田漢任主編。卷首刊印了毛澤東1944年看了《逼上梁山》後寫給楊紹萱、齊燕銘的信件手跡。

6月	趙樹理的短篇小說《登記》在《說說唱唱》上發表。
9月22日	孫犁的長篇小說《風雲初記》開始在《天津日報》上連載。
同月	北京市文聯編輯的《北京文藝》創刊。老舍主編。創刊號上刊載老舍的話劇《龍鬚溝》。
本年	胡風長詩《時間開始了》由海燕書店、天下圖書公司出版。草明長篇《火車頭》由工人出版社出版。

1951年

1月2日	由文化部、全國文聯主辦的培養文學創作、評論人員的中央文學研究所（後改名文學講習所）成立。丁玲任所長。
同月	卞之琳詩《天安門四重奏》刊於《新觀察》2卷1期。《文藝報》3卷8期刊登批評文章。
2月	陳企霞、張立雲等在《文藝報》3卷8期，以及《光明日報》、《解放軍文藝》發表文章，批評碧野的長篇小說《我們的力量是無窮的》。
4月11日	魏巍的散文《誰是最可愛的人》在《人民日報》發表。
5月12日	周揚在中央文學研究所作《堅決貫徹毛澤東文藝路線》的演講。後發表於5月17日的《光明日報》，和6月出版的4卷5期的《文藝報》。
5月20日	毛澤東為《人民日報》修改、撰寫的社論《應當重視電影〈武訓傳〉的討論》發表，開始了全國範圍的對電影《武訓傳》的批判。郭沫若、夏衍等在《人民日報》先後發表自我檢查文章：《聯繫著武訓批判的自我檢查》、《從〈武訓傳〉的批判，檢查我在上海文學藝術界的工作》。
6月15日	《解放軍文藝》（月刊）在北京創刊。
同月	陳涌的《蕭也牧創作的一些傾向》刊於《人民日報》，批評蕭也牧的小說《我們夫婦之間》、《海河邊上》表現了「小資產階級的觀點和趣味」。6月20日《文藝報》刊發「讀者李定中」（馮雪峰）來信《反對玩弄人民的態度，反對新的低級趣味》。8月10日，《文藝報》4卷8期刊登丁玲批評蕭也牧文章《作為一種傾向來看》。

7月	發表在《中國青年》上的馬烽的短篇小說《結婚》，由《人民日報》加推薦按語轉載。
同月	茅盾主編的「新文學選集」二輯共24種由開明書店出版。第一輯收已故作家魯迅、瞿秋白等12位，第二輯收健在作家郭沫若、茅盾等12位。
7月23日至28日	《人民日報》連續刊載《武訓歷史調查記》。
8月8日	周揚的《反人民、反歷史的思想和反現實主義的藝術──對電影〈武訓傳〉的批判》發表於《人民日報》。
同月	《馬克思、恩格斯、列寧、史達林論文藝》由人民文學出版社出版。
9月	柳青的長篇小說《銅牆鐵壁》由人民文學出版社出版。
10月	中國民間文藝研究會主編的「民間文藝叢書」開始出版。第一批有《中國出了個毛澤東》、《陝北民歌選》、《嘎達梅林》、《東蒙民歌選》、《阿細人的歌》等。
10月3日	楊紹萱在《人民日報》發表題為《為文學而文學，為藝術而藝術的危害性──評艾青的〈談牛郎織女〉和致〈人民日報〉編輯部的三封信》的文章。在此期間，何其芳、艾青、光未然、陳涌等撰文批評楊紹萱在戲曲改編上的「反歷史主義」的錯誤。
11月24日	文藝界在北京召開整風學習動員會。胡喬木、周揚作《文藝工作者為什麼要改造思想》、《整頓文藝思想，改進領導工作》的報告。
同月	王瑤的《中國新文學史稿》由新文藝出版社（上海）出版。
12月23日	中共北京市委授予老舍「人民藝術家」的稱號。
本年	孫犁的長篇小說《風雲初記》，魏巍散文報告集《誰是最可愛的人》由人民文學出版社出版。力揚的詩集《射虎者及其家族》由海燕出版社（上海）出版。路翎的小說集《朱桂花的故事》由知識書店（天津）出版。

1952年

1月	中華全國戲劇工作者協會主編的《劇本》創刊，《人民戲劇》停刊。

3月15日	蘇聯公佈1951年史達林獎金文學藝術方面名單。丁玲的《太陽照在桑乾河上》獲二等獎，賀敬之、丁毅的歌劇《白毛女》獲二等獎，周立波的《暴風驟雨》獲三等獎。
5月10日	《文藝報》第9-16期展開了「關於塑造新英雄人物問題的討論」。
5月25日	舒蕪在《長江日報》（武漢）上發表《從頭學習〈在延安文藝座談會上的講話〉》，檢討自己在《論主觀》中的錯誤。該文在加了編者按語後，轉載於6月8日的《人民日報》上。
同月	《文藝報》第14、15、17、19期連載馮雪峰的長篇論文《中國文學中從古典現實主義到社會主義現實主義的發展的一個輪廓》。
9月	俞平伯的《紅樓夢研究》（修訂本）由棠棣出版社（上海）出版。
同月	人民文學出版社規劃我國古典文學名著的校勘和重印工作。包括《水滸》、《三國演義》、《紅樓夢》、《西遊記》、《儒林外史》、《聊齋志異》、《西廂記》等的校勘重印，注釋出版屈原、曹植、陶淵明、李白、杜甫等人的選集或全集，編寫著名作家的傳記等。
10月	蔡儀的《中國新文學史講話》由新文藝出版社（上海）出版。
12月	全國文協組織「胡風文藝思想討論會」。林默涵、何其芳的發言《胡風的反馬克思主義的文藝思想》和《現實主義的路，還是反現實主義的路》，分別發表於次年第2號和第3號的《文藝報》。
本年	在「三反」、「五反」運動中，作家張資平以「漢奸」罪判處有期徒刑18年。數年後，在安徽某勞改農場病死。馮雪峰《論文集（一）》、《雪峰寓言》、《回憶魯迅》，何其芳詩集《夜歌和白天的歌》由人民文學出版社出版。路翎小說集《平原》由棠棣出版社出版。

1953年

1月11日　《人民日報》刊載周揚的《社會主義現實主義──中國文學前進的道路》。該文原刊蘇聯文學雜誌《旗幟》1952年12月號。

同月　　上海《文藝月報》創刊。

2月22日　北京大學文學研究所成立。鄭振鐸、何其芳任所長、副所長。1956年改為中國科學院哲學社會科學部文學研究所。1977年5月改為中國社會科學院文學研究所。

4月　　全國文協創作委員會組織在京作家、批評家和文藝工作領導人等40餘人學習社會主義現實主義理論。指定馬克思、恩格斯、史達林、毛澤東論文藝問題等的22種著作為必讀書目。

7月　　全國文協主辦的刊物《譯文》創刊。1959年改名為《世界文學》，由文學研究所主辦。

8月　　中南作家協會主辦刊物《長江文藝》創刊。

9月23日至　全國文學藝術工作者第二次代表大會在北京召開，周揚作
10月6日　《為創造更多的文學藝術作品而奮鬥》的報告。「文聯」定名為「中華全國文學藝術界聯合會」，主席郭沫若，副主席茅盾、周揚。「文協」改組為「中國作家協會」，主席茅盾，副主席周揚、丁玲、巴金、柯仲平、老舍、馮雪峰、邵荃麟。

11月20日　李准的小說《不能走那條路》在《河南日報》發表。《人民日報》次年1月26日轉載。

本年　　《蘇聯文學藝術問題》（曹靖華等譯）由人民文學出版社出版。

1954年

1月3日　撒尼族長篇敘事詩《阿詩瑪》在《雲南日報》副刊發表。《人民文學》本年5月號轉載。

1月20日　中國戲劇家協會主辦的《戲劇報》創刊。

同月	知俠的長篇小說《鐵道游擊隊》由新文藝出版社出版。
同月	路翎的短篇《初雪》刊於《人民文學》第1期，《你的永遠忠實的同志》刊於《解放軍文藝》第2期，《窪地上的「戰役」》刊於《人民文學》第3期。
3月	《光明日報》的學術副刊《文學遺產》創刊。
同月	路翎的小說《窪地上的「戰役」》發表在《人民文學》3月號。
同月	俞平伯的《紅樓夢簡論》刊於《新建設》第3期。
4月27日	中國作協主辦的文藝普及刊物《文藝學習》創刊。
6月30日	《文藝報》第12期發表侯金鏡的文章《評路翎的三篇小說》，對路翎寫朝鮮戰爭的《窪地上的「戰役」》、《戰士的心》、《你的永遠忠實的同志》提出批評。
同月	杜鵬程的長篇小說《保衛延安》由人民文學出版社出版。
同月	巴人的《文學論稿》由新文藝出版社出版。
7月17日	中國作協主席團第七次擴大會議，討論並通過了文藝工作者學習政治理論和古典文學遺產的參考書目。該書目刊登在《文藝學習》第5期上。
7月	胡風向中共中央遞交關於文藝問題的三十萬字的「意見書」：《關於解放以來的文藝實踐情況的報告》。
8月18日	中國作協召開全國文學翻譯工作會議，參加會議102人。茅盾作《為發展文學翻譯事業和提高翻譯質量而奮鬥》的報告。
9月	李希凡、藍翎《關於〈紅樓夢簡論〉及其他》在山東大學《文史哲》上發表。《文藝報》第18期轉載並由主編馮雪峰加了編者按。
10月16日	毛澤東給中央政治局委員等寫了《關於「紅樓夢研究」問題的信》。10月18日，中國作協黨組傳達信件內容。全國展開了對《紅樓夢》研究，和胡適的唯心主義的批判運動。
10月28日	《人民日報》刊登袁水拍《質問〈文藝報〉》，在未提毛澤東名字的情況下，公開毛澤東信件內容。

同月	何其芳的詩《回答》發表於《人民文學》第10期。
11月31日至 12月8日	全國文聯和中國作協主席團召開8次聯席擴大會議，批評《紅樓夢》研究中的唯心主義和《文藝報》的錯誤。胡風在會上兩次發言。12月8日，做出《關於〈文藝報〉的決議》。周揚在會議上發表《我們必須戰鬥》的報告。
12月19日至 翌年3月	中國科學院院務會議與中國作協主席團舉行共21次的批判胡適的聯席會議。
本年	出版的作品還有：小說《原動力》（草明）、《采蒲台》（孫犁）、《活人塘》（陳登科）、《五月的礦山》（蕭軍），話劇《明朗的天》（曹禺）、《考驗》（夏衍）、《萬水千山》（陳其通）等。

1955年

1月	趙樹理的長篇小說《三里灣》開始在《人民文學》連載。5月由通俗讀物出版社出版。
2月5日	胡風的「意見書」的二、四部分作為《文藝報》第1-2合刊附冊發表，開始了對胡風文藝思想的批判。同期《文藝報》發表路翎針對侯金鏡批評的反批評文章：《為什麼會有這樣的批評？》。
同月	峻青的短篇小說《黎明的河邊》發表在《解放軍文藝》。
3月	聞捷的抒情組詩《吐魯番情歌》、《博斯騰湖畔》刊於《人民文學》第3、5期。
5月13日	舒蕪的《關於胡風反黨集團的一些材料》和胡風的《我的自我批判》發表在《人民日報》。24日和6月10日，又公佈了第二、三批「材料」。這三批材料，由人民出版社於6月以《關於胡風反革命集團的材料》為名出版。毛澤東撰寫了序言和大部分按語。
5月25日	全國文聯、中國作協主席團聯席會議通過決議，開除胡風中國作協會員會籍，撤銷其擔任的中國作協理事、《人民文學》編委等職務。胡風於5月18日被拘捕。先後被捕入獄的達幾十人。被牽連審查的達兩千多人。最後被確定為「胡風分子」的78人中，有路翎、阿壠、魯藜、牛漢、綠原、

彭柏山、呂熒、賈植芳、謝韜、王元化、梅林、劉雪葦、滿濤、何滿子、蘆甸、彭燕郊、曾卓、冀汸、耿庸、張中曉、羅洛、胡征、方然、朱谷懷、王戎、化鐵等。胡風1965年被判徒刑14年，阿壟、賈植芳1966年被判徒刑12年。1967年，改判胡風無期徒刑。

同月	《北京文藝》創刊。
7月27日	《人民日報》發表《堅決地處理反動、淫穢、荒誕的圖書》，提出要採取措施禁止租賃淫穢、荒誕的舊小說、舊唱本、舊連環畫、舊畫片等。
8月29日	劇作家洪深逝世。
10月8日	郭小川（署名馬鐵丁）的詩《投入火熱的鬥爭》發表在《人民文學》。
11月24日	作家邵子南逝世。
12月27日至30日	中共中央宣傳部召集關於「丁、陳事件」的傳達報告會。丁玲、陳企霞被認為是一個「反黨小集團」，在內部受到批判。
本年	出版的作品還有：小說《不能走那條路》（李准，短篇集）、《鐵水奔流》（周立波），詩集《玉門詩抄》（李季）、《到遠方去》（邵燕祥），話劇《萬水千山》（陳其通）等。

1956年

1月	文藝領域開始進行「社會主義改造」，主要是將各種民營劇團、書店、出版社改為公私合營或國營。
2月	中國作協主編的第二次文代會以來（1953年9月至1955年12月）優秀作品選集出版，有《詩選》、《短篇小說選》、《獨幕劇選》、《散文特寫選》、《兒童文學選》。
同月	王汶石的短篇小說《風雪之夜》發表在《文學月刊》，後被《人民文學》轉載。
3月15日	《文藝報》翻譯轉載蘇聯《共產黨人》雜誌專論《關於文學藝術中的典型問題》。《文藝報》等報刊開始有關典型問題的討論。

2月27日	中國作協第二次理事會（擴大）會議在北京召開。周揚作《建設社會主義文學的任務》的報告。
4月17日	劇作家宋之的逝世。
同月	《延河》（西安）創刊。
同月	劉綬松的《中國新文學史稿》由作家出版社出版。
同月	劉賓雁的特寫《在橋梁工地上》發表在《人民文學》第4期。
5月2日	毛澤東在最高國務會議的講話中，提出發展科學和文化的「百花齊放，百家爭鳴」的方針。
5月26日	陸定一在中南海懷仁堂作《百花齊放，百家爭鳴》的報告。
5月起至1957年6月	《人民日報》、《文藝報》、《新建設》、《學術月刊》等發表了蔡儀、朱光潛、李澤厚等關於美學問題的討論文章。
同月	耿簡（柳溪）的特寫《爬在旗杆上的人》發表在《人民文學》第5期。
6月	劉賓雁的特寫《本報內部消息》發表在《人民文學》第6期。
7月1日	賀敬之的長詩《放聲歌唱》發表在《北京日報》。
同月	上海作協主編的《萌芽》（半月刊）創刊。
同月	《新港》（月刊）創刊。
9月	《人民文學》發表何直（秦兆陽）的論文《現實主義——廣闊的道路》、王蒙的小說《組織部新來的青年人》。
同月	鄧友梅的短篇小說《在懸崖上》在《文學月刊》發表。
同月	聞捷的詩集《天山牧歌》由作家出版社出版。
同月	陸文夫的短篇小說《小巷深處》發表在《萌芽》第10期。
9月3日至10月21日	李六如的長篇小說《六十年的變遷》在《北京日報》連載。1957年由作家出版社出版。
10月	陸文夫的《小巷深處》刊於《萌芽》第10期。
10月19日	魯迅逝世20周年紀念大會在北京召開，茅盾作《魯迅——從革命民主主義到共產主義》的報告。魯迅新墓和紀念館在上海落成。人民文學出版社開始出版十卷本的《魯迅全集》。

同月	岳野的話劇《同甘共苦》刊於《劇本》第10期。
11月	《文藝報》發表鍾惦棐的文章《電影的鑼鼓》（署名「本刊評論員」）。
11月29日	邵燕祥詩《賈桂香》刊於《人民日報》。艾青詩《大西洋》刊於《詩刊》第11期。
同月	海默的劇本《洞簫橫吹》刊於《劇本》第11期。
12月22日	艾青詩《礁石》刊於《光明日報》。
同月	孫犁的中篇小說《鐵木前傳》發表在《人民文學》第12期。1957年由天津人民出版社出版。
同月	周勃的《論現實主義及其在社會主義時代的發展》發表在《長江文藝》第12期；張光年的《社會主義現實主義存在著、發展著》發表在《文藝報》第24期。隨後，在《文藝報》、《文學評論》等報刊上，展開關於社會主義現實主義問題的討論。
同月	高雲覽的長篇小說《小城春秋》由作家出版社出版。
本年	出版的作品還有：理論《關於寫詩和讀詩》（何其芳）、《關於現實主義》（何其芳），詩集《投入火熱的鬥爭》（郭小川）、《給同志們》（邵燕祥）、《天山牧歌》（聞捷），話劇《明朗的天》（曹禺）、《西望長安》（老舍）等。

1957年

1月7日	《人民日報》發表陳其通、陳亞丁、馬寒冰、魯勒的文章《我們對目前文藝工作的幾點意見》。
同月	詩刊《星星》（四川）創刊，發表了流沙河的散文詩《草木篇》和曰白的《吻》。它們在1957年均引發爭論。
同月	巴人的《論人情》在《新港》（天津）第1期發表。
同月	中國作協主辦的《詩刊》創刊。創刊號上刊出毛澤東《關於詩的一封信》，和毛澤東詩詞18首，刊登艾青詩《在智利的海岬上》。

同月	楊履方的話劇《布穀鳥又叫了》在《劇本》第1期發表。
2月27日	毛澤東在最高國務會議作《關於正確處理人民內部矛盾的問題》的報告，經過修改後於6月10日公開發表。
2月	郭小川的抒情詩《致大海》和敘事詩《深深的山谷》分別發表在《詩刊》第2期、第4期。
3月12日	毛澤東作題為《在中國共產黨全國宣傳工作會議上的講話》的報告。
3月	《沫若文集》由人民文學出版社開始分卷出版。
同月	中國科學院文學研究所的《文學研究》（季刊）創刊。1959年起改名為《文學評論》，並改為雙月刊。
同月	劉紹棠的短篇小說《田野落霞》發表在《新港》第3期上。
同月	吳強的長篇小說《紅日》開始在《延河》上連載。7月由中國青年出版社出版。
4月9日	《文藝報》發表《就「百花齊放，百家爭鳴」問題周揚同志答文匯報記者問》。
4月11日	回春（徐懋庸）的雜文《小品文的新危機》刊於《人民日報》。
同月	《文藝報》改為周刊，出版1957年的第1號。1958年起改為半月刊。
5月	錢谷融的《論「文學是人學」》發表在《文藝月報》第5期。
同月	穆旦的《葬歌》等詩刊於《詩刊》第5期。
6月	毛澤東起草了《組織力量反擊右派分子的猖狂進攻》的中共中央黨內指示。根據這一指示，《人民日報》6月8日發表社論《這是為什麼？》，開始全國的「反右」運動。
6月6日	中國作協召開黨組擴大會，到9月會議共舉行25次。會議主要批判丁玲、陳企霞、馮雪峰等的「反黨反社會主義」的言行。周揚在9月的會上做了《文藝戰線上的一場大辯論》的總結報告。在這次反右運動中，被定位「右派分子」的作家，有馮雪峰、丁玲、艾青、陳企霞、羅烽、白朗、秦兆陽、蕭乾、吳祖光、徐懋庸、姚雪垠、李長之、黃藥眠、

穆木天、傅雷、陳夢家、孫大雨、施蟄存、徐中玉、許傑、陳學昭、楊憲益、馮亦代、陳涌、公木、鍾惦棐、王若望、蘇金傘、汪曾祺、呂劍、唐湜、唐祈、杜高、杜黎均、劉賓雁、王蒙、鄧友梅、劉紹棠、叢維熙、藍翎、唐因、唐達成、公劉、白樺、邵燕祥、流沙河、高曉聲、陸文夫、張賢亮、昌耀等。

7月	李國文的《改選》、宗璞的《紅豆》、豐村的《美麗》等小說發表在《人民文學》第7期。
同月	張賢亮詩《大風歌》刊於《延河》（西安）第7期。
同月	由巴金、靳以主編的《收穫》在上海創刊。創刊號上發表了老舍的話劇《茶館》和艾蕪的長篇小說《百煉成鋼》。
同月	吳強的長篇《紅日》由中國青年出版社出版。
8月	杜鵬程的中篇小說《在和平的日子裏》發表在《延河》第8期。
9月	曲波的長篇小說《林海雪原》由作家出版社出版。
10月	徐懷中的長篇小說《我們播種愛情》由中國青年出版社出版。
同月	《雨花》（南京）第10期以供批判材料發表了方之、陳椿年、陸文夫、高曉聲等人的《〈探索者〉文學月刊社啟事》。
11月	梁斌的長篇小說《紅旗譜》由中國青年出版社出版。
12月	郭小川敘事詩《白雪的讚歌》刊於《詩刊》第12期。
本年	出版的作品還有：詩集《在北方》（公劉）、《望夫雲》（公劉）、《海岬上》（艾青）、《致青年公民》（郭小川）、《孔雀》（白樺），小說集《鐵木前傳》（孫犁）、《林海雪原》（曲波）、《紅旗譜》（梁斌），隨筆集《苔花集》（黃秋耘），理論《為保衛社會主義文藝路線而鬥爭》（上、下）等。

1958年

1月	周立波的長篇小說《山鄉巨變》開始在《人民文學》上連載。6月由作家出版社出版。管樺的小說《辛俊地》刊於《收穫》第1期。

1月11日	茅盾的《夜讀偶記——關於社會主義現實主義及其他》開始在《文藝報》連載第1、2、8、10期上刊出。
1月26日	《文藝報》第2期的「再批判」專欄，對丁玲、王實味、羅烽、艾青等1942年在延安寫的《三八節有感》、《在醫院中》、《野百合花》、《還是雜文時代》、《瞭解作家，尊重作家》等再次進行批判。專欄的編者按語由毛澤東修改撰寫。
同月	楊沫的長篇小說《青春之歌》由作家出版社出版。
2月28日	《人民日報》和第5期的《文藝報》發表周揚的《文藝戰線上的一場大辯論》。
3月22日	毛澤東在成都會議上的講話提出要搜集一點民歌，並說：「中國詩的出路，第一條是民歌，第二條是古典，在這個基礎上寫出新詩來，形式是民歌的，內容是現實主義和浪漫主義的對立的統一」。5月，他在中共八大二次會議上提出，無產階級文學藝術應採用「革命現實主義和浪漫主義」相結合的創作方法。
3月	《茅盾文集》、《巴金文集》、《葉聖陶文集》開始由人民文學出版社出版。
同月	茹志鵑的短篇小說《百合花》發表在《延河》（西安）第3期。
同月	高纓的短篇小說《達吉和她的父親》發表在《紅岩》（成都）第3期。
同月	李劼人的長篇小說《大波》修改本（第一部）由中國青年出版社出版。
4月14日	《人民日報》發表社論《大規模地收集全國民歌》，不久全國開始了「新民歌運動」。
同月	邵荃麟的《門外談詩》發表在《詩刊》第4期。
5月	周而復的長篇小說《上海的早晨》（第一部）由作家出版社出版。第二部1962年12月出版。
同月	田漢的話劇《關漢卿》發表在《劇本》第5期。
6月22日	詩人柳亞子逝世。

同月	劉白羽的《透明的還是汙濁的？——評南斯拉夫修正主義的文藝綱領》刊於《文藝報》第12期。
同月	方紀的中篇《來訪者》刊於《收穫》第3期。
同月	周立波的長篇《山鄉巨變》（正篇）由作家出版社出版。「續篇」1960年4月出版。
8月	趙樹理的短篇小說《「鍛煉鍛煉」》發表在《火花》（太原）第8期。後被《人民文學》轉載。評書《靈泉洞》載《曲藝》第8期。
9月	劉澍德的中篇小說《橋》由人民文學出版社出版。
同月	雪克的長篇小說《戰火中的青春》由新文藝出版社出版。劉流的長篇小說《烈火金剛》由中國青年出版社出版。
同月	全國報刊發表文章討論革命現實主義和革命浪漫主義相結合的創作方法。這一討論延續到次年。
10月17日	鄭振鐸帶領文化代表團出國訪問，因飛機失事罹難。
同月	《中國青年》、《讀書》、《文學知識》等刊物開展巴金小說重評的討論。
11月	李英儒的長篇小說《野火春風鬥古城》發表在《收穫》第6期上。12月由作家出版社出版。
同月	王汶石的短篇小說《新結識的夥伴》發表在《延河》第11期。
12月	《毛澤東論文學和藝術》由人民文學出版社出版。
同月	李英儒的長篇《野火春風鬥古城》刊於《收穫》第6期，並由作家出版社於12月出版。
本年	《詩刊》、《文藝報》、《文學評論》、《處女地》、《星星》、《紅岩》等刊物開展了學習新民歌和新詩發展道路的討論。這個討論一直延續到1959年。
本年	出版的作品還有：小說《苦菜花》（馮德英）、《白洋淀紀事》（孫犁）、《敵後武工隊》（馮志）、《在和平的日子裏》（杜鵬程），詩歌《西郊集》（馮至）、《回聲續集》（蔡其矯）、《雪與山谷》（郭小川）、《海洋抒

情詩》（孫靜軒），散文《早霞短笛》（柯藍），理論《夜讀偶記》（茅盾）、《社會主義現實主義論文集》（第一集，第二集1959年出版）、《中國文學發展史》（劉大杰）、《論文學上的修正主義思潮》（姚文元）等。

1959年

2月　　　　《中國青年》第2期發表郭開的《略談對林道靜的描寫中的缺點──評楊沫的〈青春之歌〉》。《中國青年》、《文藝報》等報刊開始討論《青春之歌》。

同月　　　　茅盾在文學創作工作座談會上作《創作問題漫談》的發言。該發言發表在《文藝報》第5期。

同月　　　　歐陽山長篇「一代風流」第一部《三家巷》由廣東人民出版社出版。第二部《苦鬥》1962年12月出版。

4月　　　　柳青的長篇小說《創業史》第一部開始在《延河》（西安）連載。1960年9月由中國青年出版社出版。

同月　　　　《文藝報》從第7期起開闢「文藝作品如何反應人民內部矛盾」專欄，討論趙樹理的小說《「鍛煉鍛煉」》。

5月　　　　郭沫若的歷史劇《蔡文姬》在《收穫》第3期上發表。

8月　　　　胡可的話劇《槐樹莊》在《劇本》第8期上發表。

同月　　　　郭沫若、周揚編選的《紅旗歌謠》出版。

同月　　　　草明的長篇小說《乘風破浪》發表在《收穫》第5期。

同月　　　　柳青《創業史》第一部在《延河》第8期起開始選載。

10月　　　　人民文學出版社出版「建國十年來優秀創作」。計長篇小說15種，中篇小說5種，短篇小說集9種，劇本11種，兒童文學5種，詩集13種，散文集5種。

同月　　　　《文藝月刊》改名為《上海文學》。

11月7日　　作家靳以逝世。

12月　　　　劉真的小說《英雄的樂章》刊於《蜜蜂》第24期。

同月	郭小川的詩《望星空》發表在《人民文學》第11期。《文藝報》第23期（12月出版）刊登華夫的批評文章《評郭小川的〈望星空〉》。
同月	趙樹理的短篇小說《套不住的手》發表在《人民文學》第11期。
本年	出版的作品還有：《金沙洲》（于逢）、《我的第一個上級》（馬烽）、《特殊性格的人》（胡萬春）、《膠東紀事》（峻青），詩集《月下集》（郭小川）、《復仇的火焰》（聞捷）、《五月端陽》（李季）、《十年詩抄》（馮至）、《生活的讚歌》（聞捷），話劇《蔡文姬》（郭沫若）、《槐樹莊》（胡可），論文集《鼓吹集》（茅盾）等。

1960年

1月11日	《文藝報》第1期轉載李何林發表在《河北日報》的文章《十年來文學理論和批評上的一個小問題》，並在編者按中對文中有關文藝與政治關係的觀點提出批評。
同月	林默涵的《更高地舉起毛澤東文藝思想的旗幟》刊於《文藝報》第1期。
同月	《文藝報》、《文學評論》等報刊對巴人、錢谷融、蔣孔陽等關於「人道主義」、「人性論」的觀點進行批評。
1至9月	《戲劇報》開闢「關於正確反映人民內部矛盾問題」的討論專欄，對海默的《洞簫橫吹》以及其他劇本進行批評。在這期間，《文藝報》、《北京文藝》、《劇本》、《新港》、《蜜蜂》、《河北日報》、《解放軍文藝》、《電影藝術》等報刊發表文章，批判《英雄的樂章》（劉真）、《洞簫橫吹》（海默）、《同甘共苦》（岳野）、《來訪者》（方紀）、《戰鬥到明天》（白刃）、《無情的情人》（徐懷中）等作品的「修正主義」和「人性論」。
3月	李准的短篇小說《李雙雙小傳》發表在《人民文學》第3期。
同月	楊沫的《青春之歌》修改本由人民文學出版社出版。
4月	周立波的小說《山鄉巨變》續篇由作家出版社出版。

同月	李劼人長篇《大波》刊於《收穫》第2期。
5月11日	《文藝報》第9期刊發《馬克思主義經典作家論資產階級人道主義》和《高爾基、魯迅論人道主義和人性論》。
同月	郭沫若的歷史劇《武則天》、田漢的歷史劇《文成公主》發表在《人民文學》第5期。
6月	茹志鵑小說《靜靜的產院》刊於《人民文學》第6期。
7月	梁斌的長篇小說《播火記》在《新港》開始連載。
7月22日至 8月13日	第三次全國文學藝術界代表大會在北京舉行。周揚作《我國社會主義文學藝術的道路》的報告。大會選出了文聯和各協會的領導機構。
9月29日	周揚在一次座談會上傳達鄧小平的「編一點歷史戲」的意見。並在11月召開歷史劇座談會。
11月	趙樹理小說《套不住的手》刊於《人民文學》第11期。
12月	歐陽山的短篇《鄉下奇人》刊於《人民文學》第12期。
本年	出版的作品還有：理論《十年來的新中國文學》（中國科學院文學研究所編寫組），小說集《禾場上》（周立波）、《「鍛煉鍛煉」》（趙樹理）、《大波（第二部）》（李劼人），詩集《五月花》（光未然）、散文集《海市》（楊朔）。

1961年

1月	《文匯報》發表細言（王西彥）《關於悲劇》、老舍《喜劇的語言》的文章，展開有關悲劇和喜劇問題的討論。
同月	吳晗編劇的《海瑞罷官》刊於《北京文藝》第1期。
1至2月	老舍、李健吾、冰心、吳伯蕭、鳳子、秦牧等先後在《文匯報》、《人民日報》發表散文筆談。
3月19日	馬南邨（鄧拓）開始在《北京晚報》上開設「燕山夜話」專欄。8月起由北京出版社分冊出版。
3月26日	《文藝報》第3期發表專論《題材問題》（張光年執筆）。

同月	劉白羽的散文《長江三日》、楊朔的散文《茶花賦》發表在《人民文學》第3期。
4月5日	秦牧的散文《藝海拾貝》開始在《上海文學》上發表。1962年由上海文藝出版社出版。
同月	趙樹理的小說《實幹家潘永福》、吳伯簫的散文《記一輛紡車》發表在《人民文學》第4期。
4月	高等學校文科教材編選計劃會議在北京召開。陸定一、周揚作報告。
5月	王子野《和姚文元同志商榷美學上的幾個問題》刊於《文藝報》第5期。
5月至12月	《人民日報》副刊開闢雜文專欄「長短錄」，共刊發夏衍、吳晗、廖沫沙、孟超、唐弢等的雜文近40篇。《長短錄》1979年由人民日報出版社出版。
6月1日至28日	中央宣傳部在北京新僑飯店召開全國文藝工作座談會（又稱「新僑會議」），討論《關於當前文學藝術工作的意見》（即「文藝十條」的草案）。1962年4月由中宣部正式定稿為《文藝八條》。
同月	冰心的散文《櫻花贊》、吳伯簫的散文《菜園小記》、豐子愷《上天都》發表在《人民文學》第6期上。
7月23日	楊朔的散文《荔枝蜜》發表在《人民日報》。
同月	曹禺的歷史劇《膽劍篇》發表在《人民文學》第7期。
同月	田漢改編的歷史劇《謝瑤環》，孟超改編的《李慧娘》刊於《劇本》7、8期合刊。
同月	郭沫若的話劇《武則天》，曹禺、梅阡、于是之的話劇《膽劍篇》刊於《人民文學》7、8期合刊。
同月	《文藝報》從第7期開始組織對《達吉和她的父親》小說和電影的討論，討論持續到次年7月。
8月31日	繁星（廖沫沙）的雜文《有鬼無害論》在《北京晚報》上發表。
同月	北京、上海就茹志鵑創作的題材、風格問題舉行討論會。

9月	戲劇家沙可夫逝世。
10月	吳南星（吳晗、鄧拓、廖沫沙）的雜文隨筆開始在《前線》上的「三家村札記」專欄上發表。
同月	茅盾的《關於歷史和歷史劇》發表在《文學評論》第5期。
同月	楊朔散文《雪浪花》刊於《紅旗》第20期。
11月	陳翔鶴的歷史小說《陶淵明寫「挽歌」》發表在《人民文學》第11期。
同月	羅廣斌、楊益言的長篇小說《紅岩》開始在《中國青年報》上連載，12月由中國青年出版社出版。
本年	出版的作品還有：散文集《東風第一枝》（楊朔）、《花城》（秦牧），小說集《村歌》（孫犁）、《李雙雙小傳》（李准），詩集《江南曲》（嚴陣）、《兩都頌》（郭小川）。

1962年

2月	劉澍德的中篇小說《歸家》在《邊疆文藝》第2期開始連載。
同月	徐遲的特寫《祁連山下》載《人民文學》第2期。
同月	趙樹理的短篇小說《楊老太爺》、唐克新的短篇小說《沙桂英》分別發表於《解放軍文藝》、《上海文學》第2期。
3月2日至 3月26日	文化部、劇協在廣州召開話劇、歌劇、兒童劇創作座談會（又稱「廣州會議」）。周恩來、陳毅在會上作了知識份子和戲劇創作問題的講話。
同月	瞿白音的《關於電影創新問題的獨白》刊於《電影藝術》第3期。
4月	黃秋耘小說《杜子美還家》發表於《北京文藝》第4期。
5月23日	《人民日報》發表紀念《講話》發表20周年的社論《為最廣大的人民群眾服務》（周揚執筆）。
6月	汪曾祺的小說《羊舍一夕》刊於《人民文學》第6期。

7月	郭小川的詩《青紗帳－甘蔗林》、西戎的短篇小說《賴大嫂》發表在《人民文學》第7期。
同月	孫犁的《風雲初記》第三集在《新港》第7-11期連載。
7月28日至 8月4日	李建彤的長篇小說《劉志丹》部分章節在《工人日報》連載。
8月2日至 8月16日	中國作協在大連召開農村題材短篇小說創作座談會（又稱「大連會議」），由邵荃麟主持，茅盾、趙樹理等參加。周揚在會上講話。
9月21日	劇作家歐陽予倩逝世。
10月	陳翔鶴的歷史小說《廣陵散》發表在《人民文學》第10期。
12月25日	作家李劼人逝世。
本年	出版作品還有：詩集《江南曲》（嚴陣）、《凱旋》（臧克家），散文集《紅瑪瑙集》（劉白羽）、《花》（曹靖華）、《書話》（晦庵）、《分陰集》（繁星）、《書林漫步》（陳原）、《初晴集》（菡子）、《櫻花贊》（冰心）、《津門小集》（孫犁）、《行雲集》（周瘦鵑），小說集《靜靜的產院》（茹志鵑）。

1963年

1月1日	柯慶施、張春橋、姚文元等在上海部分文藝工作者座談會上提出「寫十三年」的口號，認為只有寫建國後13年的社會生活的作品才是社會主義文藝。1月6日的《文匯報》報導了柯慶施的講話。
2月	沈西蒙（執筆）、漠雁、呂興臣的話劇《霓虹燈下的哨兵》刊於《解放軍文藝》第3期。
3月25日	中國作協書記處決定成立農村讀物委員會。《文藝報》第3期刊發《文藝面向農民，鞏固和擴大社會主義新文藝在農村的陣地》的社論。
4月11日	賀敬之長詩《雷鋒之歌》在《中國青年報》上發表。
同月	沈從文的散文《過節和觀燈》發表在《人民文學》第4期。

5月6日	梁璧輝的《「有鬼無害」論》在《文匯報》上發表，戲劇界開始批判「鬼戲」。
6月	嚴家炎的《關於梁生寶》發表在《文學評論》第3期。針對嚴家炎的文章，柳青在《延河》第8期發表《提出幾個問題來討論》。
7月	姚雪垠的長篇歷史小說《李自成》第一卷由中國青年出版社出版。
10月26日	周揚在中國科學院哲學社會科學學部委員會第4次擴大會議上，作《哲學社會科學工作者的戰鬥任務》的報告。
同月	叢深的話劇《祝你健康》（後改名《千萬不要忘記》）發表在《劇本》第10、11期合刊。
11月	《文藝報》第11期刊登張光年《評現代修正主義的藝術標本──格・丘赫萊依的影片及其言論》。
12月12日	毛澤東在中宣部文藝處的一份關於上海舉行故事會活動的材料上，作了對文學藝術的第一個批示。
本年	出版的作品還有：小說《長長的流水》（劉真）、《下鄉集》（趙樹理）、《苦鬥》（歐陽山）、《二月蘭》（謝璞）、《豐產記》（西戎），詩集《紅柳集》（李瑛）、《西行剪影》（張志民）、《甘蔗林－青紗帳》（郭小川）、《雷鋒之歌》（賀敬之），評論集《讀書雜記》（茅盾）、《詩與遺產》（馮至）、《文學短論》（孫犁），散文、雜文《燕山夜話》（馬南邨）、《散文特寫選1959-1961》（周立波編選）。

1964年

1月22日	賀敬之詩《西去列車的窗口》發表在《人民日報》。
同月	浩然的長篇小說《豔陽天》發表在《收穫》第1期。後由作家出版社出版。《收穫》第1期還發表了柳青《創業史》第二部上卷的兩章。
同月	趙樹理的小說《賣煙葉》在《人民文學》第1期至第3期連載。

3月	全國文聯和各協會開始整風檢查工作。
同月	《文藝報》刊登陳言《漫評林斤瀾的創作及有關的評論》，批評林斤瀾創作傾向。
3月9日至18日	《羊城晚報》（廣州）連載歐陽山的《柳暗花明》。
6月27日	毛澤東在《中央宣傳部關於全國文聯和所屬各協會整風情況報告》的草稿上，作了關於文學藝術的第二個批示。
同月	《電影藝術》刊登文章批判瞿白音有關電影創作的「創新獨白」。
7月2日	中央宣傳部召開中國文聯各協會及文化部負責人會議，貫徹毛澤東6月27日批示，中國文聯各協會再次開始整風。
7月30日	《人民日報》刊登批判電影《北國江南》的文章。
6月5日至7月31日	文化部舉辦的全國京劇現代戲觀摩大會在北京舉行，演出了《蘆蕩火種》、《紅燈記》、《紅色娘子軍》、《智取威虎山》、《奇襲白虎團》、《紅嫂》等37個劇目。周恩來、彭真、陸定一、周揚等在觀摩大會講話。江青在座談會上的講話，後來以《談京劇革命》為名發表。
8月	《紅旗》雜誌刊登文章，批判周谷城的「時代精神匯合論」。
9月1日	《中國青年報》刊登《用階級調和思想毒害青年的小說》，批判歐陽山的《三家巷》、《苦鬥》。
9月15日	《人民日報》發表文章批判電影《早春二月》
同月	《文藝報》第8、9期合刊發表《「寫中間人物」是資產階級的文學主張》和《關於「寫中間人物」的材料》。
10月20日	詩人柯仲平病逝。
11月10日	《劇本》第11期刊登翁偶虹、阿甲改編的京劇劇本《紅燈記》。
12月	《文藝報》11、12期合刊發表該刊資料室編寫的《十五年來資產階級怎樣反對創造工農兵英雄人物的？》
本年	艾蕪的小說《南行記續篇》、陳登科的長篇《風雷》、艾蕪《南行記續篇》出版。何其芳論文集《文學藝術的春天》、姚文元《文藝思想論爭集》。

1965年

2月18日　　繁星（廖沫沙）的文章《我的〈有鬼無害論〉是錯誤的》刊登於《北京日報》。

2月　　　　《文藝報》第2期發表顏默《為誰寫挽歌？》、《文學評論》第1期發表余冠英《一篇有害的小說──〈陶淵明寫挽歌〉》的批判陳翔鶴小說《廣陵散》、《陶淵明寫〈挽歌〉》的文章。

3月1日　　《人民日報》刊登向群《重評孟超新編〈李慧娘〉》的文章，「編者按」認為《李慧娘》「是一株反黨反社會主義的毒草」。

5月26日　　《光明日報》刊登《夏衍同志改編的電影〈林家鋪子〉必須批判》文章。

6月　　　　金敬邁的長篇小說《歐陽海之歌》（節選）在《解放軍文藝》第6期上發表，並有解放軍文藝出版社出版。

同月　　　　《文藝報》第6期刊發胡可、張天翼批判電影《林家鋪子》的文章。第7期刊登以群等批判電影《不夜城》的文章。

同月　　　　《文學評論》第3期發表《〈上海屋檐下〉是反對時代精神的作品》的文章。

10月26日　劇作家熊佛西逝世。

11月10日　由姚文元署名的《評新編歷史劇〈海瑞罷官〉》發表於上海《文匯報》。

11月19日　中國作協與共青團中央聯合召開的全國業餘文學創作積極分子大會在北京舉行。

1966年

1月9日　　《人民日報》選載金敬邁的長篇小說《歐陽海之歌》，並加編者按予以推薦。郭沫若、李希凡、馮牧等都撰文高度評價這一小說。

2月1日　　《人民日報》刊登《田漢的〈謝瑤環〉是一株大毒草》的批判文章。《戲劇報》第2期轉載。

2月2日至 2月20日	由江青主持的部隊文藝工作問題座談會在上海召開。《林彪同志委託江青同志召開部隊文藝工作座談會紀要》作為中共黨內文件發表。1966年4月18日，《解放軍報》發表《高舉毛澤東思想偉大紅旗，積極參加社會主義文化大革命》社論，在沒有提座談會和「紀要」的情況下，全面公佈「紀要」的內容。1967年5月29日，紀要全文在《人民日報》公開刊載。
2月4日	《文學評論》發表何其芳《評〈謝瑤環〉》的文章。
4月11日	《人民日報》刊登文章批判文章《違反毛澤東軍事思想的壞影片〈兵臨城下〉》。
3月12日	《光明日報》刊登穆欣批判夏衍的文章《評〈賽金花〉劇本的反動思想》。
4月16日	《北京日報》發表《關於〈三家村〉和〈燕山夜話〉的批判材料》。
同月	鄭季翹的文章《文藝領域裏必須堅持馬克思主義的認識論——對形象思維的批判》發表在《紅旗》雜誌第5期。
5月10日	姚文元署名的文章《評「三家村」——〈燕山夜話〉、〈三家村札記〉的反動本質》在《解放日報》、《文匯報》發表。
5月17日	歷史學家、作家鄧拓被迫害自殺。
6月1日	《人民日報》發表社論《橫掃一切牛鬼蛇神》，「文化大革命」開始。7月起　除《解放軍文藝》外，全國的文藝刊物陸續停刊。文聯、作協等機構癱瘓，大批作品、作家受到批判。
7月4日	《人民日報》刊登阮銘《周揚顛倒歷史的一支暗箭——評〈魯迅全集〉6卷的一條注釋》。
8月2日	文藝理論家葉以群遭迫害逝世。
8月10日	馮雪峰寫《有關1936年周揚等人的行動以及魯迅提出「民族革命戰爭的大眾文學」口號的經過》的材料。
8月中	巴金參加了亞非作家緊急會議之後，被隔離關進「牛棚」。
8月24日	作家老舍遭迫害投湖自殺。
9月3日	翻譯家傅雷夫婦遭迫害在上海家中自殺。

本年　　　　　作家孫伏園逝世。

本年　　　　　出版的作品還有：陳登科長篇小說《風雷》，馬識途長篇
　　　　　　　《清江壯歌》，《朗誦詩選》。

1967年

1月　　　　　姚文元的文章《評反革命兩面派周揚》發表在《紅旗》雜
　　　　　　　誌第1期。

2月13日　　　作家張恨水逝世。

同月　　　　　作家羅廣斌被迫害致死。

3月21日　　　作家阿壠病逝於獄中（作為「胡風反革命集團」的「骨幹
　　　　　　　分子」，他在1966年被判處12年徒刑）。

4月2日　　　　詩人饒孟侃逝世。

4月12日　　　江青在中共軍委擴大會議上的講話《為人民立新功》說：
　　　　　　　「這十七來……大量是名、洋、古的東西，或是被歪曲了
　　　　　　　的工農兵形象」。講話後來收入《江青講話編選》，人民
　　　　　　　出版社1968年版。

5月6日　　　　作家周作人被迫害逝世。

5月10日　　　江青1964年在京劇現代戲觀摩演出人員座談會上的講話
　　　　　　　《談京劇革命》發表在《紅旗》雜誌第6期。

5月23日　　　在北京集會紀念《講話》25周年大會上，陳伯達在講話中稱
　　　　　　　江青「一貫堅持和保衛毛主席的革命路線」，「她用最大的
　　　　　　　努力，在戲劇、音樂、舞蹈各個方面，做了一系列革命的樣
　　　　　　　板」，「成為文藝革命披荊斬棘人」。
　　　　　　　現代京劇《智取威虎山》等八個「樣板戲」同時在北京舞臺
　　　　　　　上演，歷時37天，演出218場。6月18日，《人民日報》報
　　　　　　　導會演結束，並發出「把革命樣板戲推向全國去」的號召。

5月25日至　　《人民日報》相繼發表了毛澤東關於文學藝術的五個文
28日　　　　　件：《看了新編歷史劇〈逼上梁山〉後給延安平劇院的信》
　　　　　　　（1944）；《應當重視〈武訓傳〉的討論》（1951）；《關
　　　　　　　於〈紅樓夢〉研究問題的信》（1954）；1963年、1964
　　　　　　　年關於文學藝術問題的兩個批示。

9月4日　　　　作家廢名（馮文炳）逝世。

本年	作家范煙橋逝世。

1968年

3月3日	許廣平逝世。
3月28日	作家彭康逝世。
4月3日	作家彭柏山逝世。
同月	作家司馬文森被迫害逝世。
5月16日	劇作家海默被迫害逝世。
5月23日	于會泳的文章《讓文藝舞臺永遠成為毛澤東思想的陣地》發表在《文匯報》上。這篇文章第一次公開提出並闡釋了「三突出」的口號。
7月8日	作家楊朔遭迫害逝世。
8月	作家、翻譯家麗尼遭迫害逝世。
11月2日	作家李廣田遭迫害逝世。
12月10日	戲劇家田漢遭迫害逝世。
本年	詩人邵洵美逝世。作家嚴獨鶴逝世。作家汪敬熙逝世。

1969年

3月5日	文學理論家呂熒逝世。
4月22日	作家陳翔鶴遭迫害逝世。
7月1日	《評斯坦尼斯拉夫「體系」》（上海革命大批判寫作組）刊於《紅旗》6、7期合刊。
10月11日	作家、歷史學家吳晗遭迫害致死。
11月20日	《文匯報》發表桑偉川的《評〈上海的早晨〉——與丁學雷同志商榷》。次年1月27日，丁學雷（上海市委寫作組）在《人民日報》發表《階級鬥爭在繼續——再評毒草小說〈上海的早晨〉，並駁為其翻案的毒草文章》。桑偉川被定為「現行反革命」，被關押監獄7年。

本年　　　　　　作家鄧均吾、陳銓、姚蓬子逝世。

1970年

4月　　　　　　《鼓吹資產階級文藝就是復辟資本主義——駁周揚吹捧資產階級「文藝復興」、「啓蒙運動」、「批判現實主義」的反動理論》（上海革命大批判寫作小組）發表在《紅旗》第4期。

5月31日　　　　《沙家浜》1970年5月演出本發表於《文匯報》。

同月　　　　　　《紅燈記》1970年5月演出本發表於《紅旗》第5期。

9月23日　　　　作家趙樹理遭迫害逝世。

10月15日　　　　作家蕭也牧遭迫害病逝於河南黃湖「五七幹校」。

1971年

1月13日　　　　詩人聞捷受迫害自殺。

6月10日　　　　文藝理論家邵荃麟受迫害逝世。

8月8日　　　　文學批評家侯金鏡受迫害在湖北咸寧「五七幹校」病逝。

1972年

2月　　　　　　長篇小說《虹南作戰史》（上海《虹南作戰史》寫作組）、長篇小說《牛田洋》（南哨）由上海人民出版社出版。

3月　　　　　　《龍江頌》、《海港》1972年1月演出本由上海人民出版社出版。

4月　　　　　　小說《海島女民兵》（黎汝清）、《沸騰的群山》（李雲德）由人民文學出版社出版。

同月　　　　　　李瑛詩集《棗林村集》由人民文學出版社出版。

同月　　　　　　郭沫若的《李白與杜甫》由人民文學出版社出版。

5月　　　　　　浩然的長篇小說《豔陽天》第一卷由人民文學出版社出版。第二、三卷分別在6月、8月出版。

同月	李心田小說《閃閃的紅星》由人民文學出版社出版。
同月	浩然《金光大道》第一部由人民文學出版社出版。
6月	京劇《紅色娘子軍》1972年演出本由人民文學出版社出版。
7月23日	被迫害遣送家鄉浙江奉化大堰村的文藝理論家巴人（王任叔）逝世。
9月	賀敬之的詩集《放歌集》修訂本由人民文學出版社出版。
11月	《奇襲白虎團》1972年9月演出本由上海人民出版社出版。
12月17日	作家魏金枝遭迫害逝世。
本年	出版的作品還有：長詩《金訓華之歌》（仇學寶）、詩集《螺號》（張永枚）、《放歌集》（賀敬之，據1961年版本修改、增補）。

1973年

1月	李瑛詩集《紅花滿山》由人民文學出版社出版。
2月	劉大杰的《中國文學發展史》（第一冊）修改本由上海人民出版社出版。
5月	上海市委主辦的《朝霞》叢刊第1輯由上海人民出版社出版。
6月	表現「上山下鄉」知識青年的小說《征途》（郭先紅）和《崢嶸歲月》由上海人民出版社、廣東人民出版社出版。
8月	俞平伯的《紅樓夢研究》由人民文學出版社出版。出版說明稱「供研究工作者參考、批判之用」。
9月	綜合理論刊物《學習與批判》在上海創刊，至1976年10月停刊，共出版38期。由上海市委寫作組以復旦大學名義主辦。刊登大量上海市委寫作組以羅思鼎、丁學雷、方岩梁、石侖、石一歌、任犢、宮效聞、康立、梁凌益、齊永紅、翟青、方海、戚承樓、金風、靳戈、史尚輝、史鋒、曹思峰等筆名寫的文章。
11月	刊載國外文學作品譯文的期刊《摘譯》（內部發行）由上海人民出版社出版。。

本年	出版的作品還有：通俗讀物《魯迅的故事》（石一歌）、小說《沸騰的群山》（第二部，黎汝清）、長詩《胡桃坡》（王致遠），理論《紅樓夢評論集》（李希凡）、《魯迅〈野草〉注解》（李何林）。

1974年

1月	初瀾（文化部寫作組筆名）文章《中國革命歷史的壯麗畫卷——談革命樣板戲的成就和意義》發表在《紅旗》雜誌第1期上。
同月	上海市委主辦的《朝霞》文藝月刊第一期出版。
1月30日	《人民日報》發表評論員文章《惡毒的用心　卑劣的手法——批判安東尼奧尼拍攝的題為〈中國〉的反華影片》。
3月15日	張永枚的「詩報告」《西沙之戰》刊於《光明日報》。
5月5日	初瀾的《在矛盾衝突中塑造無產階級英雄典型——評長篇小說〈豔陽天〉》發表在《人民日報》。
同月	浩然的長篇小說《金光大道》第二部由人民文學出版社出版。
6月	浩然的中篇小說《西沙兒女——正氣篇》由人民文學出版社出版。《西沙兒女——奇志篇》12月出版。
10月	初瀾的《京劇革命十年》發表在《紅旗》雜誌第7期。

1975年

2月	長篇小說《千重浪》（畢方、鍾濤）由廣西人民出版社出版。
2月28日	戲劇家、導演焦菊隱受迫害逝世。
7月	毛澤東兩次談話中指出「百花齊放沒有了」，「黨的文藝政策應該調整一下，一年、兩年、三年逐步擴大文藝節目。缺少詩歌，缺少小說，缺少散文，缺少文藝批評」。
8月14日	毛澤東就《水滸》發表談話。隨後，《紅旗》、《人民日報》相繼發表文章，開展「評《水滸》」運動。

9月15日	美術家、作家豐子愷逝世。
同月	郭澄清的長篇小說《大刀記》（第一部）由吉林人民出版社出版。
同月	諶容的長篇小說《萬年青》由人民文學出版社出版。
10月	《創業》的電影文學劇本發表在《解放軍文藝》10月號上。
本年	人民文學出版社重印《水滸傳》、《三國志演義》、《儒林外史》、《脂硯齋重評石頭記》等古典小說，並由上海人民出版社出版《水滸》的兒童刪節版。

1976年

1月31日	文藝理論家、詩人馮雪峰病逝。
同月	《詩刊》、《人民文學》復刊。《詩刊》的復刊號上發表了毛澤東寫於1965年的兩首詞《水調歌頭·重上井岡山》和《念奴嬌·鳥兒問答》。《人民文學》復刊號發表了蔣子龍的小說《機電局長的一天》。
同月	黎汝清的長篇小說《萬山紅遍》（上卷）由人民文學出版社出版。
2月	臧克家《憶向陽——「五七」幹校讚歌三首》發表於《人民文學》第2期。
3月	《人民戲劇》、《人民電影》、《人民音樂》、《美術》、《舞蹈》相繼復刊。
同月	電影文學劇本《春苗》由上海人民出版社出版。電影《春苗》於1975年8月在全國放映。
3月16日	文化部召開創作座談會，文化部長于會泳根據江青等的指示，號召寫「與走資派鬥爭」的作品。
4月5日	天安門廣場爆發「四五」運動。在天安門廣場和全國各地，出現大量的聲討「四人幫」、歌頌周恩來以及老一代革命家的詩詞。
同月	小靳莊詩歌選《十二級颱風刮不倒》由人民文學出版社出版。

同月	《紅樓夢新證》修訂再版。
5月	電影文學劇本《決裂》由人民文學出版社出版。
5月5日	劇作家孟超受迫害在北京逝世。
8月	劉大杰《中國文學發展史》（第二冊）由上海人民出版社出版。
10月18日	詩人郭小川逝世。
11月	賀敬之的長詩《中國的十月》發表在《詩刊》第11期。
12月	姚雪垠的長篇歷史小說《李自成》第二卷上冊由中國青年出版社出版。
本年	出版的作品還有：《魯迅傳（上）》（石一歌），小說《睜大你的眼睛》（劉心武）、《響水灣》（鄭萬隆）、《沸騰的群山》（第三部，李雲德）、《昨天的戰爭》（第一部，孟偉哉）、《魯迅書信集》、《魯迅日記》。

國家圖書館出版品預行編目資料

大陸當代文學史. 上編, 1950-1970 年代 / 洪子
誠著. -- 一版. -- 臺北市：秀威資訊科技,
2008.02
面； 公分. -- (大陸學者叢書；CG0014)

ISBN 978-986-6732-82-9 (平裝)

1. 中國文學史

820.9   97002087

大陸當代文學史　上編
（1950-1970 年代）

作　　者／洪子誠
發 行 人／宋政坤
主　　編／宋如珊
執行編輯／黃姣潔
圖文排版／鄭維心
封面設計／莊芯媚
數位轉譯／徐真玉　沈裕閔
圖書銷售／林怡君
法律顧問／毛國樑　律師
出版印製／秀威資訊科技股份有限公司
　　　　　台北市內湖區瑞光路 583 巷 25 號 1 樓
　　　　　電話：02-2657-9211　　傳真：02-2657-9106
　　　　　E-mail：service@showwe.com.tw
經 銷 商／紅螞蟻圖書有限公司
　　　　　台北市內湖區舊宗路二段 121 巷 28、32 號 4 樓
　　　　　電話：02-2795-3656　　傳真：02-2795-4100
　　　　　http://www.e-redant.com

2008 年 3 月　BOD 一版
定價：430 元

讀 者 回 函 卡

感謝您購買本書，為提升服務品質，煩請填寫以下問卷，收到您的寶貴意見後，我們會仔細收藏記錄並回贈紀念品，謝謝！

1.您購買的書名：＿＿＿＿＿＿＿＿＿＿＿＿＿＿＿＿＿＿

2.您從何得知本書的消息？

　　□網路書店　□部落格　□資料庫搜尋　□書訊　□電子報　□書店

　　□平面媒體　□ 朋友推薦　□網站推薦　□其他＿＿＿＿＿＿

3.您對本書的評價：(請填代號　1.非常滿意 2.滿意 3.尚可 4.再改進)

　　封面設計＿＿　版面編排＿＿　內容＿＿　文/譯筆＿＿　價格＿＿

4.讀完書後您覺得：

　　□很有收獲　□有收獲　□收獲不多　□沒收獲

5.您會推薦本書給朋友嗎？

　　□會　□不會，為什麼？＿＿＿＿＿＿＿＿＿＿＿＿＿＿＿＿

6.其他寶貴的意見：＿＿＿＿＿＿＿＿＿＿＿＿＿＿＿＿＿＿＿

＿＿＿＿＿＿＿＿＿＿＿＿＿＿＿＿＿＿＿＿＿＿＿＿＿＿＿＿＿

＿＿＿＿＿＿＿＿＿＿＿＿＿＿＿＿＿＿＿＿＿＿＿＿＿＿＿＿＿

＿＿＿＿＿＿＿＿＿＿＿＿＿＿＿＿＿＿＿＿＿＿＿＿＿＿＿＿＿

讀者基本資料

姓名：＿＿＿＿＿＿＿＿＿＿　年齡：＿＿＿　性別：□女 □男

聯絡電話：＿＿＿＿＿＿＿＿　E-mail：＿＿＿＿＿＿＿＿＿＿

地址：＿＿＿＿＿＿＿＿＿＿＿＿＿＿＿＿＿＿＿＿＿＿＿＿＿

學歷：□高中(含)以下　　□高中　　□專科學校　　□大學

　　　□研究所(含)以上 □其他＿＿＿＿＿＿＿＿

職業：□製造業 □金融業 □資訊業 □軍警 □傳播業 □自由業

　　　□服務業 □公務員 □教職　　□學生 □其他＿＿＿＿＿＿

秀威與 BOD

BOD（Books On Demand）是數位出版的大趨勢，秀威資訊率先運用 POD 數位印刷設備來生產書籍，並提供作者全程數位出版服務，致使書籍產銷零庫存，知識傳承不絕版，目前已開闢以下書系：

一、BOD 學術著作—專業論述的閱讀延伸
二、BOD 個人著作—分享生命的心路歷程
三、BOD 旅遊著作—個人深度旅遊文學創作
四、BOD 大陸學者—大陸專業學者學術出版
五、POD 獨家經銷—數位產製的代發行書籍

BOD 秀威網路書店：www.showwe.com.tw
政府出版品網路書店：www.govbooks.com.tw

永不絕版的故事・自己寫・永不休止的音符・自己唱